王安石诗文研究

寿涌 著

巴蜀书社

图书在版编目（CIP）数据

王安石诗文研究/寿涌著.—成都：巴蜀书社，2020.11

ISBN 978-7-5531-1291-6

Ⅰ.①王… Ⅱ.①寿… Ⅲ.①王安石（1021-1086）—文学研究

Ⅳ.①I206.2

中国版本图书馆CIP数据核字(2020)第059791号

王 安 石 诗 文 研 究

寿涌　著

WANGANSHI SHIWEN YANJIU

责任编辑	王群栗　赵安琪
出版发行	巴蜀书社（成都市槐树街 2 号　　邮编 610031）
电　　话	总编室：（028）86259397
	发行科：（028）86259422　86259423
网　　址	www.bsbook.com
印　　刷	成都蜀通印务有限责任公司
版　　次	2020 年 11 月第 1 版
印　　次	2020 年 11 月第 1 次印刷
成品尺寸	240mm×170mm
印　　张	21.5
字　　数	340 千
书　　号	ISBN 978-7-5531-1291-6
定　　价	68.00 元

若有印装质量问题，请与本社发行科联系调换

王安石晚年时画像

笔者身后即是东岗和半山亭，摄于1988年4月

自　序

　　这部书稿于2015年8月8日立秋日下午成稿，时年69周岁。虽然相关出版社认为可以出版，但因所需资金难以筹集，故一直未能面世。今得成都市金堂县有关部门鼎力相助，巴蜀书社予以出版，乃得以问世，特此致谢！

　　古往今来，学术研究生生不息，一代传给一代。这种代际相传，如同田径赛场的接力比赛，一棒传给一棒。对王安石诗文的研究和评议，从古至今，已近十个世纪。笔者仰慕，也已近卅年。几多春秋，沉潜其中。上承前贤，下鉴时彦，常年爬梳，逐日积累。偶存心得，细大不捐，积沙成塔，集腋成裘。现在终于实现了心愿，交出了自己的这一棒。

　　2021年，将盛逢王安石千年诞辰，但愿拙著能够成为一份小小的献礼。

　　王安石（1021—1086），字介甫，北宋抚州临川人，晚年自号半山居士。王安石是北宋伟大的政治家，他在宋神宗的支持下，进行了著名的熙宁变法。同时，他又是一位杰出的文学家，给后人留下了一份极为丰富的文学遗产。在现有的王安石诗文集里，各类诗歌有1600多首，各类散文有1300多篇。从总体上看，他的诗文立意独特，风格刚健，思想内容充实，艺术技巧突出，是北宋文坛上第一流的作品，自宋代以来，一直是学界关注和研究的重要对象。只是历来学者们或单论其诗，或仅评其文，至于对诗文加以全面探究的，似不为多见。故笔者想把多年来对王安石诗文全面研究的体会，综合在一本著述里。这便是拙著命名为《王安石诗文研究》的缘由。

　　本书根据多年来积累的资料，以及自己曾经发表过的论文和尚未发表的论稿，重新整理增写而成。其中的观点和内容都追求实在，不空泛而论，不求面面俱到，不重复众所周知的一般性内容，属稿时只注重发挥确有一得之见的研究兴奋点。

全书注重实证研究，文脉清晰，即从文献考证、人名考索、诗文编年的基础研究，到诗文作品本身的文本审美和艺术特色评说。同时，为了方便读者鉴赏、研究王安石诗文，书中还收录了一些资料。其中重点是从《续资治通鉴长编》注文里精心辑录出来的北宋林希《野史》的40则佚文。林希与王安石是同时代人，且又同在朝廷，他的记叙很有史料价值。但《野史》在宋后早已佚失，又无辑录的单行本，读者若要从《长编》注文里去查究这些相关史料，非常花费时间和精力。故本书把它们集中辑录于此，以便读者查阅。

此外，本书前后论述之中，个别材料会有重复，那是因为论证的角度不同，为了免除读者前后翻检之劳，故而对后者不予删削，这也是需要说明的。

现在虽已出版了复旦大学辑成的《王安石全集》，但它卷帙浩繁，价格昂贵，一般读者不敢问津，故拙著仍旧沿用传统的几个好版本。它们分别是：中华书局1959年1月出版的《临川先生文集》，上海人民出版社1974年7月出版的《王文公文集》，上海古籍出版社1993年12月影印出版的古朝鲜活字本《王荆文公诗李壁注》，上海古籍出版社2010年12月出版的高克勤点校本《王荆文公诗笺注》。书中行文于此一般不再另作解说。至于论述中引征的材料，为免烦琐，一般小者、细者、非重要的出处，或是众所周知的常见书籍，就不作专门注释，而只采取随文加注说明书名篇名的简易办法；对比较重要的材料来源，则专门开列出注。

从学三十五年来，围绕王安石的文学研究，笔者所检之资料不下数百种，所阅之文史史料不下数千万字。现在自感完成了此生治学的主要目标，兑现了多年的学术心愿，深感欣慰，一身轻松。

笔者认为：人生当为大事来，但人生有限，愿望不应太多；人生忙碌，也做不成几件心仪的大事。如果下定决心，抓住机遇，能够做成一两件，也就很不错了。

社会职业三百六十行，各行有各行的乐趣。此生后半辈子能够从事古典文学的教学和研究，自觉幸运而美好。诚如孟子所云："君子乐于得天下英才而教之也。"完成教学授课，让学员得到相关知识，升华人文感悟，这是一种幸福。追求兴趣爱好，专心探索学术，向社会捧出自己的研究成果，这又是一种幸福。

忆往昔，自忖年华没有虚度。而最美好的青春年华，还是在20世纪80年代初，那无拘无束的三年研究生学习生活。一代伟人青春勃发时，曾有高词妙语，歌颂天地自然的大美之象："鹰击长空，鱼翔浅底，万类霜天竞自由。"此言本为颂扬世间万物的生命力而创作，气势浩荡，尽得风骚。而我意亦可引来比喻那种浮沉学术天地的类似感觉：长空自由觅学，浅底自由治学，万类自由辩学，这是何等快乐的逍遥境界啊！

深情感谢把我引进古典文学研究领域的母校母系——华东师范大学中文系！

深情感谢20世纪80年代那些曾经引领、指点、帮助过我的前辈教授们！

深情感谢五十年来一直支持我进行专业研究的夫人孙春梅老师，以及为联系这本书的出版事宜而关心操劳的金堂师生们！

2019 年 7 月 14 日，73 周岁生日
改定于上海寓所远航书屋

2020年9月9日至16日，审阅《王安石诗文研究》电子版样稿完毕。此书即将付梓，离开电脑，躺椅仰息，一时几多思绪上涌：秋声秋色秋夜，秋花秋实秋香；卅年心血之作，可专为明年王安石千年诞辰之献礼也。由是填词一首为记，数日改定。

秋蕊香·审罢专著样稿有吟

千载诗文情密，竭虑殚精盈溢。神宗大志荆公力，锦绣从来难织。　南山泉水殷勤沥，石穿滴。《长编》《宋史》行踪觅，白首朱颜何急！

2020年9月21日16时

目　录

第一章 相关诗文的文献梳理

　　王安石相关诗文的文献梳理工作值得学界重视。因为在近千年的收集出版过程中，有些诗文失传了，未能被收集到；有些是其他人的作品，却被编纂者误收到文集里；还有些诗文中的字词、官职名或是年月日被错刻了、错印了。以上这些错乱的情况，多少会影响到后人对王氏作品的理解和分析，所以我们必须要认真对待。前辈学者们对这些问题多有探究，成果斐然。如今笔者于此也有一些探求和思考，天长日久，略有积累。这些摸索或许能够为后人提供一些文本研究的线索与思路。故现在把这些文字陈述如下，以供读者评议与研讨。

第一节 《临川先生文集》误收他人诗歌考

　　这个问题应该从两个方面来加以考察。一个方面是《临川先生文集》正文部分的误收，另一个方面是《补遗》部分的误收。正文部分的误收固然要从严考究，《补遗》部分的误收自然亦须审慎对待。

一、《临川先生文集》正文部分的误收

　　明刊本《临川先生文集》是根据南宋绍兴十年（1140）詹大和刻本覆刻的。它保存了宋刻本的原貌，诞生年代较早，搜集又相对齐全，所以是学界公认的善本。特别是它所筛选的诗歌，在笔者看来，要比其他的本子更为可靠。但是笔者近年发现，《临川先生文集》也误收了两首诗歌。这两首诗歌本系他人所作，然一直被误认为王安石所写，实为不妥。

　　1.《次韵〈游山门寺望文脊山〉》（卷一一）

　　此诗载《临川先生文集》卷一一。但《王文公文集》未收。此诗本为王安石诗友吴季野所作，诗题为《游山门寺望文脊山》。《全宋诗》卷二三六收录了吴季野仅存的这一首诗歌，诗云："宣城百山间，文脊尤奇峰。拔出飞鸟上，画图难为容。闻昔有幽人，扪萝追赤松。遗形此石室，孤坐鹿裘重。人去邈不返，洞壑空藏龙。侧行苍崖烟，俯仰求灵踪。逝者追可得，甘弃万户封。安能久尘土，倾倒相迎逢。"①《临川先生文集》卷一一《次韵〈游山门寺望文脊山〉》一诗与此诗相比较，只有两句出现差异：一是"石室"变成"古室"，二是"逝者追"变成"游者如"。据《宋诗记事》卷二〇介绍，吴季野此诗录之于明代陈俊《（万历）宁国府志》卷一二。《全宋诗》亦作如是说明。

　　按，吴季野与梅、王是诗友，他在写成《游山门寺望文脊山》之后，曾分寄梅、王请求唱和。梅尧臣有和诗《次韵和吴季野〈游山寺登望文脊山〉》②可以为证。从《临川先生文集》的诗题来看，编者本想搜集的应是王安石的和诗，然而实际上是误把吴季野的原诗当成了王安石的和诗，真正的王安石和诗却失传了。影印本《王荆文公诗李壁注》卷一六所收《次韵〈游山门寺望文脊山〉》与《临川先生文集》卷一一全同，看来李壁也没有察觉其间有误。但如今通过吴、王二人诗歌字句的具体比照，完全可以确定：王氏的和诗确实失传了。

　　所以，今后编辑新本《王安石全集》时，应该把这首诗抽去，仅保留诗题。

2.　《次韵〈再游城西李园〉》（卷二三）

　　此诗载《临川先生文集》卷二三。又见《王文公文集》卷六七，李壁《王荆文公诗笺注》和影印古朝鲜活字体本《王荆文公诗李壁注》卷三四。李壁于此诗无注，似乎确认系王安石之作。诗云："京师花木类多奇，常恨春归人未归。车马喧喧走尘土，园林处处锁芳菲。残红已落香犹在，羁客多伤涕自挥。我亦悠悠无事者，约君联骑访郊圻。"

　　然此诗又载于《欧阳修全集》，见《居士集》卷一二（又《全宋诗》第6册，第3694页）。两诗内容基本相同，只是欧阳修的诗题作《和陆子履〈再游

---

① 　傅璇琮等主编，北京大学古文献研究所编：《全宋诗》第5册，北京大学出版社，1991–1998年，第3345页。

② 　同上，第3140页。"山寺"当为"山门寺"，"登"当为衍文。

城西李园〉》。陆子履名经，子履为其字，其时为欧阳修之诗友，但《全宋诗》未收陆经所写的《再游城西李园》一诗。把《欧阳修全集》和《临川先生文集》比对，可以看到两诗的不同之处只是在于：前是"不归"，后是"未归"；前是"悠然"，后是"悠悠"。

南宋周必大编刊《欧阳文忠公集》跋曰："惟《居士集》经公决择，篇目素定。"苏轼《居士集序》又曰："予得其诗文七百六十六篇于其子棐，乃次而论之曰……元祐六年（1091）六月十五日叙。"考欧阳修逝世于熙宁五年（1072）八月，《居士集》既经欧阳修本人审定过，后又为苏轼编次过，如果《次韵〈再游城西李园〉》一诗果真为王安石所作，则必被欧、苏二人剔出。而《临川先生文集》最早的詹大和刻本是在南宋绍兴十年（1140），王安石诗李壁注本最初刊行时，魏了翁之序系作于南宋嘉定七年（1214）。两相比较，结论自然非常清楚：晚编的《临川先生文集》和李壁注本，误收了早编的欧阳修《居士集》中的《和陆子履〈再游城西李园〉》一诗，且传抄之中诗题也被错改。

又《居士集》卷一二注明：欧阳修此诗的写作时间是在至和二年（1055）。该卷中紧接着此诗的还有一首《内直对月寄子华舍人、持国廷评》。诗题内的子华系韩绛之字，持国系韩维之字。韩维在至和二年正为大理评事，其时也有一首《和子履〈再游李氏园〉》[①]。显然，欧、韩、陆彼时游园酬唱，王安石不在其中。

所以，《次韵〈再游城西李园〉》一诗绝非王安石所作，而实系欧阳修所写，它不应当被收在《临川先生文集》之中。今后编纂新本《王安石全集》时，应该把这首诗删去。

二、《临川先生文集·补遗》的误收

北宋以后，历代学者曾对《临川先生文集》诗歌部分做过不少搜集补遗工作。作为一种研究成果，这些作品被汇集刊载在中华书局出版的《临川先生文集·补遗》里。但是其中有些作品的可靠性是值得怀疑的。比如《和叔才〈岸旁古庙〉》和《送王郎中知江阴》二首，本系梅尧臣作，均载于梅尧臣诗集，

---

① 　《全宋诗》第8册，第5207页。

却被误置于王安石的名下。以下对此分别略作考述。

1. 《和叔才〈岸旁古庙〉》

此诗只见于《临川先生文集·补遗》部分,《王文公文集》和李壁注本均未收入。

此诗又见于梅集,见朱东润《梅尧臣集编年校注》卷四①,又见《全宋诗》卷二三五②。《梅尧臣集编年校注》定此诗作于景祐元年（1034）。若把两诗加以对照可以发现:《补遗》中王诗的诗题为《和叔才〈岸旁古庙〉》,梅集的诗题为《和才叔〈岸旁古庙〉》,两诗题中所引的人名虽然有所不同,但实际上乃是同一首诗。诗的内容是一致的,只不过在文字上略有差异,《临川先生文集·补遗》的"座""渔浪"和"奈何",在梅集中分别为"坐""渔郎"和"无奈"。

关于此诗的来源,《临川先生文集·补遗》说是受启于元人方回《瀛奎律髓》卷二八。《梅尧臣集编年校注》定此诗作于景祐元年,是年梅尧臣当为三十三岁,适遇应进士举下第,以德兴县令知建德县事。而王安石在景祐元年不过十四岁,跟随父亲居住临川,一小童而已,必无此类交游。两相比较下来,此诗的作者自然应该定为梅尧臣无疑。因此《临川先生文集》《王文公文集》和李壁注本各本均不收此诗是完全正确的。

据此可以断定:方回《瀛奎律髓》择之已误,《临川先生文集·补遗》选之更误。

至于此诗诗题中所引《岸旁古庙》一诗的作者,不知为何人之字。如若从《临川先生文集·补遗》所引,定为"叔才",则考《全宋诗》卷二七二中,有苏舜元字才翁,旧字叔才,梓州人。又卷一〇九中有黄宗旦其人,字叔才,惠安人③。如若从梅集所引,定为"才叔",则《梅尧臣集编年校注》引述夏敬观注语有云"才叔"或是石苍舒,或是王广渊。夏注未有定论。考《全宋诗》

---

① （宋）梅尧臣著,朱东润校注:《梅尧臣集编年校注》卷四,上海古籍出版社,1980年11月,第72页。

② 《全宋诗》第5册,第2745页。

③ 《全宋诗》分别见第5册,第3458页;第2册,第1252页。

卷二六七中有吴戬其人，字才叔，处州龙泉人①。另《全宋诗》卷六八九中所记石苍舒，亦字才叔，河南开封人②。虽说黄宗旦、吴戬、石苍舒等都是梅尧臣同时代的人，但于此诗均查无实据，故很难指实《岸旁古庙》的作者究竟应是其中的哪一位。此当不必深究。再者，此诗的作者也可能只是梅尧臣当时一位普通的乡野好友，其姓失传而其字如此，那样的话就更难考究了。

此外，从版本的可靠性来斟酌，《临川先生文集·补遗》所收的这首《和叔才〈岸旁古庙〉》诗，其诗题还当正名为梅集的《和才叔〈岸旁古庙〉》为是。"叔才"二字，可能系在传抄中颠倒了"才叔"二字所致。

2.《送王郎中知江阴》

此诗只见于《临川先生文集·补遗》部分，《王文公文集》和李壁注本均未收入。

此诗又见于梅集，见朱东润《梅尧臣集编年校注》卷二八③，或《全宋诗》卷二五九④。《梅尧臣集编年校注》定此诗作于嘉祐三年（1058）。若把两诗加以比较可知，它们的题目完全相同，只是在文字上略有差异：《临川先生文集·补遗》的"霄汉""鲸脍"和"三槐"，在梅集中分别为"汉省""鲜脍"和"二槐"。

关于此诗的来源，《临川先生文集·补遗》说是辑自明代张衮《（嘉靖）江阴县志》卷二一。然梅尧臣此诗作于嘉祐三年，其人逝世于嘉祐五年（1060），嘉祐六年（1061）欧阳修作《梅尧臣墓志铭（并序）》时，曾明确记载，当时已为梅尧臣收定了"文集四十卷"⑤。所以这首诗应该早就被收在梅集之中了。

即使是晚出的世间通行的六十卷本《宛陵先生文集》，也在南宋绍兴十年（1140）左右，约与《临川先生文集》的编刊同时。当年《临川先生文集》的

---

① 《全宋诗》第5册，第3387页。
② 《全宋诗》第12册，第8065页。
③ 《梅尧臣集编年校注》，第1007页。
④ 《全宋诗》第5册，第3261页。
⑤ （宋）欧阳修著：《文忠集》卷三三，影印文渊阁《四库全书》，台湾商务印书馆，1986年3月，第1102册，第265页下。

编者不收此诗，说明编者对此诗为梅氏所作是十分清楚的。稍后编刊的《王文公文集》同样不收此诗，原因也应当相同。

　　然而数百年之后，明代张衮却指认此诗为王安石所作，这就显得十分牵强，证据不足。至于《临川先生文集》的补遗者再把它视为王安石的佚诗，显然更属于错拣误收了。

　　实际上，《（光绪）江阴县志》卷一一曾记其知军官员有曰："嘉祐三年，王端，都官郎中。"又录其签判为晁端彦①。这一事实足可说明，嘉祐三年时，梅尧臣正在京师书局担任编修《唐书》的工作，从地点上讲，他完全有条件作此诗欢送王端赴任江阴。而王安石当时却提刑江东，不在汴京，没有送赠王端的可能。所以，《送王郎中知江阴》一诗绝非王安石所作。

第二节　《王荆文公诗李壁注》误收他人诗歌考

一、对前贤几种观点的补说

　　北宋以后，历代学者对《临川先生文集》做过不少搜集补遗工作。就诗歌部分而言，其中以南宋嘉定七年（1214）李壁注本的搜集补遗最多。这一注本由中华书局在1958年出版了以元大德刻本为底本的李壁《王荆文公诗笺注》②，上海古籍出版社1993年又影印出版了古朝鲜活字本《王荆文公诗李壁注》③。学界一般认为，李壁这一注本所收王诗要比通行本《临川先生文集》多出七十二首，甚为难得。这当然是正确的。但显而易见，对其中一些误收的作品，我们也应当谨慎辨别。

　　不过综观学界对误收之作的讨论，似乎论者往往以直感判定为多，而以分析说理为少。这样的讨论便显得猜测有余而研究不足，令人觉得说服力不强。一般而言，判断一篇作品属于误收，应当展示出令人信服的依据来。故笔者试

---

① 《中国地方志集成·江苏府县志辑》，江苏古籍出版社，1991年6月，第25册，第247页上。《（光绪）江阴县志》据清光绪四年（1878）刻本影印，
② （宋）王安石撰，（宋）李壁注：《王荆文公诗笺注》，中华书局，1958年11月。
③ （宋）王安石撰，（宋）李壁注：《王荆文公诗李壁注》，上海古籍出版社，1993年12月。

图突出事实根据，在讨论李壁误收他人的作品时，首先力求搜寻出相关的人物事迹和版本年代来，然后再以这些史实为依据，以证明其确系误收。这样的辨析和推断，或许能增加一些说服力。

这里先考述历史上已经被学者们提出的五首误收之作：《江邻几邀观三馆书画》《寄程给事》《杭州呈胜之》《勿去草》《汝瘝和王仲仪》。

据笔者观察，这五首误收之作有一个共同的特点，即《临川先生文集》没有收录它们，而《王文公文集》和李壁注本却全都收入了。这就说明，《临川先生文集》的诗文搜集是更为细致、严谨的，编纂者未选录之一定有所依据。

1.　《江邻几邀观三馆书画》（卷二一）

此诗又见于梅尧臣诗集[①]。两相比较，二诗在内容上一字不差。稍为不同的是，梅集中此诗题为《二十四日江邻几邀观三馆书画录其所见》，与王集相比，是加了时间之"头"，又添了举动之"尾"。

江休复，字邻几。李壁于此诗诗题下有注云："复集贤校理，判吏部南曹，为群牧判官。介甫时同在馆中，盖邻几再召时也。"观李壁之意，显然肯定此诗为王安石所作，且作于"邻几再召时"。然而李壁于此失察，此诗实为梅尧臣之作。

探究李壁误选此诗，关键是要考实"邻几再召时"是在何时，并据此说明，当时江、梅、王是否常有来往。

故考述之一是：江邻几何时获"再召"？

《宋史》卷四四三《江休复传》记曰："与苏舜钦游，坐预进奏院祠神会落职，监蔡州商税。久之，知奉符县，通判睦州，徙庐州。复集贤校理，判吏部南曹、登闻鼓院，为群牧判官。出知同州，提点陕西路刑狱……"本传所记可惜没有点明江休复何时返回朝廷复为集贤校理。然江休复爱好诗文，喜欢书画，经常与欧阳修、梅尧臣等人唱和往来。所以我们可以《梅尧臣集编年校注》的相关诗歌作为参照，寻找他重返朝廷的时间。

从《梅尧臣集编年校注》中梅、江二人诗歌交往的年月可知：

其一，庆历四年（1044）十一月，江休复因涉及苏舜钦祠神会饮一案获

---

① 　《梅尧臣集编年校注》卷二三，第676页。又《全宋诗》第5册，第3074页。

罪，降职外放蔡州。庆历六年时，梅尧臣在许州任签书判官，和江有诗歌来往。此可见《答江十邻几》（卷一六）等三首诗歌。

其二，其后四年，从庆历七年到皇祐二年（1050），二人无诗歌来往。

其三，从皇祐三年到皇祐五年上半年，梅、江二人应酬诗歌有十八首之多，如《和江邻几有菊无酒》及《江邻几迁居》（卷二一、二二、二三）等。而从皇祐三年下半年至皇祐五年上半年，梅尧臣均居住京师。其间，他有幸获赐同进士出身，并改太常博士，监永济仓。既然此时梅尧臣身在京师为官，又能在日常生活中与江休复密切往来，这肯定说明，江休复在这期间已经重返朝廷。

其四，皇祐五年秋天起，梅尧臣因丧母而回宣州守制二年，此后又不见二人的诗歌唱和。这一事实，又恰可作为江休复在这之前确实已经返回朝廷的反证。

其五，三年之后，到至和三年（即嘉祐元年，1056），梅尧臣又作有《江邻几学士寄酥梨》（卷二六）一诗。于此我们又可得知：当梅尧臣是年夏秋进京得补国子监直讲时，江休复早已出知同州矣。

考述之二是：梅尧臣何时作此诗？

在梅、江二人的诗歌交往中，《梅尧臣集编年校注》把这首诗置于皇祐五年。同时，这首诗又明白无疑地标明了"五月秘府始暴书"，那么此事就十分清楚了：梅尧臣的《二十四日江邻几邀观三馆书画录其所见》，必定作于他返还宣州守制之前，即皇祐五年五月。

考述之三是：王安石此时在何地？

皇祐三年时，王安石赴舒州担任通判。皇祐五年时，他正在舒州通判任上，不可能返回京师。由此可见，从时间和地点上看，王安石都不具备写作这首诗的条件。

王安石是至和元年（即皇祐六年，1054）七月进京，九月担任群牧判官的。不过，当王安石进入京师就任群牧判官时，原任群牧判官的江休复已外出赴任同州知州。他们两人并没有机会"同在馆中"，并未共事过，故李壁的注说并不符合事实。

所以可以断言：此诗绝非王安石所为，实乃梅尧臣所作。

2. 《寄程给事》（卷三七）

此诗非常怪异，它不仅为《王文公文集》和李壁注本所收有，同时还见于王珪诗集①，见于郑獬诗集②，见于秦观诗集③，不过在后三人的文集中，这首诗的诗题又全都作《寄公辟》，与王安石诗集的诗题略有差异。

李壁曾怀疑此诗曰"恐非公作"。

此怀疑正确，且可加以证实：此诗确实非王安石所作。

按王安石曾孙王珏作于绍兴二十一年（1151）的重刻《临川王先生文集》小序曾曰："比年临川、龙舒刊行，尚循旧本。"此"临川"即绍兴十年（1140）詹大和刻印的《临川先生文集》，此"龙舒"即1145年左右庐州舒城县（一说舒州）刻印的《王文公文集》。

而李壁注本的最初刊行时间是南宋嘉定七年（1214）。既然如此，我们便可以此为准，比较各家文集的编成年代，然后从中分辨出该诗最早当出自何人笔下。

王珪（1019—1085），字禹玉，有文集一百卷。但他去世以后，因曾倡议建储之事遭到追贬，文集久久未能刊行。宋徽宗即位之后，才决定还其官封。大观二年（1108），宋徽宗下诏，令王家上献王珪的文集。其子王仲修乃上表进之，并有许光凝为之作《华阳集序》。序文称"家集既奏御，且镂板以传世"云云。这即是说，《华阳集》在1085年略后的一段时间内已经收齐成稿，在1108年之后的一段时间内得以印刷刊行，早于詹大和刻印的王集三十二年。既然如此，王珪后人绝不敢伪造其诗上献朝廷，此诗当为王珪所作自是无疑。

郑獬（1022—1072），字毅夫。其《郧溪集》五十卷，大约刊行于南宋淳熙十三年丙午（1186）。依据同样的道理，此诗既然早就收入了已经刊行的王珪《华阳集》，那也不可能再是郑獬所作了。应当是《郧溪集》误收了《华阳集》的《寄公辟》。

秦观（1049—1100），字少游。传世的《淮海居士集》以南宋乾道九年（1173）高邮军学刊本为最古老。《淮海居士集》分为前集四十卷，后集六

---

① （宋）王珪：《华阳集》卷三，又《全宋诗》第9册，第5975页。

② （宋）郑獬：《郧溪集》卷二七，又《全宋诗》第10册，第6873页。

③ （宋）秦观：《淮海后集》卷三，又《全宋诗》第18册，第12158页存目。

卷，《寄公辟》一诗正在后集六卷之中。由于《淮海居士集》的刊行时间也远后于《华阳集》，故该诗也不可能是秦观所作。应当是《淮海居士集》误收了《华阳集》的《寄公辟》。

所以结论只有一个：《寄公辟》一诗为王珪所作。它最先收入《华阳集》里，可能因单篇流传于世，被《郏溪集》和《淮海居士集》误收。而当它最后被《王文公文集》和李壁注本误收时，连诗题都已经有了更动，被改成了《寄程给事》。

3. 《杭州呈胜之》（卷三七）

此诗又见于王安石大弟王安国（字平甫）的诗集《王校理集》[①]。两诗相比，诗题一样，文字上则稍有差异：王安石诗中是"千家水""笙箫"和"寄与"，王安国诗中是"千岩水""笙歌"和"付与"。

李壁未觉察此诗为误收。元人方回《瀛奎律髓》指出："此平甫作，误入荆公集。"方回所言必有所据，但可惜我们不知究竟是何依据。

当然我们也可从另外的角度来加以考察，这里不妨试说一二。

第一，从王氏兄弟二人文集形成的年代先后来加以对比。

据王安石元丰三年（1080）为王安国所作的《王平甫墓志》可知，熙宁末年王安国去世之后，王安石即对其诗文进行了搜集整理。《王平甫墓志》明确记载道："有文集六十卷。"由此可见，王安国的诗文作品在熙宁末、元丰初就已经收全定稿，而《王文公文集》和李壁注本的搜集编刊要远在其后。《杭州呈胜之》这首诗两见于王氏兄弟的文集，而弟之文集早成于半个世纪之前，那么这首诗自然就不可能是兄之作了，肯定系后人在编刊王安石文集时错选误纳。

第二，从"胜之"和王平甫的行踪比较来究其交往。

"胜之"是王益柔之字。据《宋史》本传记载，熙宁元年（1068）之前，王益柔曾经"出为两浙、京东、西转运使"。考欧阳修《送王学士赴两浙转运》一诗有题注曰："京本作《送王胜之两浙运使》。"[②]且在《居士集》中，

---

① 见宋人陈思所编《两宋名贤小集》，又《全宋诗》第11册，第7532页。

② 《居士集》卷十三，又《全宋诗》第6册，第3709页。

此诗的编年又明确地被界定在嘉祐八年（1063）。

又李壁注王安石《寄胜之运使》曰："（王益柔）治平三年（1066）、自浙漕徙京东，及徙京西。"

是则嘉祐八年到治平三年，王益柔应在杭州治理两浙漕运之事。

另据《乾道临安志》所记，嘉祐七年八月，沈遘始知杭州，后于治平元年九月离任。这期间沈遘曾作诗《谢王胜之行部浙东还示诗》记曰："三月初行部，飞帆绝潮头。"①于此可见，治平初年时，王益柔确在杭州无疑。

而治平元年、二年时，王氏兄弟正在江宁为母亲居丧守制。从地理因素上讲，江宁与杭州较近，王安国在此时完全有条件一赴杭州。考《王校理集》中还有一首《西湖春日》②，描述了自己亲游西湖、观赏春色的喜悦心情。《西湖春日》和《杭州呈胜之》这两首诗之间，必然存在着某种内在联系，那就是：王安国在治平初年确实游历过杭州，亲临过西湖，并面谒王益柔，献诗话情谊。故《西湖春日》完全可以作为王安国到过杭州、并寻访过王益柔的有力佐证。

综上所述，《杭州呈胜之》一诗只能是王安国所作，而绝非王安石所为。

4.《勿去草》（卷二一）

此诗又见于杨杰诗集③。李壁于此诗有注疑云："或云是杨次公诗。"李壁之疑可以考实：《勿去草》本为杨杰所作。

杨杰，生卒年不详，享年七十，字次公，号无为子。杨杰系嘉祐四年（1059）进士，与王安石比较起来，年龄当小十多岁。杨杰逝世以后，在高宗绍兴十三年（1143）时，知无为军赵士粲最先编次其诗文为《无为集》十五卷，刊行时还亲自作序。《勿去草》应在《无为集》中。与《无为集》的刊行年代相比较，《王文公文集》的编印稍晚几年，李壁的《王荆文公诗笺注》则要晚七十年左右。故相对而言，只能是它们误收了杨杰的《勿去草》，而不可能是《无为集》误收了王安石的《勿去草》。

所以《勿去草》当归属杨杰，这应当没有疑义。

---

① 《全宋诗》第11册，第7515页。

② 同上，第7534页。

③ 《全宋诗》第12册，第7848页。

5. 《汝瘿和王仲仪》（卷二一）

此诗又见于梅尧臣诗集[①]。然梅集诗题为《和王仲仪咏瘿二十韵》，和王集诗题《汝瘿和王仲仪》不同。

李壁当年在收入此诗时，曾表示过一定的疑惑："《梅宛陵集》亦载此诗，未知谁作。"实际上我们可以依据史实考定，此诗确非王安石所作，而应归属梅尧臣。

一方面，是因为梅尧臣诗集的编成要远早于《王文公文集》和李壁《王荆文公诗笺注》。众所周知，梅尧臣逝世于嘉祐五年（1060）。嘉祐六年，欧阳修作《梅尧臣墓志铭》时就已明确记载其收定了"文集四十卷"。即使是晚出的坊间通行的六十卷本《宛陵先生文集》，也是在南宋绍兴十年（1140）间。而这两个时间，都比《王文公文集》和李壁注本的刊行时间要早。所以此诗必为梅尧臣所作无疑。

另一方面，是因为梅尧臣的行年事迹符合该诗的内容，王安石则不合。庆历六年（1046），梅尧臣四十五岁，在许昌任签书判官。是年春天，梅尧臣自许昌北上汴京，与太常博士刁渭的女儿结婚。经过汝州时，与好友、汝州知州王素（字仲仪）相聚唱和。停留期间，他先后留下了《汝州王待制以长篇劝予复饮酒因谢之》《留别汝守王待制仲仪》和《再别仲仪》等八首诗篇，这首《和王仲仪咏瘿二十韵》也是其中之一。而庆历六年时，二十六岁的王安石刚从扬州签书判官任上返回京师候阙，他没有条件、也没有可能专程前往汝州去和知州王素相聚唱和。而且可以肯定，王安石一生也未和王素有过直接交往。所以此诗绝非王安石所作。

故结论自然就十分清楚：《王文公文集》和李壁注本在编刊时，误把梅尧臣的《和王仲仪咏瘿二十韵》当成了王安石的作品，而且当时的诗题也已经有了更动。

二、本人新近发现的考述

李壁注本的误收之作，除了学界已经公认的一些之外，笔者近年来又陆续新发现三首。被李壁误收的这三首是：梅尧臣的《三月十日韩子华招饮归

[①] 《梅尧臣集编年校注》卷一六，第346页。又《全宋诗》第5册，第2890页。

城》，赵湘的《寄国清处谦》，欧阳修的《送致政朱郎中东归》。

下面按影印本《王荆文公诗李壁注》的卷次顺序，对其逐一加以分析论述，以明示其误收之实。

1.《三月十日韩子华招饮归城》（卷二一）

这首诗《临川先生文集》未收，但李壁的注本收了，《王文公文集》也收了。然而此诗又可见于梅尧臣的诗集①。

在元大德刻本李壁《王荆文公诗笺注》和影印古朝鲜活字体本《王荆文公诗李壁注》中，李壁于此诗均无评无注，似确认为王安石诗无疑。但刘辰翁却对此诗表现出强烈怀疑，加有评语曰："不似不似，知何人诗？"经笔者检核查证，《三月十日韩子华招饮归城》一诗确实应当归属梅尧臣，而非王安石。朱东润《梅尧臣集编年校注》置此诗于皇祐五年（1053）。考梅尧臣自皇祐三年起，在京师获赐同进士出身，后改太常博士，监永济仓，直至皇祐五年秋，才因嫡母束氏去世而解官居忧，回归宣城。

韩子华名绛，是梅尧臣之密友。梅尧臣诗集中与其应酬之诗多达三十余首，由此可见二人之间关系的亲密。而从皇祐三年到至和二年（1055），韩绛又一直在京城为官。据李焘《续资治通鉴长编》（以下简称《长编》）卷一七一、一七三、一七五、一七六的记载，韩绛在此间先后担任的官职是：户部判官，江南东西路体量安抚使，同修起居注判盐铁勾院、右正言、知谏院、礼部员外郎知制诰。直到至和二年，韩绛才主动要求外出："礼部员外郎知制诰韩绛为吏部员外郎知河阳，从所请也。"②

所以在皇祐五年上半年时，韩绛和梅尧臣招饮往来是很自然不过的事情。

尤为引人注目的是，梅尧臣在该年上半年作诗记叙二人的应酬交往时，因为特别看重与韩绛的情感联系，所以常常极为细致地记下作诗时的日期，以示关注和重视。这便在无意之中，给我们研究有关问题提供了莫大的方便。

且看下列四诗依时而记的详细情况：

一、《三月十日韩子华招饮归城》，这首诗的记时情况自然无须多言。

---

① 《梅尧臣集编年校注》卷二三，第665页。又《全宋诗》第5册，第3068页。

② （宋）李焘：《续资治通鉴长编》卷一七九至和二年五月戊寅记事，上海古籍出版社，1986年2月。

二、《醉和范景仁〈赋子华东轩树〉次其韵》①，梅尧臣在诗题下有自注曰："五月十日。"

三、《五月十四日与子华自内中归》②，这首诗的记时情况也非常分明。

四、《韩子华遗冰》③，这首诗的首句便点明了写诗的月份："六月侍臣方赐冰。"

很清楚，我们只要详细考察一下这四首诗的文脉联系，便可认定《三月十日韩子华招饮归城》这首诗为梅尧臣所作。

再看王安石，从皇祐三年（1051）到皇祐六年（至和元年，1054）初，他一直是在舒州通判任上，没有离职，也没有机会到过京师。所以从地点和方位上讲，王安石根本没有可能去和韩绛对斟对酌。

所以，这首诗是被《王文公文集》和李壁注本误收了，而《临川先生文集》没有收它是正确的。

2. 《寄国清处谦》（卷三七）

这首诗《临川先生文集》未收，但李壁的注本收了，《王文公文集》也收了。然而此诗又见于宋人赵湘的诗集中。两相比较，这两首诗完全相同，不仅题目一样，内容也一字不差。诗题中之"国清"系指浙江省天台县的国清寺，该寺为佛教天台宗的祖庭。"处谦"则当为某僧人之名。

这里需要说明的是：在文渊阁四库全书影印赵湘的《南阳集》中（按赵湘有《南阳集》，韩维亦有《南阳集》），并未录此诗。考宋祁《南阳集序》有云："后四十年，予为益州，于是叔灵之孙抃以殿中侍御史领益路转运使，始尽得叔灵所集。疾启而玩，快然，乃大偿所素。"④如此而言，则《南阳集》中没有《寄国清处谦》，当系赵湘之孙赵抃在嘉祐三年（1058）编集时尚未看到此诗。值得庆幸的是，《寄国清处谦》一诗湮没世间二百多年之后，最终又在南宋后期重新归属到赵湘的名下，它在南宋嘉定元年（1208）时被收入了有关天台题咏的诗集之中。在近年出版的《全宋诗》里，编者在赵湘的名下列出了

---

① 《梅尧臣集编年校注》卷二三，第675页。又《全宋诗》第5册，第3074页。

② 同上。

③ 同上，第685页。又《全宋诗》第5册，第3080页。

④ （宋）赵湘：《南阳集》，《四库全书》第1086册，第305页上。

此诗，并注明是收录自南宋林师蒇所辑的《天台续集》卷下①里。笔者曾到上海图书馆核实过明刻本《天台续集》卷下里的《寄国清处谦》一诗，它果然与影印古朝鲜活字体本《王荆文公诗李壁注》中的《寄国清处谦》一字不异②。

考《四库全书总目·集部·总集类二》"提要"对《天台集》的评语："案是集皆衷辑天台题咏。《前集》宋李庚原本，林师蒇等增修，皆录唐以前诗。成于宁宗嘉定元年（1208）戊辰。""《续集》前二卷亦李庚原本，后一卷则师蒇、林登、李次蓑等所汇录，皆宋初迄宣、政间人之诗。亦成于嘉定元年。""此集则有诗而无文。虽仅方隅之赋咏，而遗集沦亡者每借此以幸存百一，足为考古者采摭之所资，固当与《会稽掇英总集》诸书并传不废矣。"③由此观之，《南阳集》未录《寄国清处谦》，实系赵抃在嘉祐三年编集时失收。

赵湘（959—约993），字叔灵。祖籍南阳，居浙江衢州。宋太宗淳化三年（992）进士，授庐江尉。次年卒，才三十五岁。有《南阳集》传世，计六卷。

认定此诗实为赵湘之诗而误入王集，其理由如下：

一、赵湘的生活年代足足要比王安石（1021—1086）早六十二年。既然《寄国清处谦》一诗两属于赵、王二人的名下，则推断此诗当为前辈赵湘所作，是完全合乎情理的。赵诗有可能误入王集，而王诗绝无可能误入赵集。

二、更重要的，从赵、王二人的经历中可以知悉：王安石一生中并无游访天台之说，与天台僧人亦无交往和赠诗。而赵湘却在某年秋冬专程游玩过天台山水，大写题咏之作，并多与天台僧人交往，这些均有赵湘自己的诗歌为证。这些诗作既可见之于赵湘的《南阳集》卷二、卷三，亦可见之于《全宋诗》卷七六、卷七七的赵诗，如《华顶峰》④，《题石桥寺山井》⑤，《题国清寺》⑥，

①　《全宋诗》第2册，第890页。
②　明代正德二年（1507）刻本第四册，书末有台州（临海郡）"假守"李兼题跋。此刻本分上、中、下三卷，共四册。其中上卷为第一、二册，中卷为第三册，下卷为第四册。
③　《四库全书总目》卷一八七，中华书局，1965年6月，第1699页下、第1700页上。
④　《全宋诗》第2册，第867页。
⑤　同上，第868页。
⑥　同上，第869页。

《天台香柏峰会思上人》①，《方广寺石桥》②，《游石桥寺》③，另外还有《天台思古》④。

　　三、此外，作为旁证，赵湘在某年不仅游历了天台，还一路拜访亲友，顺道游赏他处的山水，并用诗歌留下了永恒的纪念。据《四库全书总目·集部·别集类五》介绍，浙江一些地方志多有赵湘游历当地的记载⑤。如《剡录》载其《剡中齐唐郎中所居》⑥一首，《云门集》载其《别耶溪诸叔》⑦一首，《烂柯山志》载其《游烂柯山》⑧一首。这些旅游诗均可见于今日赵湘之《南阳集》卷二和《全宋诗》卷七六。

　　所以，这首诗确是被《王文公文集》和李壁注本误收了，而《临川先生文集》没有收它是正确的。

3. 《送致政朱郎中东归》（卷三七）

　　这首诗《临川先生文集》未收，但李壁的注本收了，《王文公文集》也收了。然而此诗又可见于南宋庆元二年（1196）六月周必大所编刊的《文忠集·居士外集》卷六⑨。两相比较，这两首诗的内容完全相同，一字不差。只是欧集中的诗题标为《送致政朱郎中》，没有"东归"二字。

　　欧集中的《居士外集》有二十五卷，在何年编成，时间不明。欧阳修的《居士集》是他自己编定的，其《居士集序》则为苏轼所作，时在元祐六年（1091）六月十五日，其时尚未有《居士外集》。历史上最早提到《居士外集》的文献，当是苏辙为欧阳修所作的《欧阳文忠公神道碑》，时间是在崇宁五年（1106）。其碑文叙述欧阳修一生所作有云："凡为……《居士集》五十

---

① 　《全宋诗》第2册，第871页。

② 　同上，第879页。

③ 　同上，第884页。

④ 　此诗不见《南阳集》，而仅见《天台续集》卷下。又见《全宋诗》第2册，第890页。

⑤ 　《四库全书总目》卷一五二，第1307页中。

⑥ 　《全宋诗》第2册，第870页。

⑦ 　同上，第871页。

⑧ 　同上。

⑨ 　（宋）欧阳修：《文忠集·居士外集》卷六，《四库全书》第1102册，第428页下。又见《全宋诗》第6册，第3785页。

卷，《外集》若干卷，《归荣集》一卷，《外制集》三卷，《内制集》八卷，《奏议集》十八卷，《四六集》七卷，《集古录跋尾》十卷，《杂著述》十九卷。"①

可见，至崇宁五年时，《居士外集》的卷数虽然尚未清晰可定，但其规模肯定已经形成，搜集也应基本齐全。因此，欧阳修《送致政朱郎中》一诗，应当在崇宁五年时已被收入《居士外集》。南宋周必大编刊《文忠集》，其《居士外集》卷六中收有此诗，正可证明这一点。

而王安石曾孙王珏作于绍兴二十一年（1151）的重刻《临川王先生文集》小序有曰："曾大父（按王安石）之文，旧所刊行，率多舛误。政和中门下侍郎薛公（按薛昂），宣和中先伯父大资（按王安石嫡孙王棣）皆尝被旨编定。后罹兵火，是书不传。比年临川、龙舒刊行，尚循旧本。珏家藏不备，复求遗稿于薛公家，是正精确，多以曾大父亲笔、石刻为据。其间参用众本，取舍尤详。至于断缺，则以旧本补校足之。凡百卷，庶广其传云。"②

此"临川"即指绍兴十年（1140）时，抚州知州詹大和刻印的《临川先生文集》；此"龙舒"即指1145年左右时，庐州舒城县（一说舒州）刻印的《王文公文集》。这两种版本"尚循""率多舛误"的"旧本"，则自当会发生各种料想不到的错误了。很可能就在此时，"龙舒"本误录了欧阳修的《送致政朱郎中》。

所以说，既然早在崇宁五年时，欧阳修的《居士外集》已经基本选定，那么四十多年以后，《送致政朱郎中》又出现在龙舒本《王文公文集》里，这肯定是属于编选者的误收了。而略前刊行的《临川先生文集》没有收它，是正确的。

同样的道理，由魏了翁作序、刊行于南宋嘉定七年（1214）的李壁注本，也肯定是误收了此诗。李壁也把欧阳修的《送致政朱郎中》当成了王安石的作品，一时没有察觉。

---

① （宋）苏辙：《栾城集·后集》卷二三，《四库全书》第1112册，第773页下。
② （清）瞿镛编纂，瞿果行标点：《铁琴铜剑楼藏书目录》卷二〇，上海古籍出版社，2000年9月，第550页。

第三节　个别诗题所记阶官错刻考

在王安石的诗歌里，有些诗题的阶官是有错误的，比如《谢郏亶秘校见访于钟山之庐》，又比如《送明州王大卿》。这些常识性的错误肯定和作者王安石无关，而是在长期的传抄、刻字、印刷过程中，被无意弄错了。这些都需要我们加以谨慎辨别和分析。

1. 《谢郏亶秘校见访于钟山之庐》（卷三七）

《谢郏亶秘校见访于钟山之庐》虽然不载于《临川先生文集》，但《王文公文集》卷六二、李壁《王荆文公诗笺注》卷三七，以及影印古朝鲜活字体本《王荆文公诗李壁注》卷三七皆收之，故对此诗的真实性不当有疑。今后修订王安石全集时，应当补入《谢郏亶秘校见访于钟山之庐》。

郏亶，字正夫，又为正甫，太仓人。仁宗嘉祐二年（1057）进士及第，初任睦州团练推官，后知於潜县。《续资治通鉴长编》卷二四〇熙宁五年（1072）十一月癸丑记事有曰："睦州团练推官、知於潜县郏亶为司农寺丞、两浙路提举兴修水利。"[①]又据《长编》卷二七五熙宁九年（1076）五月己巳所记，时已为"司农寺主簿"[②]。

按，"秘校"为秘书省校书郎之俗称，属北宋阶官的最低级别，往往为进士及第初获官职时所得。如曾巩《刑部郎中张府君神道碑》所记，王安石本人庆历二年（1042）进士及第后，签书淮南节度判官厅公事时，当时的阶官即是秘书省校书郎[③]。北宋阶官一般是三年一迁，故郏亶若以"秘校"身份拜访王安石的话，势必只能在嘉祐二年至嘉祐五年之间。然而嘉祐二年至嘉祐五年间，王安石正忙于政事，先知常州，再提点江东刑狱，后又入京为度支判官，岂有可能在"钟山之庐"接见郏亶？

或又有一说：王安石于嘉祐八年至治平四年（1067）丁母忧持服金陵，郏

---

① 影印本《续资治通鉴长编》卷二四〇，上海古籍出版社，1986年2月，第2册，第2240页上。

② 《长编》卷二七五，第3册，第2590页下。

③ （宋）曾巩：《元丰类稿》卷四七，《四库全书》第1098册，第751页上。

亶或于此时拜访荆公。此或与其诗中"误有声名只自惭"一句暗合。但此说显然忘记了北宋官员阶官的叙迁规定。郑亶嘉祐二年进士及第获秘书省校书郎，八九年之后，岂还是校书郎耶？起码也是殿中丞，或是太常博士了。故郑亶拜访之事绝无发生在此间的可能。

再看王安石诗中所云："误有声名只自惭，烦君跋马过茅檐。已知原宪贫非病，更许庄周知养恬。世事何时逢坦荡，人情随分值猜嫌。谁能胸臆无尘滓，使我相从久未厌。"全诗心情恬淡，表示了对仕途生涯的几许厌倦，对人间真情的十分向往，完全是晚年偏寓钟山时的诗风。故诗题中的"钟山之庐"，必是王安石在白下门外、钟山南侧的半山寺故宅，此诗定是王安石的晚年之作，诗题中郑亶的阶官"秘校"二字必定有误。

考《长编》卷三〇二元丰三年（1080）二月丙午记事曰："翰林学士、右正言知审官东院章惇为右谏议大夫、参知政事。"① 又《长编》卷三七〇元祐元年闰二月（按无日）记事曰："是月，殿中侍御史吕陶言……及惇（按章惇）参知政事，秘书丞郑亶者邪险急进，素为惇所喜，迎合惇意，推仿湖南之法……"② 依据上述记载，则元丰三年时，郑亶的阶官已为秘书丞矣。

又考《长编》卷三三四元丰六年（1083）四月壬子记事有云："江淮等路发运司言……乞取问转运判官郑亶。"③《长编》卷三四〇元丰六年十月庚辰记事曰："江东转运判官郑亶见有罪被劾而乞上殿。"④《长编》卷三四一元丰六年十二月戊子记事有"奉议郎郑亶"⑤。如此而言，元丰五年（1082）冬时，郑亶已为奉议郎、江东转运判官。

按北宋神宗朝元丰五年行新官制，旧官转新官，秘书丞正对应奉议郎。显然诗题中的"秘校"实为"秘书丞"之误。王安石是当时官员，必定熟悉官职称呼，他绝不会把"秘书丞"误会成"秘校"。此必是后人在传抄刻写的流传过程中，把"秘书丞"误写成了"秘校"而不自知。

---

① 　《长编》卷三〇二，第3册，第2837页上。
② 　《长编》卷三七〇，第3册，第3461页上。
③ 　《长编》卷三三四，第3册，第3109页下。
④ 　《长编》卷三四〇，第3册，第3161页上。
⑤ 　《长编》卷三四一，第3册，第3175页上。

故原诗的诗题应当更正为《谢郏亶秘书丞见访于钟山之庐》。

2. 《送明州王大卿》（卷三八）

王安石初知鄞县时，其顶头上司是明州知州王周。这一时期王安石所作的与王周有关的文章和诗歌有：《代人上明州到任表》《明州新修刻漏铭》《谢王司封启》《上明州王司封启》（以上见《临川先生文集》），《和王司封会同年》（《王荆文公诗李壁注》卷三三），《送明州王大卿》（《王荆文公诗李壁注》卷三八）。诗文中所称"王司封"系指王周其时的阶官是司封郎中，这是正确的。但同时又称王周为"王大卿"则是有问题的。

据王安石所作《赠尚书刑部侍郎王公（文亮）墓志铭》可知：王文亮的葬日是皇祐三年（1051）十二月甲申。又王文亮生前仅为龙川县令，其之所以能够获得尚书刑部侍郎的封赠，是因为其子王周当时已升迁为光禄卿。

既然皇祐三年十二月王周已为光禄卿，则王周的阶官升迁踪迹可以探明：庆历八年（1048），王周以司封郎中治明州，其年当已满秩，应当升迁。司封郎中属吏部，为前行，按叙迁规定，有出身者应转为太常少卿。考王周为大中祥符五年（1012）进士，有出身，则自庆历八年至皇祐三年，王周当转为太常少卿。而当皇祐三年后王周再次满秩升迁时，按叙迁规定，恰可转为光禄卿。以上推断当完全符合王周的阶官升迁实情。

这里顺便指出，北宋时期，朝廷卿监才可称为大卿，此与诸少卿的阶官有别。查考王周的叙迁仕履可知，实际上他由司封郎中升迁的新阶官按律该是太常少卿才是。故王周奉命离开明州返回朝廷时，其阶官仅是太常少卿，王安石这首赠诗的诗题被刻印为"王大卿"是有问题的，应该称他为"王少卿"才对。此"王大卿"当系"王少卿"的误刻。至于后来王周致仕前晋升为光禄卿，假若王安石此时再赠诗与他，诗题尊称他为"王大卿"，就是正确的了，因为光禄卿可以称为大卿。

是则《送明州王大卿》应当改为《送明州王少卿》才对。

第四节 部分散文所记年月与阶官错刻考

北宋时代，王安石文集的版本曾有多种。但流传到如今，就只有两种了。

一是源于南宋绍兴十年（1140）的詹大和刻本，即所谓临川本《临川先生文集》。一是1145年左右庐州舒城县（一说舒州）刻印本，即所谓龙舒本《王文公文集》。20世纪中叶，上海中华书局影印出版了龙舒刻本。20世纪70年代，上海人民出版社又以龙舒刻本为底本，排印出版了《王文公文集》。

《临川先生文集》流传几近千年，其中绝大多数作品为王安石所写，版本真实可靠。当然不足之处也有，如诗歌有误收他人者，文章有漏收者，这些都需要进一步的研究与整理。此外，文集所有作品在文字词语舛误方面的审核也颇有工作要做。众所周知，这一方面的工作极为艰巨和烦琐，除了校勘版本、考辨异同之外，对文本本身的深入研究也是十分必要的，有些问题只有在研究和比较之中才能被揭示和解决。现即基于这一思路，依据李焘《续资治通鉴长编》的有关记载，专门讨论《临川先生文集》中误记年月和误记阶官的有关问题，并与《王文公文集》略作比较。

一、散文所记年月疑误八则

文章中的年月记载是十分重要的。年月若有误记，文章的编年就可能会误置，而文章编年若有误置，则作者行实必将会错乱，相关墓碑传主的生卒年月也会产生舛误。此问题不可小觑。

《临川先生文集》中记年有误的一个典型例子乃是卷九九中的《长安县太君王氏墓志》（按《王文公文集》题作《长安县太君墓表》）。此墓志系王安石为其大妹王文淑而作。墓文曰："君二女：长不慧，不可以适人；其季，殿中丞龚原妻也。十六年（按《王文公文集》同），葬江州德化县。兄安石为志如此，弟安上书丹。"此处的"十六年"明显有误，因为神宗的年号元丰总共才只有八年，四库本正其为"卜六年"完全是有道理的①。这样，王安石在元丰六年（1083）作《长安县太君王氏墓志》就可以得到正确的公认。

可是这一例子太特殊了，简直错得不可思议。正是因为其错得不可思议，可能才格外引人注目，从而会较快得到纠正。然而王安石散文中还有一些比较

---

① 《临川文集》卷九九，文渊阁《四库全书》第1105册，第832页上。按此四库本《临川文集》和中华书局《临川先生文集》所采用的工作本均属同一底本，即均是来源于南宋绍兴十年（1140）的詹大和刻本。考四库本《临川文集》除了在卷九九中对"十六年"这一条作了正误之外，对本节指出的其他各卷中的八条疑误均未有质疑或更动。也即是说，四库本《临川文集》各卷中其他八条的疑误年月数字，均与中华书局《临川先生文集》相同。

隐蔽的、不那么醒目的误记年月，这些年月的误记同样影响到文章的编年，它们也应当得到纠正。只有在它们——得到纠正之后，原文的编年才可能得到正确的认定。

当然，这些年月的误记，可能源于各种各样的历史原因。有的可能是王安石本人在行文时仅凭记忆落笔而成，有的可能是传抄者在抄录时不小心致误，还有的可能是制版印刷者大意致误、而校对者疏忽一时未能发现。总之，字形相似，鲁鱼亥豕，当缜密辨别，谨慎纠正。

现试述所得八则，以供学界指正。

1. 《伍子胥庙铭》（卷三八）

按《王文公文集》卷三五题作《伍子胥庙记》。

本文叙述曰："康定二年，予过所谓胥山者，周行庙庭。""后九年，乐安蒋公为杭使，其州人力而新之，余与为铭也。"（按《王文公文集》文字同）在这段叙述中，"后九年"三字的记叙可能有误。清顾栋高《王荆公年谱》卷上把王安石这篇文章编年定在皇祐元年，并不正确。

康定二年即庆历元年（1041），"乐安蒋公"就是蒋堂。如果"后九年"三字的记叙是正确的话，那么这一年就应该是皇祐二年（1050），蒋堂为杭守，王安石"与为铭"。然而事实并非如此。

《宋史·蒋堂传》记述曰："知益州……徙河中府，又徙杭州、苏州。以尚书礼部侍郎致仕。"[①]《姑苏志》卷三守臣题名记载曰："蒋堂，皇祐元年正月乙卯，自杭州再任。二年十月，改给事中仍旧任。三年四月丙午，以礼部侍郎致仕。"[②]两相对照，问题就清楚了。既然蒋堂在皇祐元年正月已从杭州调任苏州，那他怎么可能在皇祐二年还"为杭守"呢？王安石又怎么可能在皇祐二年"与为铭"呢？

故事实的真相应该是：《伍子胥庙铭》中的"后九年"当为"后七年"之误。九与七形近，雕版刻字时容易混淆致误。"后七年"应是庆历八年（1048），这一年蒋堂系由河中府徙杭州。

---

① （元）脱脱等：《宋史》卷二九八，中华书局，1977年11月，第28册，第9913页。
② 《四库全书》第493册，第39页下。

考《长编》卷一五三庆历四年十二月甲辰记事曰："龙图阁直学士、吏部员外郎知秦州文彦博为枢密直学士知益州，代蒋堂也。"[①]

是则对蒋堂知杭州前后数地的调任年月，可以详列如下：

庆历四年（1045）十二月甲辰，由知益州调任河中府。

庆历八年，任河中府三年秩满，由知河中府调任杭州。

皇祐元年（即庆历九年，1049）正月乙卯，在杭州任职一年，由杭州调任苏州。

皇祐三年（1051）四月丙午，在苏州任上以礼部侍郎致仕。

综上所述，文中所记的"后九年，乐安蒋公为杭使"一语，应据史实更改为"后七年"。王安石此文实作于庆历八年，顾栋高《王荆公年谱》对此文的编年有误。

2. 《辞赴阙状一》（卷四〇）

按《王文公文集》卷一七题作《辞赴阙状》（系其中三篇的第一状）。

本文题下原注曰："治平二年（1065）七月二十七日。"（按《王文公文集》文字同）清顾栋高《王荆公年谱》和蔡上翔《王荆公年谱考略》也均认定是"七月二十七日"。然《续资治通鉴长编》载朝廷下令复王安石原官一事，乃在治平二年十月。

《长编》卷二〇六治平二年十月甲午记事曰："复以王安石为工部郎中知制诰，母丧除故也。"[②]考十月甲申朔，甲午为十一日，则题下原注之"七月"或为"十月"传抄之误，七与十形近而易混淆。先是十月十一日有朝命，后是十月二十七日有辞状一，如此较为合理。

又，若是《辞赴阙状一》作于治平二年七月二十七日，则朝廷下令复官必在七月，此又与当时习俗不合。据曾巩为王安石生母所作《仁寿县太君吴氏墓志铭》所记有曰："嘉祐八年（1063）八月辛巳卒于京师，十月乙酉葬于江宁府之蒋山。"[③]按古代一般习俗，父母去世后，子女居丧守制当满二十七个月。可是从嘉祐八年八月到治平二年七月，尚不足二十四个月，唯有到十月，才几

---

① 《长编》卷一五三，第2册，第1423页上。

② 《长编》卷二〇六，第2册，第1912页下。

③ 《元丰类稿》卷四五，《四库全书》第1098册，第726页上。

近二十七个月。故从这一角度观察，只有在十月时，朝廷下令复官和王安石连作辞状才比较合理。

综上所述，原注"治平二年七月二十七日"或为"治平二年十月二十七日"之误。

3. 《伤仲永》（卷七一）

按《王文公文集》卷三三题同。

此文的编年较难落实，其关键是文中有云："明道中，从先人还家。""又七年，还自扬州。"（按《王文公文集》文字同）一些研究者据此便定《伤仲永》为"康定元年作"。

本来据文中"又七年"定为康定元年（1040），自当不误。然康定元年之说难以解释"还自扬州"之疑。康定元年时，王安石二十岁，正因父逝而寄居江宁，服丧攻读，实无"还自扬州"之事。而其后"还自扬州"之经历，则是在庆历三年（1043）三月。当时王安石已在扬州淮南判官任上，因省亲告假，返回临川。

如此则可以怀疑："七年"或系"十年"传抄之误。此虽无《长编》所记为据，但考之王氏行年则可知。从明道二年（1033）到庆历三年，正为十年，故王安石此文或作于从扬州返回临川省亲之后。蔡上翔《考略》认为此文作于庆历三年是正确的，问题是蔡氏没有指出此"七年"二字有疑。如正其"七年"为"十年"，此间矛盾似可解决。

疑其"七年"为"十年"之误，还可以找到一个佐证，即文集中卷七六王安石同年省亲时所作的《上徐兵部书》一文。

《上徐兵部书》有云："暮春三月，登舟而南。""展先人之墓，宁祖母于堂，十年萦郁，一旦释去。"此处的"十年萦郁"，正是指王氏曾于"明道中"随父亲"还家"省亲，然后又在庆历三年告假回归"宁祖母"的怀亲思绪。其间相隔，正好整整十年。

故《伤仲永》中的"又七年"或为"又十年"之误。

4. 《广西转运使孙君墓碑》（卷八九）

按《王文公文集》卷八九题同。

孙君为孙抗，此碑文记孙抗卒年有误。

孙抗为广西转运使时，抗击侬智高有功。碑文记曰："以劳迁尚书司封员外郎。"又记曰："以皇祐三年（1051）三月初七日（按《王文公文集》的文字作"皇祐二年三月七日"）卒于治所，年五十六。官至尚书工部郎中，散官至朝奉郎，勋至上骑都尉。"然碑文如此记述孙抗这段事迹，实有误。

考《长编》卷一七四皇祐五年四月甲戌记事曰："广南西路转运使孙抗、转运判官宋咸、提点刑狱朱寿隆、同提点刑狱高惟和……以邕州平，并迁官。"①既然皇祐五年孙抗尚得以迁官，则何来皇祐三年"卒于治所"？其"皇祐三年"四字必然有误。

以下试从孙抗的阶官升迁经历来探求其真实卒年。孙抗因抗击侬智高有功，于皇祐五年迁官为尚书司封员外郎。其卒时为尚书工部郎中。按，司封员外郎属吏部，为前行，工部郎中为后行。孙抗由前行员外郎升迁为后行郎中，当需三年的时间。如此算来，孙抗至嘉祐元年（1056）可升迁为工部郎中（后行），又至嘉祐四年可升迁为某部郎中（中行）。现孙抗官至工部郎中即卒，是则得工部郎中（后行）一二年而未得某部郎中（中行）。如此而言，莫非孙抗卒于嘉祐三年？

故碑文中的"皇祐"或为"嘉祐"之误，孙抗的卒年应该是嘉祐三年三月初七日。

5.　《王平甫墓志》（卷九一）

按《王文公文集》卷八八题作《平甫墓志》。

王安国，字平甫，王安石大弟。

此墓志所记王安国卒年有误。文曰："官止于大理寺丞，年止于四十七，以熙宁七年（1074）八月十七日不起（按《王文公文集》文字同）。越元丰三年（1080）四月二十七日，葬江宁府钟山母楚国太夫人墓左百有十六步。"照理王安石记自己大弟的卒年不当有误，然据《长编》所记有关王安国的生平事迹，《王平甫墓志》中的"七年不起"之述必误。

考《长编》卷二五九熙宁八年（1075）正月庚子记事曰："著作佐郎、秘

---

① 《长编》卷一七四，第2册，第1606页下。

阁校理王安国追毁出身以来文字，放归田里。”①

又《长编》卷二七七熙宁九年（1076）七月己卯记事曰：“复放归田里人王安国为大理寺丞、江宁府监当，命下而安国病死矣。”②

据《长编》上述两则记事可知：

一、视王安国卒于熙宁七年八月十七日必误，因其熙宁八、九年还活在人间。

二、王安石所记王安国“官止于大理寺丞”，与《长编》熙宁九年七月己卯记事相合，说明王安国是在世时接受了任命。

三、考九年七月癸丑朔，己卯是二十七日。则王安国逝于八月十七日，确实是“命下而安国病死矣”。

因而可以断定：王安石《王平甫墓志》的“熙宁七年”必为“熙宁九年”之误，此或系传抄、印制之误。

这一纠正涉及王安石集中卷五九《中使传宣抚问并赐汤药及抚慰安国弟亡谢表》一文的编年正确与否。若依《王平甫墓志》中的“七年不起”之说为据，《中使传宣抚问并赐汤药及抚慰安国弟亡谢表》一文的编年就得在熙宁七年八月。若能正“熙宁七年”为“熙宁九年”之误，则《中使传宣抚问并赐汤药及抚慰安国弟亡谢表》一文的编年就该在熙宁九年八月。比较下来，显然后者才是对的。

6. 《广西转运使屯田员外郎苏君墓志铭》（卷九二）

按《王文公文集》卷八八题同。

苏君为苏安世，字梦得。此墓志记其卒年有误。

此墓文文末有王安石自题云：“太常博士、知常州军州事临川王某为铭曰……”则此文作于嘉祐二年（1057）无疑。然而文中曰：“君既卒之三年（按《王文公文集》文字同），嘉祐二年十月庚午，其子葬君扬州之江都东兴宁乡马坊村。”嘉祐二年往前推算三年，则是至和元年。如此而言，文中“卒之三年”之说必然有误。

因为《长编》卷一八一至和二年（1055）十一月己巳记事有曰：安南王李德政卒，"命广西转运使、屯田员外郎苏安世为吊赠使。"①既然至和二年十一月时苏安世尚可出使安南，则依据文中"卒之三年"的记述去推算其卒于至和元年就十分荒谬。

实际上，苏安世当卒于至和二年出使安南之后。只有如此，才能正确连接上下文的文脉，贯通上下文的文意。所以，此墓志中的"卒之三年"当为"卒之二年"之误。

至和二年年底，苏安世出使安南，返回时或是因劳累过度，或是因染上了南方的某种疾病，回到广西后不治而亡。嘉祐二年十月庚午，其子葬之。此当即"君既卒之二年"之真意。

7. 《兵部员外郎马君墓志铭》（卷九五）

按《王文公文集》卷九一题同。

马君为马遵，字仲途，王安石之友。嘉祐二年马遵去世后，王安石为他写了这篇墓志铭。墓志铭记实注情，寄托了深沉的哀思。但此墓文记述马遵"至宣州一日，移京东路转运使"不符史实。

第一，考查《续资治通鉴长编》的记载可知，这个"至宣州一日"应该是"至宣州一月"之误。这个错误不大会出自王安石的笔端，很可能是印书时抄错了，或者刻错了。

《长编》卷一七六至和元年七月己巳记曰："殿中侍御史马遵知宣州。"

《长编》卷一七六至和元年八月丁未又记曰："徙知宣州、殿中侍御史马遵为京东转运使。"

考七月壬戌朔，己巳是八日，至八月中旬丁未，计有三十九日之久。故此间的"一日"必是"一月"之误。

第二，至和元年七月马遵贬知宣州时，梅尧臣五十三岁，恰因丁母忧而居住宣城（此前在汴京监永济仓）。马、梅原在京城时即是熟友，此番意外得以重叙友情，更是欢欣不已。梅尧臣为此曾多有深情之作，均可证明马遵出知宣州时在位一月有余。今《梅尧臣集编年校注》第二十四卷中尚保存有六首相关

---

① 《长编》卷一八一，第2册，第1676页上。

的酬诗。其中三首作于马遵上调京东转运使之前：《酒病自责呈马、施二公》《九日陪京东马殿院会叠嶂楼》《书席语送马御史》。还有三首则作于马遵调离宣州之后：《昨于发运马御史求海味马已归阙》《宣城马御史酒阑一夕而西因以寄之御史尝留老马与予仆》《老马》。

这里我们要特别注意《九日陪京东马殿院会叠嶂楼》一诗的诗题。诗题中有"京东"之谓，此岂非明言马遵彼时已经获得上调为京东转运使的命令？考朝廷于八月丁未下达任命，而丁未其时尚在八月中旬，则此九日的聚会诚然已是九月九日重阳节矣！从七月中旬到九月中旬，马遵在宣城实际上住有足足两个月之久。两个月里，梅尧臣和他多有往来，聚会不断。马遵在极其悠闲地度过了九月九日重阳节之后，才悄然离开宣城，岂可谓是"至宣州一日"？

8. 《马汉臣墓志铭》（卷九六）

按《王文公文集》卷九六题作《马汉臣墓志》。

马仲舒，字汉臣，王安石早年的学友。

此文中因有"庆历六年（按《王文公文集》文字同），汉臣冠五年矣，从予入京师待进士举"数语，有些学者便视其作于庆历六年（1046），以为王安石庆历六年时从扬州淮南判官任上返京，马汉臣则随其入京参加朝廷的礼部试，其实误矣。

其一，考《长编》卷一五八庆历六年正月甲午记事有曰："命翰林学士孙抃权知贡举。"[①]据此，庆历六年春朝廷有礼部试。然按照当时考进士的惯例，各地举进士者必须要在礼部试的前一年，即庆历五年的秋季赶到京师，先参加秋季国子监的初试选拔，然后才能参加来年春天的朝廷礼部试。以此视之，马汉臣要想在庆历六年入京去参加当年春天的朝廷进士考试是根本不可能的。

此还可参阅王安石《送陈兴之序》一文的相关记述，其序文对陈兴之参加庆历六年春天朝廷礼部试前后的情况有概要记载。

其二，王安石从扬州淮南判官任上返京的时间，也并不是在庆历六年，而是在庆历五年秋。考王安石文集中卷八四有作于庆历六年秋天的《送陈兴之序》，其序曰："公之子（陈）兴之主泰（州）之如皋簿，某为判官淮南，以

---

① 《长编》卷一五八，第2册，第1458页上。

事出如皋，遇之，相好也。其后二年归京师，兴之亦以进士得嘉庆院解，复遇之，相好加焉。"王安石庆历二年（1042）进士及第判官淮南，理当在庆历五年任满移官。文中曰"其后二年归京师"，即是指庆历五年回京候阙，则其出如皋遇兴之应是庆历三年之事。又因为陈兴之要参加庆历六年春天的朝廷礼部试，所以他才在庆历五年秋"得嘉庆院解"，在秋天赶到了京师。问题已经很清楚，既然王安石已经明言"其后二年归京师，兴之亦以进士得嘉庆院解，复遇之，相好加焉"，这就充分证明，庆历五年秋天时王安石已经人在京师。既然如此，则何来庆历六年王、马二人同入京师之事呢？

既然已经可从史实上加以肯定，庆历六年王、马二人同入京师必然为非，则墓文所记"庆历六年"就必然有误。按文中先曰："汉臣长予四年。"后又曰："庆历六年，汉臣冠五年矣。"据此算来，庆历六年时，马汉臣为二十五岁，王安石为二十一岁。然而庆历六年时王安石已经二十六岁。这样的记年又与事实不符。只有在庆历元年时，马汉臣为二十五岁，王安石为二十一岁，才与事实相符。因而可以断言，文中所述"庆历六年"为非，而当以"庆历元年"为是，此"六"字实为"元"字之误。此言庆历元年时，马汉臣随王安石由金陵入京师待进士举。

故墓志所叙述的事实是：马汉臣大王安石四岁，在金陵时为同学。庆历元年五月，王安石为父守丧已经服除，决定赴京赶考，参加庆历二年春天的朝廷礼部试，马汉臣则跟从他一起入京待考。然到京后二人均染上疾病，马汉臣不幸于六月病故。后马汉臣之棺由其叔父护送回金陵殡之。

墓文最后记曰"某年某月乃葬于某处"，则非庆历元年下葬。此文编年当无考，定其为庆历年间可也，具体年月则不必臆测。

二、散文所记阶官疑误五则

笔者在阅读李焘的《续资治通鉴长编》时，发现在特定的时间范围内，有些人物的阶官叙述与《临川先生文集》的记载不相符合。经比较分析，可以肯定《续资治通鉴长编》的记载是正确的，而王安石诗文所记为误。当然，《临川先生文集》中这些阶官的误记，可能出于各种各样的历史原因。有的可能是王安石本人在行文时因收集的资料有误而导致差错，有的可能是传抄者在抄录时不小心致误，还有的可能是雕版印制者致误且校对者又一时疏忽而未能发现。总之，时间一长，也就将错就错了。时至今日，似当缜密辨别，谨慎纠正。

现试述所得五则，以供学界指正。

1. 《答孙元规大资书》（卷七七）

按《王文公文集》卷六题同。

孙沔，字元规，王安石在鄞县时的上司，曾在皇祐三年（1051）初知明州数月。此信作于皇祐三年初孙沔初到明州之时。其时王安石已在皇祐元年"罢县守阙"，但并未离开鄞县。孙沔调任知徐州后，王安石也偕同全家返京候阙。此信标题中的阶官名"大资"有误。

按《长编》卷一七〇皇祐三年七月乙亥记事曰："初，龙图阁直学士、吏部郎中孙沔既除母丧，授陕州都转运使。沔求知明州，许之。于是京东多盗，乃徙沔知徐州。沔明购赏诛罚，盗以故止。"①据此，王安石作此书时孙沔的阶官只是龙图阁直学士和吏部郎中。而信题称"大资"，"大资"谓资政殿大学士，与此不合。

《宋史》本传记曰："以资政殿学士知杭州。迁大学士，徙知青州。"②《长编》卷一七六至和元年（1054）二月壬戌记曰："（孙沔）授资政殿学士知杭州。"③又考《东都事略·孙沔传》记曰："以资政殿学士知杭州……迁大学士，移知青州。"④考《乾道临安志》卷三记曰："至和元年二月壬戌，以枢密副使、给事中孙沔为资政殿学士知杭州。嘉祐元年（1056）八月戊午，加资政殿大学士、京东东路安抚使知青州。"⑤所有这些史料都足以证明：孙沔是在嘉祐元年八月才得到"大资"的，故此"大资"二字，必是后人编集时误植而入，应当加以纠正。

又王安石文集卷八〇中还有作于皇祐三年春天的《谢孙龙图启》一文，信中感谢孙沔对自己的厚爱，在孙沔离开明州赴任徐州之时，专为致谢。此启可

---

①　《长编》卷一七〇，第2册，第1568页上。

②　《宋史》卷二八八，第28册，第9689页。

③　《长编》卷一七六，第2册，第1624页下。

④　（宋）王称：《东都事略》卷七〇，《四库全书》第382册，第454页上。

⑤　（宋）周淙编：《乾道临安志》卷三，《四库全书》第484册，第93页下。

与此书相为参照，此启的标题记孙沔的阶官当属正确，此时应为孙龙图，即龙图阁直学士。

故原书的标题当更正为《答孙元规龙图书》。

2.《远迎宣徽太尉状》（卷八〇）

按《王文公文集》卷二三作《远迎宣徽状》。

此状为王拱辰而作。然此状的篇题可疑。

从王拱辰获得"检校太尉"的时间来看，王安石已无可能在京师作此状。

《长编》卷二九三元丰元年（1078）十月己未记事曰："以宣徽北院使、检校太傅、中太一宫使王拱辰为检校太尉、宣徽南院使、西太一宫使，许居京师。"然而元丰元年时，王安石已闲居钟山，不可能再作此状。

故《王文公文集》此题无"太尉"二字为对，原题当为《远迎宣徽状》。

3.《太子太傅致仕田公墓志铭》（卷九一）

按《王文公文集》卷八八题同。

此文文题中的"致仕田公"指的是田况，但田况致仕时所带的阶官并不是"太子太傅"。

考《长编》卷一九八嘉祐八年（1063）二月乙酉记事曰："太子少傅致仕田况卒，赠太子太保，谥宣简。"①《宋史》本传亦记曰："以太子少傅致仕，卒，赠太子太保，谥宣简。"②

又《临川先生文集》本文记曰："以太子少傅致仕"，"诏赠太子太傅"。《王文公文集》同。

综上所述，自然即可得出这样的结论：现在的《临川先生文集》的文题《太子太傅致仕田公墓志铭》必误，其中的阶官"太子太傅"应是"太子少傅"。所以，正确的文题应该是《太子少傅致仕田公墓志铭》，或者是《赠太子太保致仕田公墓志铭》。

4.《司封郎中张君墓志铭》（卷九二）

按《王文公文集》卷九一题同。

---

① 《长编》卷一九八，第2册，第1829页上。
② 《宋史》卷二九二，第28册，第9783页。

此文文题中的"张君"指的是张式，但是张式在官去世时的阶官并不是"司封郎中"。考《长编》卷一六八皇祐二年四月戊辰记事曰："开封府判官祠部郎中张式知岳州。"①《临川先生文集》本文记曰："召为开封府推（按为判）官，出知岳州。皇祐二年九月六日卒，享年六十二，官至尚书祠部郎中。"《王文公文集》全同。可见张式临终时的阶官是"祠部郎中"，所以正确的文题应该是《祠部郎中张君墓志铭》。

5. 《兵部员外郎马君墓志铭》（卷九五）

按《王文公文集》卷九一题同。

马君为马遵，字仲途，王安石之友。此墓志铭标题所记马遵的最后阶官为"兵部员外郎"有误。

文中记曰："嘉祐二年，君以疾求罢职以出，至五、六，乃以为尚书吏部员外郎、直龙图阁，犹不许其出。其月某甲子，君卒，年四十七。"

考《长编》卷一八六嘉祐二年十一月丁丑记事曰："礼部员外郎兼侍御史、知杂事马遵为吏部员外郎、直龙图阁，以疾自请也。遵寻卒。"②又《宋史》本传亦记曰："以礼部员外郎兼侍御史、知杂事，改吏部、直龙图阁，卒。"③

综上所述，可见马遵临终前的最后阶官确为吏部员外郎、直龙图阁，墓文标题中的"兵部员外郎"实为"吏部员外郎"之误。故原文的标题当更正为《吏部员外郎马君墓志铭》。

三、散文篇题人名疑误一则

《贺留守王太尉启》（卷七九）

按《王文公文集》中题作《贺留守太尉启》，并无"王"字。故有学者注"留守王太尉"为王拱辰，也有学者注"留守太尉"为韩琦。但实际上二者均误。按此启非为韩太尉韩琦所作，也非为王太尉王拱辰所作，而实为文彦博文太尉而作。《临川先生文集》中的"王"实为"文"之误。

文中曰："恭闻孚号，崇奖耆明，肇建节旄，再司管籥……"此赞誉只能

---

① 《长编》卷一六八，第2册，第1544页下。
② 《长编》卷一八六，第2册，第1716页上。
③ 《宋史》卷三〇二，第29册，第10022页。

指文太尉。

《长编》卷一八七嘉祐三年（1058）六月丙午记事曰："吏部尚书、平章事文彦博罢为河阳三城节度使、同平章事判河南府。"后元丰年间，文彦博再度以太尉的身份留守西京河南府。《长编》卷三〇八元丰三年（1080）九月丙戌记事曰："河东节度使、检校太师、守司徒兼侍中、判大名府、潞国公文彦博守太尉、开府仪同三司、依前河东节度使判河南府。"一前一后，实可谓是"肇建节旄，再司管籥"。

王拱辰于元丰元年才获检校太尉。（《长编》卷二九三元丰元年十月己未记事曰："以宣徽北院使、检校太傅、中太一宫使王拱辰为检校太尉、宣徽南院使、西太一宫使，许居京师。"）而他早在治平年间就已经两判河南府了。考刘敞《公是集》卷五一《王开府行状》对此有明确记载曰："公旧名拱寿，唱第日，仁宗面赐今名。""治平二年，知大名府兼北京留守。明年，检校太傅、宣徽北院使再任。"所以取得检校太尉资格以后的王拱辰并不符合"肇建节旄，再司管籥"的赞誉，是则《临川先生文集》中的标题《贺留守王太尉启》之"王"字显然有疑。

综上所述，此启在《王文公文集》中的标题是正确的，而《临川先生文集》中的标题应改从《王文公文集》，或者直接更改为《贺留守文太尉启》。

第二章　应酬诗文的人名考索

在王安石的诗歌中，人际交往类占有不小的比例。酬唱诗歌是了解王安石精神世界的重要渠道和窗口。一般来说，此类诗歌的受事方大部分都有姓有名有官职。依据人物的姓名及官职，我们便可以追寻、厘清对方的社会地位、生活处境以及与王安石的私人关系，从而做到准确理解诗意、全面了解双方的交流内蕴。然而在诗题中，也有一些是难以落实具体交流对象的：对方或是有姓无名，或是有名无姓，或是虽然有姓又有官职却难以落实到具体的个人。这些情况极大妨碍了我们对相关王诗的深入理解和透彻分析，实在无奈。

同样，在《临川先生文集》中，书启之类的交流对象虽然绝大部分都有姓有名有官职，但也有少数书启的文题难以落实具体对象。在研读时，难以深入分析文意和探索人事背景，从而极大妨碍了我们对王安石社会联系的深入了解和全面把握。

为了解决这些问题，笔者乃对其中一些诗文题目中的疑难姓名和相关人士进行了研究和解读，现在整理成文，综述如下，以供商兑。

第一节　诗题疑难人名解读二十则

解读诗题疑难人名依据的版本是上海古籍的《王荆文公诗李壁注》。需要说明的是，笔者分析这些诗题的疑难人名时，并未按照诗歌所在卷次的先后顺序来进行，彼时实系从研究兴趣出发而已。现在题后标明卷数，主要是为了方便读者的复核与质疑。

又：解读二十则人名的整个篇幅似嫌太长，看起来未免吃力。为了提供阅读的方便，下面试按彼时考索的随机组合，列为三个部分来加以叙述。

一、第一部分五则

1.《寄题睡轩》（卷七）

此诗起句云："刘侯少慷慨。"李壁注曰："刘侯，不详为谁。"

考此"刘侯"为刘攽。刘攽，字贡父，王安石好友。王安石诗集中收有多首写赠刘攽的诗作，《寄题睡轩》为其中之一。刘攽也曾作有多诗寄赠王安石，今《全宋诗》中所见尚有《次韵王介甫金陵怀古四首》和《寄荆公》①。

王安石此诗所述刘侯的仕宦经历和为官地点，有三点与史实以及刘攽的自叙完全相符。以下分别略加考述。

其一，诗云："一官不得意，州县老委蛇。"此实为刘攽早年困顿官场的形象写照。刘攽早年仕途失意，闻名朝野。《宋史》本传说他"仕州县二十年，始为国子监直讲"。据刘攽诸诗自述，他早年为贫出仕，一直奔波于江阴、庐州、汝州、许州、舒州、凤翔、秦州清水等地，恰如其《寄王据》一诗所追忆的那样："泪泪州郡役，奔走无停留。朝与簿书期，暮从农夫游。"②又恰如其《送杨秘丞》一诗所慨叹的那样："结发仕明世，四十列朝籍。汉廷殊多贤，向子每叹息。"③

其二，诗云："新居当中条，墙屋稍补治。"按"中条"即中条山，此山在今山西省运城以南、黄河以北。北宋时，中条山所在地的行政区域为河中府、解州和陕州。刘攽究竟何时到这一带的何州何县任何职务，我们今天已不得而知。但王安石的记叙与刘攽诗中对自己住地周围山势的描述相合。刘攽《望华山》（自注：荆、华相连也）一诗有曰："荆山连太华，青翠望难分。"④其《望荆山》诗又曰："谁怪欣然乐，山林慰此心。"⑤对照北宋地图，我们只要把王诗所写和刘诗所述稍加比较便可知道：既要能面对中条山，又要能望见荆山并延及华山，这样的地方，只可能在河中府的南部地区或陕州的西南地区，即今天的风陵渡和潼关一带。

---

① 《全宋诗》第11册，第7244、7318页。

② 同上，第7112页。

③ 同上，第7125页。

④ 同上，第7184页。

⑤ 同上，第7226页。

其三，诗云："王官有空谷，隐者常栖迟。"据《大清一统志》卷一〇一《蒲州府·山川·王官谷》记云："王官谷在虞乡县东南十里中条山中石楼峪西，今名其地为横岭，峪北虞乡，峪南芮城。"①唐末司空图曾隐居于此。按蒲州为南北朝旧府名，唐宋时期改为河中府。如此我们便可认定：王安石实际上于此已委婉点明，刘攽此番供职的地点，应当是河中府的某一"小邑"。

当刘攽又一次被命运抛送到这荒僻小邑时，情绪极为低落，"疏轩以睡名"，故意把他的陋室命名为"睡轩"。王安石则顺其轩名，赠诗以慰，安抚其可以"赋租如簿领，狱讼了鞭笞。翛然即高枕，于此乐可知"。

2.《送孙康叔赴御史府》（卷一七）

李壁注引梅尧臣《送孙屯田召为御史》曰：孙屯田即孙康叔，按：此注实误。朱东润《梅尧臣集编年校注》卷一于此诗的补注已有辩说，疑李壁将彼孙屯田与此孙康叔"误合为一"②。考王安石笔下之孙御史实为孙昌龄，字叔康，而并非梅尧臣诗中之"孙屯田"。且正确的诗题应该为《送孙叔康赴御史府》。

考述之一：此与王安石关系密切的孙御史实为孙昌龄。

诗中有云："天书下东南，趣召赴严阙。"此"东南"应指江宁。据《续资治通鉴长编》卷二〇七治平三年（1066）三月壬戌记事曰："屯田员外郎、签书江宁节度判官事孙昌龄为殿中侍御史。"治平三年三月其时，王安石为母守制居丧已除，然尚居江宁。则孙昌龄赴京，他作此诗赠孙乃是顺理成章之事。

又《长编拾补》卷五熙宁二年（1069）八月癸卯记事曰："御史里行钱颛监衢州盐税……颛将出台，于众座骂孙昌龄曰：平日士大夫未尝知君名，正以王安石昔居忧金陵，君为幕府官，奴事安石。及荐君及彭思永得举为御史，今日亦当少念报国，奈何专欲附安石求美官？"钱颛所言自当过于偏激，但其中也透露出一个重要信息：孙昌龄之所以能够当上殿中侍御史，原来出于王安石的推荐。则王安石作此赠诗，更是可以理解的了。

考述之二：孙昌龄之字非是康叔，而是叔康。

---

① 《四库全书》第476册，第99页。
② 《梅尧臣集编年校注》卷一，第24页。

证据之一，是李壁《王荆文公诗笺注》元刻本在相关三首诗题中述及孙昌龄的字时，均作"叔康"而不为"康叔"，甚为一致，而其他三本则不一。如本诗《笺注》本题为《送孙叔康赴御史府》，而《临川先生文集》《王文公文集》和影印本作"康叔"。又如《笺注》本题为《泛舟清溪入水门登高斋奉呈叔康》，而其他三本则作"康叔"。再如《笺注》本题为《送叔康侍御》，且注云："谓孙叔康也。"《临川先生文集》和影印本也作"叔康"。《王文公文集》则未收此诗。

证据之二，是孙昌龄同时人韦骧（1033—1105）在通州海门县时与孙昌龄的应酬诗。韦骧，字子骏，钱塘人，皇祐五年登进士第，《咸淳临安志》卷六六有传。韦骧曾经担任过通州海门县令，继又通判滁州[①]。据笔者考证，韦骧在担任通州海门县令的这一时期，其顶头上司、通州太守正是孙昌龄。

据《长编》卷二五八熙宁七年十二月甲戌记事曰："屯田员外郎、新知通州孙昌龄……降授光禄寺丞。"是则熙宁八九年时，孙昌龄必在通州任上。又《长编》卷二七九熙宁九年十二月甲辰记事有曰：陈绎"以本官知制诰、知滁州"。而韦骧诗集中有《雪后游琅邪山联句》[②]诗一首，为陈绎和韦骧二人所联，是则可证熙宁十年时，韦骧已在滁州为倅。依此前推，则熙宁八九年时，韦骧必在通州海门县任上。其时孙昌龄与韦骧应是上下级的官属关系。

如若再以此验诸韦骧的诗作，果真丝毫不差。在韦骧的诗集中，以下诗题可以确证孙昌龄之字必为"叔康"：《按水旱之灾将毕呈叔康太守》[③]，《和叔康侍亲游琅山》[④]（按琅山即今南通市南面的狼山），《太守孙叔康下车》[⑤]，《和行海门》[⑥]。

综上所述，本诗诗题中的"康叔"二字，实为"叔康"之误，"叔康"才是孙昌龄之字。王安石所送赴御史府之"孙康叔"，就是孙昌龄。

---

① 《咸淳临安志》，《宋元方志丛刊》，中华书局，1990年5月，第4册，第3958页。
② 《全宋诗》第13册，第8523页。
③ 同上，第8507页。
④ 同上，第8509页。
⑤ 同上，第8518页。
⑥ 同上，第8520页。

3.《张氏静居院》（卷一九）

李壁于"张氏"无注。考此"张氏"当为张师锡。

查《全宋诗》中有关此张氏的诗作存有多篇。除了王安石的，还有梅尧臣的《寄致仕张郎中》[①]《寄题西洛致仕张比部静居院四堂》[②]，以及韩琦的《寄题西京致政张郎中静居院》[③]。由此可见，此静居院张氏即是"致仕张郎中""西洛致仕张比部""西京致政张郎中"，其致仕时官阶为比部郎中。

夏敬观注梅尧臣《寄题西洛致仕张比部静居院四堂》一诗时曾提出"疑是张师锡"[④]。按"张比部"据史可考，确为张师锡。其探求途径则可求诸张师锡致仕的实际年龄，因为张师锡的致仕情况比较特殊，大致探明张师锡的致仕年龄，也就基本弄清了诸位名士何以如此关心他的真实原因。

《宋史·张去华传》（卷三〇六）有曰："以疾求分司西京，在洛（按洛阳）葺园庐，作中隐亭以见志。景德元年，改工部侍郎致仕。三年，卒，年六十九。""子师古至国子博士，师锡殿中丞，师颜国子博士。"按景德三年即公元1006年，张去华病逝时共留有十子，估计张师锡其时应有三十多岁。

又宋庠《宋元宪集》卷二四有《尚书虞部员外郎知同州张师锡可尚书比部员外郎制》。据李之亮《宋川陕大郡守臣易替考》所录，张师锡知同州约在景祐三年[⑤]，此大致不差。景祐三年即1036年，其时张师锡应有六十多岁。比部属刑部，刑部属中行，按北宋文官的阶官叙迁规定，由比部员外郎叙迁至比部郎中，还需要转三行，还要花费九年左右的时间。照如此推论，则张师锡在比部郎中任上致仕返洛时，当在庆历六年（1046）左右，其年龄当为七十多岁。

以七十多岁的高龄致仕而官阶又仅为中行郎中，这样的事例自然引人注目，所以才会引发诸多名士关切有加的盛况。

又据朱东润《梅尧臣集编年校注》卷二八所记，梅氏《寄题西洛致仕张比部静居院四堂》一诗作于嘉祐三年（1058），上距庆历六年（1046）已有十二

---

① 《全宋诗》第5册，第3038页。

② 同上，第3264页。

③ 《全宋诗》第6册，第3981页。

④ 《梅尧臣集编年校注》卷二八，第1013页。

⑤ 李之亮：《宋川陕大郡守臣易替考》，巴蜀书社，2001年7月，第343页。

年的时间，则张师锡是年已有八十多岁。而王安石这首《张氏静居院》也记叙分明："问侯年几何？矫矫八十余。""嵩山填门户，洛水绕阶除。"是则上文的推算结果基本与王安石此诗所述相合。

总之，张师锡在庆历至嘉祐年间的官场上较有名声，加之致仕时年龄甚高而官阶却甚低，又颇具诗才，以至后人对此都当作一桩趣事而津津乐道。如吴处厚《青箱杂记》卷五云："近代洛中致政侍郎张公师锡"有《老儿诗》。其又云："师锡年八十余卒，又有《喜子及第诗》。"①可以肯定，吴处厚在这里所述的张师锡为"致政侍郎"的官职必误。张师锡以比部郎中致仕，此可核之于诸家诗题。"致政侍郎"当为张师锡之父张去华的最终任职。而吴处厚所记的"八十余卒"则不误，此正是张师锡临终前的实际年龄，这与王安石《张氏静居院》所述的年龄也正好相合。

4.《和王司封会同年》（卷三三）

李壁无注。

考此"王司封"当为王周。王周于庆历末曾任过明州知州，是王安石初入官场、知鄞县时期的顶头上司，所以王安石比较在意与王周的交往。王周比王安石晚到明州，又比王安石早离开明州。王周在明州知州任上时，王安石迎来送往，唱和应酬，曾作有诗文多篇。后王周返回朝中，王安石又曾应王周之邀，为其父王文亮作过墓文《赠尚书刑部侍郎王公（文亮）墓志铭》。此外，王周致仕时，王安石还曾赠诗相送。

下面试对这三个时期的诗文分别略加析说。

其一，王安石在鄞县时所作与王周有关的文章和诗歌有：《代人上明州到任表》《明州新修刻漏铭》《谢王司封启》《上明州王司封启》（以上见《临川先生文集》），《和王司封会同年》（《王荆公诗李壁注》卷三三），《送明州王大卿》（《王荆公诗李壁注》卷三八）。

王安石《明州新修刻漏铭》记曰："戊子王公，始治于明。"是则王周于庆历八年赴任明州。又《宝庆四明志》卷一郡守题名记曰："王周，司封郎

---

① （宋）吴处厚撰，李裕民点校：《青箱杂记》卷五，中华书局，1985年5月，第50-51页。

中，庆历年知，土人也。"①此又可证王周以司封郎中治明州，正好与诗文标题中之"王司封"相合。

其中《谢王司封启》一文系王安石告假办理家事后，专门为感谢王周的悉心关照而作。文中所谓"以至其去，重烦送将，又赒其行，使不留滞"，当指戊子年（庆历八年）王安石归江宁葬父一事。王周治明州的时间可能不长，其后任治明州者有范思道（同上《宝庆四明志》卷一），又后任沈周约皇祐三年初即离任（据王安石《太常少卿分司南京沈公（周）墓志铭》）②，则王周大约在皇祐元年即奉命返朝了。故王安石《上明州王司封启》有曰："曾无几时，遂去兹土。"

《和王司封会同年》一诗，是王周与同年欢聚作诗之后，王安石与之再作和诗的酬唱。《送明州王大卿》一诗，则是为王周奉命返朝而作。"真复能分圣主忧，千里封疆何足治"，这两句是赞扬王周有治政之才；"属城旧吏虽疲懒，尚可挥毫敌李舟"，这两句是表白自己还可在文字上多多效力。

至于王周在临走时何以会从"王司封"变成了"王大卿"，则还要联系王周的阶官升迁状况加以分析，已见前述。

其二，王周一直仰慕王安石的文名。回朝以后，其父王文亮去世。王周欲将其父母合葬于江陵府江陵县龙山之西，便请王安石作了一篇墓志铭。其时王安石已在舒州通判任上。据王安石所作《赠尚书刑部侍郎王公（文亮）墓志铭》可知：王文亮的葬日是皇祐三年十二月甲申，生前仅为龙川县令，其所以能够获得尚书刑部侍郎的封赠，是因为其子王周当时已高升为光禄卿矣。

其三，王周致仕时，王安石作有赠诗《送王大卿致仕归江陵》（卷三六）。

此诗又有三点值得我们注意。

第一，王周原系明州奉化人，致仕本当回归故乡，可王周为何要选择江陵？此谜在王安石为其父王文亮所作的墓志铭中可以找到答案。据《赠尚书刑部侍郎王公（文亮）墓志铭》可知：皇祐三年十二月，王周的父母合葬于江陵府治所江陵县的龙山之西。则皇祐四年王周致仕时选择江陵，其意显然在守墓

---

① 　《四库全书》第487册，第16页。
② 　《临川文集》卷九八，第1013页。

尽孝。

第二，王周致仕地点的选择，具有轰动效应，一时间，赠诗褒扬者大有人在。据《宋史·艺文志八》所记，其时甚至有好事者收诗而编成为书，其名曰《送王周归江陵诗二卷》，作者署名为杜衍等所撰。这些赠诗，除了王安石集中的《送王大卿致仕归江陵》之外，今《全宋诗》中还可见到两首：一为杜衍的《送王周归江陵》①，二为司马光的《送光禄王卿（周）致仕归荆南》②。

第三，据《全宋诗》卷一五四王周小传所载，王周的致仕时间是在皇祐四年③。然皇祐四年王安石不在汴京，乃在舒州通判任上。则此诗或为皇祐三年所作，王氏上半年尚在汴京，其时王周致仕。

5.《朱朝议移法云兰》（卷四〇）

李壁于朱朝议无注。考此"朱朝议"当为朱寿昌。

王安石此诗的诗意颇为难解。李壁认为其意"当是移兰入城中"，或是如此。诗说朱朝议在法云寺里拜佛赏花，看中了一盆兰花，便把它要来带回家中供养。王安石于是就此事写了这首哲理诗，抒发感慨。

朱朝议，即朱寿昌，字康叔，也就是闻名京师的迎母东归的河中府通判朱郎中。如此判断，基于两个理由。

其一，朱寿昌信佛。据《宋史·朱寿昌传》（卷四五六）所记云：寿昌求母时，竭尽诚意，"母子不相闻五十年，行四方求之不置。饮食罕御酒肉，言则流涕。用浮屠法灼背烧顶，刺血书佛经。力所可致，无不为者"。朱既信佛，则希望供养佛寺之兰花，可以理解。

其二，朱寿昌晚年当过朝议大夫。据其本传所记曰："累官司农少卿，易朝议大夫，迁中散大夫。卒，年七十。"所谓"易朝议大夫"，乃指元丰五年五月所行新官制之事。按规定，旧官制中的太常卿、少卿，左、右司郎中，改官时均当易为朝议大夫。如此而言，则王安石此诗应当作于元丰五年之后。

---

① 《全宋诗》第3册，第1600页。
② 《全宋诗》第9册，第6119页。
③ 《全宋诗》第3册，第1752页。

二、第二部分九则

1.《送李屯田守桂阳二首》（卷四〇）

李壁于李屯田无注，沈钦韩亦无注①。

按此诗诗题中的"桂阳"应是州、军和监一级的行政区域，否则李屯田就无以称"守"。考北宋有桂阳监，隶属荆湖南路，治所在今湖南省桂阳县。所以此诗当为王安石送李屯田赴任桂阳监之作。

考王安石此诗为李秉而作。有三条思路可以参考：

其一，追寻王安石送别李秉的时间和地点。

从诗中"夷门忽邂逅，绿发皆半白"来看，王安石作此诗时，地点该是在汴京，因为"夷门"在古代特指为"大梁"（按即开封）之东门②。此外，因其头发已经"半白"，则年龄应已到中年。如此而言，则此诗应作于王安石中年在京时期。

据《宋两湖大郡守臣易替考》所录，荆湖南路知桂阳监之守臣，嘉祐二年有李秉其人③。考明人廖道南所撰《楚纪》卷五二记事可知："李秉，字子正，丰城人，宝元元年进士，与司马温公、范蜀公俱同榜。初授屯田员外郎，出知桂阳监。"④故如若以李秉其人的经历对照王安石的赠诗所述，我们即可发现，李屯田实际上就是李秉。

从至和元年到嘉祐二年，王安石正在京城为群牧判官。嘉祐二年时王安石三十七岁，正值中年时期，这首送诗很可能作于此时。

诗二有云："行年半百劳如此，南亩催耕未宜晚。"上句慨叹李秉比自己年长，却要如此辛劳地长途跋涉，心有怜悯之意。下句则点明了分手的时令是早春时节，因为嘉祐二年五月时王安石才奉命离开京师知常州，则早春"催耕"时送别李秉，时间和地点都正相符。

其二，探求王、李友谊的由来。

诗云"泊船香炉峰，始与子相识"，又云"寄书邗江上，诒我峰下石"，

---

① 沈钦韩：《王荆公诗文沈氏注》，中华书局香港分局，1977年9月。

② （汉）司马迁：《史记·魏公子列传·赞》，中华书局，1959年9月，第7册，第2385页。

③ 李之亮：《宋两湖大郡守臣易替考》，巴蜀书社，2001年7月，第437页。

④ （明）廖道南：《楚纪》，上海图书馆藏本，明嘉靖二十五年（1546）刻本。

是追忆自己早年从扬州（按从"邗江"可知）回临川探亲时，曾在鄱阳湖上偶识李秉，当时二人尚是"绿发"之时。我们从上文的《楚纪》所记可知，王安石这次偶遇李秉，与其籍贯是江西丰城人大有关系。因为丰城与临川相邻，出入可由水路取道赣江，然后直下鄱阳湖而进入长江。王、李二人能在鄱阳湖上泊船相识，实是同为赣南一方人士的奇遇。

其三，比较诗题和史料的记载。

王安石诗题明言是"李屯田守桂阳"，而《楚纪》卷五二记事正谓李秉"初授屯田员外郎、知桂阳监"。两相对照，官阶、职务一点不差，完全相符。

综上所述，把李屯田定为李秉，不会有误。

2.《寄鄂州张使君》（卷一三）

李壁于张使君无注，沈钦韩亦无注。

此诗显然是寄给好友张使君的问候诗，诗中有两条线索可供我们追寻张使君其人。

其一，是王安石寄赠此诗时的年龄段。这个年龄段可以使我们缩小搜索范围，准确追寻。诗中有云："投老留连陌上尘，思公一语何由往。""投老"二字虽然年代模糊不清，非是确切年龄，但它毕竟还是给我们提供了一个年龄范围：王安石赠诗时应当已过中年。

其二，是知鄂州之使君姓张。据《宋两湖大郡守臣易替考》所录，从皇祐到熙宁年间，前后知鄂州的张姓使君并不多见，总共只有两位。一是至和二、三年间的张子宪，二是熙宁三年的张颛[①]。至和二年时王安石才三十五岁，显然与诗中的"投老"之说不相符合。熙宁三年时王安石五十岁，恰好与诗中"投老"的年龄段相合。由此可见，这位张使君应该就是张颛其人。

更加有力的证据还有《长编》卷二一五熙宁三年九月辛丑明载："湖南转运使张颛知鄂州。"所以说王安石《寄鄂州张使君》一诗确是寄给张颛的。熙宁三年十二月丁卯，王安石已由参知政事升任为礼部侍郎平章事，做了宰相。但他在推行改革时遇到很大的阻力，有时不免心情郁闷。所以他在给好友的赠诗中流露出些许"投老留连陌上尘"的慨叹，也是合乎情理的。

---

① 李之亮：《宋两湖大郡守臣易替考》，第47-49页。

张颢，字仲孚，湖南桃源人。其弟张颉，字仲举，曾任过江淮发运副使。王安石和他们兄弟俩的关系都很好。除了这首寄赠给张颢的问好诗外，王安石早年还写过一首送给张颉的赠诗，其诗题名曰《送张颉仲举知奉新》（按奉新县在江西），诗载卷三五。

3.《寄题郓州白雪楼》（卷一五）

郓州白雪楼为何人所建，王安石此诗寄给何人，李壁无注，沈钦韩亦无注。

据朱东润《梅尧臣集编年校注》卷二六可知，梅氏在嘉祐元年也曾作有一首《寄题郓州白雪楼》。估计是当时众诗人聚会，有同题白雪楼之约。梅诗中有言："今闻太守新梁栋，试选清喉可动尘。"是则可知郓州白雪楼乃为某知州所新建，而嘉祐元年时郓州知州其人可以从史籍中查知。

考《宋史·李端愿传》有曰："端愿字公谨"，"累进邢州观察使、镇东军留后，知襄、郓二州"，后"移庐州"①。又《长编》卷一七五皇祐五年十一月戊寅记事曰："镇东〔军〕留后李端愿先受命知越州未赴，其从者殴人死，御史俞希孟劾之。丁亥，改知襄州。"又欧阳修《居士集》卷四〇《浮槎山水记》有曰："嘉祐二年，李侯以镇东军留后出守庐州。"②

据此可以推知：李端愿皇祐五年知襄州，嘉祐二年出守庐州，知郓州又在其间，是则嘉祐元年和嘉祐二年期间，李端愿必在郓州任上无疑。故嘉祐元年郓州知州应为李端愿。因梅诗是在嘉祐元年为寄赠李端愿而作的，则王安石此诗也当是在嘉祐元年为寄赠李端愿而作。

与王安石同时的魏泰曾记曰："王荆公为殿中丞群牧判官时，作《郓州白雪楼》诗。"③考王安石为殿中丞群牧判官的时间，是从至和元年九月到嘉祐二年四月。现考此诗作于嘉祐元年，正与魏泰所记相合。

4.《送质夫之陕府》（卷三〇）

李壁于质夫其人无注。沈钦韩注引《宋史》，疑为章楶，字质夫，然非。

按在嘉靖本《临川先生文集》中，此诗诗题里"质夫"之上还有一"李"字，故此"质夫"或为李质夫。

① 《宋史》卷四六四《李遵勖传附》，中华书局，1977年11月，第39册，第13570页。
② 《文忠集》卷四〇，《四库全书》第1102册，第315页。
③ （宋）魏泰：《临汉隐居诗话》，《历代诗话》上册，中华书局，1981年4月，第329页。

考王诗影印本中还有两首应酬诗与此李质夫有关：一是《奉酬李质夫》（卷二二，此诗《王文公文集》未收），二是《次韵质夫兄使君同年》（卷二三）。据此又可得知，李质夫在庆历二年时曾与王安石一起考中进士，故而两人情谊深长，多年来联系不断。

5.《题致政孙学士归来亭》（卷三〇）

李壁无注，沈钦韩亦无注。

按王安石曾为孙锡作过一篇《宋尚书司封郎中孙公墓志铭》，其中记述孙锡字昌龄，是真州人。又《长编》卷一六五庆历八年九月丁巳、卷一六九皇祐二年十二月己丑两次记事提到孙锡时，也都记其为真州人。考《临川先生文集》此诗诗题中"致政"之上有"仪真"二字，是则可知："致政孙学士"即为孙锡其人。

还有一旁证，亦可证此归来亭主人正是孙锡。刘攽曾作有一诗《题孙昌龄归来亭》[①]。亭名同是"归来亭"，主人又同是姓孙，则此孙昌龄必是此孙锡无疑矣。

北宋仁宗和神宗时期，有两位孙姓官员的社会活动极易混淆。一位是孙锡，字昌龄，主要活动于仁宗朝的庆历、嘉祐年间，卒于熙宁元年；另一位是孙昌龄，字叔康，主要活动于神宗朝的熙宁、元丰年间，卒年不明。这是需要我们谨慎区别开来的。

既然孙锡卒于熙宁元年，则王安石此诗当作于治平年间。

6.《别葛使君》（卷三二）

李壁于葛使君无注，沈钦韩亦无注。

王安石称之为葛使君者，应是一位担任知州的好友。按《王令集》卷一〇有诗曰《忆润州葛使君》，卷一七又有文曰《上葛闳都官》，且称其为"知郡都官"，是则与王令交好之葛使君当是知润州之葛闳[②]。然而要证明此葛闳即为王安石所作别之葛使君，尚须进一步从葛闳的仕履经历来加以验证。

苏颂《苏魏公文集》卷五六《光禄卿葛公墓志铭》有曰："公讳闳，字子

---

① 《全宋诗》第11册，第7125页。

② （宋）王令著，沈文倬校点：《王令集》，上海古籍出版社，1980年4月。

容，少年以名家子挟艺文，一上擢天圣五年甲科。""庆历二年，先公（按苏绅）知贡举，与诸同僚奏辟公为点检试卷官。"①而王安石正是庆历二年的及第进士，可见葛闳虽年长于王安石，但王安石与葛闳并非素昧平生，而是在京城的试场上早就有过一面之交：一为考官，一为考生。

苏颂所写的墓志铭又记葛闳之仕履叙迁曰："历尚书屯田、都官、职方三曹员外郎、郎中。用召试恩堂除知江阴军……以治最选知润州……迁太常少卿、光禄卿，连知漳、台二州。""公享年七十，以熙宁四年某月还政，以五年三月甲子捐馆舍。"于此可见，葛闳一生的阶官升迁经历非常标准：即由后行、中行、前行的员外郎到后行、中行、前行的郎中，再到太常少卿、光禄卿。这样就给我们确定王安石和他的交往提供了最大的方便。

考《（光绪）江阴县志》卷一一记曰："皇祐三年，葛闳，屯田员外郎。"②

《（光绪）漳州府志》卷九记曰："葛闳，（嘉祐）六年以职方郎中任。"③（按此记或有误，后又有职方郎中。考此当为都官郎中。）

《（嘉定）赤城志》卷九记曰："葛闳，（治平三年）八月，以职方郎中知，在任迁光禄卿。（熙宁）二年二月替。"④

从皇祐三年到熙宁二年，正好是十八年。我们依据北宋官员三年一迁的惯例，可大致顺次勾勒出葛闳此间阶官和职官相互错开的晋升过程。这样我们便可得知：葛闳在皇祐三年以屯田员外郎知江阴军，然后在任时迁为都官员外郎，并在至和元年又以都官员外郎的资历继知润州，直至嘉祐元年。故王令在集中称其为"润州葛使君"和"知郡都官"，正说明王令和葛闳的交往是在葛闳知润州初期，即至和元、二年间。

而我们从王安石《别葛使君》一诗中也可以得知，他与葛闳这次相见应是在春季，所谓"回首春城"是也。因为从时令和季节的角度来追寻王、葛相会的时间和地点，这是一条非常可靠的线索。

---

① （宋）苏颂：《苏魏公文集》卷五六，《四库全书》第1092册，第605页。

② 《（光绪）江阴县志》卷一一，《中国地方志集成·江苏府县志辑》，江苏古籍出版社，1991年6月，第25册，第246页。

③ 《（光绪）漳州府志》卷九，《中国地方志集成·福建府县志辑》，上海书店，2000年9月，第29册，第160页。

④ 《（嘉定）赤城志》卷九《本朝郡守》，《四库全书》第486册，第650页。

　　细检王安石的仕履行踪可知：从至和元、二年到嘉祐元年葛闳知润州期间，王安石在京城担任群牧判官，是无缘在春季到润州与葛闳相见的。而皇祐三、四、五年葛闳知江阴军时，王安石却在皇祐五年春季有过一次经过江阴的机会。

　　考王安石《书瑞新道人壁》（《临川先生文集》卷七一）曾记曰："予自淮南来视苏州之积水，卒事，访焉，则新既死于某月某日矣。""皇祐五年六月十五日，临川王某介甫题。"是则皇祐五年五月时，王安石奉旨以舒州通判的身份视察苏州水灾。在沿长江东下经过江阴时，顺道拜访了葛闳。其时两人的身份、地位相似，一为通判，一为知州，当回忆到往年的初识以及各自的奔波时，肯定是言无不尽、千杯为少的。王安石《别葛使君》诗有云："追攀更觉相逢晚，谈笑难忘欲别前。"这两句正是指此而言。其诗又云："轻舟后夜沧江北，回首春城空黯然。"按长江正在江阴的北侧，五月正为春夏之际，诗中所言之地势和时令也均于实况契合。因而皇祐五年五月时，王安石确因公事而顺道在江阴拜见过葛闳，此当无疑。

　　又：众所周知，王令与王安石相识且定交，是在至和元年七月王安石自舒州返回汴京的途中，两人在扬州一见如故。现皇祐五年五月王安石拜会葛闳于江阴在前，王令至和元、二年求见葛闳于润州在后，是则王令拜谒葛闳一事，或系王安石的热心援引欤？

　　7.《送王龙图》（卷三二）

　　李壁无注，沈钦韩亦无注。

　　此诗的题名在《王文公文集》和影印本中均作《送王龙图》，在《临川先生文集》和李壁《王荆文公诗笺注》本中均作《送王龙图守荆南》。按诗中有"沙市""渚宫"云云，而古代荆南即号为"渚宫"，是则王安石所送王龙图当即为知荆南府之王龙图。

　　曾有论者以此王龙图为王居白[①]，实非。考《梅尧臣集编年校注》卷一五有《王龙图知江陵》，其诗编年在庆历五年，梅氏所送之王龙图才是王居白。而庆历五年时王安石初入仕途，方在扬州，既不在京城，又仅为级别甚低的判

---

① 李之亮：《王荆公诗注补笺》，巴蜀书社，2002年1月，第597页。

官，是不可能有机会参与欢送王居白的。所以庆历五年时王安石不可能作《送王龙图守荆南》，此必作于他日在汴京时。

如此而言，梅尧臣"知江陵"之王龙图和王安石"守荆南"之王龙图，应是两个不同的王龙图。"知江陵"之王龙图是王居白，而王安石所送"守荆南"之王龙图当是王逵。

据《淳熙三山志》记曰："（庆历）四年十二月，王逵移知扬州。"①又《长编》卷一六〇庆历七年四月丁卯注文记曰："逵以五年三月除江西漕。"是则王逵在宋庠之后、韩琦之前，曾经有过短暂的三个月的扬州太守经历。也即是说，王逵曾经做过王安石三个月的顶头上司。这样看来，二王的关系就非同一般了，他们肯定都会对对方产生深刻的印象。这便是王安石能够写出《送王龙图守荆南》的主要缘由。

至于王逵知荆南府一事，可见之于曾巩《刑部郎中致仕王公墓志铭》一文所记："君讳逵，字仲达，家晋阳。""迁尚书刑部郎中，判刑部，加直龙图阁知荆南府、荆湖北路兵马钤辖。"②

又赵抃有奏疏曰《奏状乞发遣荆南举留王逵诸色人归本贯》："臣窃闻有荆南府进士僧道公人百姓刘宗正等百余人诣阙进状，称王逵政美，举留满任三年。"③作为侍御史的赵抃非常怀疑此事的真实性，怀疑是有人暗中"恐惧威暴敦喻使然"，他为此要求仁宗降旨，下令开封府发遣众人回归本贯。此状作于"闰三月八日"。

考赵抃任侍御史期间的闰三月年份是嘉祐元年。既然民众要求"举留满任三年"，则肯定嘉祐元年时王逵知荆南尚未满三年。且《长编》卷一八三嘉祐元年八月辛酉又有"知荆南王逵知兖州"，是则王逵知荆南实际只有两年。如此往前推算，我们便可知：王逵以直龙图阁知荆南府时，应该是至和元年之事。

至和元年九月，王安石已自舒州通判任上回到汴京担任群牧判官，正可与"判刑部"（按据曾巩《王公墓志铭》）的王逵相遇。这首送诗曰："长幡欲动何妨屈，老骥能行岂易闲？沙市放船寒月白，渚宫留御古苔斑。"诗中前二

①　《淳熙三山志》卷二二《郡守》，《四库全书》第484册，第320页。
②　《元丰类稿》卷四二，《四库全书》第1098册，第700页。
③　（宋）赵抃：《清献集》卷八，《四库全书》第1094册，第863页。

句似暗喻王逵从京城"判刑部"的职位上外放荆南，后二句则点明送别之日是在寒夜，王逵系坐官舟而行。可见王安石《送王龙图》一诗实为王逵而作，地点是在京城，时间是在至和元年深秋。其时王安石已为朝廷群牧判官，他在此时参与官场中熟人之间迎来送往的应酬活动，是很自然的事情。

而梅尧臣《王龙图知江陵》中所叙述的出行方式和物候特征均与此诗不同。梅诗曰："捧诏出荆州，天心寄远忧。行车践残雪，寒色犯轻裘。"可见梅氏所送之王龙图，是在白天坐马车而行的；又"残雪""轻裘"云云，明显写的是隆冬或初春季节。所以这两位王龙图绝对不是同一个人。

8.《和宋太博服除还朝简诸朋旧》（卷三二）

李壁注云："莒公（按宋庠）子均国尝为国子博士，景文（按宋祁）子定国、彦国、靖国皆为博士，不知此为谁。"

考宋太博既非宋均国，亦与宋祁之子无关，而应是宋绶的次子、太常博士宋敏修。

从王安石集中的诗文来看，他与宣献公宋绶的两个儿子均有过来往。

宋绶的长子为宋敏求，字次道。王集中与宋敏求来往的诗文有：《次韵次道忆太平州宅早梅》《唐百家诗选序》。宋敏求后因拒拟李定诰词一事，而与王安石关系破裂。

宋绶的次子为宋敏修，字中道。王集中与宋敏修来往的诗歌有《送宋中道通判洺州》，此外还有一篇《宋中道挽词》。这首《和宋太博服除还朝简诸朋旧》，亦当是为宋敏修而作。其理由，则有两点。

其一，宋敏修具有博士身份。宋敏修通判洺州的时候，梅尧臣曾有赠诗相送，其诗题即为《送宋中道太博倅广平》。按广平就是洺州，因洺州在汉时曾为广平郡。据朱东润《梅尧臣集编年校注》卷二六又可知，梅氏《送宋中道太博倅广平》一诗作于嘉祐元年，则嘉祐元年左右，宋敏修正为太常博士。

其二，宋敏修"服除还朝"一事，还有其兄宋敏求、其友梅尧臣和韩维的应酬诗为证。

据《梅尧臣集编年校注》卷二八可知，梅氏在嘉祐三年曾作有《依韵和宋次道答弟中道喜还朝》一诗。是则宋敏修服除还朝时，曾作过一首《喜还朝》，寄赠大哥宋敏求。宋敏求得诗后非常高兴，即回赠答诗。而梅氏得知此事后，又兴趣十足地依照宋敏求的赠诗之韵再和诗一首。另外韩维也曾为此事作过一诗：《奉答宋中道服除还朝示亲友》[1]。

可见嘉祐三年宋敏修服除还朝时，欣喜不已，除了献诗《喜还朝》给兄长之外，还作诗《服除还朝简诸朋旧》《服除还朝示亲友》，遍示诸位亲朋旧友。诸位朋旧也衷心相贺，有诗甚多。王安石的和诗以及韩维的答诗，恐怕仅是其中之一二。

9.《送复之屯田赴成都》（卷三六）

此人有名、有官阶而无姓，李壁无注，沈钦韩亦无注。

此诗诗意为欢送"复之屯田"前往成都，赴任某知益州高官的幕僚官。考《全宋诗》中苏颂亦有一诗送此人赴成都为幕僚官，其题为《送朱屯田赴辟成都》[2]。并且郭祥正也有一首《寄别朱复之郎中》[3]。如果我们把这三首诗的诗题联系起来分析的话，便可以发现它们恰好互为补充："复之屯田"就是"朱屯田"，也就是"朱复之郎中"。由此可见，"复之屯田"应该就是朱复之其人。

不过这里有一点是应该指出的，即我们不能想当然地肯定"朱复之郎中"就是屯田郎中。因为郭祥正在《寄别朱复之郎中》一诗中的所述："五十试一州，治术如颍川。"且朱复之彼时又方"解印"。显然郭氏的赠别诗是在朱复之担任过知州以后才作的，和王、苏的赠诗不在同一时期，所以早先的彼"屯田"和后来的此"郎中"并没有必然的联系，并不是一回事。准确地说，朱复之早年所得之"屯田"应为屯田员外郎，后来所得之"郎中"当为转资后的高层次阶官的郎中。

此外，苏颂在其赠诗《送朱屯田赴辟成都》中有一条自注，非常值得我们重视："府公端明尝镇余杭，复之时已在上幕。今再登旧府，实为盛事。"注中所云"端明"，即端明殿学士张方平。如此，则张方平调知益州的年月可考。

《乾道临安志》卷三记曰："皇祐二年十一月辛酉，以知江宁府、端明殿

---

① 　《全宋诗》第8册，第5208页。

② 　《全宋诗》第10册，第6355页。

③ 　《全宋诗》第13册，第8841页。

学士兼龙图阁学士、给事中张方平知杭州。"①又《长编》卷一七六至和元年七月甲戌记事有曰："知渭州、端明殿学士、礼部侍郎张方平为户部侍郎知益州。"是则可知，张方平皇祐二年知杭州，中间短暂调任知渭州，然后至和元年再移知益州。朱复之在张方平皇祐二年知杭州时，曾为其幕僚，深得张氏赏识。后来张方平至和元年移知益州时，又再次邀请朱氏去成都任职。所以苏颂感叹是"今再登旧府，实为盛事"。至和元年时，朱复之定尚年轻，"屯田"二字必指屯田员外郎无疑。

三、第三部分六则

1.《和吴御史汴渠诗》（卷六）

李壁于吴御史无注，沈钦韩亦无注。考吴御史为吴中复。

吴中复，字仲庶，王安石的知友，爱诗好诗。《汴渠》诗乃吴中复遭贬南下时所作组诗六首的其中之一，吴中复当时曾把这组诗寄赠给王安石，邀其和作。这首诗便是王安石对《汴渠》一诗的和作。

至和元年七月，吴中复、吕景初和马遵均在御史台，三人因弹劾宰相梁适而遭贬黜，吴中复为此还落去里行一职。朝野为此哗然，人心颇为之不平。李焘《续资治通鉴长编》卷一七六至和元年七月己巳记载此事曰："殿中侍御史马遵知宣州，殿中侍御史吕景初通判江宁府，主客员外郎、殿中侍御史里行吴中复通判虔州。"宣州、江宁府、虔州均地处江南，于是三人得以结伴由汴京开封乘船南下，经由水路，取道汴河、淮河、洪泽湖和大运河，直至长江才分手。正因为吴、吕、马三人同时被命南下，结伴而行，沿途又互为慰藉，相互激励，所以吴中复才有了这一组特殊的唱和诗。

今《全宋诗》吴中复名下已失载这组唱和诗。不过庆幸的是，当年吴中复不仅把这组唱和诗寄给了王安石要求他唱和，而且同时还寄给了梅尧臣，也要求唱和。细心的梅尧臣不仅对吴氏的每首诗都作了和诗，而这六首和诗居然还得以完整地保存在《宛陵先生文集》中，这实在是一个奇迹。据此，我们便清楚地看到了这组唱和诗每首诗的原题。

据《梅尧臣集编年校注》卷二五可知，至和二年，梅尧臣这六首唱和诗的

---

① 《乾道临安志》卷三，《四库全书》第484册，第93页。

总题目是《吴仲庶殿院寄示与吕冲之马仲途唱和诗六篇邀予次韵焉》，其六首和诗则依次排列于后。现照录这六首和诗的诗题如下，并对各首诗题略作小注说明。

其一，《次韵被命出城共泛》："出城"谓离开京师，"共泛"谓三人结伴同行。

其二，《依韵游陈留禅寺后池》：诗题中之"依韵"或为"次韵"。"陈留"即开封府陈留县，县城在汴河边上。陈留当是他们离京后沿汴河南下的第一大站。

其三，《次韵晚泊睢阳》："睢阳"即宋城，亦即应天府、南京，其城在汴河边上。睢阳当是第二大站。

其四，《汴渠》：诗题中似乎缺漏了"次韵"二字。此诗意在回顾、审视汴河的功用，及其在交通运输上的重要地位。

其五，《次韵临淮感事》："临淮"为泗州属县，县城也在汴河边上，同时邻近洪泽湖。从临淮南下不远，即到泗州城。汴河在这里与淮河合流，注入洪泽湖，通向大运河。

其六，《次韵夜过新开湖忆二御共泛》：此题"忆"下似当有"与"字；"二御"应指马遵和吕景初。"新开湖"即高邮湖、高宝湖，在高邮西侧，面积甚大，西连安徽天长县。考苏舜钦有诗《新开湖晚霁》云："霁霞飞尽失西东，水入天光浩气中。"[1]沈遘有诗《和中甫〈新开湖〉》云："渺渺清波百里浮，昔游曾是一扁舟。"[2]

由此可知，今《王荆文公诗李壁注》一书中唱和吴中复之六首已仅剩后三首，甚为可惜。

这后三首诗便是：《和吴御史汴渠诗》《和吴御史临淮感事》（见卷三〇）和《和仲庶夜过新开湖忆冲之仲途共泛》（见卷二三）。至于前三首则不可知矣。

---

① 《全宋诗》第6册，第3942页。

② 《全宋诗》第11册，第7518页。

2.《送子思兄参惠州军事》（卷一六）

此"子思兄"有名无姓，李壁于此"子思兄"无注。沈钦韩引厉鹗《宋诗纪事》卷一一，言北宋时有黄孝先其人，字子思，浦城人。但沈注没有展开论述，以断定此"子思兄"就是黄孝先。本文考此"子思兄"即为黄孝先。

我们从王诗所述可以看到，此"子思兄"和王安石的关系比较密切。其内容可概括为三点，且均可深入追踪。

第一，在欢送"子思兄"参惠州军事时，王安石很自然地由广东的惠州连带想到了广东的韶州，并回想起二人早年在韶州时期的特殊情谊。这个特殊情谊的枢纽，就是王安石的父亲王益。天圣八年（1030），王益以殿中丞知韶州。王安石随往，时年十岁。诗中所述之"我方文葆中"，或有夸张之处，但正是指此而言。韶州的州治在曲江县，即今韶关。诗中所言之"沄沄曲江水"和"秀色盘韶石"，写的就是曲江。

第二，此"子思兄"来到韶州，能够出入王府，并得以亲近童年的王安石，这并非因为他是王家的亲戚好友，而实乃是王益手下的一名年轻官员。诗中所言之"稍稍延诸生，谈笑顾宾客"，又所谓"子来适妙年，谒入交履舄"，也正是指此而言。

第三，此"子思兄"是朝廷命官，所以不可能久住曲江，到了一定时候，就会调迁他方。此即诗中所谓"我方文葆中，旋逐旌旗迹。去思今岂忘，耳目熟遗迹"。童年王安石刚刚熟悉"子思兄"，"子思兄"却调走了。

从以上这些内容来看，此"子思兄"确乎应为黄孝先。

按《（康熙）建宁府志》卷三二记有黄孝先的事迹云："黄孝先，字子思，浦城人。嗜学能文，舅杨亿尤爱之。天圣二年进士，调广济尉，改宿州司理（参军）。"后因善于治狱而"迁大理寺丞，知咸阳县"。后又移绵竹县，改殿中丞。后又改太常博士，通判石州，终于官[1]。

在黄孝先的仕履经历中，其改任宿州司理参军一职的年代应当特别引起我们的注意。黄孝先自己曾有一诗曰《吊宿州妓张温卿》[2]。据吴曾《能改斋漫

---

①　《中国地方志集成·福建府县志辑》，上海书店，2000年9月，第5册，第493页。

②　《全宋诗》第3册，第2032页。

录》卷一七所记其本事云：宿州有营妓张温卿，色艺俱佳，"明道中张子野先、黄子思孝先相继为掾，尤赏之。偶陈师之求古以光禄丞来掌榷酤，温卿遂托其家。仅二年而亡，才十九岁。子思以诗吊之"。①吴曾的记述告诉了我们：黄孝先为宿州司理参军的时间大致是在明道元年（1032）。而这个任职时间，恰恰与王安石《送子思兄》所述离开韶州的时间完全相合。

虽然黄孝先的生卒年不详，但他既为天圣二年（1024）之进士，则按照官职的叙迁规则，三年为广济尉（至天圣五年），三年为韶州州吏（至天圣八年），三年为宿州参军（明道元年、二年，景祐元年），这样的仕履顺序是不会有错的。至于后来黄孝先何年再改为惠州参军，这就不得而知了。

换言之，既然黄孝先明道元年为宿州参军，那么他与童年王安石的交往，便只有从天圣八年到明道元年这一年左右的时间。同时我们还可进一步推算：天圣八年，王安石十岁时初到曲江，黄孝先却已经进士及第，并且为官六载矣，那么他当时应比王安石大十多岁。故王安石多年后送他参惠州军事时，仍旧敬称他为"子思兄"。

3.《送周都官通判湖州》（卷二五）

李壁无注，沈钦韩亦无注。考周都官为周延隽，字仲章。

考辨此诗题中周都官为周延隽，可从两个视角加以观察。

视角之一，是审视王安石的《送周仲章使君》（见卷三二）。其诗有云："看君东下雪溪船，回首纷纷已五年。"雪溪在湖州，这里明言周仲章五年前曾到湖州为官。其诗又云："高麾行路穿秦树，骏马归时着蜀鞭。"则当时周仲章应是赴西南知某州。故五年之中，王安石已是两送周仲章矣。所以五年前王安石此诗所送通判湖州之周都官，应该就是周仲章。

如果视角之一尚有存疑，我们可再观察视角二。从朱东润《梅尧臣集编年校注》卷二六可以查悉，嘉祐元年时，梅尧臣曾作过一首《送周仲章都官通判湖州》。显然，王诗《送周都官通判湖州》和梅尧臣此诗在时间、地点和所送对象上，应当完全一致。故认定王诗诗题中之周都官就是周仲章，应该是没有疑问的。

---

① （宋）吴曾：《能改斋漫录》下册，上海古籍出版社，1960年11月，第497页。

　　周延隽（按《长编》和《宋史》均作"延隽"，唯王安石《赠礼部尚书安惠周公神道碑（起）》作"延俊"），字仲章，山东邹平人。周仲章系周起第四子，《宋史》有传，附于《周起传》之后。仲章在庆历和嘉祐年间小有名气。庆历四年，太常博士周延隽与二哥殿中丞周延让曾因参与进奏院的宴会，事涉进奏院所谓偷卖故纸用公钱宴饮"自盗"一案，从而卷入了党派之争，遭到处罚。周延让贬监宿州税，周延隽降为秘书丞，并被外迁（可参见《梅尧臣集编年校注》卷一四《送周仲章太博之钜野》）。

　　综观梅诗、王诗可知，周延隽外迁之后，在地方上曾任过润州通判，后嘉祐元年任湖州通判、嘉祐六年知西南某州。另据《嘉定赤城志》卷九所记云："治平三年四月以职方郎中知台州，五月改温州。"①

4.《贵州虞部使君访及道旧窃有感恻因成小诗》（卷三〇）

　　李壁无注，沈钦韩亦无注。考此虞部使君为谭昉。

　　此诗的内容是"道旧"和"感恻"。"道旧"所忆是"韶山秀拔江清写，气象还能出缙绅。当我垂髫初识字，看君挥翰独惊人"。"感恻"所叹是"邮签忽报旌麾入，斋阁遥瞻组绶新。握手更谁知往事？同时诸彦略成尘"。综合而言，所述非常清楚：王益当年知韶州时，王安石尚幼小，而"虞部使君"其时却已能独当一面，才华出众。因此对于王安石而言，此"虞部使君"当是其父辈的朋友。

　　《广东通志》卷三一"韶州府人物"载有谭捒的介绍文字，其中涉及其父谭昉之处，转录如下："谭捒，字文初，曲江人。父昉苦学，四上计偕，以亲老补吏，授海丰簿，历英州司理、平乐令。天圣中，殿中丞王益守韶州，延昉教子弟。后益子安石为相，而昉为虞部郎官，卒。"②故影印本王氏诗集中有《致仕虞部曲江谭君挽词》一首，当即为谭昉而作。

　　又《全宋诗》中周敦颐亦有酬诗一首赠谭昉：《赠虞部员外郎谭公昉致仕》③。于此我们可知，"虞部使君"或"虞部郎官"的准确官阶应为虞部员外郎。

---

① 《四库全书》第486册，第650页。
② 《广东通志》，《四库全书存目丛书》，齐鲁书社，1996年8月，第197册，第754页。
③ 《全宋诗》第8册，第5064页。

故此"贵州虞部使君"应为虞部员外郎谭昉无疑。

5.《酬王太祝》（卷三四）

李壁注云："恐是钦若子，曾子固作哀词。"非，考为王整。

按王安石诗集中有两首诗是写给王太祝的，此为其一，其二为《次韵酬王太祝》（影印本卷三六）。两诗之中，王太祝均无其名。据两诗所述自己"已成白发潘常侍""病羽长年欲退飞"，而太祝却"材俊""俊少"云云，则作诗时王安石颇有人近中年之叹，而王太祝乃为后生少年也。

据朱东润《梅尧臣集编年校注》卷一八所载，庆历八年梅尧臣有诗曰《答王太祝卷》，其题下又有梅氏自注云"整"[①]。是则王太祝当为王整，其字不明。

所谓太祝乃为太常寺太祝之省称，多用作豪门荫官，常授予公卿子弟。考《苏舜钦集》卷一五有《两浙路转运使司封郎中王公墓表》一文，文中记述王旦的长子王雍的亲属子女曾有云：二弟：冲，素。"二子：恰，大理丞；整，太常寺太祝。"[②]是则王整当是王雍的次子。

王雍逝于庆历五年，苏氏《墓表》作于庆历五年，其时王整已为太常寺太祝。梅诗《答王太祝卷》编年在庆历八年，则八年时王整仍为太常寺太祝。由此看来，王安石写给王太祝的两首诗，或应是在庆历六年留京未知鄞县之时。

又考《苏舜钦集》卷一六有《赠太子太保韩公行状》[③]一文，文中记韩亿有八子六女，其中第四女"适太常寺太祝王整"，则王整应是韩氏之婿。梅尧臣和王安石本与韩氏交好，此当又因韩氏而与王整交游也。

6.《次韵刘著作过茅山今平甫往游因寄》（卷三四）

李壁于此刘著作无注，沈钦韩亦无注。考此刘著作当为刘羲叟。

北宋皇祐、嘉祐年间的刘著作其人，在《全宋诗》中往往是与刘羲叟并称的。如欧阳修《寄题刘著作羲叟家园效圣俞体》[④]，刘攽《题刘羲叟著作泽州园亭》[⑤]。

---

① 《梅尧臣集编年校注》卷一八，第431页。
② （宋）苏舜钦著，沈文倬校点：《苏舜钦集》，中华书局，1961年12月，第228、229页。
③ 同上，第244页。
④ 《全宋诗》第6册，第3658页。
⑤ 《全宋诗》第11册，第7129页。

刘羲叟，《宋史》卷四三二《儒林二》有传：字仲更，泽州晋城人，曾修唐史，为编修官，后改秘书省著作佐郎。考《长编》卷一七三皇祐四年十一月甲辰记事有"编修《唐书》官刘羲叟"，《长编》卷一八三嘉祐元年八月乙亥记事有"著作佐郎刘羲叟"，又《长编》卷一九二嘉祐五年七月戊戌记事曰："上所修《唐书》二百五十卷……著作佐郎刘羲叟为崇文殿检讨，未入谢，疽发背卒。"

是则王安石此诗所称之刘著作，即为刘羲叟。据《长编》，此诗当写于嘉祐初。

第二节　文题疑难人名解说九则

文题疑难人名解读依据的版本是中华书局的《临川先生文集》，缀成的文字计有九则，现试述如下。

1.《上相府书》（卷七四）

关于此书的上书对象，蔡上翔《王荆公年谱考略》有一说法："据子固作《都官志》（按即《尚书都官员外郎王公墓志铭》）云：安石知鄞县，庆历七年十一月，上书乞告葬公。明年某月，诏曰可。考是年相府贾昌朝、陈执中也。"

《李系》编于庆历七年，《李笺》编于庆历六年，则相府亦当是贾昌朝、陈执中。

然上说皆误。此书非作于庆历七年十一月，所上书对象亦非是贾昌朝、陈执中。

此书应与王安石《乞免就试状》（卷四〇）一文类似，均作于皇祐三年夏日赴任舒州通判之时，上书对象是文彦博。

《乞免就试状》有云："不图逊事之臣，更以臣为恬退。"又云："方欲就任，即令赴阙。"

而此书有云："某之不肖，幸以此时窃官于朝，受命佐州。"又云："故辄上书阙下。"

按"佐州"是通判的美称，绝不会是指知县，也不可能指签书判官。签书判官的美称只能是"签判",或是"小倅"。如《梅尧臣集编年校注》卷一三有诗《送签判张秘丞赴秀州》,此"签判张秘丞"乃指张先。又夏承焘《张子野年谱》记曰:"《词集》二《天仙子》题云:'时为嘉禾小倅,以病眠不赴府会。'词无甲子。"①此"嘉禾小倅"亦为张先自指。

考王安石任舒州通判是在皇祐三年夏到至和元年夏。这样,就排除了此书作于皇祐三年之前的可能。而皇祐三年的宰相,正是文彦博。故《乞免就试状》的"逊事之臣",以及此书的"阙下",都是指的文彦博。

2.《上凌屯田书》(代人作)(卷七七)

凌屯田其人在王安石的有关研究中一直未得到考实,所见之说都是把凌屯田注说为凌策,但实际上均误。考凌屯田应为凌景阳。

凌策在《宋史》中有传。《宋史·凌策传》(卷三〇七)曰:"淳化三年……还朝,会命为广南西路转运使,进屯田员外郎。""天禧二年三月卒,年六十二。"天禧是宋真宗时期的年号,下距王安石的生活年代甚远。此凌策既然早已去世,则非是仁宗朝之凌屯田可知。

考《长编》卷一四一庆历三年五月己巳记事曰:"罢屯田员外郎凌景阳、昭信节度掌书记魏延坚、郑州观察判官夏有章昭试学士院。"其文后有注云:"欧阳修《从谏集》:景阳已就试,改一官,知和州,余并罢。"又《宋会要·选举三一》记曰:"庆历三年五月六日,屯田员外郎凌景阳知和州。"又《全宋诗》余靖有诗曰《送凌屯田知和州》②,可见仁宗时期人们亦以"凌屯田"称谓凌景阳。是则仁宗时期的凌屯田当指凌景阳。

3.《贺留守王太尉启》(卷七九)

此启标题在《临川先生文集》中作《贺留守王太尉启》,然而在《王文公文集》中却作《贺留守太尉启》,并无"王"字。故有学者注"留守王太尉"为王拱辰,也有学者注"留守太尉"为韩琦。但实际上二者均误。按此启非为韩太尉韩琦所作,也非为王太尉王拱辰所作,而实为文彦博文太尉而作,《临川先生文集》中的"王"实为"文"之误。

---

① 夏承焘:《唐宋词人年谱》,上海古籍出版社,1979年5月,第177页。
② 《全宋诗》第4册,第2671页。

考辨视角一：从任职的经历看。

文中曰："恭闻孚号、崇奖耆明、肇建节旄、再司管籥……"此赞誉只能指文太尉。

《长编》卷一八七嘉祐三年六月丙午记事曰："吏部尚书、平章事文彦博罢为河阳三城节度使、同平章事判河南府。"后元丰年间，文彦博再度以太尉的身份留守西京河南府。《长编》卷三〇八元丰三年九月丙戌记事曰："河东节度使、检校太师、守司徒兼侍中、判大名府、潞国公文彦博守太尉、开府仪同三司、依前河东节度使判河南府。"一前一后，实可谓是"肇建节旄，再司管籥"。

王拱辰于元丰元年才获检校太尉。（《长编》卷二九三元丰元年十月己未记事曰："以宣徽北院使、检校太傅、中太一宫使王拱辰为检校太尉、宣徽南院使、西太一宫使，许居京师。"）而此前他早在治平年间就已经两判河南府了。考刘敞《公是集》卷五一《王开府行状》对此有明确记载曰："公旧名拱寿，唱第日，仁宗面赐今名。""治平二年，知大名府兼北京留守。明年，检校太傅、宣徽北院使再任。"所以取得检校太尉资格以后的王拱辰并不符合"肇建节旄，再司管籥"的赞誉。是则《临川先生文集》中的标题《贺留守王太尉启》之"王"字显然有疑。

考辨视角二：从情谊的轻重看。

文中又曰："某旧蒙识拔，尚阻趋承，踊跃之私，实为倍百。"考王安石一生仕履之行实，王拱辰于王安石从无"识拔"之恩，则"踊跃之私"自然也就无从谈起。而身为太尉、确有"识拔"之恩的显然只能是文彦博。众所周知，当王安石还只是鄞县一个普通县令时，宰臣文彦博等就已经看到了他的锐气和才华，特向仁宗推荐，建议甄擢重用。此事见载于《长编》卷一七〇皇祐三年五月庚午记事。对此等"识拔"，王安石当然一生都会"踊跃之私，实为倍百"。所以，文中所述的内容，只与文彦博有关，而与王拱辰无关。这一事实也说明了《贺留守王太尉启》之"王"字有疑。

综上所述，此启实为文彦博所作。写作背景当以《长编》卷三〇八元丰三年九月丙戌的记事为准。写成的时间，当在九月丙戌之后不久。

此启在《王文公文集》中的标题是正确的，而《临川先生文集》中的标题应改从《王文公文集》，或者直接更改为《贺留守文太尉启》。

4. 《贺致政杨侍读启》（卷八〇）

"致政杨侍读"少见注说。考杨侍读当为杨偕，字次公。

据《宋史·杨偕传》（卷三〇〇）所记，杨偕在仁宗时曾擢天章阁待制、河北转运使。后又徙河东都转运使，又任河北路经略安抚招讨使。后又迁翰林侍读学士，又改右（按当为左）谏议大夫。"请老，以尚书工部侍郎致仕。于其归，特赐宴。"杨偕的这些职务和经历，均与贺启中的颂词一一吻合："登备谏工，尝已告嘉猷于后；奉将使节，则以下膏泽于民。""引年去位，循礼得中，唯其养恬，有以镇薄。"又《长编》卷一六三庆历八年二月丙子记事曰："翰林侍读学士、左谏议大夫杨偕为工部侍郎致仕。"足见此致政杨侍读当为杨偕不误。

王安石不仅与杨偕的关系甚好，而且与其长子杨忱的关系也十分密切。文集中的《答杨忱书》和《大理寺丞杨君墓志铭》，均为其子杨忱而作。

5. 《上江宁府王龙图启》（卷八一）

学界对"江宁府王龙图"一般均视为王琪，实为误。据有关史料可以考明，"江宁府王龙图"应为王益柔。

王益柔，字胜之，《宋史》有传。据《长编》卷二一一熙宁三年五月乙未记事曰："兵部郎中、集贤校理王益柔直舍人院。王安石谓益柔旧人，且行义修饬不废学问，故与蔡延庆并命直舍人院。"据此，王益柔当系王安石故友。考《长编》卷一九五所记嘉祐六年闰八月王安石知制诰时，盐铁判官王益柔曾为契丹正旦使，二人或系彼时相处为友。《临川先生文集》中有《和王胜之〈雪霁借马入省〉》和《次韵王胜之〈咏雪〉》二诗，或作于彼时。

据《宋史·王益柔传》（卷二八六）所记："范仲淹未识面，以馆阁荐之，除集贤校理。"后又"出为两浙、京东西转运使"。后又"直舍人院，知制诰兼直学士院"。后又"迁龙图阁直学士、秘书监，知蔡、扬、亳州，江宁、应天府。"此仕履经历恰与文中所述"龙图秘阁之奥，使台峻右陕之邦"和"恭审镇临会府"相合。

按所谓"龙图秘阁"即"知制诰兼直学士院""迁龙图阁直学士、秘书监"云云。所谓"右陕之邦"则非指任职陕西，而是指王益柔曾任京东西转运使的管辖区域，恰与永兴军路相邻，且在永兴军路之东侧（即地图之右面）。所谓"恭审镇临会府"，即是指王益柔知江宁府。据《景定建康志》记载："（元丰）六年六月二十日，陈绎移知建昌军。八月五日，以龙图阁直学士、太中大夫王益柔知府事。七年六月，移知应天府。"①按会府即大府，唐代以节度使治之，宋代则相当于各路经略安抚使所在地。江宁府系江南东路大府，故王安石在文中称之为会府。此已明言王益柔元丰六年知江宁府时，王安石作此启为贺。

又王安石从未与王琪有过诗文来往，而王安石与王益柔却有过四首相关之诗。其中《和子瞻〈同王胜之游蒋山〉》一诗，作于王益柔由知江宁府移知应天府之时。元丰七年春，苏轼由黄州顺长江东下回到常州之后，曾盘桓于金陵和真州一带。是年初秋，苏轼与王益柔共游蒋山，同访荆公。其时苏轼曾欣悦作诗《同王胜之游蒋山》，诗中有云："略彴（按小桥）横秋水，浮图插暮烟。"王安石看到此诗后，大为欣赏，以至诗兴大发，又作一诗再和苏轼。既然王益柔在移知应天府时特来向王安石告别，这当然也可从侧面说明，二王在江宁的交往是有始有终的：王益柔当初外来移知江宁府时，王安石曾亲自道贺过。

6. 《上信州知郡大谏启》（卷八一）

"信州知郡大谏"无姓无名，不易探询。但据《长编》有关记载可以考明，此"信州知郡大谏"应为杨察，字隐甫。

据《长编》卷一六五庆历八年八月丁丑记事曰："右谏议大夫、权御史中丞杨察落职。……察知信州。"北宋文莹《湘山野录》卷上亦记有杨察谪守信州一事："范文正公镇余杭，今侍读王乐道公在幕。杨内翰隐甫公察谪信州，未几，召还赴阙，过杭，公厚遇之。"由此可知，杨察字隐甫。

又《宋史·杨察传》（卷二九五）记曰："罢知信州，徙扬州。"王安石《信州兴造记》记事曰："晋陵张公治信之明年，皇祐二年也。"是则杨察在庆历八年八月知信州，第二年皇祐元年即迁徙扬州，而由"晋陵张公"接任。

王安石此启明言知信州者为"大谏"，"大谏"指谏议大夫，此与《长编》记事相合，则"信州知郡大谏"必谓杨察无疑。此启又表明自己正"海滨

---

① （宋）马光祖修，周应台纂：《景定建康志》卷一三，《四库全书》第488册，第397页。

承乏，宇荫未趋"，则王氏必在知鄞县之时。

7. 《祭秦国夫人文》（为高若讷作）（卷八六）

考《长编》可明，秦国夫人实为仁宗之乳母。此文系王安石替高若讷为仁宗乳母林氏去世而作。

祭文曰："上之岐岐，实护于中。""上用旧德，情之郁结。"此明言秦国夫人对仁宗有过看管和照顾的关系，而仁宗对秦国夫人亦感情深厚。

《长编》里有三条史料可以证明这一点。

其一，《长编》卷九八乾兴元年夏四月庚子记事曰："封上（按仁宗）乳母福昌县君林氏为南康郡夫人。林氏，钱塘人，大中祥符初，由刘美家入宫，天禧末，皇太后内管政事，林氏预掌机密云。"

其二，《长编》卷一〇六天圣六年冬十月戊辰记事曰："进封乳母南康郡夫人林氏为蒋国夫人。"

其三，《长编》卷一八〇至和二年八月丁未记事曰："秦晋国恭肃贤正夫人林氏卒。上为成服于苑中，辍视朝三日，宰臣率百官诣崇政殿门奉慰。夫人保辅圣躬，勤劳无不至，又多知先朝事，上尤尊遇之。"

综上而言，可见秦国夫人确为林氏，在仁宗幼时就"保辅圣躬"，且"多知"先朝机密，声名甚高。故林氏去世时，仁宗痛悼，满朝上下也都恭表哀伤。高若讷时为观文殿学士兼翰林侍读学士、尚书左丞、同群牧制置使，虽在病中，但是也得奉献祭文，于是就有了群牧判官王安石的代笔之作。

史述秦国夫人林氏卒后数日，高若讷接着也去世了。《长编》卷一八〇至和二年八月乙卯记事曰："观文殿学士兼翰林侍读学士、尚书左丞高若讷卒。"考八月丙戌朔，丁未为二十二日，乙卯为三十日，则高若讷比林氏晚逝八天。时为群牧判官的王安石，恰有时间和条件完成高若讷的委托。

8. 《与柳承议书》

按：《王文公文集》卷四有一篇《与柳承议书》，但此文未被《临川先生文集》收录，这里也一并加以考述。

柳承议其人，历来无人注说。窃以为柳承议应为柳瑾之子柳子文，字仲远。理由如下：

其一，清厉鹗《宋诗纪事》记曰："柳瑾，字子玉，庆历二年进士。"可见柳瑾乃为王安石同年。又曰："柳子文，字仲远。"①清王文诰注苏轼《次韵柳子玉见寄》②曰："柳瑾，丹徒人。其子仲远，为中都公婿，公之妹婿也。"清查慎行注苏轼《送柳子玉赴灵仙》③引苏辙《栾城集》考曰："以时考之，子玉之殁，当在丙辰、丁巳间。"按丙辰为熙宁九年，丁巳为熙宁十年，则柳瑾逝世应在元丰之前。此书有曰："公方护丧归里，应接必多，岂敢费烦厚馈！"故柳子文送丧回乡当在元丰年间，其时王安石已闲居钟山。柳子文回到丹徒以后，则专门向父亲的老友王安石赠礼问好。

其二，元丰三年改官制，元丰五年施行新官制。王安石行文称柳子文为柳承议，正反映了新官制的时代特点。所谓"承议"即承议郎，它相对应于旧官制的左、右正言、太常博士以及国子博士。柳子文的这一官职更加清楚地表明：王安石此信可能作于元丰五、六年间。

9. 《谢提刑启》（卷八〇）

所谓"提刑"，是指提点某一路刑狱的官员。要考索这位提刑，可从文中寻觅线索。

有著述认为，此启为王安石"嘉祐四年知常州离任时作"④。此实为误判。王安石知常州岂能一直到嘉祐四年？《长编》卷一八七嘉祐三年二月丙辰记事曰："知常州王安石提点江南东路刑狱。"《长编》卷一八八嘉祐三年冬十月甲子记事曰："提点江南东路刑狱、祠部员外郎王安石为度支判官。"史实如此，著者却注"甫更三岁"曰："荆公自嘉祐二年由群牧判官来知常州，至嘉祐四年，已近三年之任。"不知所据为何。

实际上，从文中的语气判断，此启应是王安石知鄞县离任时所作。文中曰："遭会使车，按临州部。"即是指提刑官巡察明州，而明州的治所又即在鄞县。文中又曰："叨备一官，甫更三岁。"更系明指自己知鄞县已历经三年而言。王安石自庆历七年始知鄞县起，经庆历八年，至皇祐元年，恰是"甫更

① （清）厉鹗：《宋诗纪事》卷一五、卷二八，上海古籍出版社，1983年6月，第388、711页。
② （宋）苏轼：《苏东坡全集》卷六，珠海出版社，1996年11月，第1册，第208页。
③ 同上，第483页。
④ 李之亮：《王荆公文集笺注》下册，巴蜀书社，2005年5月，第1484页。

三岁"。

皇祐元年时，提点两浙路刑狱的官员是苏舜元（字才翁），为诗人苏舜钦（子美）之兄长。其史实考述如下：

蔡襄《苏才翁墓志铭》有曰："出为荆南路提点刑狱，未行，易福建路。""又迁尚书祠部员外郎，移京西。未几又移河东。以弟舜钦谪死湖州，求江吴一郡，得扬州。未至，改两浙。凡四皆为提点刑狱，君益谨职。祀明堂恩，度支除京西转运使。""充三司度支判官。至和元年五月初二日，终于京师之祖第，年四十九。"①而苏舜钦卒于庆历八年，则苏舜元为两浙提点刑狱必在皇祐初。又《长编》卷一七一皇祐三年十月丙申记事述曰："京西转运使苏舜元言……"是则皇祐元年至皇祐三年时，提点两浙路刑狱的官员必是苏舜元。

所以，是苏舜元在皇祐元年驾临明州督察公务，此启则是王安石写给他的感谢信。

第三节　诗文中的同姓同名人物解析四组

北宋文学界不乏同姓同名或是异名同字的诗歌作者，后人如果没有严谨地考究史料，据实解说，就难免要发生张冠李戴、指鹿为马的现象。如北宋末年的佚名笔记小说《道山清话》在记述张先的事迹时，就杂糅了两位张先的仕履行年，合二为一，描绘出一位历史上根本不存在的张先来："张先，京师人。有文章，尤长于诗词……人目为'张三影'。先字子野，其祖母宋氏，孝章皇后亲妹也。祖逊因是而贵，太宗朝为枢密副使。子野生贵家，刻苦过于寒儒。取高科，甫改秩为鹿邑县以殂。"②而实际上，北宋时期有过两位张先，大致同时期出生，又均字子野。一位短命（991—1039），主要活动于真宗、仁宗年间，不以诗文闻名，但系梅尧臣和欧阳修的好友。《居士集》卷二七《张子野墓志铭》述其经历有曰：张逊之孙，张敏中之子。"天圣二年举进士……知阆州阆中县，就拜秘书丞。秩满，知亳州鹿邑县。宝元二年二月丁未以疾卒于

---

① （宋）蔡襄：《端明集》卷三九，《四库全书》第1090册，第671页。
② 《宋元笔记小说大观》第3册，上海古籍出版社，2001年12月，第2946页。

官，享年四十有八。""其上世博州高堂人……今为开封人。"另一位高寿
（990—1078），主要活动于真宗、仁宗、英宗、神宗年间，以诗词闻名。此
张先与当时的诗文大家梅尧臣、王安石及苏轼等人均有应酬诗交往，与孙觉等
人也有诗作来往。《临川先生文集》卷九七《张常胜墓志铭》记曰："君湖州
乌程县人"，"父先，尚书都官郎中致仕"。王安石在文中提到的湖州张先即
是此张先。苏轼还有《张子野年八十五尚闻买妾述古令作诗》①。记此张先到
八十五岁时尚买小妾，以为风流。但因为这两位张先享年时间相距极大，又籍
贯所属地南北迥异，所以相关问题的判断还比较容易，歧义不大。然而在有关
王安石的文学研究中，若干与王安石酬唱往来的好友，却也涉及一些同姓同名
或是异名同字的现象，有时不太容易鉴别。而学界一些面世的相关论著有时又
往往会把这些人物混为一谈，窃以为甚有辨明的必要。故这里选择四组人物来
加以讨论，借以进一步明辨王安石的交友和酬唱。

1. 杨畋乐道和王陶乐道。

仁宗朝杨畋字乐道，王陶亦字乐道，他们又都曾是王安石的诗友。在王诗
中，如果诗题仅现乐道二字，注释解说就要审慎，以免产生臆说此姓为彼姓的
错误。如诗题《杭州望湖楼回马上作呈玉汝乐道》中，玉汝可考，当系韩缜之
字，时为王氏好友也；乐道便难以指说。如果没有相关事实来证明考说，则判
杨判王均难定夺。

有论著指此乐道为杨畋②，说误。因为从杨畋其人的仕履经历看，绝无有与
王氏、韩氏同游杭州的可能。考《续资治通鉴长编》（以下简称《长编》）中
杨畋的履历可知：其曾伯祖是抗辽名将杨业，历史上赫赫有名。仁宗朝庆历年
间，杨畋在地方上先后知岳州，提点荆湖南路刑狱，后降知太平州，又改任荆
湖南路钤辖。皇祐至和年间知随州，继升户部判官，又为广南西路体量安抚提
举经制贼盗，后又知鄂州，知光化军。嘉祐初为户部副使，知谏院。嘉祐七年
五月己酉病卒。故以杨畋的经历对照王安石的仕履可知：只有在嘉祐初和嘉祐
四年以后，王安石才与杨畋同朝为官，才有交接同游的可能。然而其相处之地

① 《全宋诗》第14册，第9190页。
② （宋）王安石著，（宋）李壁注，李之亮补笺：《王荆公诗注补笺》，巴蜀书社，2002
年1月，第926页。

是汴京开封，而非是江南杭州西湖，所以此诗定与杨畋无关。

　　而考王陶的经历可知：王陶庆历二年进士及第，为王安石同年，后依附范仲淹，曾在杭州生活过两年。北宋释文莹曾记叙此事曰："范文正公镇余杭，今侍读王乐道公在幕。"①考《乾道临安志》卷三《牧守》记曰："皇祐元年正月乙卯，以知邓州资政殿学士、给事中、礼部侍郎（按此四字当为衍文）、范仲淹知杭州。七月癸卯，加尚书礼部侍郎。二年十月戊辰，加户部侍郎。十一月辛酉，徙京东东路安抚使、知青州。"②而皇祐二年王安石正当"罢县守阙"之时，春日归临川省亲，九月返回鄞县时，曾专门取道杭州拜谒知州范仲淹③。想必就是在此时，王安石顺便得与同年王陶一聚。

　　而韩缜此时亦恰在杭州。韩缜亦是庆历二年进士及第的王安石同年。韩缜与王安石同资历，进士及第进入仕途后，先是"签书南京判官"（《宋史》本传），旋即和王安石一样，被分配到地方，出任知县。考梅尧臣庆历七年有诗曰《送韩六玉汝宰钱塘》④，司马光亦同时有诗曰《送韩太祝（缜）知钱塘》⑤。钱塘时为杭州属下第一大县，且又为州治所在地。因此完全可以认定，皇祐二年九月，王安石在杭州谒见范仲淹时，亦与同年韩缜、王陶聚游一番。此诗正是这次记游诗歌的作品之一。

　　王安石诗集中又有《次韵乐道送花》。有论著注此乐道为王陶⑥，说误。按此诗题中乐道所指应很明确，只能是杨畋，这是十分清楚的。因为诗中有云："露盘分送子云家。"子云者即扬子云，亦即西汉大儒扬雄。此以历史名人隐喻（扬）家以示美意也。诗中又云："曾和郢中歌白雪。"白雪谓郢州白雪

---

①　（宋）文莹撰，郑世刚、杨立扬点校：《湘山野录》卷上，中华书局，1984年7月，第11页。

②　《宋元方志丛刊》第4册，第3243页。

③　王安石作于皇祐三年六月的《乞免就试状》自述曰："罢县守阙，及今二年有余。"（《临川先生文集》卷四〇）皇祐二年九月离开临川返回浙江，此有其在家乡所作一诗《书陈祈兄弟屋壁》并柬文为证。（《临川先生文集》卷三二）又《临川先生文集》卷八一有《上范资政先状》《上杭州范资政启》《谢范资政启》三文，此三文均与当时杭州知州范仲淹有关。

④　《梅尧臣集编年校注》卷一七，第405页。

⑤　《全宋诗》第9册，第6110页。

⑥　《王荆公诗注补笺》，第583页。

楼。嘉祐元年，知郢州太守李端愿修建白雪楼新成，约请诸位诗友寄诗为贺。梅尧臣有《寄题郢州白雪楼》①，王安石集中亦有《寄题郢州白雪楼》。估计当时好事者不为少数，从此诗看来，杨畋乐道应当也是一位参与者。

2. 熙宁许彦先和元丰许彦先。

《王荆公诗注补笺》为《送许觉之奉使东川》作"补笺"曰："许彦先字觉之，神宗熙宁中，历官广南东路转运判官、提点刑狱、转运副使。元丰二年，降监吉州酒税。元祐二年，知随州。"②按《补笺》说误。神宗朝有两个许彦先，《补笺》把他们的仕履杂糅在一起了。这两个同姓同名的许彦先，一个主要活动在熙宁年间，一个主要活动在元丰年间。

熙宁年间的许彦先，其字不传。《长编》卷二三七熙宁五年八月丁酉记事曰："诏广南东路转运判官许彦先察访广南西路常平等事，及体量官吏违慢、措置乖方者以闻。"此为《长编》中熙宁年间许彦先的首现。《长编》记载其活动一直延续到熙宁九年为止，亦即到《长编》卷二七八熙宁九年十月辛亥记"广南东路转运副使许彦先"受贿事发为止。然此人与王安石亲密交往的元丰许彦先无关。

《长编》卷二九六元丰二年正月丁亥记事曰："降国子博士许彦先监吉州酒税。"这是元丰许彦先在《长编》中的首现。据笔者所查，《长编》对元丰许彦先事迹的记载到卷三四四元丰七年三月己巳为止。元丰许彦先元祐二年知随州之事未见记载。元丰许彦先字觉之，是王安石的好友，王安石赠诗于他均称"觉之"。《送许觉之奉使东川》是其一，同卷《次韵觉之》是其二。

追溯历史上杂糅两个许彦先的来龙去脉，可以发现源头是在晚清的陆心源（1834—1894）。清初厉鹗（1692—1752）作《宋诗纪事》，收"许觉之"石碑诗（在随州）一首。可能是对这位"许觉之"知之不多，厉鹗仅谨慎地注说四字："元祐间人。"③厉氏之判断，大致不差。但实际上，这位"许觉之"的原名乃是许彦先，亦即王安石的元丰诗友。而陆心源作《宋诗纪事补遗》，其《小传补正》卷二在未能明辨史料的情况下，给"许觉之"做出了如下的传

---

① 　《梅尧臣集编年校注》卷二六，第903页。
② 　《王荆公诗注补笺》，第478页。
③ 　《宋诗纪事》第2册，第879页。

略："名彦先，字觉之，始兴人。天圣三年进士。五年，梓州路转运判官。九年，广南东路转运使（《长编》274卷）。熙宁十年，官广东提刑。元丰二年，国子博士，坐孙纯私贷官钱，降监吉州酒税（《长编》296卷）。《王荆公集》《山谷集》有与觉之唱和诗。"①对照本文所引史实可以看到，陆氏的《补正》实在是错得不知所云。作为一个北宋的高官，既然已经是广东转运使和广东提刑了，怎么可能反倒成了国子博士？

　　然而就是这样的拼凑臆说，竟一直错误地影响至今。前文所引《王荆公诗注补笺》于此注说有舛误，考其源流，似又当来自20世纪90年代的《全宋诗》。《全宋诗》在为元丰许彦先编写小传时做了类似《宋诗纪事补遗》的介绍："神宗熙宁中历官广南东路转运判官、提点刑狱、转运副使。元丰二年坐孙纯私贷官钱，降监吉州酒税。哲宗元祐二年知随州。"②《全宋诗》早出，其权威性使得这一错误的影响更加深广。对这样的错误表述，应当引起我们的重视，及时加以纠正。

　　3.　"建康杨骥"和"鄱阳杨骥"。

　　王安石诗集中有与"建康杨骥"来往的记诗，也有送别"鄱阳杨骥秀才"的赠诗，故往往有学者视此二杨骥为同一人。如曰"杨德逢即杨骥，鄱阳人，王安石与他的关系在师友之间"③，此说当误。

　　王安石与建康杨德逢的交往诗有十三首之多，然从无一首酬唱诗提到德逢其名为骥。李壁诸注亦从无一句涉及德逢其名为骥。李壁注《元丰行示德逢》曰："德逢姓杨，与公邻曲。"李壁又于《送杨骥秀才归鄱阳》无注。可见李壁乃视二杨是二人的。这一点似与王安石相通。

　　认为建康杨骥字德逢者，最早的是张邦基。其《墨庄漫录》卷四载："陈辅辅之，丹阳人，能诗，荆公深爱之。尝访建康杨骥德逢，留诗壁间云……"④张邦基字子贤，高邮人，生卒年无考，大约生活于南北宋之交。因为《墨庄漫录》记述了建康杨德逢名骥，无形之中这就让建康杨骥与鄱阳杨骥发生了联

①　（清）陆心源：《宋诗纪事补遗》第3册，山西古籍出版社，1997年7月，第2419页。

②　《全宋诗》第16册，第10692页。

③　刘成国：《读〈王荆公诗注补笺〉献疑》，《中国海洋大学学报》2006年第2期，第70页。

④　《宋元笔记小说大观》第5册，第4675页。

系，后人也就容易想象他们同为一人。张邦基的见解早于李壁，不知其所据为何。然尽管其二人如此同姓同名，我们从王安石的文本出发，还是能够详审出"建康杨骥德逢"绝非"鄱阳杨骥秀才"的。

首先，"建康杨骥"的家产不可小觑。

沈钦韩注王安石《元丰行示德逢》曰："《乾隆江南通志》：杨德逢宅，在上元县城东北隅。"①其宅究竟如何呢？此诗中有曰：大旱之年，"湖阴先生坐草室，看踏沟车望秋实"。雷雨之后，"倒持龙骨挂屋敖，买酒浇客追前劳"。又《寄德逢》曰："穿沟取西港，此计当未获。翛翛两龙骨，岂得长挂壁？"又《示德逢》曰："深藏组丽三千牍，静占宽闲五百弓。"可见"建康杨骥"有草堂数间，水车两部，农忙时雇工劳作，而自己并不亲赴农田劳动。家中藏书不少，自身宽闲时间甚多。显然湖阴先生属于当地农村家业较大的人家，并兼为传统文化中的耕读之士。

其次，"建康杨骥"的生活比较宽裕。

王安石《过杨德逢庄》写自己和朋友临时黄昏进庄，却能受到主人热情款待："携僧出西路，日晏昧所投。循河望积谷，一饱觉易谋。稚子举按（案）出，咄嗟见盘羞。""暮从秀岩归，秼蹇得少留。"《书湖阴先生壁二首》又写其家有空房可以招待自己午眠："一水护田将绿绕，两山排闼送青来。""黄鸟数声残午梦，尚疑身在半山园。"王氏还有《杨德逢送米与法云二老作此诗》，反用韩愈《寄全》之诗意，慨颂德逢赠米于寺僧。由此诗我们又见到了一位乐施行善的湖阴先生。

再次，王安石和"建康杨骥"的感情格外真挚亲密，其浓烈的程度甚至超过了昔日所待之高邮王令。

李壁说德逢"与公邻曲"，这个"邻曲"到底有多远？从王诗中我们对此亦可略窥一二。从上文所引《过杨德逢庄》的叙述里，我们已经可以看到：杨氏草堂在半山园之西。黄昏出发，到杨家吃晚餐，天黑了再回来，则两家所距，不过两三里路而已。然而就是这么一点距离，在王安石的眼中，却是显得那么遥远！一般而言，王安石应酬诗歌的感情活动非常蕴藉，不大轻易外露，

---

① 《王荆公诗文沈氏注》卷一，第3页。

然而王氏想念杨德逢的诗句却缠绵如梦，时绕心头。且看下列诗句：

> 湖阴宛在眼，旷若千里隔。……晤言久不嗣，作苦何时息？
> （《寄德逢》）
> 知公开霁后，过我言不食。……暮逢田父归，倚杖问消息。渠来
> 那得度？南荡今已白。（《次前韵寄德逢》）
> 山林投老倦纷纷，独卧看云却忆君。云尚无心能出岫，不应君更
> 懒于云。（《招杨德逢》）

更令人惊叹的是王安石的集句诗《示杨德逢》。此诗集《诗经》之四字
句，如泣如诉，倾泻无余，把自己和杨德逢的亲密感情描绘得淋漓尽致。这首
集句诗不太为读者所知，唯《临川先生文集》和《王文公文集》有，而李壁
《王荆文公诗笺注》和影印本《王荆文公诗李壁注》皆无。现录其后半部分如
下，亦可试观其情：

> 嗟我怀人，何日忘之。六日不詹，方何为期。期逝不至，我心西
> 悲。跂予望之，其室则迩。一者之来，我心则喜。我之怀矣，升彼虚
> 矣。爱而不见，云何吁矣。①

而王安石《送杨骥秀才归鄱阳》内容分明，其乃用韩文中"太学何生"的
回归作喻，送杨骥回家而已。杨骥之家既在江西鄱阳，则其在金陵钟山就不可
能持有杨德逢般的家业田地，王安石也就不可能与之"邻曲"往来。考沈钦韩
注《送杨骥秀才归鄱阳》引《建康志》曰：治平二年，时王荆公以中书舍人持
服寓江宁。"有杨骥者，鄱阳人，来就学于荆公。"沈并案曰："杨骥于后无
考。"②沈之考述进一步证明：杨骥投奔荆公，后确实所学无成，乃回老家鄱
阳，荆公于是赠诗为他送行。

---

① 　《临川先生文集》卷三六，第394页。
② 　《王荆公诗文沈氏注》卷三，第83页。

综上所述，完全可以得出这样一个结论：湖阴先生杨德逢和鄱阳秀才杨骥毫无共同之处，"建康杨骥"和"鄱阳杨骥"根本不是同一人。

又陆佃《陶山集》卷一一《书荆公游钟山图后》曾曰："元祐四年六月六日，伯时见访，坐小室，乘兴为予图之。其立松下者，进士杨骥、僧法秀也。"按陆佃所记李伯时所画，乃其所见过的求学者"进士杨骥"，即"鄱阳秀才杨骥"也，而绝非生于钟山长于钟山的土籍湖阴先生杨德逢，即"建康杨骥"。

4. "知滕县王安上"和"江南东路提点刑狱王安上"。

熙宁元丰年间，有两个王安上，但亦有论著把他们混同为一人。如有论著引证《长编》卷三〇一元丰二年十二月庚申所记的关于苏轼"乌台诗案"的处理结果说，受处理官员名单中有"知滕县王安上"罚铜二十斤，于是便认定：王安石的四弟"王安上受罚时正在知滕县任上"[1]，此说大误。按"知滕县王安上"并非王安石的四弟，而只是当时同姓同名的另外一位地方官员。只要详细考究一下王安石的四弟王安上在这段时期的相关仕履便可知晓。

下面试据《长编》中的相关记载来说明这一问题。

《长编》卷二八五熙宁十年冬十月戊子："权发遣度支判官、右赞善大夫王安上权发遣江南东路提点刑狱。旧治饶州，上以安上兄安石方居闲，特诏安上治江宁。"

《长编》卷二九三元丰元年冬十月乙巳："诏江南东路转运提举司鞫吕嘉问事，其提点刑狱王安上不许回避，令依前降指挥同鞫。"

《长编》卷三〇一元丰二年冬十二月庚申：因事涉苏轼"乌台诗案"，"知滕县王安上"罚铜二十斤。

《长编》卷三〇八元丰三年九月丙寅："诏江南东路转运使、太常少卿孙珪、权发遣提点刑狱、（右）赞善大夫王安上各追两官、勒停。安上、珪交讼不实故也。"

从以上所录可以看到，安石四弟王安上元丰元年冬十月奉诏审查吕嘉问

---

① 汤江浩：《北宋临川王氏家族及文学考论——以王安石为中心》，人民文学出版社，2005年9月，第183页。

事，元丰三年九月才被追夺两官、勒停，那元丰二年他怎么可能"正在知滕县任上"呢？再说，作为路分长官提点刑狱的下一级职官应当是知州，知州之下是通判，通判之下才是知县或县令。假如江南东路提点刑狱王安上果真被追夺了两个级别的职官，那他也应该是某州的通判，而不应该是滕县知县。

　　实际上，"追两官"是指下降两个级别的阶官。按正常的叙迁法，追夺两官后，王安上的阶官当从右赞善大夫降到光禄寺丞。而所谓"勒停"只是停职的意思。所以说，朝廷对王安上的处分只是降为光禄寺丞，停止履职江南东路提点刑狱。王安上并没有被降职调任，更不可能被连降三职去屈就滕县知县。其实该论著同时也察觉出两位王安上为同一人的潜在抵触和矛盾，只不过仍然猜测提刑王安上"可能因为"其他原因而改知滕县，从而"推定王安上被处以'追两官、勒停'，实在知滕县任上"①。

　　所以，根据《长编》的仕履记载完全可以断定："知滕县王安上"因"乌台诗案"遭罚铜事与王安石的四弟王安上无关，这二人不过是碰巧同姓同名而已。

---

① 汤江浩：《北宋临川王氏家族及文学考论——以王安石为中心》，第183页。

第三章　履历辩说与有关诗文编年考辨

对王安石生平事迹进行缜密的考求，是王安石诗文研究的重要组成部分。因为事迹考求与诗文编年是相辅相成的。事迹清楚了，编年可以更加准确；而编年精准，事迹更可得到确认。所以考求某一阶段履历，除了要寻找史料作为最有力的佐证之外，还必须十分重视相关诗文的编年考证。如果编年不正确，众说纷纭，各持所据，则会难以形成公认的定论。一些学者在所撰写的王氏年谱里，由于相关诗文的编年不确或者有误，往往导致事迹的年份发生舛误。这样的例子并不少见。这就从一个侧面说明了，仕履考查和诗文编年之间确实存在着密切的内在联系。

比如关于王安石是否在嘉祐八年曾经担任过国信使一职的讨论，即是一例。在笔者看来，张涤云先生的主张是难以成立的，因为他对相关诗文的编年有一些误判①。对此，已有论者的《王安石使辽考论》做了详细的分析和说明，其否定当为有效②。

对这一问题，笔者可以从史料的角度提供两条材料否定国信使一说，分别是王安石对仁宗和神宗所作的"奉使"自述。其一是王安石对仁宗的《拟上殿札子》（《临川先生文集》卷四一）自述曰："臣蒙恩奉使，归报陛下，敢因边事之所及，冒言天下之事……"其二是王安石对神宗的《看详杂议》（卷六二）记述曰："臣尝奉使河北，疑其所置州县太多，如雄、莫二州，相去才二十余里。"王安石在这里两次所言的"奉使"，均只述及"边事"和"河北"，而不及契丹一字，亦可证明其"奉使"，仅仅只是伴送北使至河北而已。

---

① 张涤云：《关于王安石使辽与使辽诗的考辨》，《文学遗产》2006年第1期。

② 刘成国：《王安石使辽考论——兼与张涤云先生商榷》，《浙江工业大学学报（社会科学版）》2008年第3期。

　　而《王安石使辽考论》则从诗文编年的角度更加圆满地解决了这个争议。《考论》认为，张先生主张的《奉使诗录》二十二首，其实是没有一首写于所谓"嘉祐八年王安石出使路上"的，而均写于嘉祐五年。《考论》并以嘉祐八年六月王安石在汴京所作之《虞部郎中赠卫尉卿李公神道碑》为证，从根本上否定了张先生的四月三日出使、七月返回汴京的设想，极为有力。

　　总之，相关诗文的准确编年完全可以证明王安石在嘉祐五年曾经做过伴送使，而嘉祐八年确实没有做过国信使。

　　显然，这一实例形象体现出了仕履考究与诗文编年之间的辩证关系，十分重要。

第一节　《王安石年谱补正》相关诗文编年商榷

　　历代学者都很关注王安石的行实研究，这一点集中体现在对王安石年谱相关问题的探讨中。为了厘清王安石的仕履种种，古人已著有三谱。今人又更有《王安石年谱补正》一文（以下简称《补正》），对古人的三谱进行了整体研究、综合分析，并深入一步钩沉史料，纠正舛误，提出了若干新说①。

　　然而从文献学的角度来观察，《补正》一文所使用的王安石的《王平甫墓志》在纪年上存在着疑问，并不能成为《补正》现有结论的有力证据。对王安石诗文的文献研究不能忽视，因为文献的某些症结如若不能得到正确的解决，则一切研究和推测的结果都未必可靠。《补正》还有若干论述尚存在着疏误和缺漏之处，颇有必要加以指出。另外，从内容上来讲，王安石年谱研究的领域应当非常宽广，除了他本人的仕履行实之外，还当涉及他与家族祖辈、父母弟妹、知交好友的联系交往，等等。关于这些事实，《补正》对王安石原文的解读和分析也有值得商讨之处。还有一些材料，作者似乎也尚未触及。

　　这部分文稿写成于2007年，未能面世。但作为学术史上一种思想交流的碰撞印痕，笔者仍想以原貌纳入本书，借以保存。文中的某些观点和提法，在今

---

① 　元代詹大和、清代顾栋高和蔡上翔都曾著过王安石的年谱。高克勤：《王安石年谱补正》，《文献》1993年第4期。

天看来似乎已经过时，但在当年而言，并不无棱角。

总之，辨析《王安石年谱补正》，商榷一些诗文的编年，目的就是为了给将来王安石年谱的集大成提供一些材料和设想。

一、《补正》云：天圣六年戊辰（1028），弟安国生。此条三谱失载。按，王安石《王平甫墓志》曰：平甫"年止于四十七，以熙宁七年八月十七日不起"。熙宁七年为公元1074年。

按：《补正》所作的这一结论不能成立，因为王安石《王平甫墓志》（《临川先生文集》卷九一）所记王安国的卒年有误。说其有误，非是指王安石本人笔下有误，而应是传抄者在抄录时不小心致误；也可能是原文未误，系雕版印刷者致误，而校对者一时未能发现。总之，字形相似，鲁鱼亥豕，观照于史料，疑点立现。

《王平甫墓志》曰："官止于大理寺丞，年止于四十七，以熙宁七年八月十七日不起。越元丰三年四月二十七日，葬江宁府钟山母楚国太夫人墓左百有十六步。"《补正》一文便据此推算王安国生于天圣六年（1028）戊辰。

然而检诸李焘《续资治通鉴长编》所记王安国的生平事迹，则可发现，《王平甫墓志》中的"熙宁七年不起"之说必误。

考《长编》卷二五九熙宁八年正月庚子记事曰："著作佐郎、秘阁校理王安国追毁出身以来文字，放归田里。"又《长编》卷二七七熙宁九年七月己卯记事曰："复放归田里人王安国为大理寺丞、江宁府监当，命下而安国病死矣。"据《长编》上述两则记事可知：

1. 视王安国卒于熙宁七年八月十七日必误，因其熙宁八九年还活在人间。

2. 王安石所记王安国"官止于大理寺丞"，与《长编》熙宁九年七月己卯记事相合，说明王安国在世时是接受了任命的。

3. 考熙宁九年七月癸丑朔，己卯是二十七日。则王安国逝于八月十七日，确实是"命下而安国病死矣"。

因而可以断定：王安石《王平甫墓志》的"熙宁七年"必为"熙宁九年"之误。王平甫实卒于熙宁九年（1076）八月十七日。王安国的生年当后移两年，即应为生于天圣八年庚午（1030）。

二、《补正》云：庆历四年甲申（1044），王安石再归临川。

按：《补正》所补为误，庆历四年王安石并无再归临川之事。

《补正》先援引王安石《外祖母黄夫人墓表》云："四年，安石还自扬州，复其墓。"然后据此作出结论曰："是本年归临川明矣。"《补正》赞同蔡上翔《王荆公年谱考略》卷二对此的分析曰："公还自扬州实三年，曰四年，不合也。以夫人卒之年数之，则又似作志实在四年矣。姑录于此。"①然《补正》和《考略》所云皆误，庆历四年王安石并未再归临川。此墓表非作于庆历四年，而实作于庆历三年。

王安石《外祖母黄夫人墓表》的编年颇有难度，因为文中有曰："舅藩既志其葬，四年，某还自扬州，复其墓。"论者一般视此"四年"为庆历四年，认为王安石在庆历三年自扬州返回临川省亲之后，于庆历四年又回归家乡一次。实际上这是误解。没有任何史料可以证明庆历四年时王安石又重回临川再度省亲。文中所说的"四年，某还自扬州，复其墓"，其实就是庆历三年这一次。具体分析理由如下：

其一，王安石在墓表中表述得十分清楚："卒三月而葬，康定二年十二月也。"又曰："舅藩既志其葬。"这即是说，外祖母于康定二年九月去世，十二月下葬。葬时，舅藩又作有墓志。可见，古代长辈逝世下葬时的一套既定程序，王安石的外婆家早就完成了。王安石没有必要专程在庆历四年再重回临川"复其墓"，此事只是他在庆历三年返回临川省亲时的顺便所为。

其二，王安石撰写回忆类和墓志类文章有一个习惯，即有时喜欢沿用旧的年号来表述年份。这种特别的表达方式往往出乎人们的意料之外。

如王安石于庆历八年所作《伍子胥庙铭》追记七年前的事情时，不写庆历元年，却写康定二年："康定二年，予过所谓胥山者，周行庙庭。"

而此墓表后文中的"四年"，实际上也即是承接文中的"康定二年"而言的。康定元年为1040年，而事实上并不存在所谓的康定四年（1043），而公元1043年就是庆历三年。

为了强调说明这一点，这里可以提供一个佐证。《临川先生文集》卷九三

---

① （清）蔡上翔：《王荆公年谱考略》，上海人民出版社，1973年8月，第51页。

还有一篇《叔父临川王君墓志铭》。墓志有曰："其葬也，以至和四年祔于真州某县某乡铜山之原皇考谏议公之兆。"显然宋代历史上并无什么"至和四年"，至和元年是公元1054年，则至和四年当为1057年，而1057年实际上就是嘉祐二年无疑。

这样的例子还有，《临川先生文集》卷九八有《金溪吴君墓志铭》，墓志有曰："其葬也，以皇祐六年某月日。"同样，所谓"皇祐六年"（1054）应当就是至和元年，一般只称至和元年而不会称"皇祐六年"。

所以，《外祖母黄夫人墓表》一文当于庆历三年所作，王安石并未在庆历四年再回临川。

三、庆历五年乙酉（1045），无《补正》。

按：庆历五年，王安石在扬州任判官秩满，回京候阙。《补正》未注意到，为此增说。

王安石《送陈兴之序》有曰："兴之主泰（州）之如皋簿，某为判官淮南，以事出如皋，遇之，相好也。其后二年归京师。"

考《长编》卷一四一庆历三年六月记事曰："初，泰州海安如皋县漕河久不通，制置发运副使徐的奏请浚治之。诏未下，乃以便宜调兵夫。功毕，出滞盐三百万，计得钱一百万缗。于是以的为制置发运使。"按此徐的即为"兵部员外郎徐的"（《长编》卷一四二庆历三年八月有记），亦即王安石当时的顶头上司"徐兵部"。王安石为此曾写有《上徐兵部书》。根据这则史料可以推断：庆历三年早春，王安石为浚治漕河事奔走扬州、如皋之间，是以得遇陈兴之，则"其后二年"显然应指庆历五年归京师。大约在办妥此事后，王安石即返回江南临川省亲了。

四、《补正》云：皇祐二年庚寅（1050），鄞县秩满，归临川。

按：《补正》所云不准确，并过于简略，以下试作分析和增说。

其一，皇祐二年，王安石并非系"鄞县秩满"回归临川，而是在"罢县守阙"之时回归临川的。严格地说，王安石担任鄞县县令未曾做到"秩满"。他在庆历七年秋季赴职鄞县，皇祐元年时即被就地免职，这一点有他自己的叙述为证。王安石《乞免就试状》（《临川先生文集》卷四〇）自述云："兼臣罢县守阙，及今二年有余，老幼未尝宁宇，方欲就任，即令赴阙，实于私计有妨。"考王安石的《乞免就试状》作于皇祐三年夏，文中的"方欲就任"系指即将赴任舒州通判，这篇奏状为他在皇祐三年夏季赴任舒州前夕于京师所写。亦即是说，王安石庆历七年赴任鄞县，两年以后，于皇祐元年被就地免职："罢县守阙"。由此可知，从皇祐元年被免职至皇祐三年春赴京师领命，王安石在鄞县"守阙"足足二年有余。

王安石此时偏寓一隅，暂居鄞县，但因摆脱了繁杂的公务琐事，他反倒有了处理私事的自由。所以王安石才能够在皇祐二年的春季，安排半年的时间返回临川探亲。而如果王安石是"鄞县秩满"才回归临川，那他就应当在秋冬时节卸职后返回家乡，可是这与事实不符。所以可以肯定"鄞县秩满"说不确。

其二，皇祐二年，王安石回归临川探亲期间有一大事应当增写。王安石秋季返回鄞县时，途中曾专程绕道杭州，前往拜谒当时的杭州知州范仲淹。这次拜谒对于胸怀革新大志的青年王安石来说，应当是一件意义重大的事件。历史上这两位北宋大政治家的见面畅叙，在王安石的年谱中不应该被忽略。然而古人三谱对此均未记载，《补正》亦未提及。故王安石本年返回鄞县之详情，应适当加以详说。

皇祐二年，王安石先是于春季回到临川，此有其五月二十五日在家乡所作《抚州祥符观三清殿记》（卷八三）为证。后于秋季返回浙江，此又有其在家乡所作《书陈祈兄弟屋壁》（卷三二）为证。李壁注王诗《书陈祈兄弟屋壁》曰："公又有与陈君一柬，并附于此。"柬文云："安石顿首，还弊庐，幸数对接。发日更承出钱，宠以佳句，尤愧怍，不敢当厚意之辱。宿宇下，尝成一绝，今书奉寄，想一笑而已。秋凉，加爱。安石顿首，陈君舅弟足下。九月十二日。"[1]柬文清楚证明：王安石于九月初返回浙江。

王安石九月到杭州时专门拜谒范仲淹，其文集中有三启可以为证。此三启可按时间顺序先后排列如下：先有《上范资政先状》，继有《上杭州范资政启》，最后是《谢范资政启》（《临川先生文集》卷八三）。

---

① 《王荆文公诗李壁注》，第2031页。

五、《补正》云：至和元年甲午（1054），舒州秩满，入京候差遣，除知建昌军不赴，召为群牧判官。

按：《补正》所云"舒州秩满，入京候差遣"之后，还宜增补以下数句："七月间路过扬州时，王令投信拜见。王安石由此初识王令，并结为知交。"在王安石的人生中，结识王令并成为知己，是他中年时期的一件大事，年谱中不可不载。然古人三谱于此均未记载，《补正》亦未提及。今人沈文倬的《王令年谱》定二人相识之地为高邮："王安石被召入京，道出淮南，过高邮，令投书并赠《南山之田》诗，实为定交之始。"①按沈谱此论有误，二人相识定交的地点并非是在高邮，而是在扬州。

因王安石此年所作《与王逢原书其一》（《临川先生文集》卷七五）有曰："惜乎安石之行亟，不得久留从足下以游，及求足下所称满君者而见之。"王令所称道的"满君者"，即关心、指导、且与王令交为好友的扬州人士满建中（字粹翁）、满执中等，此可见王令所作《送黄莘任道赴扬学序》自述："令尝师处之，而粹翁许我则友也。"②

六、《补正》云：嘉祐四年己亥（1059），入京献《上仁宗皇帝言事书》。

按：《补正》所定四年献书为误。《补正》又析曰："王安石上书事，蔡谱系三年，顾谱系五年，皆不确。"此析亦误。王安石入京献《上仁宗皇帝言事书》本在嘉祐三年冬，蔡谱系于三年未误。《补正》所列的两个论据均不能成立。以下略作辨析。

第一，《补正》引述王安石《酬王詹叔奉使江东访茶法利害见寄》一诗，以力图证明"本年二月，王安石尚在江东"。然而此论据并不能说明问题的实质。肯定"王安石诗作于王靖奉使江东时（按二月之前）"当然正确，但这一肯定显然无法说清：王安石作此诗时究竟是仍在饶州鄱阳呢，还是已经回到了京师开封？

按王靖访茶法利害之观感当与王安石提刑江东之公务无关，而与王安石入

---

① （宋）王令著，沈文倬校点：《王令集》，上海古籍出版社，1980年4月，第423–449页。
② 同上，第268页。

京后为度支判官管理国家经济有关，这从王安石《酬王詹叔奉使江东访茶法利害见寄》一诗中的酬答口吻也可以看得出来。诗中的答语完全是一副朝廷理财官员的气派："朝廷每如此，自可跻仁寿。因知从今始，渐欲人财阜。吾宗恢奇士，选使自朝右。聪明谅多得，为上归析剖。"

王安石入京为度支判官是在嘉祐三年冬。其时王安石有诗《解使事泊舟棠阴时三弟皆在京师二首》（《临川先生文集》卷六），此诗足可证明他在此时已经离开了饶州鄱阳。其后又有王安石的书信《与王逢原书之三》（卷七五）可以继续为证，说明他已在返京途中。信中自述曰："方欲请而已被旨还都，遂得脱此，亦可喜也！""不久到真州，冀逢原一来见就，不知有暇否？幸因书见报，安石止寓和州耳！"信中的问候语是"冬寒自爱"，足可为嘉祐三年冬日已经进京之证明。

王安石既已解职离开鄱阳，暂寓和州，朝廷新的任命在即，其不赴汴京，又能去何处？在当时的情况下，王安石根本不可能在和州不明不白地住上半年的时间。

考《长编》卷一八九嘉祐四年春正月己酉记事曰："祠部郎中崇文院检讨官吕公著为天章阁试讲，公著以疾辞，乞改命直秘阁司马光、度支判官王安石，不报。"按正月丙申朔，己酉为十四日。吕公著在正月间要把"天章阁试讲"让给"度支判官王安石"，显然他已与王安石同在朝廷，这正可说明王安石嘉祐三年冬天已在京师任职。

以上的诗文和史籍都记载得清清楚楚：王安石在嘉祐三年初冬解职后，即离开鄱阳，经和州回到京师，就任度支判官。这应当成为不争之事实。所以嘉祐四年二月时，王安石并不在江东，而是早已回到了京师开封，并呈献了《上仁宗皇帝言事书》。

第二，《补正》引述李壁注王安石《解使事》其一"换春冬"云："去官时当是明年。"其实李壁此注失误已是众所周知，其注既与诗意不合，也与王安石的仕履经历不符，不足为据。王安石入京赴任的实际时间绝非是在"明年"，而就是在当年，即嘉祐三年冬。具体经过上文已有详述。

所以《补正》列出的两个论据均不能成立。《补正》所定王安石于嘉祐四年才入京呈献《上仁宗皇帝言事书》的说法也不能成立。

七、《补正》云：嘉祐五年庚子（1060），正月伴送契丹使回国，十一月辞修起居注。

按：《补正》所云"十一月辞修起居注"不够确切，因为这似乎给人一种假象：好像王安石到了十一月时才有辞修起居注的举动。实际上，王安石早在本年夏四月时，就已第一次提出辞修起居注之职矣。《长编》卷一九一嘉祐五年夏四月己卯记事有曰："度支判官、祠部员外郎直集贤院王安石同修起居注。安石以入馆才数月，馆中先进甚多，不当超出其右，固辞之。"所以准确的叙述应该改成：夏四月首辞修起居注，十一月时再次坚辞修起居注。

八、《补正》云：嘉祐六年辛丑（1061），二月为进士考试详定官，六月为知制诰，纠察在京刑狱。

按：《补正》还应增补一条：王安石于是年春夏之时，终于接受了同修起居注一职。

王安石虽然多番坚辞同修起居注，但实际上最后还是接受了这一职务。《长编》卷一九二嘉祐五年十一月辛亥所记之"安石终辞之"和"朝廷终不能夺"等语，均非事实，而系夸大之语。此事古人三谱也均未注意标明。

《长编》卷一九三嘉祐六年六月戊寅记事曰："度支判官、刑部员外郎、直集贤院同修起居注王安石知制诰。初，安石辞起居注，既得请，又申命之。安石复辞，至七八月乃受。于是径迁知制诰，安石遂不复辞官矣。"既是"至七八月乃受"，无疑就说明王安石最终还是接受了起居注这一职务的。

不过据笔者所考，《长编》此段文字所记"七八月"三字有误。这段记事系录于司马光《温公琐语》第八则，而司马光原文所记是"七八章"[①]。如此，则正确的叙述应该为："安石复辞，至七八章乃受。"

既然王安石首次提出辞修起居注是在嘉祐五年夏四月，十一月又再次坚辞，则按常理推断，其"至七八章乃受"之时，定是在嘉祐六年六月迁知制诰之前。故考定王安石接受同修起居注一职的时间，当在本年春夏，不会有误。

九、《补正》云：嘉祐七年壬寅（1062），十月，王安石勾当三班院。

按：《补正》此条引南宋杨仲良《通鉴长编纪事本末》卷五九所载为"确

---

① 李裕民：《司马光日记校注》，中国社会科学出版社，1994年5月，第187页。

证"，然这样曲引的"确证"还不如直接引征《长编》为宜。考《长编》卷
一九七嘉祐七年冬十月甲午记事曰："知制诰王安石同勾当三班院。"《长
编》所记乃为"确证"。

第二节　与王令交往的诗文编年考究

学界研究王安石的生平交游，应该说，多数已经比较清楚，只有少数交往
的事实叙述尚嫌模糊。在相关论著中，对这些交往或是描述得不够准确，或是
未有专门的分析梳理。另外，有的重要交游还没有得到钩沉发掘，因而对王安
石这些经历和事迹进行详细考量是必要的，这样可以更加清晰地描述出王安石
交游中的场面和细节。本节所述，重在王安石与王令交往的考证梳理。

王令是北宋杰出的青年诗人，又是王安石中年时期的知己好友，厘清王令
的事迹行实，对研究中年时期王安石的行踪和思想具有特别重要的意义。关于
王令一生经历的概览，有沈文倬先生的《王令年谱》可阅（以下简称沈谱）[1]。
一般说来，沈谱建有开创之功，资料翔实丰富，所加"辨证"又细致绵密，对
探讨王令和王安石的行年和思想很有参考价值。但沈谱在引征诗文、排列史
料、断以己见时，似也存在着一些疏误和缺漏。现试据这二位知交的文集中的
书信加以考核，钩沉其交往事迹，从一个侧面对沈谱加以补苴。

由于本节文字主要是补充修正王令与王安石的交往关系，故沈谱中王令早
年的生活经历以及社会关系就不在所论之列。这里所论及的时间和史料，仅从
至和元年（1054）至嘉祐四年（1059），即从王令和王安石定交起，到王令不
幸病逝为止。所引二人的书信分别见于《王令集》（上海古籍出版社1980年4月
版）和《临川先生文集》（中华书局1959年1月版）。

至和元年（1054），王令二十三岁，王安石三十四岁。

至和元年是王令年谱中十分重要的一年，因为在这一年的七月，王令巧遇
王安石，并成了知己好友。在王令短暂的生命中，这无疑增添了一个重要的纪
念碑。这对于他自己，对于王安石，或是对于北宋的文学创作和学术事业来

---

① 《王令集》，第423–449页。

说，都有十分重要的意义。但是关于王令巧遇王安石的地点，沈谱所述有误。它非是在高邮，而应是在扬州。

补说一　沈谱云："令二十三岁。在高邮军聚学。"

按：王令是年尚未到高邮军聚学，而是在扬州游历。理由如下：

一、王令赴高邮军应是至和二年之事。王令《周伯玉字元韫序》（卷一五）有其十分清楚的自述曰："至和二年，高邮之学成，后三月而令来，因尽得高邮之士。"故王令是年年初尚在天长县束氏家塾聚学，春夏则赴扬州。王令在扬州曾经居住过多年，所以他要在这里找一个地方暂时生活，应该是不成问题的。他此番赴扬的目的，是为了投靠当时已经主持扬州州学的黄莘，以创建自己的事业。

黄莘，字任道，皇祐五年为天长县主簿，不久即调扬州兼理州学。王令和黄莘交情甚好，王令集中有《送黄莘任道赴扬学序》（卷一五）一文可证："前日稍稍闻扬官有学议，既而起县主簿黄任道先生主之。"黄莘赴扬学或是在皇祐五年下半年，或是在第二年即至和元年初。王令至和二年赴高邮军任学官，主要是受高邮知军邵必所邀，但与时任扬州州学黄莘的关照也应有一定关系。故王令在至和元年春夏移居扬州，七月就恰与刚卸去舒州通判之职、北上京师的王安石邂逅，实可谓是天赐良机。

二、王令是年从天长县移居扬州，有他自己的准确记载。王令是年的诗作，除了沈谱所列《梦蝗》一诗外（卷二，诗首起句即为"至和改元之一年"），尚漏载《甲午雪》一诗（卷五）。按甲午年即至和元年，王令《甲午雪》有几句诗很值得我们注意。其一云："一年南北两见雪，未始把笔成一诗。"其二云："冬雷无声电不照，疑亦众鬼乘其私。"诗意很清楚：至和元年，扬州地区年初和年末均下过大雪。初见春雪时，王令尚无兴致吟诗，再遇冬雪时，王令却突然诗兴涌动，这其间的原因当然只有王令自知。然而另外更为重要的，是王令在诗中强调了"一年南北两见雪"。一年之中，王令曾经到过南北两地，分别见过两场大雪，这就可以肯定，这一年中王令肯定离开天长外出游历过。假如我们再深究一下，南地何指？北地何指？则验之地图亦可真相大白：即扬州为南，天长为北。王令先是年初在天长见过一场大雪，后来年末在扬州又逢到一场大雪，这便是"一年南北两见雪"的真实含义。

这一年王令南北两遇的两场大雪，是王令游历扬州的可靠证据。所以考定王令是年从天长县移居扬州当为无疑，是年七月王令与王安石在扬州相逢亦为无疑。

补说二　沈谱云："王安石被召入京，道出淮南，过高邮，令投书并赠《南山之田》诗，实为定交之始。"

按：定交在此年不错，然地点非在高邮，而当在扬州。这除了上文"补说一"所论王令在是年确实移居扬州之外，还可从王安石的记叙补说证明如下：

一、考王安石此年所作答王令《上王介甫书》之《与王逢原书其一》有曰："惜乎安石之行亟，不得久留从足下以游，及求足下所称满君者而见之。"①按王令在信中所称道的"满君者"，即关心、指导、且与王令为好友的扬州人士满建中（字粹翁）、满执中等。王令《送黄莘任道赴扬学序》（卷一五）有自述曰："昔令尝居扬矣，扬之士往往见之，而独粹翁闻而未尝见也。""他日就见之……既而决学之，进而视其礼、退而复其言者，三年而后尽信之。故令尝师处之，而粹翁许我则友也。"王安石《扬州进士满夫人杨氏墓志铭》（卷九九）也有记述曰："扬州进士满泾之夫人杨氏者，著作元宾之女也。有子七人：建中、居中、执中、存中、方中、闳中、求中，皆向学。"可见"满君者"实为扬州本地人士，王令对之加以称道，并且还想引荐给王安石，其地点必在扬州。

二、沈谱"辨证"引王安石《与崔伯易书》（卷七四）云："然见逢原所学所为日进，而比在高邮见之，遂若不可企及。"接着便定下结论曰："崔公度，高邮人，伯易其字也。亦安石之旧友。据此可证安石与令初相见实在高邮。"

按沈谱没有正确理解王安石《与崔伯易书》的原意。《与崔伯易书》上述文字之前还有这样一段文字："逢原遽如此，痛念之无穷，特为之作铭，因吴特起去奉呈。此于平生为铭，最为无愧者也。"王安石在这里表述得十分清楚：此信作于王令逝世之后。王令在嘉祐四年六月病逝于常州，则王安石《与崔伯易书》自当作于嘉祐四年七八月。王安石自述在王令逝世之前曾与其在高

---

① 《王令集》，第387–396页。

邮见过一面，则应是嘉祐四年之事，当与至和元年他们的这次相见无关。所以沈谱的"高邮说"有误，王安石和王令初次相见的地点应在扬州。

另，王令门人刘发的记载也证明定交是在扬州。

据《王令集》所载刘发所著《广陵先生传》曰："是时丞相荆国公赴召，道由淮南，先生赋《南山之田》诗往见之。公得先生大喜，期其材可与共功业于天下，因妻以其夫人之女弟焉。既而徙高邮，太守邵公必延请主学。"①

此言王安石通判舒州任满，于至和元年七月东下长江，取道运河北上汴京，途径扬州，初识王令，更是言之凿凿，无可辩驳。

至和二年（1055），王令二十四岁，王安石三十五岁。

无补说。

嘉祐元年（1056），王令二十五岁，王安石三十六岁。

无补说。

嘉祐二年（1057），王令二十六岁，王安石三十七岁。

补说　沈谱云："曾来常州依王安石。"

按：此条所记似过于简略，可以据史料所有而适当增述王令的社会活动。

是年年初，王安石求知江阴军不成。四月，王安石却在提点开封府界诸县镇公事任上，意外接到知常州的任命。于是王安石于五月十一日携家同行（见卷七七《与孙子高书》），于六月底抵达常州，"七月四日视郡事"（见卷七四《上欧阳永叔书之三》）。

考王安石《与吴司录议王逢原姻事书之一》（卷七四）有曰："某启：仲冬严寒，伏惟尊体动止万福。王令秀才，近见文学、才智、行义，皆高过人，见留他来此修学。"《与吴司录议王逢原姻事书之二》（卷七四）又曰："某启：新正，伏惟二舅都曹尊体动止万福。向曾上状，不审得达左右否？王令秀才见在江阴聚学……"据此，王令当于本年秋冬到常州短暂修学，与王安石相聚，然后于十二月又返回江阴。元旦前夕已经重新在江阴聚学。

又据王安石《与吴司录议王逢原姻事书之二》所记云："近日人从之学者甚众，亦不至绝贫乏。"此谓王令在江阴聚学颇有声望，弟子甚多。这一情况

---

① 《王令集》，第385页。

必是王令回到江阴以后写过一信告诉王安石的，可惜王令此信已经散佚不见。

嘉祐三年（1058），王令二十七岁，王安石三十八岁。

嘉祐三年是王安石和王令通信往来最为频繁的一年。这一方面是因为二月份王安石自知常州移提点江南东路刑狱公事，迁到了饶州鄱阳县，另一方面是因为王安石急于热心促成王令和自己二舅吴蒉之女的婚事。据《王令集》所载，王安石写给王令的书信为十二封，其中多数作于嘉祐三年。但由于这些书信一般没有明确记载写信的时日，故后人往往难以厘清头绪，为其准确编年。现试按《王令集》"附录"中王安石所作《与王逢原书》的编次顺序，斟酌其所记的内容、时令和地点，恰当插入王令年谱。

这十二封信中，除了第一、第二封明显作于至和元年初识之时，第七封无从考究，第八封当作于嘉祐四年夏初之外，其余皆可据写信的地点酌情考辨出季节，从而分别融入王令在嘉祐三年各月的社交活动。

补说一　二月，沈谱云："（二月）王安石提点江东刑狱，被命即行，按临鄱阳，临发要令至丹阳相见。"

按：沈谱所云"要令至丹阳相见"，即指王安石所作《与王逢原书》之六。王安石此信作于常州，时王令在江阴聚学。

二月，王安石继作《与王逢原书》之十。此信上承信六，当是丹阳会聚后所作。作信时王令已经返回江阴暨阳，王安石则也已到达饶州鄱阳。鄱阳县时为饶州治所，也是江东提刑司的所在之地。信末邀请王令"游鄱"，并解说"鄱亦名土"，即是明证。

补说二

按：四月事可增写。王令是月出发之前，曾有一信寄与王安石，告以行踪，并讨论《论语》。此信已散佚。王安石时在鄱阳，离开常州已有二月，获信后即作《与王逢原书》之九回之。信中曰："不见已两月。"又曰："忽辱惠书，承以《论语》义见教。"是皆可以为证。

补说三

按：七月事可增写。王令揖别王安石后，离开鄱阳往蕲州。途中（可能是在江州）曾发过一信给王安石，告以搭乘官舟的不安心情。此信已散佚。王安石时在鄱阳，阅信后即作《与王逢原书》之五回之。信中有安抚之语可证：

"辱书感慰。舟但乘至蕲阳，当无人呵问。"

补说四　十一月，沈谱云："偕吴夫人还暨阳。"

按：十月与十一月，两人通信来往较多。然而这些事情并不都是笼统地发生在十一月间，而应当根据材料分月细言之。沈谱所云和"辨证"所言均惜过略，似当尽量展示二人文集中的相关材料，详加叙述。兹试加补说如下：

十月中旬，王令成婚之后，偕吴夫人离开蕲州，返回老家江阴。停息江州时，王令曾有一信寄与王安石，告以行踪，此信已散佚。王安石时在鄱阳，得信甚喜，当即复信，十分关心新婚夫妇此行"何时到江阴"。此即王安石《与王逢原书》之十一。信中所言"承尚在江州"和"今必与吴亲同舟而济"即是明证。王安石在信中还流露出自己在提刑任上处事多烦、甚想"自求便安"乃至请郡他去的心情，并欲就"配兵"之事征求王令的意见。总之，王安石非常希望二人能在冬末"到金陵"一聚，"面谒"王令。

十月下旬，王令偕吴夫人抵达真州时，收到了王安石此信。王令见王安石心情有些烦躁不安，便立即回一长信述以己见。这封回信就是得以保存在集中的《答王介甫书》（卷一九）。信中曰："令已至真，东归不过三五日耳。"信中又曰："令以足疾，不乐南方。"此"足疾"当指"脚气病"。王令可能是因为迎亲之故，在炎夏季节数月久住水船，又兼不服江汉水土和溽暑气候，从而染上或加重了"脚气病"。信中倾向于王安石请郡之思，目的是为了避开江东的人事纠纷；同时还就"配兵"之事畅述了自己的见解。全信思虑细密，一气呵成，足见王令对王安石的一片真情实意。

十月下旬，王安石在鄱阳，收到了王令的《答王介甫书》，顿感大快，立即作书回复。此即王安石《与王逢原书》之十二。信中云："方欲作书而得所赐书，尤感慰！"又云："配卒事，须面叙乃悉。"此皆可以为证。

十一月初，王令偕吴夫人回到江阴暨阳之后，写信告诉王安石，已平安到家，并再次言及"脚气"之事。此信已散佚。王安石在鄱阳收到此信后，立即作书回复，表示贺意和安慰。此即王安石《与王逢原书》之四。信中曰："承跋涉到江阴，与贤阁万福，良以为慰！"此言可以为证。信中又曰："不知脚气近日如何？切自慎爱，千万，千万！"可能王令在信中自述了脚气病有加重的现象，王安石十分关切。这是王安石在信中第一次提及王令的脚气之事，必与王令来信所述有关。

十一月初，王安石在鄱阳又收到王令一信，即作书回复。王令之信已散佚，王安石的回信即为其《与王逢原书》之三。书三是王安石在鄱阳提刑司写给王令的最后一封信，因为王安石此时已经接到朝廷调他入京为度支判官的命令。信中曰："逢原近已附书，亦得所赐教，殊感慰！"信中又曰："方欲请（按请郡）而已被旨还都，遂得脱此，亦可喜也！"此数言皆可以为证。信中还介绍了自己在十一月的行程计划：即将出发北上，暂寓和州，还打算到真州迎亲老、视女弟，并盼望王令也能到真州见上一面。王安石又因自己已经上书宰相富弼（卷七四《上富相公书之一》），对度支一职辞以"才力所不能"，希望朝廷另赐他州，故他在信中还特地说明：到真州之后，还得"归和俟命"。但实际上，王安石此番并未去成真州。他既未能迎得老母，也未能与王令见面。迎老母一事后延至嘉祐四年八月间，此可分别见《与王深父书二》之二（卷七二）和《与崔伯易书》（卷七四）；与王令见面一事后延至嘉祐四年初夏，此可见《与王逢原书》之八（《王令集·附录》，或《临川先生文集·补遗》）。其间原因可能是朝廷很快就驳回了他的请求，反而命他速速赴任，所以王安石只能在和州稍加停顿，在当地安置好家室之后，即于十一月赶往京师，赴任度支判官了。

嘉祐四年（1059），王令二十八岁，王安石三十九岁。

沈谱云："令二十八岁。在常州聚徒讲学。至扬州省二从叔，游平山堂，作诗寄欧阳修。"

按：沈谱所记有所缺漏。因为王令六月逝世之前仍与王安石保持着交往，包括通信和见面。年初"春末日热"之时，王令作有《与王介甫书》（卷一九）。信中含有丰富的交往信息，值得我们细加探究。我们可根据相关史料深入考释，加以补说。

补说一

春，王令在常州聚徒讲学。王安石自京师寄信给王令，言将南下和州搬家，并与王令相约，争取在淮南见面。可惜此信已经散佚不见。不过，我们在王令随即回复他的《与王介甫书》中，可以找到有关此约的确凿证据。

春末，王令作《与王介甫书》回复王安石曰："自辱赐书，定来淮南，遇人之北来者，辄问之，竟不得所审，以至今。"又曰："若在淮南，异时或幸一见未？"斟酌其口气，王令作书时似已经在扬州，亦甚盼与王安石会面。这可能是王令在返回扬州之前，曾发函告之以自己的行程和打算，所以王安石才希望争取在淮南和王令见面。王令《与王介甫书》信末明确记载道："春末日热。"这一气候特征应是印证王安石回信《与王逢原书》之八亦作于同期的可靠证据。

补说二

夏初，王安石终于南下到和州搬家。后在北上回京途中，二人如约欢欣见面。这是王安石与王令所见的最后一面。不过这次见面的地点非在扬州，而是在高邮。当时可能各人的情况已分别有变，此可见证于王安石夏初回京时所作的《与王逢原书》之八。其时王安石"寓家船中"，正沿水路北上。在宿州停息时，他可能收到了王令在高邮别后的一封来函（此函当已散佚），于是便立即回了此信，寄往常州。信中透露出了二人此番行踪的几条重要信息。

一、书云"比辱足下来见顾存"，此言可以确证二人这次见面的事实，并且明言是王令奔船而来。虽然信中没有点明见面的地点，但我们还是可以从王安石后来写给其他朋友的书信中找到证据：见面的地点乃在高邮。考王安石《与王深父书二》之二（卷七二）有曰："自常州与之如江南，已见其有过人者。及归而见之，所学所守，愈超然殆不可及。"《与崔伯易书》（卷七四）有曰："而比在高邮见之，遂若不可企及。"王安石这两封书信均作于嘉祐四年六月王令逝世之后不久，由"归而见之"和"比在高邮见之"可以证实，在嘉祐四年夏初，王安石在去和州的返回途中，确实在高邮与王令见过面。王安石在高邮有诸多亲朋，可能会小住几日。

二、书云："到天长，乃知行李已到毗陵，脚气已渐平复，殊以为慰。即日动止，想与贤阁俱万福，贵眷各宁康。"从语气上看，前三句的内容，应是王安石复述王令在高邮别后的来函中所言。亦即在高邮分手之后，王令的安排是行李先行，本人则暂去天长县告别诸友，然后重返常州，其时脚气病也有所好转。王安石见此两条消息，甚感宽慰，所以旋即回信。当王令收到回信时，应该已到常州。

三、书云："安石寓家船中，数日来热不可胜任。""已到宿州，薄晚遂行，更数日即到京师，别上状。"王安石在高邮别后的行踪，信中自述得清清楚楚。特别是"数日来热不可胜任"一句，与王令《与王介甫书》所载的"春末日热"一句相为印证，确凿无疑地证实了他们俩在嘉祐四年春夏之交时的通信和见面。

高邮一别，王令重返常州，王安石赶往京师。从此以后，二人一南一北，再也无缘相见。六月，王令即卒于常州。九月，王令被葬于常州武进县薛村。

第三节　质疑嘉祐四年春入京为度支判官

本章在概述部分，曾阐述过王安石是否担任过国信使、出使契丹的问题。这一争议被反驳一方准确的诗文编年辩说清楚了。王安石是否担任过国信使，这是王安石仕履研究的难点之一。除此而外，在王安石的仕履研究中，关于他究竟何时才进入汴京担任三司度支判官一职，也始终是被学人关注的一个疑点和难点。

由于史料没有明确记载这一点，故而后人便有了多种解说。有主张为嘉祐四年"二月始还"的①，有指认为嘉祐四年"春夏之交"的②，甚至还有判断为嘉祐四年"秋天"的③。总的来说，可以概括为"嘉祐四年说"。"嘉祐四年说"的源头可以上溯至南宋李壁。李壁曾对王安石《解使事泊棠阴时三弟皆在京师二首》中的"换春冬"作注云："去官时当是明年。"在20世纪末的宋代文学研究热潮中，学者一般均采取此说。有的还找出王安石的相关诗文来为李注作证据，表明王安石进京就任度支判官的具体时间确实是在嘉祐四年。尽管也曾有学者对李注表示了不同的看法，认为根据诗中的本意，王安石应是在嘉祐三年冬日进入汴京，但此论反响不大。总之，"嘉祐四年说"似已成为一种主流说法。进入21世纪以来，这一说法仍然延续未变。相当多的论者仍然采"嘉祐四年四五月左右""秋天""年初"等说法。

其实，"当是明年"云云，从当字即可看出，这只是李壁的一个设想而

---

①　高克勤：《王安石年谱补正》，《文献》1993年第4期。

②　邓广铭：《北宋政治改革家王安石》，河北教育出版社，2000年12月，第46页。

③　李德身：《王安石诗文系年》，陕西人民教育出版社，1987年9月，第119页。

已，其实并不符合事实。李壁的设想误解了王诗的本意，王诗中的"换春冬"本谓从当年的春天到冬天，而非指从当年的冬天到来年的春天。应该说，对李壁这一误释，人们结合诗意的解析还比较容易辩说，而令人感到似是而非、不易辨析的，反倒是那些被论者们引为证据的王安石本人的诗文。

笔者曾反复考察过这些诗文，最终得出的结论仍然是：诸多论者依据李注思路所寻找到的相关诗文，实际上是经不起推敲而难以成为证据的。这些诗文不能成为王安石直到嘉祐四年方才入京担任度支判官的事实依据。

这些相关的三则诗文是：《送陈和叔并序》，《韩持国见访》，《与王逢原书之八》。

一、关于《呈陈和叔并序》（卷二七。按李壁注本的诗题作《送陈和叔》）

王安石在此诗序言中有云："嘉祐末……某以直集贤院为三司度支判官，以知制诰纠察在京刑狱同管勾三班院。"有论者据此便以为"王安石为三司度支判官必在嘉祐四年五月直集贤院之后"[①]。甚至为了肯定"秋天"说，而在没有史料作证的情况下，断言"《长编》谓安石以度支判官直集贤院，误"[②]。这些说法可能都是由于没有仔细弄清北宋官制中职事官和馆职、贴职之间的关系，从而误解了王安石序言的原意。因为王安石在《呈陈和叔》序言中所言之本意，并不是先为直集贤院再为度支判官，而只是说自己在担任度支判官的同时，具有直集贤院的身份和资历。

众所周知，馆职可以是专职的，然职事官所带之馆职，即为贴职。贴职只是一种荣誉称号。王安石所带之直集贤院，正是这样一种贴职，一种朝廷文官的清贵之选。在北宋前期，要想获得贴职的荣誉称号，则此人首先必须是朝廷的职事官。换一句话说，任何一个官员，如果他没有在朝廷担任具体的职事官，都不可能蒙承皇恩先行获得贴职的荣誉称号。三司度支判官一职是职事官，所以王安石在没有担任三司度支判官之前，根本不可能先行获得直集贤院这一贴职。王安石只有先行担任度支判官的实职，并且表现出色，获得上下一

① 李德身：《王安石诗文系年》，第119页。
② 洪本健：《宋文六大家活动编年》，华东师范大学出版社，1993年12月，第161页。

致的赞誉，才有可能获得直集贤院这一贴职。故我们完全可以断定：王安石就任度支判官的时间，绝对是在嘉祐四年五月获得直集贤院之前。

《长编》卷一八九嘉祐四年五月壬子的记事可以为此作证："度支判官祠部员外郎王安石累除馆职，并辞不受，中书门下具以闻。诏令直集贤院，安石犹累辞乃拜。"这段记事再清楚不过地显示了王安石荣获贴职的本来顺序：先得度支判官，然后再得直集贤院。

因此，《长编》所记不可能为误。王安石的《呈陈和叔并序》一文，不能成为他在嘉祐四年入京为度支判官的依据。

二、关于《韩持国见访》（卷一〇）

辨析此诗要涉及两层意思。

其一，当考定此诗写于嘉祐四年。

王安石《韩持国见访》一诗有曰："起家始二十，南北今白头。愁伤意已败，罢病恐难瘳。"又曰："谬恩当徂冬，黾勉始今秋。岂敢事高搴，茫然乖本谋。"对此诗的编年，论者根据其中的"谬恩当徂冬，黾勉始今秋"两句，仁者见仁，智者见智，有两种分法。一为嘉祐四年[①]，一为嘉祐元年[②]。

笔者以为，"谬恩当徂冬"一句，应实指嘉祐三年冬十月朝廷任命王安石为度支判官一事。因"徂"字在古代本有"开始"之意。《诗经·小雅·四月》有云："四月维夏，六月徂暑。"《笺》曰："徂犹始也，四月立夏矣，至六月乃始盛暑。"故"徂冬"即为初冬，与"冬十月"相合。另据诗中"南北今白头"之意，嘉祐四年说也当更为可靠一些。嘉祐四年，王安石已三十九岁，华发渐生，当合乎情理。

又据《长编》记载，嘉祐四年八月，韩维持国时任礼官，曾有上言建议裁去"温成后立庙用乐"一事。《宋史》本传记为建言不成，自请度外："议讫不行，乞罢礼院，以秘阁校理通判泾州。"又因为北宋州县官员调职一般都在秋季上任，则韩维于赴泾州前一访安石，亦甚合理。

---

① 李德身：《王安石诗文系年》，第119页。

② 刘成国：《读〈王荆公诗注补笺〉献疑》，《中国海洋大学学报（社会科学版）》2006年第2期。

考嘉祐四年梅尧臣有诗《九日永叔长文原甫景仁邻几持国过饮》①，其中"持国"便是韩维之字。诗曰："秋堂雨更静，佳菊粲粲芳。"故是年秋季韩维尚在京城必为无疑。

是则《韩持国见访》一诗必定写于嘉祐四年。

其二，当考定此诗不能成为王安石是年秋季才赶回汴京担任度支判官的依据。

王安石《韩持国见访》一诗虽然写于嘉祐四年，但此诗实与其入京赴任度支判官无关。

有论者以为：诗中所说"谬恩当徂冬，黾勉始今秋"，指的就是"至嘉祐四年秋方就任也"②。这样的判断似乎误解了王诗的原意，因为此"黾勉"非指初任度支，而是指"徂冬"任职以来，"今秋"方有振作的念头。《诗经·邶风·谷风》有云："黾勉同心，不宜有怒。"故"黾勉"的本意是尽力和努力的意思。王安石为何要在"今秋""黾勉"？这还应当联系诗中所叙述的具体内容来加以客观的分析。

我们从诗中的恳切自述里可以看得很清楚，王安石"黾勉始今秋"的真正内涵是：想要努力摆脱入夏以来"愁伤意已败，罢病恐难瘳"的感伤精神状态。全诗表现了一种力图重新振作起来的欲望，一种调整自己心态的努力。我们知道，人非神仙，亦非圣贤，在社会生活中，人的思想情绪总会有高涨或者低落的不同时期。《韩持国见访》一诗只表明了王安石在当时的一次自我情绪调节。这是王安石在人生征途中所做的一次平常的自我振奋和自我砥砺，实在是和特定的就任度支判官一事无关。

如果综观一下嘉祐三年冬天到嘉祐四年春夏王安石的心态，我们更能非常清楚地看到：王安石自奉命进京担任度支判官起，一直处于心情不佳的状态。

第一，是因为进京担任度支判官一职有违他的初衷。王安石在出发前就曾上书宰相富弼，坦言自己不适合此职，希望能够改任一偏僻之州（卷七四《上富相公书》之一）。即使在就职之后，他也一直是郁郁寡欢。借用他的原话来

---

① 《梅尧臣集编年校注》卷二九，第1117页。
② 李德身：《王安石诗文系年》，第119页。

说，就是"某拘于此，郁郁不乐，日夜望深甫之来，以豁吾心"（卷七一《答王深甫书三》之一）。实际上这也即是王安石在《韩持国见访》中所述"岂敢事高褰，茫然乖本谋"的真实心情的写照。

第二，是因为嘉祐四年六月王令突然病逝，在精神上给了他极其沉重的打击，所谓"便恐世间无妙质，鼻端从此罢挥斤"（《思王逢原三首》之一）。自至和元年七月结识王令起，王安石就一直视王令为奇才、为知己。世人从他们的来往书信中可以知道，作为堂堂一知州的王安石，不但把一介布衣王令作为精神上平等交流的朋友，而且在治民方术和处世之道上，都极为谦虚地把王令作为讨教的对象。王令的突然病逝，使王安石感到震惊和痛惜，甚至为之愁伤终日。在他写给王回深父和崔伯易公度的书信中，都是连用几个"可痛"来抒发这种痛苦的情绪。这种摧心痛悼的悲情，在王安石的其他书信中很少见得到。后来，这种哀愁和痛惜的感情，在他的五言古风《思王逢原》中，更是达到了全面的宣泄和抒发。如诗中起首便曰："自吾失逢原，触事辄愁思。岂独为故人？抚心良自悲。"又曰："驰驱不自得，谈笑强追随。仰屋卧太息，起行涕淋漓。"

因此可以说，整个嘉祐四年六七月间，王安石都在为王令的突然病逝悲愁满胸，伤痛不已。他的精神状态为此完全沉入低谷之中。而韩维的走访，恰恰是他刚刚摆脱这种感伤情怀的缠绕、准备重新振作起来之时。这一点，应该才是王安石《韩持国见访》一诗中"黾勉始今秋"的本来含意。

所以，《韩持国见访》一诗，也是无法成为王安石直到嘉祐四年秋季才返回京都担任度支判官的依据。

三、关于《与王逢原书之八》（临集补遗）

因为此信表明王安石是在初夏炎热之时途经高邮北上返京，又表明王安石是"寓家船中"、携家而行，所以便有论者把此信作为王安石嘉祐四年"夏初"返回京师、入为度支判官的依据①。

按此信肯定不是王安石在嘉祐四年夏初返回京师、入为度支判官的依据，因为王安石在《与王逢原书之三》（卷七五）的叙述里已经说得清清楚楚：

---

① 汤江浩：《北宋临川王氏家族及文学考论——以王安石为中心》，第106页。

方欲请，而已被旨还都，遂得脱此，亦可喜也。但今兹所除，复非不肖所宜居，不免又干溷朝廷，此更增不知者之毁。然吾自计当如此，岂能顾流俗之纷纷乎？

不久到真州，冀逢原一来见就，不知有暇否？幸因书见报。某止寓和州耳，来真唯迎亲老，来视女弟，既而归和俟命也。冬寒，自爱。

考王安石信中自述的行踪可知：嘉祐三年冬他从饶州治所鄱阳县乘船出发后，直趋和州，后又暂寓和州。现在要断定他直到嘉祐四年夏初才携家赶往京师，这岂不是说，王安石在没有赴任就职的情况下，前遥望京师，后远离鄱阳，在和州逍遥自在长达半年以上？要知道，王安石此时并非处于候命补阙的特殊情况，而是有职未赴。按常理，这是不可能的。他不可能采取这样的态度来对待朝廷的新任命。

故此信虽然作于嘉祐四年夏初，但它并非是王安石当时才入京为度支的证据。这封信应该表明了另外一种可能性：王安石嘉祐三年冬在和州待命不久，就奉命入京就职了。不过他只是一人先行，暂把家室安顿在当地。等到了来年初夏时，他才重返和州，接妻儿进京。其原因，在于王安石在入京前担忧一时无法获得住房，会造成生活上的不便，所以暂时把家室留在了和州。

这一假设看起来有些突兀奇异，但实际上是有史料为据的。史料分为两个方面。

第一，王安石在仕途上的生活经历证明，北宋州县地方官员入京供职，往往是一时难以立即获得住房。这种状况和当今社会的官员调动有类似之处，并不难理解。由于北宋官员的实际职务一般是三年一动，比较频繁，故一般在京城开封没有祖传产业而须入京为官者，其住房条件并不优越，比起州县地方官员的待遇，甚至可能还要差一些。王安石在《送陈和叔并序》一诗的序言中曾这样写道："嘉祐末，和叔以集贤校理判登闻鼓院、同知太常礼院。宅皮场街，有园数亩，中垒二墩（按李壁注云石本真迹作"橏"），砖袤丈，北户临沟，略约通街。旁作小屋，毁辀车为盖。某以直集贤院为三司度支判官，以知制诰纠察在京刑狱、同管勾三班院，间度约饭车盖屋下，随所有无，坐卧砖上，笑语常至夜。如此三岁，而和叔遭太夫人忧。未几，某亦丧亲以去，时永昭陵尚未复土也。"王安石所记陈绎"毁辎车为盖"之"小屋"，很可能就是厨房而已。须知陈绎当时已官至判登闻鼓院、同知太常礼院，住房条件尚简陋如此，作为三司度支判官的王安石，在午餐时也乐意这样将就，则仁宗朝一般进进出出的普通京官们的住房情况，我们也就大致可以想见了。

所以一般的地方官员调职入京时，他们往往会遇到尴尬之事：因一时无房而难以携带家室同时入京居住。于是有的只好在较长时期内暂置家室于官舟之中，有的只好缓带家室。而这两种尴尬的情况，在王安石早期担任普通官员的仕宦生涯中，居然都曾先后遭遇过。

第一种情况如至和二年春夏，已经担任群牧判官的王安石曾给欧阳修写过一信，恳切披露自己"不愿试职"的为难之处（卷七四《上欧阳永叔书四》之一），其中就曾提到他在京师没有住房的苦恼。王安石至和元年七月到达京城，九月任职群牧判官，然而从至和元年七月一直到至和二年春夏他写此信时为止，他的一家竟然无房可住："亲老口众，寄食于官舟而不得躬养，于今已数月矣！"

第二种情况就是这一次。当王安石再度入京时，他在事先就很明智地采取了缓带家室的做法：自己先走，家室后行。只是到了嘉祐四年五月初夏有了住房时，他才返回和州接回妻儿。所以我们应当格外留意王安石在嘉祐四年秋天所作《韩持国见访》一诗中的慨叹："赖此城下宅，数蒙故人留。"细玩这两句的含意，我们似乎能够觉察到：嘉祐四年王安石在汴京担任度支判官时，他一家所居住的"城下宅"，竟然还是朋友执意"留"给他的。

第二，王安石自己的诗文证明，因嘉祐三年冬入京暂无住房安置一家老小，全家当时竟然分居三处：自己在开封，妻儿在和州，老母则在真州。只是到了嘉祐四年夏秋有条件时，他才分别接回了他们。以下分别试作论述。

首先，王安石诗集中的《将母》（卷四〇）一诗，可以作为他一家分居三处的确凿证据。

其诗曰："将母邗沟上，留家白纻阴。月明闻杜宇，南北总关心。"沈钦韩引《太平府志》注此诗曰："白纻山在当涂县东五里。"按和州历阳县正与太平州当涂县隔江相对，则所谓"白纻阴"，即应暗指历阳县而言。故在《将母》一诗中，"将母"的意思不应当是"谓携母游宦也"^①。如果那样解释"将母"的话，则诗意就变成携母游宦，而"南北总关心"就根本无所指了。

"将母"的古义是养母。《诗经·小雅·四牡》有云："王事靡盬，不遑将母。"如把"将母"理解为古义的养母，则诗意便十分清楚了："邗沟上"为北，"白纻阴"为南。寄养老母在淮南（按即真州沈氏妹处，此可见王安石《与王逢原书之三》），暂留妻儿在和州。春夜月明杜鹃鸣，心念南北可奈何？杜宇又名杜鹃鸟，也叫"子归"，最为活跃于春天，且喜夜鸣易使游子产生思家之情。它属于春季的物候。所以这首作于嘉祐四年春天的五绝，十分形象地表现了王安石当时独处京师的烦恼：一时无法解决全家的团聚问题。

有论者认为，《将母》一诗当作于王安石提刑江东之时，说王安石因为忙于奔波，所以才把家室安排在和州^②。实际情况恐非如此，当时州县地方主官的住房还不至于紧张到如此地步。王安石在巡视江南东路属地宣州和歙州等地时，曾经作过一诗《寄沈鄱阳》。其诗有云："离家当日尚炎风，叱驭归时九月穷。"鄱阳县是饶州州治，是江东提刑司所在地。王安石回归鄱阳前寄语沈县令，有"离家""归时"之语，当明指家室在鄱阳无疑，否则他何必要向沈鄱阳叙及自己"离家"和"归时"之事？

其次，到了嘉祐四年夏秋，王安石有了一定的住房条件之后，他才分别亲自接回妻儿和老母到汴京同住。

综观王安石在嘉祐四年的有关诗文，我们可以这样厘清他在春末夏初和秋八月两次南下、分别接回妻儿和老母的详细经过：

第一次，王安石在嘉祐三年冬入京，暂无安置家室的住房。半年之后，到了嘉祐四年五月，王安石才落实了安家的住所。所以他便在春末夏初时首先返回和州，先把妻儿接回汴京。这个经过可见之于《与王逢原书之八》中的自述（《临川先生文集·补遗》），所谓"安石寓家船中"也。

第二次，不久之后，住房条件又有了改善，王安石便又在同年八月再把母亲从淮南真州接回汴京。这个经过可见之于王安石先后写于七、八月间的《与

---

① 李之亮：《王荆公诗注补笺》，第752页。
② 汤江浩：《北宋临川王氏家族及文学考论——以王安石为中心》，第128页。

王深父书二》之二（卷七二）和《与崔伯易书》（卷七四）。这两封信中均有王安石的相关自述，即所谓"某此月乞去至淮南迎亲"，"遇亲舟，遂挽以北"。

故《与王逢原书之八》一信，亦与王安石入京为度支判官无关，也不能作为王安石直到嘉祐四年春夏才入京为度支判官的依据。

第四节　考析嘉祐三年冬入京为度支判官

王安石实际上是在嘉祐三年（1058）冬入京为度支判官的。

仁宗朝嘉祐三年的冬十月甲子，北宋王朝发布命令，升迁提点江南东路刑狱、祠部员外郎王安石为三司度支判官。当时王安石正在江南东路刑狱司的所在地，即饶州的州治鄱阳县。

主张"嘉祐三年说"并不是笔者的发明，早在20世纪末，便有学者针对李注《解使事泊棠阴时三弟皆在京师二首》提出过不同看法，认为"换春冬"系指当年春到当年冬，而并非由当年冬到来年春，主张王安石去官时仍当在本年。这一种观点可概括为"嘉祐三年说"①。

应该说，"嘉祐三年说"是符合史实的，只是证据还不够全面充分，未得学界重视。故进入21世纪以来，有关论著仍以沿用"嘉祐四年说"为主。这一状况颇为令人遗憾，因为这一说法势必会引起王安石相关诗文编年的混乱。

因此这里进一步提供《临川先生文集》和《全宋诗》中更多的史实依据，继续就这一问题客观勾勒王安石的入京过程，以充分展示"嘉祐三年说"的理由。

一、十一月初，王安石写《解使事泊棠阴时三弟皆在京师二首》，其时已从饶州鄱阳出发进京。

在探讨王安石何时从饶州鄱阳回到东京开封的问题上，人们首先都注意到他的《解使事泊棠阴时三弟皆在京师二首》。特别是第一首，更是几乎句句与

---

① 就笔者所见代表性的观点有：胡传志《〈王荆公年谱考略〉纠谬拾遗》，《抚州师专学报》1989年第4期；高文《试论王安石〈解使事泊棠阴〉二首的有关问题》，《文学遗产》1996年第1期；高文、高启明《蔡上翔〈王荆公年谱考略〉及李壁〈王荆文公诗笺注〉勘误补正》，《河南大学学报》1996年第3期。

此事有关。诗云："始吾泊棠阴，三子不在舟。今当舍之去，三子还远游。茫然千里水，今见荻花洲。俯仰换春冬，纷纷空百忧。怀哉山川异，往矣雪霰稠。登高一涕泗，寄此寒江流。"

王安石此诗究竟作于嘉祐三年冬还是作于嘉祐四年春？这是探究王安石何时返回汴京的第一个基本问题。

我们可以从三个角度来确认此诗作于嘉祐三年十一月初。

首先，正确把握这首诗的写作时间，关键是要准确理解"往"字的含义，以及正确分析"往矣雪霰稠"的本意。因为"往"字一般表述为"去"或"过去了"的意思，所以人们很容易据此而误判此诗为四年春天所作。其实"往"字在古代还有"以后"或"以下"的意思。"往矣雪霰稠"则是作者面对初冬"荻花洲"的慨然感叹："以后就要多冰雪了。""往"字用作"以后"或"以下"意义的例句，古代文献早已有之。如《易·系辞下》有曰："过此以往，未之或知也。"又如《论语·八佾》有曰："禘自既灌而往者，吾不欲观之矣。"王安石曾经编过《字说》，说明他精通文字，故其诗中的"往"字具有特殊用法，当不足为奇。

所以我们可以肯定：此诗应作于三九严冬之前。也就是说，嘉祐三年十月底，王安石一接到朝廷的任命，就立即卸任解职，按时离开了提刑司所在地，并从饶州的治所鄱阳县出发进京了。详而言之，《长编》所记朝廷是在嘉祐三年冬十月甲子任命王安石为度支判官的。考十月己亥朔，甲子为二十六日，因而合理的推断应该是：王安石在十一月初上船离开鄱阳，作此诗时则已暂泊棠阴镇。棠阴镇在鄱阳县境内，且靠近鄱阳湖，当时为一水陆转运处的重要码头。因为王安石赴任和离任时，都是在这里上船下船的，诗中所云"始吾泊棠阴"和"今当舍之去"，即是此意。

其次，对诗中"茫然千里水，今见荻花洲"两句，我们还可从物候学①的角度来加以形象审读。我们可从物候意义上来正确把握这首诗的写作时间：王安石离开鄱阳的时候，确实是在十一月初。

---

① 物候学：一般的解释是，这是一门通过植物的生长荣枯和动物的生活生育了解气候变化、并研究气候变化对动植物有如何影响的一门科学。物候学对研究古典诗文具有重要的指导意义，特别是在对时令季节和写作时间的判断上。

　　有学者认为，此"荻花洲"应"谓江州"，即白居易《琵琶行》之"浔阳江头"①。此说当误。王安石要坐船从长江赶回中原，船出鄱阳湖湖口之后，其行船路线必定是驶向下游的和州，而根本不会开向上游的九江。故"荻花洲"应是王安石在船泊棠阴时，对棠阴镇附近水边地区初冬景物的形象描绘。

　　这样，无意之中，王安石就用"荻花"作为物候特征，证明了他离开棠阴镇时，确实是在初冬季节。考荻者为多年生草本植物，与芦苇同为禾本科而异种。荻性喜长水边，茎壮直立，叶较芦苇稍阔而韧，一般在秋日抽生草黄色扇形圆锥花序，冬季经久乃衰。古代阴历的十一月初即大致相当于今天阳历的十二月初，此时花期正盛的芦荻，正是江南湖泽地区的常见之物。所以"荻花"正是王安石初冬时节离开鄱阳的典型物候。

　　于是，"千里水"和"荻花洲"就形成了鲜明的物候对比："茫然千里水"是春日赶来鄱阳赴任时所见，"荻花洲"则是冬日离开鄱阳卸任时所见。

　　最后，我们还应特别注意王安石在诗题中透露出来的弟弟们的赴京行踪。因为诗题告诉我们王安石的弟弟们已先于他到达了汴京开封。而我们从王令的《答王和甫书》中又恰恰可以知悉：其弟王安礼（和甫）离开鄱阳的具体时间正是在十月底或十一月初。

　　论者在研究这两首诗时，往往只注意到王安石本人的去向，而忽略了王安石在诗中所提及的"三子"。此"三子"即诗题中所标明的"三弟"：王安国（平甫）、王安礼（和甫）和王安上（纯甫）。其时王安上何时已在京师，此已无法考知。然而王安国和王安礼从鄱阳先行疾趋开封，实因王安石获命为度支判官。

　　考王安石的密友王令在嘉祐四年所作的《与王介甫书》里，曾回忆嘉祐三年之事曰："舟行濡滞，以十一月到家，十二月迁常。"②王令又在嘉祐三年所作《答王和甫书》中有曰："久相失，比忽奉来教，大慰所怀。自鄱取随以抵取京师，愈加迟缓，车马冒寒，能无苦乎？令既至家后，复谋迁常。""不知行李以何时至京？与平甫谁为先后？既相聚，应复甚欢。苟辱不遗，幸时以书

────────────

①　李之亮：《王荆公诗注补笺》，第155页。

②　《王令集》，第328页。

见及。冬寒比剧，远客尤望加爱。"①

王令这两封书信提供了王安国和王安礼分别从鄱阳赶往京师的相关信息，也从侧面透露出王安礼离开鄱阳的具体时间正是在十月底或十一月初。因为王令嘉祐三年夏从江阴出发，六月至鄱阳与王安石相会，然后再往湖北蕲州迎娶吴蒉之女，最后在十一月回到江阴老家时，曾收到王安礼抵达汴京之后寄给他的书信。我们从上文所述的第一封信中可知，王令返回江阴到家时已是十一月，十二月又迁往常州。而第二封信又明言此回信写于"既至家后，复谋迁常"和"冬寒比剧"之时，是则可以断言：王令的第二封信必写于十一月底或十二月初。是则还可以顺理推知：王安礼抵达开封后所致王令之书信应写于十一月中旬左右；又王安礼离开鄱阳的具体时间应是在十月底或十一月初。

这也即是说，自王安石得到入京为度支判官的命令之后，十月底，王氏兄弟即商议分头北上了。王安国不知由何路线去汴京。王安礼则由鄱阳经湖北随州，然后取陆路直抵京师。王安石因要取道和州暂寓待命，所以乘船离开鄱阳后，便从长江顺流东下。

这样，由王安礼离开鄱阳的具体时间，也证实了王安石离开鄱阳棠阴镇时，应当是在十一月初。

二、"冬寒"之时，王安石写《与王逢原书之三》，其时已在入京途中，暂寓和州待命。

王安石坐船离开鄱阳之后，在入京前曾暂寓和州，待命而行。至于他为何要选择这样的行走路线，这就必须得看他的《与王逢原书之三》了。这是探究王安石何时返回汴京的第二个基本问题。

其书曰："方欲请，而已被旨还都，遂得脱此，亦可喜也。但今兹所除，复非不肖所宜居，不免又干渎朝廷，此更增不知者之毁。然吾自计当如此，岂能顾流俗之纷纷乎？不久到真州，冀逢原一来见就，不知有暇否？幸因书见报。某止寓和州耳，来真唯迎亲老，来视女弟，既而归和俟命也。冬寒，自爱。"

这封信的意思很清楚："被旨还都，遂得脱此"，即谓接到朝廷任命，

---

① 《王令集》，第382页。

立即就解职回京。但王安石进京之前出于对担任度支判官一职的种种顾虑，曾上书宰相富弼，希望朝廷于己能够改任一偏僻之州。此即信中所谓"不免又干渎朝廷"的意思。正因为如此，所以王安石在此信的最后说出了自己的私下打算："止寓和州"，等到真州办完一切事务之后，再"归和俟命"，决定去向。

王安石为什么要"止寓和州"、且又"归和俟命"？因为和州与淮南真州相距不远，他要约王令到真州见面，并在真州迎接母亲，看望沈氏妹，然后再回和州，来去会很方便。更重要的是，因为和州是当时长江下游地区的水陆交通要地，不管朝廷是否同意改任，王安石在此均可进退自如，北可以上京都，南可以下江浙，东可以赴金陵，西可以去荆湖。

但是后来事情迅速发生了变化，王安石既未能够在真州与王令见面，也并未能够在真州迎回母亲。也就是说，王安石没有去成真州。这一点可证之于他后来所写的二信。

考王安石《与王深父书二》之二（卷七二）有曰："某此月乞去至淮南迎亲矣。出不过三四十日，则还至都下。"

又王安石《与崔伯易书》（卷七四）有曰："得书于京师……以为到高邮即奉见，得道所欲言者。去军城止三十里而遇亲舟，遂挽以北。"

王安石这两封书信均作于嘉祐四年六月王令逝世之后不久。可见直到嘉祐四年八月间，王安石才顺利地把母亲接回京师同住。

那么，究竟是什么意外打乱了王安石在嘉祐三年初冬的安排呢？原因只有一个，那就是朝廷非但没有同意重新调整他的职务，反而严令催促他迅速报到赴任。在这种情况下，王安石只能舍弃原来的安排，而急急赶往开封了。因为时间较急，甚至还可能取道陆路直抵汴京，而未去选择一贯所走的淮南水路大运河。

所以估计其到京的时间，仍应在嘉祐三年严冬之前，不会超过十一月下旬。

三、"木落霜清"之日，王安石写《送沈康知常州》，其时已在汴京。

王安石是年冬天赶到开封就职以后，曾参加过官场的聚会活动，面送沈康赴任常州。这是否定"嘉祐四年说"的最重要的证据，也是探究王安石何时返回汴京的第三个基本问题。

对这个问题可从三个角度来加以观察。

其一，《送沈康知常州》（卷二四）是否系王安石所写。

其诗曰："作客兰陵迹已陈，为传谣俗记州民。沟塍半废田畴薄，厨传相仍市井贫。常恐劳人轻白屋，忽逢佳士得朱轮。殷勤话此还惆怅，最忆荆溪两岸春。"此诗为送沈康知常州而作，其写作时间和写作地点非常值得探究。

《长编》卷一八七嘉祐三年二月丙辰记事曰："诏新提点江南东路刑狱沈康知常州，知常州王安石提点江南东路刑狱，以谏官陈旭言康才品凡下，又素无廉白之称，故易之。"据此，沈康当从开封出发赴任常州，因为知常州王安石已奉命提点江南东路刑狱前赴饶州，然而王安石现在却又能在京师面送沈康赴任常州，此事几成难解之谜：从时间和地点而言，王安石又怎么可能做到面送沈康赴任常州呢？这几乎令人怀疑此诗可能非为王安石所作，而为《临川先生文集》所误收矣。

然而王安石在另一首《酬淮南提刑邵不疑学士》的诗序中，却又明白无疑地说道，自己确实写过这首《送沈康知常州》："来诗及予送沈常州之诗，而卒有'素壁镵诗尚未泯'之句。"邵不疑即是邵必，邵必早先也曾知常州，所以他一见到王安石的《送沈康知常州》，就兴趣甚浓地寄来了一首和诗。邵必其时任职淮南提刑。是则可证《送沈康知常州》确实为王安石所作。据《长编》卷一七八，邵必在至和二年"复职知高邮军"。后约在嘉祐初任淮南提刑。《长编》卷一九〇嘉祐四年九月丙辰记事又有"度支员外郎集贤校理邵必"，是则邵必的和诗当作于进朝廷之前。

其二，王安石的《送沈康知常州》究竟作于何时何地。

此事的真相比较复杂。原来虽然《长编》卷一八七嘉祐三年二月丙辰记有诏令沈康知常州一事，但实际上沈康并没有如期任职。不知何故，沈康知常州之事一直悬置到年底。也就是说，直到嘉祐三年年底，沈康才正式从京师出发，从水路乘船前往常州赴任。

一般而言，北宋时期州县官员获职，亦有得到允许推迟半年以上赴职的他例。如景祐五年梅尧臣有诗曰《送邵梦得永康军判官》，题下即有其注曰：

"且归洛中，明年春赴任。"①所以沈康推迟赴任一事并非不可理解，可能有其他原因。

沈康于嘉祐三年初冬才从汴京出发，赴任常州，此有嘉祐三年沈康的诸多在京朋友送诗为证。考《全宋诗》中面送沈康赴任常州的在京友人有：欧阳修永叔，韩维持国，刘敞原父，苏颂子容，沈遘文通。以下一一为之稍作述略。

欧阳修有赠诗《送沈学士知常州（康）》②，原集编年为嘉祐二年，显然为误，可能是"三"字误刻为二。诗云："旧馆芸香锁寂寥，斋舲东下入秋涛。江晴风暖旌旗扬，木落霜清鼓角高。"考《长编》卷一八七嘉祐三年六月庚戌记事有曰："翰林学士欧阳修兼龙图阁学士权知开封府。"又《长编》卷一九二嘉祐五年八月甲申记事有"群牧使欧阳修"。据此，则嘉祐三年秋冬时，欧阳修必在京师面送沈康赴任常州无疑。

韩维有赠诗《送沈学士知常州》③，诗云："毗陵今古号名州，况是风流得隐侯。""去去国门谁不羡，画船烟浪入清秋。"此诗为送沈康知常州而作，十分清楚。考《长编》卷一八〇至和二年八月己亥记事有"大理评事韩维为史馆检讨"，《长编》卷一八九嘉祐四年四月癸未记事还有"礼官韩维"，则嘉祐三年秋冬时，韩维必在京师面送沈康赴任常州无疑。

刘敞有赠诗《送沈康学士知常州》④，其自注诗题曰："沈自博士除郡，某少时客居此州甚久。"诗中句末"万家春"和"两朱轮"的用韵，如同王诗一样。考刘敞《彭城集》卷三五《刘公行状》记其行年曰："（嘉祐三年）四月迁起居舍人、知郓州兼京东西路安抚使。居郓五月召还朝，纠察在京刑狱。"又《长编》卷一九〇嘉祐四年七月庚申记事有"纠察刑狱刘敞"。是则刘敞于嘉祐三年九月入京为"纠察刑狱"，秋冬时，刘敞必在京师面送沈康赴任常州无疑。

苏颂有赠诗《送沈学士守毗陵》⑤，诗中有云："高阁和铅人暂去，秋郊驱

①　《梅尧臣集编年校注》，第133页。
②　《全宋诗》第6册，第3703页。
③　《全宋诗》第8册，第5199页。
④　《全宋诗》第9册，第5872页。
⑤　《全宋诗》第10册，第6355页。

弩吏趋迎。兰陵郡邑今尤盛，阳羡溪山古有名。"毗陵为常州古名，此诗亦当为送沈康知常州而作。考《宋史》本传记苏颂"皇祐五年召试馆阁校勘，同知太常礼院"，又苏颂《感事述怀诗五言一百韵》自注云"予在馆阁九年"①。而嘉祐三年上距皇祐五年仅为五年，是则嘉祐三年秋冬时，苏颂必在京师面送沈康赴任常州无疑。

沈遘有赠诗《七言送沈景休知常州》②，诗中有云："叠鼓翻波汴流响，双旌照地秋日晴。兰陵使君下斋舸，都门送客冠盖倾。""惠山荆溪两秀绝，丹毂画隼当春行。还有歌诗写高兴，宾客谁许从唱赓。"此诗所送"兰陵使君"当指知常州使君而言，然不作沈康而作"沈景休"，则景休当为沈康之字也。考王安石《内翰沈公墓志铭》记沈遘行年曰："岁满召归，除太常丞、集贤校理、判登闻鼓院、吏部南曹，权三司度支判官，又判都理欠、凭由司，于是校理八年矣。"是则沈遘长期连续在朝廷任职。虽然沈遘任判都理欠、凭由司年月不明，然《长编》卷一九〇嘉祐四年八月乙酉记事曰："太常博士、集贤校理判理欠、凭由司沈遘为契丹正旦使。"则嘉祐三年秋冬时，沈遘必在判都理欠、凭由司任上，他也必在京师面送沈康赴任常州无疑。

综上所述，既然佐证有如此之多，则王安石于嘉祐三年初冬在京师面送沈康赴任常州，并作诗《送沈康知常州》，就是一客观事实了。

其三，此间仍须消释一疑：王安石明明是十一月中、下旬到京，已是初冬，然而众人的送诗又为何都说是秋送？要消释此疑，首先还得详析是年冬季的闰月特点和气候特点。

据《长编》卷一八八所记载，嘉祐三年为闰月年，其十二月是闰月。嘉祐三年梅尧臣有诗《次韵和景彝闰腊二十五日省宿》③，亦可为证。在天文学史和历法学史上，夏历置闰出现闰十二月或者闰正月，这是极其罕见的事情，往往要多年才得一遇。

既然嘉祐三年十二月是闰月，这就意味着这一年的十二月没有大寒，到闰十二月才有大寒和立春。这也同样意味着，这一年的十一月只有小雪和大雪，

---

①　《全宋诗》第10册，第6343页。

②　同上，第7498页。

③　《梅尧臣集编年校注》，第1064页。

往年较为寒冷的十一月的冬至和小寒则被推迟到了十二月。所以，和平常年份相比，嘉祐三年北宋京都开封的节气和气温足足往后推移了半个多月。也就是说，嘉祐三年的初冬，开封要比往年晚冷半个月左右。所以虽然说已是初冬，但人们的感觉却还如同深秋。

既然如此，则我们再来解读沈康诸友的送行诗，就可析之有据了。

诸诗之中，我们应当特别注意欧阳修的赠诗《送沈学士知常州（康）》。因为众人都泛道是秋送，而欧阳修的赠诗中却鲜明记载了当天的物候特征："江晴风暖旌旗扬，木落霜清鼓角高。"这"木落霜清"，显然正是初冬的物候明证。

所以我们可以合理地理解为：王安石在嘉祐三年十月底奉命返回汴京，十一月初即出发，继在和州待命暂停数日后，又再次奉命赶往开封。大约在中、下旬小雪节气时，王安石到达了京都。王安石回到京城后，即逢诸友聚送沈康赴任常州，于是他也参与了欢送，"写高兴"，"从唱赓"，吟赠了一首《送沈康知常州》。

事实真相既是如此，则我们回过头来再看《长编》卷一八九嘉祐四年春正月己酉的相关记载，就更会觉得王安石于嘉祐三年冬入京是无可置疑的了："祠部郎中崇文院检讨官吕公著为天章阁试讲，公著以疾辞，乞改命直秘阁司马光、度支判官王安石，不报。"考正月丙申朔，己酉为十四日。吕公著在正月间要把"天章阁试讲"让给"度支判官王安石"，显然他已与王安石同在朝廷，这正可说明王安石嘉祐三年冬天已在京师任职。

因此，王安石在嘉祐三年初冬入京就任度支判官一职，应是不争之事实。

第五节   皇祐二年到杭州拜谒范仲淹的状与启

《临川先生文集》卷八一有《上范资政先状》《上杭州范资政启》《谢范资政启》三文，此三文均与当时的资政殿学士、知杭州知州范仲淹有关。时贤于此三文的编年时间说法不一，值得商榷。《王安石诗文系年》于其均置于庆历八年，其依据是："据《长编》，范仲淹于本年正月自邓州移知杭州。"①然考诸《续资治通鉴长编》，庆历八年并无此记载，其说当误。《王荆公文集笺注》对此三文则编年不一，依次分别说是"庆历末年知鄞县时作""皇祐元年知鄞县时作""庆历末或皇祐初年知鄞县时作"②。《王荆公文集笺注》显然把此三文视为毫无联系的分散之作，也不符合实际，同是误说。

那么，《临川先生文集》与范仲淹有关的此三启究竟作于何时？

欲厘清王安石此三启的写作时间，必须辨明两个问题，即范仲淹知杭州的始末时间及王安石面谒范仲淹的具体年月。

第一，关于范仲淹知杭州的始末时间。

庆历三年四年，范仲淹从枢密副使升任参知政事，主导新政，进行改革。但因受到保守势力的反抗与排挤，不久他便难以为继，被调离朝廷，赴任地方知州。从庆历五年到庆历八年，范仲淹一直转徙于邠州、邓州、荆南等地，后又复知邓州。至皇祐元年，乃知杭州。考《续资治通鉴长编》卷一六七皇祐元年七月癸卯记事曰："资政殿学士、给事中知杭州范仲淹为礼部侍郎。"卷一六九皇祐二年八月乙丑记事曰："知杭州、资政殿学士范仲淹奏进：建昌军草泽李觏撰《明堂图义》……"又《乾道临安志》卷三《牧守》记曰："皇祐元年正月乙卯，以知邓州资政殿学士、给事中、礼部侍郎（按此四字当为衍文）范仲淹知杭州。七月癸卯，加尚书礼部侍郎。二年十月戊辰，加户部侍郎。十一月辛酉，徙京东东路安抚使、知青州。"③由上可知：范仲淹始知杭州是皇祐元年正月乙卯，徙知青州离开杭州是皇祐二年十一月辛酉。

第二，关于王安石赴杭面谒范仲淹的详细经过。

范仲淹从庆历三年开始倡导新政改革，其时正是青年王安石进士及第初入仕途之日。王安石在淮南判官任上，官阶虽然低微，但他对这场改革十分关注，且非常敬仰范仲淹的气魄和胆量。只是汴京扬州两地遥远，两人无缘相见。庆历六年、七年，王安石在京候补时，范仲淹却又出知邠州、邓州。庆历七年至皇祐元年，王安石宰鄞县时，恰逢范仲淹知杭州，虽说是近在咫尺，但

---

① 李德身：《王安石诗文系年》，第54页。
② 李之亮：《王荆公文集笺注》，第1539、1512、1527页。
③ 《宋元方志丛刊》第4册，第3243页。

仍不得谒见。因为鄞县隶属明州（知州是王周），王安石非是范仲淹的直接下属，其身居明州官场，无由赴杭晋谒范仲淹。然而历史最后终究给了两人见面的一个时机，这就是皇祐二年的秋天。

考究王安石的仕履可知，不知是何原因，王安石宰鄞县的实际时间只有两年，这跟一般地方官员的三年一任不完全一样。王安石作于皇祐三年六月的《乞免就试状》曾自述曰："罢县守阙，及今二年有余。"（卷四○）这就告诉了我们：庆历八年和皇祐元年，王安石官事在身，不可能随意离职面谒范仲淹。然而"罢县守阙"的皇祐二年，王安石无职一身轻，就大可自由自在地拜访范仲淹了。

考皇祐二年春，王安石离开住地鄞县回到临川省亲。此有其当年五月二十五日在家乡所作一文《抚州祥符观三清殿记》（卷八三）为证。是年秋九月十二日，王安石又离开临川返回浙江。此有其在家乡所作一诗《书陈祈兄弟屋壁》（卷四六）为证。李壁注此诗有曰："公又有与陈君一柬，并附于此。"在此柬文最后，王安石亲笔题下了书写的时间："九月十二日。"①

而王安石返回浙江时，并未按原路回到住地鄞县，却是径奔杭州，专门前往拜访当时的知州范仲淹。这一次，王安石终于见到了向往已久的政治家范仲淹。见面时，范、王二人谈了些什么，后人不知道；王安石想了些什么，范仲淹又想了些什么，后人也不知道。但是在北宋历史上，这两位著名改革家的当面交流，只有这唯一的一次。

作为一个小小的县令，青年王安石在拜见前驱改革家范仲淹时，态度极为恭谨，仰慕之情溢于言表。从这三封启文的具体内容来看，极是有序。未到之前，他先有《上范资政先状》；即将拜谒时，继有《上杭州范资政启》；谒见之后，又有《谢范资政启》。所以，此三启的编年时间均应是皇祐二年秋九月无疑。

《临川先生文集·补遗·古赋》还收有《首善自京师赋》一篇。此赋亦与青年王安石歌颂范仲淹庆历新政的改革举措有关，其编年时间亦可考究。赋中原注说明，此文搜集自《皇朝文鉴》卷一一。原题下还有王安石的自注云：

---

① 《王荆文公诗李壁注》卷四六，第2031页。

"崇劝儒学，为天下始。"赋文的主要旨意是："不用文何以修饰政教？非设校何以崇明儒雅？"并认为："京邑者，群方之表仪。"所以王安石坚决赞同兴学应从京师开始："必也启胄子之秘宇，据神邦之奥区，宪先王而讲道，风下国以恢儒。"详观此赋之意，与《续资治通鉴长编》所记庆历三、四年间"建学兴善"的改革倡议甚相合。

《续资治通鉴长编》卷一四七庆历四年三月甲戌记事曰："范仲淹等意欲复古劝学，数言兴学校本行实。诏近臣议。"又卷一四七庆历四年三月乙亥记仁宗发布长篇诏令，其略曰："今朕建学兴善，以尊子大夫之行，而更制革弊，以尽学者之才。教育之方，勤亦至矣。有司其务严训导、精察举，以称朕意。"又卷一四八庆历四年四月壬子记事曰："判国子监王拱辰、田况、王洙、余靖等言：首善当自京师。"

故综合以上《长编》所记可知，兴学重教是立国之大事，仁宗朝举国赞同。范仲淹倡议之后，仁宗认同，大臣拥从。一时之间，四方响应，朝廷上下汇成了一股办学兴教的思想潮流。王安石于彼时欣然而作《首善自京师赋》，就是及时对此潮流的积极呼应。所以判定此赋作于庆历四年应当是合乎实际的，而其时王安石尚初入仕途，身居淮南判官任上。

第四章　蔡上翔《王荆公年谱考略》诗文编年正误四十六则

　　本章继续侧重讨论诗文编年与传主事迹行年的辩证关系①。

　　为什么要把《王荆公年谱考略》诗文编年正误专门列为一章？因为《考略》与清顾栋高的《王荆公年谱》一样，对王安石诗文的编年舛误甚多，而相关研究者却往往不加辨析，就引来作为立说评事的依据，以致引起一些不必要的学术混乱。所以需要从源头上加以清理，对《考略》的诗文编年进行逐条辨析，大致区分出正确的和疏误的两大类来。这样或可有利于读者谨慎引用。现在专门列出这一章，就是为了方便读者比照查阅。

　　文中总计考求四十六则，其中个别论述可能会与前文重复，但为了保证这一章的完整性和独立性，只好不加删削，特此说明。

　　至于对《考略》所未涉及、而又可以依据史料明确编年的其他诗文，本书将在第五章中加以专门讨论。希望这些考求均能追踪时贤，共同深化对王安石诗文编年的探讨。

　　清代嘉庆九年（1804）的五月，著名学者蔡上翔在他八十八岁的高龄时，终于如愿完成了自己的心爱之作《王荆公年谱考略》。为了写好这部论著，彻底为王安石的人格、人品及其改革事业辩诬洗刷，蔡氏阅书不下数千卷，执笔不下数千日，广搜资料，细加辨正，实可谓呕心沥血，殚精竭虑。应该承认，《考略》实不愧为同类著作中的佼佼者。它以思辨的理论文采，批判的锐利锋

---

① 　本章内容原是一篇专论，曾刊登于香港浸会大学中文系《人文中国学报》第17期（2011年9月）。

芒，以及高屋建瓴的飞泻气势，恢复了北宋政治家王安石的本来面目，廓清了王氏反对派散布的种种迷雾，是二百年来所有研究王安石的学者们不可不读的经典之作。

然而毋庸讳言，该书虽说是要"考略"，然其心意总是侧重于辩解，用力总是倾向于批驳，于是行文之中，难免间有失考之处。这些舛误和疏漏主要表现在两个方面：一是未能详审南宋李焘的《续资治通鉴长编》，以至在考述王安石的仕履行实时，产生了一些不实之说；二是对王安石诗文的文本分析及社会背景材料探求不够深入，故考述时对相关诗文的系年有不少疏误。

对蔡氏《王荆公年谱考略》这两方面的欠缺和不足，学界早有察觉。近年来还有一些学者已经陆续对此发表了很好的见解，对一些失考的问题稽核史实，予以匡补。不过这些勘误和拾遗大都还只偏重于问题的第一个方面，即比较集中在王安石的仕履经历上，而对第二个方面则仅有偶尔的指摘和个别的点评，尚缺乏较为系统的勘正。实际上，《考略》一书在第二个方面的疏误更多，而这些误说又往往给后来的研读者增加了理解上的麻烦。特别是有些研究性质的著作，还往往以《考略》的错误判断为依据，对一些诗文进行编年和展开评介，就更加欠妥。所以笔者认为，应该系统审视《考略》一书的诗文编年，并对其中的疏误作一全面整理，从而纠错辨正，以进一步实现蔡氏的学术初衷，提高《考略》的参考价值。

《考略》所引录的王安石诗文多达二百五十多则，就作品的编年而言，其中有一些是正确的，有一些本来也是无法考实的，但还有一些则是误判的。因此，凡是笔者认为《考略》中诗文编年有误者，本章均按照原书的写作顺序依次揭出，并依据史料，逐一加以辨正，提出自己的观点。所述三十九条意见，总计正误四十六则。其中若有历来学者先行纠正、言之有据，且笔者认为编年准确者，则尽力搜求而标明之。至于和历来学者一般性的不同编年意见，就不再广加引征展开讨论。

本章行文中所引用蔡上翔的考述之言，均出自《王荆公年谱考略》（上海人民出版社，1973年8月）。具体的行文次序则为：先标明页数，点明年份，列出蔡氏编于此年的诗文题名；然后摘引蔡氏如此编年的理由；最后再阐述自己的考辨和结论。如此安排，似可方便阅者的对照核查。

　　行文中所引用的李德身的编年意见，均出自《王安石诗文系年》（以下简称《系年》，陕西人民教育出版社1987年9月出版）。

　　1．第50页，庆历四年甲申（1044），年二十四，《外祖母黄夫人墓表》。

　　《考略》曰："公还自扬州实三年，曰四年，不合也。以夫人卒之年数之，则又似作志实在四年矣。姑录于此。"

　　按：《考略》对此墓表的编年有误，此墓表非作于庆历四年，实作于庆历三年。

　　此墓表的编年难度在于文中有曰："舅藩既志其葬，四年，某还自扬州，复其墓。"研究者一般均视此"四年"为庆历四年，认为王安石在庆历三年自扬州返回临川省亲之后，于庆历四年又回归家乡一次。实际上，这种猜测是没有根据的。没有任何史料可以说明，庆历四年时，王安石又重回临川再度省亲。文中所说的"四年，某还自扬州，复其墓"，其实就是庆历三年这一次。具体理由分析如下：

　　一、王安石在墓表中表述得十分清楚："卒三月而葬，康定二年十二月也。"又曰："舅藩既志其葬。"这即是说，外祖母于康定二年九月去世，十二月下葬。葬时，舅藩又作有墓志。可见，当时作为长辈逝世下葬的一套既定程序，王安石的外婆家早就完成了，王安石根本没有必要专程在庆历四年再重回临川"复其墓"。

　　再说，王安石庆历二年初入仕途，在扬州担任判官一职总共只有三年，有司在庆历三年已准其探亲一次，庆历四年还会让他再次探亲？官场约束甚严，一个小青年刚着"青衫"上任，岂有上司连续两年允其回家探亲之理？这显然不合常情。所以"复其墓"一事，肯定只是他在庆历三年返回临川时的顺便所为而已。

　　王安石外祖母家世居乌石冈，附近又有柘冈，其地仅离临川三十里。王安石早在金陵时就得闻外祖母死讯，只因路遥无法奔丧。接着又是进士及第、到扬州为官，也不能擅自离走。庆历三年他首返临川，"展先人之墓，宁祖母于堂"（《上徐兵部书》），又岂有同时不赴乌石冈、为外祖母"复其墓"之理？《伤仲永》曰："还自扬州，复到舅家问焉。"《忆昨诗示诸外弟》曰：

"永怀前事不自适，却指舅馆排山扉。"此皆是王氏庆历三年省亲之日走访乌石冈之明证。

二、王安石撰写墓志类文章有一个习惯，即有时喜欢沿用旧年号来表述年份。这种表达方式往往出乎人们的意料之外，这或许也是王安石为文求奇求拗的一种表现。

此墓表后文中的"四年"，实际上是康定四年，是承接前文的康定二年而言的。众所周知，康定元年是指公元1040年，事实上并不存在的康定四年（1043），而公元1043年实际上就是庆历三年。

李德身认为，文中"四年"是"指舅藩葬外祖母后之四年也，即庆历五年，而非庆历四年"（《系年》38页）。此观点不赞成庆历四年说为是，但持"四年之后"说又当非是。因为从上下文的语气来斟酌，"四年"的意思怎么看来也难以等同于"四年之后"的意思。实际上，这里承接前文的"四年"，就是康定四年，亦即庆历三年。

为了强调说明这一点，这里还可提供一个佐证。《临川先生文集》卷九三还有一篇《叔父临川王君墓志铭》，墓志有曰："其葬也，以至和四年祔于真州某县某乡铜山之原皇考谏议公之兆。"显然宋代并无至和四年，至和元年是公元1054年，则至和四年当为公元1057年，而公元1057年实际上就是嘉祐二年。李德身曾注意到这一问题，但只表示"何以如此纪年，未解其故"（《系年》104页）。笔者所析，权算试作一解。

这样的例子也许还有。如《临川先生文集》卷九八有《金溪吴君墓志铭》，墓志有曰："其葬也，以皇祐六年某月日。"同样，所谓"皇祐六年"（1054），实际上也就是至和元年。

所以，《外祖母黄夫人墓表》应当定于庆历三年所作为宜。

2. 第62页，庆历八年戊子（1048），年二十八，《上杜学士言开河书》。

《考略》曰："公有上杜学士两书，应在七年、八年也。"

按：《考略》未能据实作出决断；若指作于庆历八年则为略误。《系年》（50页）依据欧阳修所著之《杜公墓志铭》，考此书实作于庆历七年十月十日，当为是。

3. 第63页，庆历八年戊子（1048），年二十八，《上运使孙司谏书》。

《考略》曰："是时公年二十八。"

按：此书非作于年二十八时，实作于年二十九时，即皇祐元年己丑（1049）。

书中有云："鄞于州为大邑，某为县于此两年……"荆公庆历七年秋知鄞，既已任两年，自当是皇祐元年之作。《系年》（50页）虽然引此"两年"之语，但不知何故，却仍把此书编为庆历八年所作，似误。

王安石另有《上浙漕孙司谏荐人书》，亦当作于是年。

4. 第79页，至和元年甲午（1054），年三十四，《辞集贤校理状》（按原有四则，此录一、二则）。

《考略》把《辞集贤校理状》定为至和元年所作，没有任何辨析之语。然如此编年显然有误。《系年》（85页）判此《辞集贤校理状》四则作于至和元年三月、四月，亦误。辞状实际上作于至和二年的三、四月间。

考王安石之仕履可知，至和元年三月，王安石尚在舒州通判任上，此时何来《辞集贤校理状》？王安石于至和元年九月才入京为群牧判官。而他只有在担任群牧判官之后，才有可能获得集贤校理一职。状一中有语提到"今月二十二日"中书差人送来任命集贤校理之敕牒。状二中有语提到"三月二十二日"中书差人送来任命集贤校理之敕牒。则此"（今）三月二十二日"必在至和二年。

众所周知，集贤校理一职并非职事官，而只是馆职、贴职，是一种荣誉称号，一种朝廷文官的清贵之选。任何一个没有具体京官实职的官员，是不可能蒙承皇恩、先行获得这一荣誉称号的。所以王安石在没有担任群牧判官之前，根本不可能先行获得集贤校理的馆职。

《长编》卷一七九至和二年三月己卯记事曰："翰林学士、群牧使杨伟等，言判官、殿中丞王安石文行颇高，乞除职名。中书检会安石累召试不赴。诏特授集贤校理，安石又固辞不拜。"考三月丁巳朔，己卯为二十三日。是则显而易见，王安石之状一当作于至和二年三月二十二日。因为只有先有王安石二十二日的固辞集贤校理，才可能再有己卯二十三日的记事。

由此可以断定，王安石的《辞集贤校理状》（四则）当作于至和二年的三月、四月。

5. 第82页，嘉祐元年丙申（1056），年三十六，《桂州新城记》。

《考略》曰："旧刻至和三年九月丙辰记，新本二年。据《本纪》，三年九月有丙辰。"

按：《考略》所言有误。考《宋史·本纪》嘉祐元年即至和三年九月无丙辰。考《长编》卷一八四嘉祐元年即至和三年九月亦无丙辰。然《长编》卷一八一至和二年九月记有丙辰朔，是则王安石的《桂州新城记》应该作于至和二年九月。《系年》（97页）同《考略》，也编于嘉祐元年，亦误。

6. 第83页，嘉祐元年丙申（1056），年三十六，《奉酬永叔见赠》。

《考略》把此诗编于嘉祐元年，当是依据于欧阳修《居士外集》卷七《赠王介甫》的"题下注"。但把欧诗《赠王介甫》编于嘉祐元年，明显不符王安石书信之自述，此间有疑。

欧阳修的《居士集》是他自己编定的，其《居士集序》为苏轼所作，时在元祐六年（1091）六月十五日，其诗文编年的"题下注"自无疑义。但欧阳修《居士外集》二十五卷是后人所编，何年编成，时间不明。历史上最早提到《居士外集》的文献，是苏辙为欧阳修所作的《欧阳文忠公神道碑》，时间是在崇宁五年（1106）。既然《居士外集》非欧阳修本人所亲自过目编定，则其诗文编年的"题下注"，就很难说绝对正确。

胡传志先生早在一九八九年就曾经指出：此诗的写作背景可见王安石的《上欧阳永叔书之二》，书云：

> 过蒙奖引，追赐诗书，言高旨远，足以为学者师法。唯褒被过分，非先进大人所宜施于后进之不肖，岂所谓诱之欲其至于是乎？虽然，惧终不能以上副也。辄勉强所乏，以酬盛德之贶，非敢言诗也。唯赦其僭越，幸甚。[①]

笔者认为，这个见解是正确的。

---

① 《临川先生文集》，第784页。

　　王安石的《上欧阳永叔书之二》作于嘉祐二年秋，因书中所论与二人赠诗意思相合，且欧王赠诗又仅此一组，故王氏《奉酬永叔见赠》一诗当作于嘉祐二年无疑。特别是对"追赐诗书"四字，主张王氏答诗为"嘉祐元年说"者，均难以做出能够令人满意的解释。所以笔者赞同《奉酬永叔见赠》应定于嘉祐二年作。

　　7.　第87页，嘉祐元年丙申（1056），年三十六，《上欧阳永叔书之一》（按原有四则，此录前三则）。

　　《考略》对此书的编年有误，此书不当置于嘉祐元年。《系年》（85页）系于至和元年冬，亦误。考诸王安石的仕履可知，此书当作于至和二年三月。

　　判定此书的编年关键有三：一、何时王安石携家到京师，且"寄食于官舟"已达"数月"？二、何时欧阳修得任"翰林"？三、何时王安石"不愿试职"？若能辨明以上三点之实际情况，则编年即可有定论。

　　先论其一。《长编》卷一七七至和元年九月辛酉记事曰："殿中丞王安石为群牧判官。安石力辞召试，有诏与在京差遣。及除群牧判官，安石犹力辞。欧阳修喻之，乃就职。"是则从至和元年九月到嘉祐元年时，王安石在京师担任群牧判官已有两年。据此，王安石及其家人已不可能再在旅途之中。然而书云："某之到京师"，"亲老口众，寄食于官舟而不得躬养，于今已数月矣。"王安石这一自述和他在嘉祐元年的实际情况根本不相符合，所以此书显然不应作于嘉祐元年。

　　而考王安石行年，只有在至和元年秋天，他才有可能携带亲老乘官舟赴京师。至和元年，王安石通判舒州任满，约在七月，由舒州抵达京师。信中所述"于今已数月矣"，即是追述之语，追述之时则已是在至和二年春天。此信的言语之中充满了婉拒召试、求纾家急之虑，这与王安石作于至和二年三、四月间《辞集贤校理状》四篇的"家贫口众、难住京师"之叹，如出一辙。

　　续论其二。据南宋胡柯《庐陵欧阳文忠公年谱》所记："至和元年甲午九月辛酉：迁翰林学士（见制词，王洙行）。"则此信中称欧阳修为翰林，时间上亦正相符。

　　再论其三。《长编》卷一七九至和二年三月己卯记事曰："翰林学士群牧使杨伟等言：判官、殿中丞王安石文行颇高，乞除职名，中书检会安石，累召试，不赴。诏特授集贤校理，安石又固辞不拜。"这一记事亦足可为王安石彼时拒绝召试的确凿证据。考三月丁巳朔，己卯为二十三日，则王安石拒绝召试之事当在三月上、中旬。

综上所述，此书的编年应在至和二年三月。

顺便指出，《考略》把王安石《上欧阳永叔书之二》《上欧阳永叔书之三》亦编于是年所作，也是明显有误的。对此两书可以不做任何考证，就书中所述即可明了，其均作于王安石嘉祐二年秋知常州之时，故今对此不再赘言。

8．第93页，嘉祐二年丁酉（1057），年三十七，《与刘原父书》。

《考略》对此书的编年有误，不当置于嘉祐元年。信中分明写道："前月被使江东，朝夕当走左右，自余须面请。"王安石被使江东是嘉祐三年二月之事，此曰"前月"，《系年》（116页）据此指出该信作于嘉祐三年三月，疑应作四月。

9．第94页，嘉祐二年丁酉（1057），年三十七，《上曾参政书》。

《考略》曰："据其书，似是由群牧判官初移提点江东刑狱。然史传及诸书所载，年月多参差不合，故漫录于此。"

按：《考略》所言有误。荆公自知常州移提点江东刑狱，史有明载，是在嘉祐三年二月。此书述曰："阁下必欲使之察一道之吏，而寄之以刑狱之事，非所谓因其材力之所宜也。"则《考略》对此书的"漫录"有误，不当置于嘉祐二年。《系年》（116页）已正确指出：该信作于"嘉祐三年春"。

10．第120页，嘉祐四年己亥（1059），年三十九，《与王逢原第一书》。

《考略》曰："介甫长逢原十一岁，定交甚蚤，散见诗文亦最多。所存尺牍者七，其第一似属定交之始，然不知在于何年。"

按：王安石和王令的定交时日可考。至和元年七月，王安石卸去舒州通判之职，奉命入京，道出淮南。当他路过扬州时，王令羡其名而投书求见，并赠《南山之田》一诗。王安石览而喜其才，先后回其两封信，并在酒宴上相识交谈，此实为定交之始。

考《临川先生文集》中王安石写给王令七信的顺序，其第二封信实为第一次所写，而此信实为第二次所写。不过这两封信的写作时间均在至和元年七月，却是没有疑问的。故《考略》定《与王逢原第一书》作于嘉祐四年实误，它应当作于至和元年七月。

11. 第128页，嘉祐五年庚子（1060），年四十，《上富相公书之一》①。

《考略》曰："此书应是三司判官命初下上之，而不复以私计不便闻之朝廷也。"

按：此判断正确，但《考略》把王安石具体入为三司度支判官的年份弄错了。《系年》（125页）定为嘉祐四年秋作，亦误。

《长编》卷一八八嘉祐三年冬十月甲子记事曰："提点江南东路刑狱祠部员外郎王安石为度支判官。"此书既言"诚望阁下哀其忠诚，载赐一州"，而不愿入为度支判官，则显然当作于嘉祐三年才对。考嘉祐三年冬十月己亥朔，甲子为二十六日，则《上富相公书之一》应作于十一月②。

12. 第178页，治平二年己巳（1065），年四十五，《辞赴阙状》（按原有三则，《考略》全录）。

《考略》曰："是年七月，公方服除，而英庙即趣召赴阙，至于再三。"《考略》据《辞赴阙状一》题注"治平二年七月二十七日"而定此三状作于是年七月，本不能算有误。然问题在于"七月"实系"十月"的传抄刻印之误，就这一舛误的正本清源而言，《考略》所编仍不准确。据《长编》，《辞赴阙状》应作于是年十月二十七日。理由有二。

其一，《长编》记朝廷下令复王安石原官一事，实在治平二年十月。《长编》卷二〇六治平二年十月甲午记事曰："复以王安石为工部郎中知制诰，母丧除故也。"考十月甲申朔，甲午为十一日。是则《辞赴阙状一》题下原注之"七月"应为"十月"传抄之误。七与十形近而易混淆。应该是先有朝廷十月十一日发布的命令，然后才有王安石十月二十七日的辞状，如此才为合理。

其二，若是《辞赴阙状一》作于治平二年七月二十七日，则朝廷下令复官必在七月，这又与当时习俗不合。据曾巩为王安石生母所作《仁寿县太君吴氏墓志铭》所记有曰："嘉祐八年八月辛巳卒于京师，十月乙酉葬于江宁府之蒋

---

① 笔者按：王安石《上富相公书》有二篇。此当为其一，以"某不肖"起始；其二则以"某以阁下在相位时"起始。

② 王安石是在嘉祐三年冬入京为度支判官的，具体考辨可参见本书第三章。

山。"①按古代一般习俗，父母去世后，子女居丧守制当满二十七个月。可是从嘉祐八年八月到治平二年七月，尚不足二十四个月，唯有到十月，才几近二十七个月。故从这一角度观察，只有在十月时，朝廷下令复官和王安石连作辞状才比较合理。

综上所述，原题所注"治平二年七月二十七日"，实为"治平二年十月二十七日"之误。

这里顺及指出，王安石连续呈上《辞赴阙状》之后，并未奉命返回朝廷，重新担任知制诰一职。曾有学者认为，王安石治平二年曾返回汴京再知制诰，此观点当为疏误。服除之后，从治平三年起，王安石闲居金陵，开帐授学。也即是说，从治平元年到治平四年，王安石始终未曾离开过金陵。《长编》于此有着非常清楚的记载。《长编》卷二○九治平四年闰三月庚子记事曰："上（按英宗）语辅臣曰：安石历事先帝一朝，召不起，或为不恭；今召又不起，果病耶，有要耶？……癸卯，诏安石知江宁府。"是可为确凿之证。

13. 第211页，熙宁二年己酉（1069），年四十九，《与赵禼书》。

《考略》置此书作于熙宁二年，实误。《系年》（216页）指出：据《长编》，应作于熙宁四年六月。《系年》为是。笔者并考作于六月二十二日。

然《长编》中此段记载与此书直接相关，似不可不录以示读者。《长编》卷二二四熙宁四年六月乙亥记事曰："枢密院奏约束诸路机宜官文字有'游宴媟狎无所不至'之语。上曰：'赵禼尝为机宜，今帅鄜延，恐伤其意，可改去此数字。'时禼以措置边防事具奏，上出示王安石。安石曰：'禼奏甚善，其间预定计策，则恐非所以应变。'上曰：'朝廷难指挥，卿可因书喻之。'"《长编》在这段文字之后有注语曰："安石与禼书，今集有之。"

显然，《与赵禼书》正是王安石奉命所作之书。考六月甲寅朔，乙亥为二十二日，王安石既然是奉旨作书，则其书定作于熙宁四年六月二十二日无疑。

14. 第218页，熙宁二年己酉（1069），年四十九，《迁入东府赐御筵谢表》。

《考略》曰："九月，作东西府以居执政。"并附王安石《迁入东府赐御

---

① 　《元丰类稿》卷四五，《四库全书》第1098册，第726页上。

筵谢表》于是年九月。

按：《考略》所述所附均误。神宗令作东西府以居执政之事非在熙宁二年，而是在熙宁三年，事成则在熙宁四年。《系年》（217页）于此表仅以七字作判："是年十月丁巳作。"此似过于简略。《长编》于此记载甚详，兹录于下，亦可明《考略》疏误之所在。

《长编》卷二一二熙宁三年六月丁亥记事曰："初，上以执政就舍散居远处，有急卒文书，即吏散走四出，且聚议不可得，故欲创府使居之。"由此可知，争取提高办事效率，这是宋神宗创建东西府的最初动机。

《长编》卷二一五熙宁三年九月癸丑记事曰："作东西府，以居执政官。"这是说，从熙宁三年九月开始，正式动工。

《长编》卷二二六熙宁四年九月丁未记事曰："先是，诏建东西二府，各四位，东府第一位凡一百五十六间，余各一百五十三间。东府命宰臣、参知政事居之，西府命枢密使、副使居之。府成，上以是日临幸（注曰：丁未，二十六日）。后十日（注曰：十月丁巳），赐宴于王安石位，始迁也。三司副使、知杂御史以上皆预。"

可见，熙宁四年九月东西二府建成，十月赐宴于王安石东府。是则王安石《迁入东府赐御筵谢表》必作于四年十月丁巳无疑。

15. 第242页，熙宁六年癸丑（1073），年五十三，《与王子醇书之二》（按原书有四则）。

《考略》把此书编于是年正月，有误。《系年》（224页）把此书定于熙宁六年二月所作，亦误。据《长编》所考，此书当作于熙宁五年八月十一日。

此书有曰："谓宜喻成珂等放散其众，量领精壮人马防招，随宜犒劳，使悉怀惠。城成之后，更加厚赏。人少则赏不费财，赐厚则众乐为用。不知果当如此否？请更详酌。荡除强梗，必有谷可获以供军，有地可募人以为弓箭手……"

而《长编》卷二三七熙宁五年八月丁亥记事曰："蔡挺言：王韶经制洮河，宜止杀招降。上曰：强犷若不讨荡，即无缘帖服。又言招弓箭手事。王安石曰：地远难遥制，王韶必有经画。薛向说边事不畏贼，但畏京递到不合事机耳。上曰：郿城科（按即上文王氏书中之"郿成珂"）等并领众防托。安石曰：王韶固欲朝廷知初附诸羌为用，然初附之众不宜令久暴露，无恩泽。若遍加劳赐，即难给。谓宜令韶、科等放散其众，独留精兵防托，厚加犒劳赏赐，以慰悦众心。人少则不多费财，众心慰悦则乐为用。上令安石速与韶书，言此并及弓箭手事。”

上述《长编》丁亥记事的要点是：一、神宗要求招弓箭手。二、安石建议宜令王韶、郢城科等放散其众，独留精兵防托，厚加犒劳赏赐。

只要把王氏书中的内容和《长编》这段记载稍加对照，结论自然就很清楚：书二必定作于熙宁五年八月这一次的君臣商议之后。

考八月丁丑朔，丁亥为十一日，奉旨作书当刻不容缓，书二必作于熙宁五年八月十一日。

16.　第242页，熙宁六年癸丑（1073），年五十三，《与王子醇书之三》（按原书有四则）。

《考略》把此书编于是年正月，有误。《系年》（224页）定于熙宁六年三月，亦误。据《长编》所考，此书当作于熙宁七年三月四日。

书中有曰：“方今熙河所急，在修守备，严戒诸将勿轻举动。武人多欲以讨杀取功为事，诚如此而不禁，则一方忧未艾也……自古以好坑杀人致畔，以能抚养收其用，皆公所览见。且王师以仁义为本，岂宜以多杀敛怨耶？”

书中又曰：“又闻属羌经讨者既亡蓄积，又废耕作，后无以自存，安得不屯聚为寇，以梗商旅往来？如募之力役，及伐材之类，因以活之，宜有可为。”

而《长编》卷二五一熙宁七年三月壬寅记事曰：“王安石白上：将帅利以多杀为功……亦非所谓仁义之师也。上以为然，令速喻王韶。”“上又忧熙河城寨气道未相接。安石曰：……藩部亡蓄积，失田作，饥穷必聚而为寇。……不早抚定藩部，赈其乏绝，使饥穷合而为寇，非得计也。上令安石速与王韶书言之。”

上述《长编》壬寅记事的要点是：一、征服诸羌，不宜滥杀，王师当以仁义为本。二、早日抚定蕃部，收其豪杰为用，不让饥穷聚而为寇。

我们试把王氏书中的内容和《长编》这段记载稍加对照，结论自然也很清楚：书三之意完全符合这两个要点。故书三也必是奉旨作书，且定作于熙宁七年三月这一次的君臣交谈之后。

王安石在书末还写有"春暄，为国自爱"云云，这更是三月作书的形象写照了。

考三月己亥朔，壬寅为初四，王安石既然是奉旨作书，则我们也可以断定，书三必作于熙宁七年三月四日。

17. 第254页，熙宁七年甲寅（1074），年五十四，《中使传宣抚问并赐汤药及抚慰安国弟亡谢表》。

《考略》曰："安国卒于八月十七日，此亦一证也。诸家记载谬妄，已于《辨奸卷》内言之详矣。"

按：《考略》强调王安国卒于八月十七日，固然正确，但蔡上翔置此表于熙宁七年，显然没有发现在传世的《王平甫墓志》里，王安国的卒年有误。王安国实卒于熙宁九年八月十七日。

《王平甫墓志》云："……官止于大理寺丞，年止于四十七，以熙宁七年八月十七日不起。越元丰三年四月二十七日，葬江宁府钟山母楚国太夫人墓左百有十六步。"照理说王安石所述必为无疑，然据《长编》所记有关王安国的生平事迹，《王平甫墓志》中的"七年"必为"九年"之误。此必系传抄刻印而致误。《长编》卷二七七熙宁九年七月己卯记事曰："复放归田里人王安国为大理寺丞、江宁府监当，命下而安国病死矣。"汤江浩《北宋临川王氏家族及文学考论》对此曾有详细考证，主张"从《长编》之说，定其卒年为熙宁九年"。并据《谢表》的具体内容，定《谢表》作于熙宁九年冬，当为是①。

18. 第264页，熙宁九年丙辰（1076），年五十六，《与参政王禹玉书之一》。

《考略》曰："公于八年二月再相，九年春即辞之四五。久之，既不得请，复乞同僚以助之。"此说误。《系年》（243页）主张《与参政王禹玉书之一》编于熙宁九年春，亦误。

按《考略》看到了"复乞同僚以助之"是正确的，但此事并不发生在熙宁九年。据《长编》所考，此书当作于熙宁五年六月王安石第一次为相之时。

---

① 汤江浩：《北宋临川王氏家族及文学考论》，第70、68页。

此书称王珪为"参政"，则作信的具体年份可考。

《长编》卷二一八熙宁三年十二月丁卯记事曰："翰林学士承旨、端明殿学士、翰林侍读学士、礼部侍郎王珪守本官参知政事。"又卷二七八熙宁九年十月丙午记事曰："礼部侍郎、参知政事王珪依前官平章事。"则王安石此书的写作时间，必在熙宁四年和熙宁九年之间。

书中真意，是反复强调"衰疹浸加"，且"自春以来，求解职事，至于四五，今则疾病日甚"，难以任职，这才希望王珪"曲为开陈"，助己辞职。考熙宁九年王安石第二次为相时也有辞职之说，但彼时主要不是强调病情，而是因为与吕惠卿交恶，又子王雱病卒，吕嘉问因事获罪，最终才萌生求去之意（详见《长编》卷二七六熙宁九年六月辛卯记事）。

而细检《长编》，唯有熙宁五年的史实记载，才基本符合此书写作背景的要求。现详摘相关内容如下，以供对照。

《长编》卷二二九熙宁五年正月壬寅记安石曰："如臣者，又疾病，屡与冯京、王珪言，虽荷圣恩，然疾病衰惫，耗心力于簿书期会之故，已觉不逮。但目前未敢告劳，然恐终不能上副殿下责任之意。"

《长编》卷二三三熙宁五年五月甲午记事曰："是日，王安石留身，乞东南一郡。言久劳乏，近又疾病，恐职事有毁，败累陛下知人之明。"神宗怪之，王安石又解释曰："自二月已来，即欲自言，若得一二年在外休息，陛下不以臣为无用，臣亦不敢言劳。"神宗则以王安石为知己，并尽吐衷心："卿，朕师臣也，断不许卿出外。且休着文字，徒使四方闻之，或生观望，疑朕与卿君臣间有隙。朕与卿岂他人能间？"王安石再辩曰："臣荷陛下知遇，固当竭死节，然诚以疾病衰耗，恐不能称副陛下任使之意。""安石退，上留之，戒以勿入文字，如是者再。安石曰：臣须圣旨，未敢入文字，候一、二日再乞对。上曰：勿如此，终不许卿去。外人顾望，恐害事。"

《长编》卷二三四熙宁五年六月己巳记事曰："王安石谒告。上令冯宗道抚问。安石因附表札请解机务。上复令宗道赍手诏封还表札，趣安石入见。"

六月辛未记事曰："是日王安石入见。上怪安石求去。安石曰：疾病不任劳剧，兼任事久，积中外怨恶多，又人情容有壅塞。暂令，臣辞位，即少纾中外怨恶，又上下或有壅塞，陛下可以察知。若察知臣不为邪，异时复驱策，臣所不敢辞也。""安石固乞退，上固留之。比三四退，上又固留。约令入中书，不复乞。安石曰：日旰，不敢久劳圣体，容别具奏。至中书，遂出，复具札子乞罢。上令冯宗道赍手诏封还札子曰：卿已许朕，何故又入？以卿素守，岂可食言也？安石复具奏，而阁门等处皆有旨：不许收接安石文字。"

六月壬寅记事曰："上又令勾当御药院李舜举召安石入见。安石欲附舜举表札。举不可，乃已。"

六月癸酉记事曰："安石自赍表入见。上不肯视，复以授安石，敦譬令就职，曰：朕自得卿文字，累日惶惑，卿且念朕如此。安石固请，勿许。是日早出。"

六月甲戌记事曰："是日王安石见上曰：陛下不许臣去，臣不敢固违圣旨。然臣实病，若更黾勉半年，不可强，即须至再烦圣听。"

六月丙子记事曰："王安石又辞位。上引刘备托后于诸葛亮事曰：卿所存岂愧诸葛亮？朕与卿君臣之分，宁有纤毫疑贰乎？"

至此，王安石不再提及辞位之事。但上述繁富的引证已可以清楚说明王安石此番辞职的原因和决心，以及宋神宗不准王安石解去机务、不准王安石进呈章表的理由和态度。我们从《长编》的记事里已经完全可以非常清楚地看到，王氏信中所言"春以来，求解职事，至于四五"之说，在这里得到了明白无疑的印证。正因为王安石此时已无法以奏表向神宗继续陈情，所以他才会连修书信二封给僚友王珪，希望他"深赐矜怜"，"曲为开陈，使得畚遂所欲"。

所以，《与参政王禹玉书之一》的正确编年，应当置于熙宁五年六月。

19. 第265页，熙宁九年丙辰（1076），年五十六，《与参政王禹玉书之二》。

《考略》把此书的编年附于《与参政王禹玉书之一》之后，误。《系年》（243页）主张《与参政王禹玉书之二》编于熙宁九年六月，亦误。此书的正确编年，也应当是在熙宁五年六月。

如此编年，理由有二。

一、此书的写作背景全同上文《与参政王禹玉书之一》之辨析，特别是书中慨叹"某既不获通章表，所恃在明公一言而已"云云，对照《长编》熙宁五年六月神宗不准阁门等处收接安石文字的记载，似可无须再作详细分析，便可明了此书的写作时间。

二、《与参政王禹玉书之二》又云："伏惟明公方佐佑大政。"考此"方佐佑大政"之时，正是熙宁五年六月。

《长编》卷二一八熙宁三年十二月丁卯有记事曰："翰林学士承旨、端明殿学士、翰林侍读学士、礼部侍郎王珪守本官参知政事。"《长编》卷二七八熙宁九年十月丙午又有记事曰："礼部侍郎、参知政事王珪倚前官平章事。"《长编》记王珪于熙宁九年十月担任宰相，而王安石《与参政王禹玉书之二》却敬称王珪为"伏惟明公方佐佑大政"，是则《与参政王禹玉书之二》绝不应编于熙宁九年，而应编于熙宁五年六月，自然就是明白无疑的了。

20. 第266页，熙宁十年丁巳（1077），年五十七，《辞免使相判江宁府表》（按原有二则，此录第一则）。

《考略》对此表的编年稍误。据《长编》所记，当编于熙宁九年十月。

《长编》卷二七八熙宁九年十月丙午记事曰："左仆射兼门下侍郎平章事、昭文馆大学士、监修国史王安石罢为镇南军节度使同平章事判江宁府。"

《长编》卷二八三熙宁十年六月壬辰又记事曰："以镇南军节度使、同平章事判江宁府王安石为集禧观使，居金陵，从其请也。始安石罢政除江宁，恳辞使相，请宫观。上遣梁从政赍诏敦喻，须其视事乃还从政。留金陵累月，安石请不已。至是许以使相领宫使。"

考熙宁九年冬十月甲申朔，丙午为二十三日，十月二十三日神宗颁命，则王安石此表自当作于十月底。细酌《长编》卷二八三记事中"始安石罢政除江宁，恳辞使相"和"（使者）留金陵累月，安石请不已"数语，其上表实应在熙宁九年十月罢相初时。

《系年》（243页）编此表于"熙宁九年底"，大致亦可。

21. 第267页，熙宁十年丁巳（1077），年五十七，《李友询传宣抚问及赐汤药谢表》。

《考略》把此表定为熙宁十年所作，没有任何辨析之语。然此编年显然有误，应是熙宁九年七月。

《考略》（263页）曰："熙宁九年七月，王雱卒。"又注曰："或曰九月。"均误。《长编》卷二七六熙宁九年六月己酉记事曰："太子中允、天章阁待制王雱卒，卒三十三，赠左谏议大夫。"考六月乙酉朔，己酉为二十五日。

此谢表有云："伏奉圣慈，特差李友询扶护亡男雱棺柩到府并抚问者。"是则李友询专为护送王雱棺柩而至。据《长编》所记，王雱的棺柩归葬江宁是在熙宁九年七月。《长编》卷二七七熙宁九年七月壬戌记事曰："诏宰臣王安石候王雱终七供职，仍令太子右赞善大夫王安上护雱丧归葬江宁。"《系年》（243页）判此表作于熙宁九年七月，当是。

22. 第270页，熙宁十年丁巳（1077），年五十七，《洪范传》。

《考略》曰："荆公《三经义》《字说》，大丧于元祐党人之手，故后世无传。唯《洪范传》，以入于《临川集》百卷中幸存。其进御览，必在于元丰之世。又无年月日可考，故录于熙之末丰之首。"

按：《考略》对此文的编年有误，蔡氏所言实为猜测之辞。考《长编》可知《洪范传》的写成年份及进御览的年月：大约写成于治平三年间，进御览则是在熙宁三年冬十月。

《洪范》是《尚书》的篇名，相传为商末箕子所作，以此来向周武王陈述天地之大法。后人从这里得到启发，想从中寻找治国安民的妙方。汉儒盛行的"天人感应"说，常常以此为立论的根据。这样，《尚书·洪范》就一直倍受后世儒家的瞩目，成了中国古代儒家文化的源头之一。同时，从汉代到清代，很多统治者也对《洪范》产生了浓厚的兴趣。这样一来，一些儒家学者和思想家便喜欢通过对《洪范》的研究和诠释，来发表自己的文化见解和政治见解，给统治者提供御民资治的学术熏陶。

《长编》二〇八卷正提供了这样一个实例，而这个实例正与王安石撰写《洪范传》有关。《长编》英宗治平三年六月壬子记事曰："改'清居殿'曰'钦明（殿）'，召直集贤院王广渊书《洪范》于屏。谓广渊曰：'先帝临御四十年，天下承平，得以无为。朕方属多事，岂敢自逸？故改此殿名。'因访广渊先儒论《洪范》得失。广渊对以张景所得最深，遂进景论七篇。明日复召对延和殿，谓广渊曰：'景所说过先儒远矣！以三德为驭臣之柄，尤为善论。朕遇臣下，常务谦柔，听纳之间，则自以明断。此屏置之坐（按应为座）右，岂特无逸之戒！'"

英宗赵曙对《洪范》如此尊崇和景仰，不能不影响到他周围的大臣们。正是在这样的学术氛围中，王安石对《洪范》进行了全面深入的研究。嘉祐八年四月英宗即位之时，王安石正知制诰，是英宗的近臣。虽说他是年八月丧母，十月归江宁葬母，居丧守制，但治平年间朝廷的思想文化动向，他不可能居外而不知悉。治平三年时，王安石闲居江宁，正在一心一意从事于治学和讲学。英宗诏令书《洪范》于屏，这个政治文化动向应该就是引发他研究、撰写《洪范传》的一个直接原因。

这里是从《长编》的实例来探求王安石撰写《洪范传》的大致时间，这个结论和有的学者从王安石的学生陆佃处求得的大致时间，却殊途同归、惊人一致。

《王安石年谱补正》引陆佃《陶山集》卷十五《付府君墓志》云："淮之南，学士大夫宗安定先生之学，予独疑焉。及得荆公《淮南杂说》与其《洪范传》，心独谓然，于是愿扫临川先生之门。后余见公，亦骤见称奖。"文章由此得出结论说："陆佃从王安石学，在治平三年（1066）。据此，《洪范传》撰成于治平三年前。"①

综上所述，把《洪范传》的撰成时间定在治平三年，应该是比较可靠的。

至于王安石把《洪范传》进呈神宗御览的时间，《长编》中亦有记载。

《长编》卷二一五熙宁三年九月壬子记事曰："是岁举制科者五人……侯溥称灾异皆天数，又用王安石《洪范》说，云'肃时雨若'非，时雨顺之也，德如时雨耳。众皆恶其阿谀而黜之……"

《长编》卷二一六熙宁三年冬十月甲戌记事曰："安石尝进所著《洪范传》，上手诏答之。及奏事罢，因留身谢。"

从以上两则记事来看，王安石在治平三年已经完成了的《洪范传》，熙宁初已在社会上流传。这当然与王安石此时参知政事的身份地位有关，否则如年轻官员侯溥等人就不会在制科考试中引用王氏之说。而十月甲戌的记载更加说明，王安石极为重视《洪范》对年轻帝王产生的儒家文化的熏陶，所以才专门把自己的《洪范传》呈献给宋神宗审阅。王安石的这一举动应是受了治平三年王广渊向英宗进呈张景所论《洪范》七篇的影响。神宗赵顼是英宗赵曙之子，

① 高克勤：《王安石年谱补正》，《文献》1993年第4期。

王广渊向英宗进呈张景所论《洪范》七篇，王安石向神宗进呈《洪范传》之撰，其目的都是为了给赵氏家族提供御民资治的学术熏陶，此当是顺理成章之事。

再从《长编》记事中"上手诏答之"的细节记叙来看，王安石呈献《洪范传》的时间距此当不会太久。考十月戊午朔，甲戌为十七日，则呈献之时约在十月上旬。

故由此可以断定：《洪范传》大约撰成于治平三年，定稿呈献于熙宁三年。蔡氏元丰年间成稿和呈献的说法都不能成立。

23. 第284页，熙宁十年丁巳（1077），年五十七，《书洪范传后》。

《考略》对此文的编年有误。《系年》（250页）定此文作于熙宁十年，亦误。此文的编年应在熙宁三年。

《书洪范传后》是一篇后叙，它是王安石在治平三年完成《洪范传》写作之后所撰就的一篇学术体会。此文虽然没有明确记载具体的写作年月，但文中的自述多从教与学、"为师"和"为弟子者"的两个方面来落笔，可见此文应该作于治平三年王安石在江宁讲学时期。

又上文所引《长编》卷二一五、卷二一六的两则记事已经证明，《洪范传》定稿于熙宁三年，如此则《书洪范传后》的定稿时间也当在熙宁三年。

24. 第285页，熙宁十年丁巳（1077），年五十七，《进洪范表》。

《考略》对此文的编年有误。《系年》（250页）定此文作于熙宁十年，亦误。据《长编》，《进洪范表》当作于熙宁三年十月。

《长编》卷二一六熙宁三年冬十月甲戌记事曰："安石尝进所著《洪范传》，上手诏答之。及奏事罢，因留身谢。上曰：曾公亮年老且去，朕方以天下事倚卿，卿不得谓朕不知卿。"

而此表中言："臣尝以芜废腐余之学得备论思劝讲之官，擢与大政，又弥寒暑，勋绩不效，俯仰甚惭。谨取旧所著《洪范传》删润缮写，辄以草芥之微，求裕天地。"

两相对照，我们即可发现：

一、《洪范传》是王安石在治平三年写的旧作，熙宁三年为了呈献给宋神宗，王氏做了"删润缮写"，正式定稿。

二、从王安石进表中的自述来看，"擢与大政"是说自己被提升为参知政事，这是指熙宁二年二月之事；"又弥寒暑"是说过了一年，这是指熙宁三年之事。所以定稿的时间是在熙宁三年。

三、从《长编》记事来看，呈献的时间是在十月。一般而言，大凡"上手诏答之"的事情，在时间上都不会间隔太久的。考十月戊午朔，甲戌是十七日，故王安石献《洪范传》、作《进洪范表》的具体时间，应当是在十月上旬。

25．第287页，元丰元年戊午（1078），年五十八，《已除观使乞免使相札子》（按原有四道，此录第一道）。

《考略》对此札子的编年有误，此札子非作于元丰元年，而是熙宁十年七、八月间。

按王安石得集禧观使之后，曾有四通札子乞免使相，此事《长编》有载。

《长编》卷二八三熙宁十年六月壬辰记事曰："以镇南军节度使、同平章事判江宁府王安石为集禧观使，居金陵，从其请也。"

《长编》卷二八四熙宁十年八月戊子记事曰："镇南军节度使、同平章事王安石再上表，请以本官充集禧观使。诏答不允，仍遣安石弟权发遣度支判官安上赍诏往赐之。"

《长编》卷二八七元丰元年春正月乙卯记事曰："集禧观使、镇南军节度使、同平章事王安石为右（按当为左）仆射、观文殿大学士，集禧观使，放朝辞（按原文如此）。安石辞使相，乞以本官领宫观，屡诏不允，而安石辞不已，故有是命。"

考元丰元年春正月丁未朔，乙卯才为初九日，据此可知，王安石四通乞免使相札子必作于熙宁十年。又其札子之四曾曰："伏蒙天慈，特差臣弟某赍赐诏书，不允所乞。"而"安上赍诏往赐之"事在熙宁十年八月，则依次对照熙宁十年八月戊子记事更可知：王安石四通乞免使相的札子，必作于熙宁十年七、八月间。

《系年》（249页）把此札子（按《王文公文集》中此札子题为《乞免使相充观察使札子四道》）判为"熙宁十年八月前不久至元丰元年正月间所上"，似稍有差池。

26．第288页，元丰元年戊午（1078），年五十八，《与陈和叔内翰简》。

《考略》曰："和叔书不知作于何年，遂与鲁直跋以类并附于此。"

按：此书写作年月可考，当作于元丰六年。

观信中要旨，是感谢陈绎馈送公券为助，并就此婉言谢绝再赠。其内容则有三点内证可以作为考索写作时间之依据，如显示距离之近的"喻令来取"，显示友情之深的"交游三十年"，还有显示对方地位之尊的"台（按指知府）无馈"。

据《长编》卷二七一熙宁八年十二月乙未所记，陈绎曾擢升为翰林学士，故信题以"内翰"昵称之。

又《景定建康志》载曰："元丰五年三月十日，太中大夫、龙图阁待制陈绎知府事。""元丰六年六月二十日，陈绎移知建昌军。八月五日，以龙图阁直学士、太中大夫王益柔知府事。七年六月，移知应天府。"①

是则陈绎知江宁府，系在元丰五年三月至元丰六年六月。

考王安石与陈绎是同年，进士及第后各奔东西，其在汴京共处交往的最早时间应该是在至和元年（1054）。其年九月王安石入京始任群牧判官，当时陈绎则已为馆阁校勘多年（参见《长编》卷一八九嘉祐四年二月丁丑记事）。从至和元年（1054）到元丰六年（1083），恰好整整三十年。

元丰六年这一时间，同时满足了两人距离甚近、以及陈绎已是台府这两个必需条件。所以说，王安石的《与陈和叔内翰简》定作于元丰六年。

《系年》（278页）曰"姑系于"元丰五年，则稍有差池。

27．第296、297页，元丰三年庚申（1080），年六十，《论改诗义札子》《答手诏言改经义事札子》《改撰诗义序札子》（计三则）。

《考略》未就此三文的编年展开具体辩说，然《考略》把此三文编于元丰三年必误。据《长编》，它们应作于熙宁八年。

《系年》（237—238页）依据《长编》记事，把此三则札子定为熙宁八年所作，为是。《王安石年谱补正》亦指出：《长编》卷二六八熙宁八年九月辛

---

① （宋）周应合：《景定健康志》，《四库全书》第488册，第397页上、下。

未记事有曰："诏安石并删定升卿所解诗序以闻。"据此，王安石文集中的《改撰诗义序札子》《答手诏言改经义事札子》《论改诗义札子》三篇文字，均应作于熙宁八年。《考略》将此三札子编于元丰三年，是与王安石在元丰三年上《乞改三经义误字札子二道》混为一谈了[①]。

28.　第298页，元丰三年庚申（1080），年六十，《进字说札子》。

《考略》对此文的编年有误。据文内所述，考此札子作于熙宁八年。

王安石的《字说》有两个版本。一个版本作于熙宁年间，系为指导当时士子认字习经所作，为二十卷。另一个版本作于他晚年元丰年间退居金陵时，系从文字学意义上加以研究、定型的专著，为二十四卷。

王安石作于元丰年间的《进字说表》有云："虽尝有献，大惧冒浼。退复自力，用忘疾瘉，谘诹讨论，博尽所疑，冀或涓尘，有助深崇。谨勒成《字说》二十四卷，随表上进。"

另又从王安石的《熙宁字说序》可知："余读许慎《说文》，而于书之意时有所悟，因序录其说为二十卷，以与门人所推经义附之。"

两相对照，意思极为分明。"虽尝有献"，即指二十卷熙宁《字说》；"二十四卷"，即指元丰《字说》。

此札子有云："臣在先帝时，得许慎《说文》古字，妄尝覃思，究释其意……"又云："顷蒙圣问俯及，退复黾勉讨论，赖恩宽养，外假岁月，而桑榆急昳，久不见功。甘师颜至，奉被训敕，许录臣愚妄谓然者缮写投进。"是则可知，早在"先帝"英宗治平年间，王安石就对许慎的《说文解字》产生了浓厚的学术兴趣。平时已经"妄尝覃思，究释其意"，不断注释解说，进行学术积累。熙宁年间，又终于在"宽养"时期完成了二十卷《字说》，并上献神宗。

《长编》中有一段熙宁年间的相关叙述，或即为此"赖恩宽养，外假岁月"的特殊时期。考《长编》卷二七〇熙宁八年十一月丙戌记事曰："先是，王安石以疾居家。上遣中使劳问，自朝至暮十七反（按原文如此）。医官脉状，皆使驶行，亲事赍奏。既愈，复给假十日。将安，又给三日。又命辅臣即其家议事。"作为统领百官之一朝宰相，病愈之后居然连获十三日的休假，其

---

① 高克勤：《王安石年谱补正》，《文献》1993年第4期。

前后离职将近一月，此实可为"赖恩宽养"了。

故笔者认为此札子当作于熙宁八年。

29．第298页，元丰三年庚申（1080），年六十，《进字说表》。

《考略》对此文的编年有误。《系年》（265页）系此表于元丰三年，亦误。据文内所述和对《长编》所考，此札子必作于元丰五年。

表中有云："虽尝有献，大惧冒浼。退复自力，用忘疾痊，谘诹讨论，博尽所疑，冀或涓尘，有助深崇。谨勒成《字说》二十四卷，随表上进。"

这"二十四卷"显然是指刚完成的元丰《字说》。

王安石在元丰五年完成二十四卷本的《字说》，并把它上献给宋神宗，此具体时间可见之于王安石致吕惠卿之《再答吕吉甫书》（按此书仅载《王文公文集》卷六和《临川先生文集·补遗》）。

《再答吕吉甫书》有曰："闻有太原新除，然不知果成行否？……向着《字说》粗已成就，恨未得致左右。"

考《长编》卷三二九元丰五年八月壬戌记事曰："资政殿学士吕惠卿知太原府，后七日又加大学士。"元丰五年八月庚戌为朔，壬戌为十三日。由此可见，作为二十四卷本《字说》的明确脱稿时间，是在元丰五年七、八月间。这一点应该没有疑问。

既然如此，则王安石作《进字说表》呈献神宗，其时当宜在元丰五年秋冬。如此推算，应不会有误。

30．第299页，元丰三年庚申（1080），年六十，《熙宁字说序》。

《考略》对此文的编年有误。据文题"熙宁"所述，以及对王安石《进字说札子》的写作时间所考，此札子亦当定于熙宁八年为宜。

31．第299页，元丰三年庚申（1080），年六十，《进字说》（按此为诗）。

《考略》对此文的编年有误。《系年》（262页）"姑系于"元丰三年，亦误。

诗云"野老何知"，固然可知此诗应作于元丰年间。但二十四卷本元丰《字说》既然"勒成"于元丰五年七、八月间，《进字说表》又作于元丰五年秋冬，则王安石吟就此诗作为自勉，就不会在元丰三年，也自当在元丰五年秋冬。

32. 第299页，元丰三年庚申（1080），年六十，《成字说后》（按此为诗）。

按：《考略》依据《临川先生文集》卷二七，在《进字说》一诗的诗题下列诗二首。但《王文公文集》卷七六和影印本《王荆文公诗李壁注》卷四一于此均分为两首有题之诗。其第一首题为《进字说》，其第二首题为《成字说后》。如此，则第二首《成字说后》的写作时间便稍有不同，其当略早于《进字说》。

《考略》编《成字说后》于元丰三年为误，《系年》（262页）系为元丰三年亦误。此诗当写成于元丰五年七、八月间。

33. 第299页，元丰三年庚申（1080），年六十，《成〈字说〉后与曲江谭掞丹阳蔡肇同游齐安院》。

《考略》对此诗的编年有误。《系年》（262页）系此诗为元丰三年，亦误。

按：王安石于元丰五年七、八月间写成二十四卷本《字说》，此诗中又有"登高"云云，则此诗应作于元丰五年秋。

齐安院，即齐安寺，也就是当时金陵城东门外的净妙寺。诗题说写成《字说》后与谭掞、蔡肇同游齐安院，这里所提供的写作时间是一个十分模糊的时间概念。因为从元丰五年七八月到元祐元年四月王安石逝世之前，这四年之中的任何一年都有可能发生这一聚会。问题的关键就在于：谭掞和蔡肇哪一年秋天才能够同时到达金陵？谭掞和蔡肇当时都身在官场，不可能随意离职出走。所以我们应该着重探究元丰五年秋天时，谭掞和蔡肇究竟有无可能同时迁升调移，同时离职赴职，从而同时途经金陵，得以一聚？

先看谭掞。谭掞，字文初，曲江人，少与荆公同学。据清《道光广东通志》卷六六所记，谭掞为神宗元丰二年乡贡进士[1]。又《续资治通鉴长编》亦有关于谭掞的两则记事。《长编》卷三三九元丰六年九月乙巳记事曰："广西经略司言：勾当公事谭掞言……诏熊本指挥计议……"《长编》卷三四九元丰七年十月戊寅记事曰："诏广西经略司勾当公事连州军州推官谭掞特改京官，权

---

① 《全宋诗》第10册，第6787页。

通判邕州。经略使熊本荐也。"

综合以上史料可知：谭揽元丰二年乡贡进士及第，初任官职不明，然元丰五年必调任广西连州为推官，因为北宋官员一般是三年一任。又因官职调动的时间一般均是在秋季进行，所以谭揽应当是在元丰五年秋天赴职连州时，顺路经过金陵，探望王安石。

再看蔡肇。《宋史·蔡肇传》（卷四四四）记曰："蔡肇，字天启，润州丹阳人。能为文，最长歌诗……第进士，历明州司户参军、江陵推官。元祐中，为太学正，通判常州……"清厉鹗辑撰《宋诗纪事》卷二十七记曰："蔡肇，字天启，丹阳人，元丰二年进士。"①

综合这两条史料亦可知：蔡肇元丰二年进士及第，初任明州司户参军，元丰五年调任江陵推官。而从明州至江陵府，最好的路线就是先由陆路赶到金陵，然后再取道水路，逆长江而上。这样，元丰五年秋天蔡肇调任赴职江陵时，也正巧顺路经过金陵，探望王安石。

所谓吉人天相，历来有之。元丰五年秋，刚刚完成二十四卷本《字说》的王安石，有幸同时接待了两位忘年交，并一起畅游了齐安院。从诗中所写的"久苦诸君共此劳"来看，谭揽和蔡肇二人似乎还对二十四卷本《字说》作过不少贡献，王安石彼时颇有感激之情。

34. 第300页，元丰三年庚申（1080），年六十，《答吕吉甫书》。

《考略》曰："元丰三年正官名，改特进易左右仆射，以王安石为特进，封荆国公。吉甫书称特进相公，故录于是年。"

按：《考略》仅凭元丰三年王安石改官特进，"吉甫书称特进相公"这两条，就把王安石的回信定于元丰三年所作，所持依据实在欠妥，此编年有误。《系年》（264页）曰从蔡氏《考略》，亦误。

元丰三年，王安石确实改官特进。《长编》卷三〇八元丰三年九月乙酉记事曰："观文殿大学士、集禧观使、左仆射、舒国公王安石为特进，改封荆国公。"然而"吉甫书称特进相公"一事，并不能作为其信肯定作于是年的证据。问题很清楚，因为吕吉甫之书有可能作于元丰三年，也有可能作于元丰六

---

① （清）厉鹗：《宋诗纪事》，上海古籍出版社，1983年6月，第689页。

年，这需要联系相关史料才能审慎确定。

好在吕吉甫的原信全载于魏泰的《东轩笔录》卷一四，此外该卷还有魏泰关于吕吉甫写作此信的背景说明①。魏泰是王安石和吕吉甫同时代人士，他所介绍的背景材料应该说是最为可靠的。所以从魏泰介绍的背景材料和吕吉甫的原信中，我们完全可以寻找到吕吉甫写信的准确时间。

一、背景材料告诉我们：吕吉甫原信作于元丰五年。

魏泰介绍吕信的写作背景曰："吕惠卿与王荆公相失。惠卿服除，荆公为宫使，居钟山，以启讲和。荆公谢之。今具载于此。"此间所谓"惠卿服除"值得注意。据《长编》卷二一五熙宁三年九月戊子朔记事曰，吕惠卿是日以父丧去位。是则魏泰所言吕惠卿此时之"服除"，必是其母丧"服除"。

考《长编》卷三〇四元丰三年五月己丑记事曰："知延州吕惠卿言……寻遭母丧。"

又《长编》卷三〇六元丰三年七月乙丑记事曰："诏资政殿学士吕惠卿丁母忧，俸外特给钱五十缗。"

吕惠卿居母丧守制，照例应当遵守传统的二十七个月的时间。如此推算，则其"服除"之日，当在元丰五年六七月间。

是则吕吉甫原信当作于元丰五年六七月间。

二、吕氏自述告诉我们：吕吉甫原信作于元丰五年。

吕书原信文长，不能全录，然而有几句关键之语，却不可不摘："然以言乎昔，则一朝之过，不足害平生之欢。以言乎今，则八年之间，亦将随数化之改。"此间所谓"八年之间"值得注意。

吕惠卿早年追随王安石，积极参与变法改革，所以王安石在宋神宗面前极力赞赏推荐之。故而数年之间，吕惠卿在官场上即平步青云，飞黄腾达。时日不多，他却能从制置司检详文字这一低级职务迅速升迁至太子中允、崇政殿说书，接着又判司农寺，又同修起居注、管勾国子监，又同检正中书五房公事，后来又知制诰兼权知谏院，又为翰林学士，直至进入最高统治集团的决策核心。据《长编》卷二五二熙宁七年四月丙戌记事曰："翰林学士、右正言兼侍

---

① （宋）魏泰撰，李裕民点校：《东轩笔录》，中华书局，1983年10月，第154页。

讲吕惠卿为右谏议大夫、参知政事。"而参知政事已是副宰相矣。

　　然而问题也很清楚，熙宁七年之前，从总体上讲，吕惠卿还只是王安石的下属。既然只是下属，则凡事总以执行为主，所以当时彼此之间的矛盾并不多见。然而熙宁七年之后，吕惠卿自恃地位已高，权力已重，其与王安石的分歧与矛盾就逐渐增多且不断显露出来了。所以对这个令双方不快的时间分水岭——熙宁七年，吕惠卿和王安石都是心中有数的。相比而言，吕惠卿是更加有数，所以他才由衷地道出了"八年之间"。

　　而从熙宁七年（1074）到元丰五年（1082），恰恰正是八年！

　　可见，所谓"八年之间"，正是吕吉甫原信作于元丰五年的又一证据。

　　综上所述，则王安石的《答吕吉甫书》也当作于元丰五年六七月间。

　　此书与王安石的《再答吕吉甫书》几乎作于同一时期，自有其合理的内在联系。若再细考先后，则《答吕吉甫书》似应在前，而《再答吕吉甫书》似应在后。这样的排列应该是较为合理的。

　　35. 第303页，元丰五年壬戌（1082），年六十二，《示元度》（自注云：营居半山园作）。

　　《考略》对此诗的编年有误，此诗不当编于元丰五年。《系年》（256页）考析后判为元丰二年所作，亦误。此诗实作于熙宁十年秋冬。

　　蔡卞，字元度，熙宁三年进士，王安石的二女婿。《长编》卷三〇一元丰二年十二月庚子记事曰："江阴县主簿蔡卞为国子监直讲。"是则熙宁末和元丰初，在王安石判江宁府和为集禧观使期间，由于距离较近，作为"江阴县主簿"的蔡卞是有条件到金陵王安石住所走动的。王安石的《示元度》和《江宁府园示元度》等诗歌正反映了这一实际情况。

　　考王安石第二次罢相后，在判江宁府和为集禧观使期间，都是居住在江宁府府院中的。此有其作于熙宁十年的《已除观使乞免使相札子》所言为证。其文有曰："许以本官充使，于江宁府居住。"

　　经王安石多次请求，元丰元年春正月乙卯，宋神宗终于同意王安石以本官领观使，并派孙珪传旨。王安石的《孙珪传宣许罢节钺谢表》有述曰："二月二十二日，江东转运使孙珪到府。"这一叙述说明，元丰元年春，王安石尚居住于江宁府内。然王安石《送陈和叔》诗序却曰："元丰元年，某食观使禄，居钟山南。和叔经略广东，道旧故畅然。某作此诗以叙其事。"①王安石又有《雪中游北山呈广州使君和叔同年》，李壁注云："和叔时赴广帅，用'岭头'事尤切。"②可见到了年底，王安石已经搬出江宁府，住到自己在"钟山南"的乡居半山园去了。

由此看来，王安石应该是在熙宁十年秋冬营造新居半山园的。

若再以此为准来比照审视《示元度》一诗，我们即可探明《示元度》的具体写作时间。

一、此诗题下原有王安石的自注云："营居半山园作。"这就是说，王安石作此诗时，正在营造半山园的过程中，他曾带了蔡卞前去参观现场。

二、诗中形象记叙了营造半山园时的时令季节。诗云："今年钟山南，随分作园囿。凿池构吾庐，碧水寒可漱。"是则明言熙宁十年秋冬。诗又云："更待春日长，黄鹂弄清昼。"是则在盼望元丰元年春夏矣。

综上所述即可明了：《示元度》必作于熙宁十年秋冬无疑。

36. 第305页，元丰五年壬戌（1082），年六十二，《寄蔡氏女子两首》。

《考略》把此诗定为元丰五年所作，没有任何辨析之语。《系年》（276页）亦判为元丰五年所作。然二书如此编年均误。结合上述《示元度》一诗的考析，我们从本诗的内容中可以得知，此诗也应作于熙宁十年秋冬。

诗之一是描写半山园的地理形势和住所环境。半山园地处金陵城东，所谓"建业东郭，望城西墚"。四周风景美好：桃李灿烂，兰竹常茂，柳松献秀。又有众物相伴：鸟鱼"顾我"，伏兽"适我"。作者的愉悦心情完全与大自然的美好景物融为一体，因为"感时物"故而念及二女儿，并希望女儿能"携幼"来归，一享天伦之乐。

诗之二则点明了半山园正在营造之中，盼望小女儿能够早日回来一聚。诗云"我营兮北渚"，这正告诉我们，半山园所在地恰在金陵秦淮河的北面。"石梁""苫盖""承宇"云云，又均是建房之词。特别是其中"嗟汝归兮路

① 《王荆文公诗李壁注》，第1239页。
② 同上，第1832页。

岂难"一句，隐隐有些细微的责怪，但埋怨之中，却又透露出了作者对小女儿的深深眷念之情。

"路岂难"之微责，有其一定的背景，此可参见对《示元度》一诗的解读。熙宁末、元丰初，在王安石判江宁府和为集禧观使期间，蔡卞正为江阴县主簿，夫妇二人距金陵之地颇近。《示元度》一诗已经表明，蔡卞曾多次前往江宁府探望王安石。在王安石营造半山园之日，蔡卞还随王安石前去参观了建造现场。所以王安石对此才有些遗憾：女婿能来，女儿为何不能来？从江阴到金陵，相邻靠近有如一箭之地，"路岂难"？

综上所述，这两首诗的主旨是运用楚辞的意境和《离骚》的句法，浪漫地描绘了半山园的美好理想世界，表达了对小女儿的无比怀念，并希望能够家人相聚，同享天伦之乐。它们应当作于熙宁十年秋冬，而稍后于《示元度》。

从内容上讲，这两首作品和《示元度》《江宁府园示元度》等诗，是可以构成一个特定的整体的。它们形象地反映了王安石第二次退出宰相位置之后，在创造未来田园生活转折时期的特定轻松情绪和思亲之情。

37．第308页，元丰六年癸亥附录（1083），年六十三，《与吕望之上东岭》。

《考略》曰："吕嘉问为公助行市易者也，熙宁十年冬知江宁府，元丰元年秋改知润州。公诗必作于是时。"《系年》（257页）引李壁注语，定此诗为"元丰二年秋"所作。按《考略》分析有理，《系年》和李壁论说为误。然《考略》不考而判，《系年》和李壁注语泛泛而述，双方均缺少有力的证据和严格的标准，均缺乏说服力。我们不妨于此引征《长编》所记，以明此诗作于元丰元年九月，用来扩展充实《考略》之见。

《长编》于熙宁末、元丰初此一阶段中，记录吕嘉问的事迹甚为详细。这里可摘其要点，对照诗中所述，即可判明此诗的具体写作时间。

据《长编》所记，吕嘉问于熙宁十年十月知江宁府，元丰元年九月改知润州。然而吕嘉问此番改知润州并非属于例行调动，他是受到转运司告发"违法不公"、将要接受审查而被临时调动的。这一经济案件当然就给吕嘉问的仕途笼上了一层政治阴影。

且看《长编》卷二九二元丰元年九月壬申朔对此的详细记载："以知江宁

府吕嘉问知润州。江南东路转运司言嘉问违法不公，乞移一郡，所贵易以根究，故有是命。于是嘉问亦言欲案治都大巡检杨中庸等罪，而转运司辄喻令自陈首，乞差不干，碍官吏推治。诏并送转运司。"

元丰元年下半年，王安石已经搬出江宁府，住到自己的乡居半山园。面对自己好友所发生的意外事件，远在山间的王安石十分关注。所以当吕嘉问即将离开金陵、赴职润州，前来向王安石告别时，王安石即以这首山水诗对吕嘉问进行安抚和开导。

诗中首先展示自己身居半山园的轻松愉悦心情，用来褒扬陶渊明的快乐哲理，贬抑官场里的争权夺利，所谓"适野无市喧""纷纷旧可厌"。其次则肯定吕嘉问也有此理想追求，表示十分欣慰，所谓"气相求""多可喜"。接着是安抚吕嘉问：朝廷自当圣明，事情总会查清，所谓"何以况清明，朝阳丽秋水。""朝阳丽秋水"这一句形象点明了：正是季秋九月时，吕嘉问即将知润州，前来与王安石告别。至于"微云会消散，岂久污尘滓"两句，就更是明明白白的慰藉之语了。全诗最后两句还集中表现了对两人就此分离的无比伤感："所怀在分襟，藉草泪如洗。"

我们只要把此诗的婉曲所述和《长编》九月壬申朔的详细记载加以对照，即可断定：此诗必定作于元丰元年九月。

又《系年》和李壁注语之所以为误，是因为据《长编》所记，元丰二年秋天，吕嘉问正在润州接受朝廷审查，其于理于情都不可能专门到金陵去探访王安石。如《长编》卷二九七元丰二年四月庚戌记事曰："命江南西路转运判官彭汝砺、提举两浙路常平等（事）范峋就润州推鞫吕嘉问事。诏嘉问权罢润州。"又卷三〇〇元丰二年八月戊辰记事曰："诏淮南东路提点刑狱林英、江南路提举常平等事谢仲规同鞫前知江宁府吕嘉问，以嘉问诉前鞫未尽也。"

列出了《长编》的相关记载，我们即可以明了，此诗必作于元丰元年九月。

38. 第320页，元丰七年甲子（1084），年六十四，《乞将田割入蒋山常住札子》。

《考略》把此札子定为元丰七年所作，没有任何辨析。然此编年显然有误。《系年》（243页）引《长编》所记，定此札子作于熙宁九年十二月，为是。

《长编》卷二七九熙宁九年十二月丙戌记事曰："判江宁府王安石奏：乞

施田与蒋山太平兴国寺，充常住，为其父母及子雱营办功德。从之。"

39. 第328页，元祐元年丙寅（1086），年六十六，《题西太一宫壁二首》。

《考略》曰："公此诗不知作于何年，因苏、黄和篇皆在元祐元年，故并录于此。"

据诗中内容所述，此书写作年月可考。诗云"三十年前此地，父兄持我东西。"又云"今日重来白首，欲寻陈迹都迷。"《系年》（188页）据此时间差定为"熙宁元年至京"所作，大致不错。

第五章　部分诗文编年考求总汇

　　深入研究王安石诗文的编年，对准确阐述王安石的仕履行实和人际交往，对切实描叙王安石的精神风貌和心理活动，具有十分重要的基础研究意义。在前面四章里，本书或多或少地都涉及了一些诗文编年的辨误和探究。当然不足的是都比较分散。然而除了上述诗文编年的考辨之外，还有不少王安石的诗文编年需要我们进一步加以开发和深究。

　　以诗歌而言，王安石的各类诗歌有一千六百多首，虽说相当多的诗篇编年已有定论，但值得商榷的仍有一些。其余还有不少诗篇尚未编年。

　　王安石的各类散文有一千三百多篇，虽说多数的编年已有定论，但其间仍有一些还值得继续商榷。对王安石的散文进行编年，历来还存在一个薄弱环节，即考量王安石的政论散文及书信与李焘的《续资治通鉴长编》联系不够。众所周知，王安石是北宋政界的多年巨擘，他与神宗的亲密私谈、所做过的事情、和旁人的联系、写给别人的书信，还有和相关人员交往的行踪，都常常会被当时朝野的各种史籍笔记记录在册。而这些记载，后来又大都汇合到了李焘的《长编》里。故王安石的众多散文与《长编》之间，天然存在着许多或明或暗的文字联系。所以，准确判断王安石这方面散文的编年，在很大程度上，李焘的《长编》应当是极为重要的对照依据。

　　所谓"极为重要的对照依据"有两层意思。其一，是指要尽力在《长编》里寻得有关史实，并以此作为可靠的历史背景，从而对相关的王文判断出准确的写作时间。其二，是指在编年中认定王安石官阶变迁的年月时，应当以《长编》的有关记载为准，而不应轻易转引北宋以后学者的判断，并以之为依据。有许多事实可以证明，后人的某些叙述和推测，往往间有疏误，不可全信。

第一节　部分诗歌编年考述（九则）

王安石诗歌编年工程浩大，虽然古今学者孜孜矻矻，钩沉索隐，先后做出了不同的贡献，但仍有许多诗篇未能确定写作年代。在有关王安石的文学研究中，这一领域仍然值得重视。笔者近年依据李注本考究了一些不太为人注意的王诗的编年，略有心得。管窥蠡测，开列于下，然未按卷数而只按考定的先后时间顺序排列。

这里顺便指出，学界时贤对王诗编年的探索具有共同的大方向，渠道也是多头并进的，对同一问题的考定，在结论的时间上，可能会先后有差。本书所考定的编年时间，只是笔者对自己研究结果的一种纵向罗列，既无意去横向与他人比较，也不放弃以前的一些考求成果。这是需要特意加以说明的。

1.《谢郏亶秘校见访于钟山之庐》（卷三七）

此诗诗题的"秘校"当为"秘书丞"之误刻，详细考辨见本书第一章第三节。

按王安石此诗不载于《临川先生文集》，但《王文公文集》卷六二、李壁《王荆文公诗笺注》和影印本《王荆文公诗李壁注》卷三七皆收之，故对此诗的真实性不当有疑。但是这首诗的编年很值得探讨，因为按照现在的诗题来加以理解的话，这首诗是无法编年的。

诗题中的"钟山之庐"是王安石对晚年住所的自称，即王安石在白下门外、钟山南侧的半山寺故宅。故此诗当属于王氏的晚年之作。而"秘校"属于进士及第的初级阶官，当属误刻。元丰期间郏亶的真正阶官是"秘书丞"。

又《长编》卷三四一元丰六年十二月戊子记事有"奉议郎郏亶"。北宋神宗朝元丰五年行新官制，旧官转新，秘书丞正对应奉议郎。王安石原诗的正确诗题应当是《谢郏亶秘书丞见访于钟山之庐》，这样，这首诗的准确写作时间得以自然显现。元丰三年时郏亶虽为秘书丞，但却因为其人尚在汴京朝廷，无法上门谒见王安石。而元丰五年时郏亶虽已为江东转运判官，可以谒见王安石，但却因为有了新的阶官"奉议郎"，王安石又不可能以"秘书丞"来称呼他。所以最后只有一个结论：此诗只可能作于元丰四年新官制尚未实行之时。一方面，其时郏亶已以秘书丞的身份外放江东转运判官，可以随时得便直赴钟山；另一方面，王安石又可以以"秘书丞"来称呼他，符合官场迎来送往之道。

2.《别鄞女》（卷四八）

关于人生行年，中国历来有周岁虚岁之说：出生满一年才算一岁，是为周岁；出生当年年底便算一岁，是为虚岁。学界给古人编年谱作传记，都以虚岁记事，已是惯例。此自成体系，本不必多议。但是假若古人在自己的诗文中提及该作品的写作年龄时，论者就得谨慎待之了，即不得想当然地视之为虚岁，并按虚岁计算来给这些诗文编年。王安石《别鄞女》就是实例，试申述如下。

因诗中有作者自述"行年三十已衰翁"云云，诸家即以三十虚岁视之，把该诗定于皇祐二年（1050）所作。如《王荆文公年谱》①，《王安石诗文系年》②。然此说值得商榷。

其一，王安石在诗中自述行年时，曾强调生肖鸡，强调辛酉年（元丰四年）是自己六十周岁的本命年（1081）。这说明王安石是以周岁的观念给自己记年的。如《次张唐公韵》（卷四一）云："我适新年值白鸡。"《生日次韵南郭子二首》（卷四五）云："祝我寿龄君好语""残骸已若鸡年梦"。又如《送许觉之奉使东川》（卷二六）云："相看且度白鸡年。"《壬戌正月再游齐安院》（卷四三）云："老值白鸡能不死？"据此便可以推测，《别鄞女》之"行年三十已衰翁"，实际上指的是三十周岁，即三十一虚岁。影印本"庚寅增注"云："一本作'年登三十'。"当亦为此意。王安石出生于天禧五年（1021），三十一虚岁时当为皇祐三年（1051）。

其二，如果我们再用当年的史实来加以印证，亦当如此。庆历七年（1047）王安石知鄞，公干二年之后，于皇祐元年"罢县守阙二年"（《乞免就试状》）。此后又继续在鄞县住了两年，直至皇祐三年春，才奉命离开鄞县赴汴京报到。故《别鄞女》应是王安石在皇祐三年春离开鄞县前夜时所作。其诗云："今夜扁舟来诀汝，死生从此各西东。"对照以上王氏离鄞的背景可

---

① （宋）詹大和：《王荆文公年谱》，载《王荆文公诗李璧注》，第14页。

② 《王安石诗文系年》，第63页。

知，这些诗句的所言于当时的情理皆合而不误。而皇祐二年（1050）时王安石仍住在鄞县，鄞女墓又在鄞县，不该有"死生从此各西东"的"诀汝"之悲。

所以说，把《别鄞女》的编年定为皇祐二年（1050）之说有误，应延后一年，定为皇祐三年（1051）才是。

3.《省兵》（卷一七）

《省兵》一诗未提及年月，难以编年。古今学者多认为《省兵》写作于皇祐初年，但是这一判断可能欠妥。笔者以为，此诗明显表达了王安石治军的重要思想，诗中之语颇有线索可以深究。只要联系熙宁史实，详细进行诗史对照，就可以找到一个公认的比皇祐初年更贴近实际的编年时间。

蔡上翔《王荆公年谱考略》把《省兵》编为皇祐元年所作。其依据是："据《纲目》，皇祐元年八月，文彦博、庞籍建议省兵，公此诗必作于是年。"《考略》并援引李壁长注加以评析曰："李注谓先儒有言，盖出于《河南遗书》吕与叔《东见录》。""予考吕氏录全在以少击众。以为省兵之善，即择将之说，绝与公诗本意不合。"①

沈钦韩注《省兵》则进一步引《长编》卷一六七皇祐元年十二月壬戌记事曰：由于宰相文彦博和枢密使庞籍出面，极力赞同侍御史知杂事何郯减兵省钱的建议，于是"诏陕西保捷兵五十以上及短弱不任役者听归农"。其意乃谓王安石《省兵》即作于此时。沈氏还加有评语曰："李注泛言徐禧之败，失之远矣。"②

今人李德身的《王安石诗文系年》据以上前贤所言，把《省兵》编年为皇祐元年。其在《欧梅诗传》一书里选析《省兵》时，又作了如下详细说明："皇祐元年（1049）冬作于鄞县任上。""王安石时虽官小言微，却以天下为己任，在朝廷纷争之时，写诗言志，表明自己的政见。"③

然考李壁原注之语曰："今日边事至号疏旷，前古未之闻也。其源在不任将帅。""（先儒）虽言兵以少胜，而择将之说略与公同。"对照王诗，李注之言并无失误之处，蔡谱沈注所驳皆不合王诗李注原意。实际上李壁之注"择

---

① 《王荆公年谱考略》，第66页。

② 《王荆公诗文沈氏注》，第36页。

③ 费振刚主编：《欧梅诗传》，吉林人民出版社，2000年1月，第707页。

将之说"的点睛之笔是最能得《省兵》主旨的。王安石从治军的角度作《省兵》，其意图就是要强调精心"择将"，并保证将领在位时有职有权，特别是具有话语权，鼓吹"专兵"，以加强军队的战斗力。这只要试阅诗中如下几句主要观点即可明了："兵省非所先""方今将不择""将既非其才，议又不得专""择将付以职，省兵果有年"。显而易见，王诗这些尖锐的批评言外有意，其抨击的锋芒既是明然指向了朝廷选将缺乏战略眼光，亦是暗中抨击朝廷不肯放弃的宦官监军的腐朽制度。这跟文彦博和庞籍主张省兵省钱的一般性的事务策划根本不可同日而语。所以，把《省兵》一诗置于皇祐元年王安石尚在知鄞县任上所作，甚为勉强。王安石其时尚无从这一角度评说治军问题的可能。

而在王安石得到宋神宗信任被提拔为参知政事、主持朝政之后，便有了这种可能。有一次在应答宋神宗的面询时，他仔细阐述了"省兵"的含义，这段对话很值得我们加以注意。其详尽的内容已被记载在《续资治通鉴长编拾补》卷五熙宁二年九月乙亥的叙事之中。

神宗曰："朕尝问王存以兵费，乃言臣不曾讲兵书。"因问安石如何"省兵"。

安石曰："陛下今欲省兵，当择边州人，付以一州，令各自精练，仍鼓舞其州民使各习，则兵可省。"

关于如何择将选兵，王安石举例说："前日陛下所召种古等数人，臣略与语，似皆可付一州。臣因与古言：今边州有兵五千处，若止拣留三千，仍以二千人衣粮之费，今以鼓舞所留兵及州民使习兵战，则可以战守否？古乃言：若果然，止得二千人兵亦可矣。"

神宗受此启发，想起宋太祖也有"付边将事"。王安石对他分析说："今有可胜太祖时，并边民户口蕃息，所恃不尽在募兵而已。若募兵，令边将得自拣择训练如太祖时，则尤易以待敌。"

神宗又认为："五代时方镇皆豪杰，所以能自守一方，不须朝廷之助。"王安石又进一步剖析道："五代时方镇岂皆豪杰？如罗洪信，乃是众人求主不得，大呼于众：谁能为节度使者？洪信出应募，遂立以为帅。然其能独保一镇者，以其任事得自专故也。"①

细细研究一下以上这段君臣对话，我们不难发现，王安石心目中的"省兵"，自始至终强调的是"择人""精练""拣留""自专"。而这与《省兵》一诗中所呼吁的"将不择""不得专""付以职"等语相比较，又是何其相似乃尔！简直就是如出一辙。

熙宁五年八月，朝廷任命的大将王韶一战收复武胜军；熙宁六年十月，其又续战再获熙河大捷。如果联系到王安石在这之前是如何苦口婆心说服神宗信任、拔擢王韶，并竭力确保其任事"自专"以取得胜利的，我们就更可体味到王安石"省兵"思想在实战中的精髓所在了。

所以，确定王安石《省兵》一诗作于熙宁二年九月任职参知政事前后，当最为适宜。

4. 《寄题众乐亭》（卷一八）

王安石的《寄题众乐亭》一诗比较特别，因为歌咏的也是众乐亭，所以论者往往把它混淆成明州知州钱君倚修建的众乐亭，把它的写作年代附比于王安石的另一首《明州钱君倚众乐亭》，从而弄错了它的编年时间。

如李德身依据李注所述，把《明州钱君倚众乐亭》估计为"或作于知鄞时"，接着就附上《寄题众乐亭》，并同样估计为"或作于知鄞时"②。这当然是由于李著没有注意到《长编》卷一九一嘉祐五年二月乙亥载有这样一则史料："户部判官、太常博士、集贤校理钱公辅知明州。"而依照这一则史料，本来是可以正确判断出王安石《明州钱君倚众乐亭》的写作时间的。当然，即使如此，也不应把《寄题众乐亭》同样定于嘉祐五年所作。

近有学者引证《延祐四明志》卷八所载邵亢的记叙文字，以说明钱公辅本人所作《众乐亭》二诗并序，是在嘉祐六年七月众乐亭修成之后、奉旨入调进京之前③。这里所引证的史料确实无疑，足以说明问题，但作者把它引来分析影印本《王荆文公诗李壁注》卷一八的《寄题众乐亭》，却是弄错了对象。这一史实应该拿去分析同书卷一六的《明州钱君倚众乐亭》才是。因为此众乐亭实

---

① 《续资治通鉴长编》第5册，第76页。

② 《王安石诗文系年》，第58页。

③ 刘成国：《读〈王荆公诗注补笺〉献疑》，《中国海洋大学学报》，2006年第2期。

非彼众乐亭也。

《寄题众乐亭》和《明州钱君倚众乐亭》两诗中的众乐亭不是一回事，前者在宣州，后者在明州，两亭要相距五六百里。

《寄题众乐亭》首句高吟："陵阳游观吾所好。"这一句已经鲜明揭示了诗中的"众乐亭"非在明州南湖，而在陵阳山。李壁于《寄题众乐亭》无地名注。沈钦韩于《寄题众乐亭》有详细地名注。沈注引证《江南通志》曰："陵阳山在宁国府城内，冈峦回折。《府志》云：'势若蜿蜒，为一郡之镇。'""又：池州府石埭县亦有陵阳山，在县北五里。山有三峰，其东峰属太平县。"①按沈之后注为是。

太平县属宣州，宣州其地和嘉祐三年王安石提点江南东路刑狱有关，其时王安石曾因公事巡视过这一地区。《临川先生文集》中尚有一信《与孙莘老书》，李注本卷三一还有一诗《度魔岭寄莘老》，所言均与此有关，又均皆明言作于此年。故沈氏之注几乎已经触及了有关《寄题众乐亭》编年时间的要点，惜乎其未能再往前深探一步。

所谓"寄题"，即是未能亲见其亭而寄诗为贺。北宋文士有建亭之后作诗寄友、以求酬唱共乐的雅好，上文提到的《明州钱君倚众乐亭》即是一例。钱公辅嘉祐六年七月奉旨"入直左右史"，曾邀请在朝的多位名士以求酬唱，王安石司马光等均在其中。吴充《众乐亭》诗曰："使君新自四明归，邀我同为众乐诗。"②是可为证。《寄题众乐亭》同样如此，王令《寄题宣州太平县众乐亭》诗曰："令君架亭乐荒幽""千里寄我何以酬"。诗题下自注曰："为孙莘老作。"③此又可证：王安石之所以酬唱《寄题众乐亭》，也是因为太平县孙莘老寄诗给他邀请同乐。

孙莘老即孙觉。考同书卷一四李壁于王诗《别孙莘老》的诗题及诗中注曰："莘老，名觉，高邮人，胡安定之高弟，是王令一辈人，与公素厚"，"莘老尝为宣州太平县令"，"介甫后自群牧（按误，实知常州）出宪江东，莘老时犹在太平"。李壁所注，多半为是。彼时王令与赴任太平县县令的孙觉

---

① 《王荆公诗文沈氏注》，第39页。
② 《全宋诗》第10册，第6456页。
③ （宋）王令著，沈文倬校点：《王令集》，第84页。

多有诗歌往来，除了上文已经提及的《寄题宣州太平县众乐亭》之外，王令还有《和孙莘老将赴太平二首》《寄孙莘老》等酬作①。

综上所述，《寄题众乐亭》的编年应以嘉祐三年为宜。

5.《夜读试卷呈君实待制景仁内翰》（卷二九）

按王安石此诗诸本皆有，唯独《王文公文集》不载。

此诗诗题虽说有"夜读试卷"的特定范畴，但很难说就必定是嘉祐六年王安石担任详定官时所写。所以诸家于此诗皆未有编年之议。然诗题既然明言君实为"待制"，景仁为"内翰"，当可从其二人官职的升迁变更入手考究，以探明此诗的写作年月。

君实为司马光之字，待制为北宋时诸阁学士之官名。考《长编》卷一九六嘉祐七年四月壬申记事曰："改命起居舍人知制诰兼侍讲司马光为天章阁待制。"五月丁未朔记事曰："命起居舍人天章阁待制兼侍讲司马光仍知谏院。"如此，则此诗必作于嘉祐七年四月之后。

景仁为范镇之字，内翰为北宋翰林学士之简称。考《长编》卷一九六嘉祐七年六月丁亥记事曰："赐判秘阁范镇及管勾补写官银绢有差。"又卷一九八嘉祐八年正月己酉记事曰："翰林学士范镇知贡举。"《长编》虽未明载范镇被任命为翰林学士的具体月日，但无疑在七年六月至八年正月之间。

正因为范镇在嘉祐八年春知贡举，司马光和王安石又都参与审阅试卷，所以王安石才会夜读试卷见妙感兴，并揽笔成诗呈送二人。此诗末句"邂逅两贤时所服，坐令孤朽得相因"形象表明王安石此时尚与司、范二位情谊相通。

故此诗的编年时间应在嘉祐八年春。

6.《送河中通判朱郎中迎母东归》（卷四五）

李壁于此诗注说颇多。《王安石诗文系年》据李注"熙宁初弃官入秦"数语，定其编年为熙宁元年。此说误。

神宗朝有关朱郎中迎母东归的传说有多个版本。《长编》卷二一二熙宁三年六月壬戌对此事的记叙是："（驾部郎中朱寿昌）弃官入秦，与家人诀，誓不见母不复还。行次同州得之，刘氏时年七十余矣。知永兴钱明逸表其孝

---

① 《王令集》，第150、100页。

节……乞不俟寻医限满，复其差遣。"次日癸亥又记曰："诏寿昌赴阙朝见。……及寿昌至，但付审官院。寿昌前已再典郡，于是折资通判河中府，迎其同母弟妹以归。"是则凡开封京官所作送"河中通判"朱郎中迎母东归诗者，当皆在熙宁三年六月无疑。

按此诗所言送朱郎中的地点是在汴京，河中府在汴京之西，而同州又在河中府之西，所以诗题有"东归"之说。

7.《杭州望湖楼回马上作呈玉汝乐道》（卷四七）

诸家于此诗的编年考究甚少，主要原因是三人同聚杭州的人、事背景不明。《王安石诗文系年》置其于皇祐二年作，但未作任何分析，而下断语称："必为是年过杭州作。"此似有欠缺而需补充史实①。《王荆公诗注补笺》进一步注说"玉汝"为韩缜，此当为是；然注说"乐道"为杨畋，则非是②。按诗题中之"乐道"实是王陶，其字乐道。

韩缜与王陶皆是王安石的同年，自庆历二年进士及第进入仕途之后，各奔东西，散处南北，何以能够在皇祐二年相聚杭州望湖楼？

皇祐二年夏，王安石回归临川省亲，秋日前往杭州，专程拜访"庆历新政"的大改革家、杭州知州范仲淹。正是在这里，王安石与八年未见的同年韩缜、王陶相聚了。

韩缜进士及第后，曾"签书南京判官"③，又于庆历七年知钱塘。《梅尧臣集编年校注》卷一七有《送韩六玉汝宰钱塘》，其诗编年在庆历七年④。又司马光亦有《送韩太祝（缜）宰钱塘》⑤。钱塘县为杭州属下第一大县，又为州治，王安石到了杭州，自然要会合韩缜。

王陶进士及第后，有段时间曾跟随过范仲淹。北宋释文莹曾记叙此事曰："范文正公镇余杭，今侍读王乐道公在幕。"⑥是则王陶在皇祐二年时也

---

① 《王安石诗文系年》，第63页。

② 《王荆公诗注补笺》，第926页。

③ 《宋史·韩缜传》第29册，第10310页。

④ 《梅尧臣集编年校注》卷一七，第405页。

⑤ 《全宋诗》第9册，第6110页。

⑥ 《湘山野录》卷上，第11页。

在杭州。

如此，王安石得与韩缜、王陶在杭州相聚的社会背景，已经显示清楚。故王氏喜吟《杭州望湖楼回马上作呈玉汝乐道》，当是顺理成章之事。

8.《同王浚贤良赋龟得升字》（卷一）

此诗未见诸家予以编年。李德身《王安石诗文系年》仅以"安石家居江宁"为理由，即定此诗作于熙宁十年，误①。其实此诗自有充分的内证可以考求具体的撰写时间，其编年应在元丰五年。

以下从诗中摘录出五句诗来作为内证依据，详加考论。

一、"番禺使君邂逅见"，这一句说某位担任广州知州的朋友，曾偶然见到一只老龟，因喜爱而取之。至于这位知州朋友是谁，作者暂时没有点明。

二、"北归与俱度大庾"，这句说知州朋友带着这只老龟翻过大庾岭，北上返回江宁府。

三、"舣船秦淮担送我"，此言老友来到金陵，停船靠岸，就把老龟当作礼物，让挑夫送到我门上。

四、"嗟余老矣倦呼吸"，这句形象表述自己已经垂垂老矣。

五、"守视且寄钟山僧"，全诗最后表白自己心善，不忍老龟被人窃走，作为口中餐。准备好好看守后放生，寄养到钟山僧人处。

至此，我们已可以考求出王安石这位知广州的老友了。因为在王安石的知交中，担任过广州知州、且又在他晚年到金陵看望过他的，只有陈绎。

陈绎，字和叔，开封人。庆历二年进士及第，是王安石的同年，四十多年的好友。在王安石晚年罢相后，陈绎在方便时曾来探望老友，故王氏对之亦深情有加。

元丰元年，陈绎从朝廷外放知广州②。他南下路过金陵时，专门探望了闲居钟山的王安石。王集中有二诗可以为证：一是《送陈和叔》，二是《雪中游北山呈广州使君和叔同年》。王氏于前者还作有自序云："……元丰元年，某食

---

① 《王安石诗文系年》，第247页。

② 《长编》卷二八七，第2711页，元丰元年闰正月癸未："诏陈绎落知制诰，为秘书监集贤院学士。"又李之亮《宋两江郡守易替考》（巴蜀书社，2001年5月，第15页。）引《广东志》曰："陈绎，元丰元年知广州。"

观使禄，居钟山南。和叔经略广东，道旧故怅然。某作此诗，以叙旧事。"

元丰三年十一月，陈绎又继任广州知州二年①。

元丰五年三月，陈绎被朝廷调任知江宁府②。然后于元丰七年六月被免职③。从元丰五年到元丰七年的两年之间，陈在江宁府中，王在城外半山，陈、王二人友情往来，酬唱相继。这是他俩一生中最难得的愉悦时光。王集里于此尚保存有诗作七八首之多。如《绝句呈陈和叔二首》《同陈和叔北山游》《次韵陈绎学士小园即事》等。这首《同王浚贤良赋龟得升字》应该亦是其中之一。

所以说，王安石与王浚酬唱，表示不愿侍养这只老龟，而想放生，寄养到钟山僧人处。此事应在陈绎到金陵后不久。其时间、地点、人物都符合历史事实。此诗肯定作于元丰五年。

9.《送沈兴宗察院出（使）湖南》（按嘉靖本诗题有"使"字）（卷二九）

沈钦韩注于此诗先引《宋史》本传述其仕履，然后定下结论曰："此诗盖在熙宁初，荆公为翰林学士时作。"李德身《系年》据此定为熙宁元年作④。李之亮《王荆公诗注补笺》从沈氏说⑤。以上诸说皆误。这首送行诗应当作于嘉祐四年。

考究此诗的正确编年时间，关键在于必须重视"察院"二字。察院指监察御史，是宋代官场对监察御史一职的俗称。如皇祐四年马遵为监察御史时，梅尧臣曾有二诗即以"马察院"称之：《正月二十二日江淮发运马察院督河事于国门之外予访之》和《东城送运判马察院》。梅集中还附有一首欧阳修称"马察院"的赠梅之作：《因马察院至云见圣俞于城东辄为长韵一首奉寄》⑥。

① 《长编》卷三一〇，第2900页，元丰三年十一月庚戌："知广州中大夫集贤院学士陈绎为龙图阁待制，再任。"
② 李之亮《宋两江郡守易替考》（第16页）引《建康志》曰："元丰五年三月十日，太中大夫、龙图阁待制陈绎知府事。"
③ 《长编》卷三四六，第3207页，元丰七年六月己巳："太中大夫、龙图阁待制知江宁府陈绎免除名勒停，追太中大夫，落龙图阁待制，知建昌军。"
④ 《王安石诗文系年》，第188页。
⑤ 《王荆公诗注补笺》，第537页。
⑥ 《梅尧臣集编年校注》卷二二，第594、600、598页。

其实，诗中有言"谏书平日皂囊中，朝路争看一马骢"云云，即已点明沈起彼时的职务是监察御史了。这两句诗在人们解读时，往往被疏忽了。王安石作此诗时，沈起正在御史台监察院。

而熙宁初年沈起担任何职呢？《长编》卷二一一记熙宁三年五月丙午事曰："工部郎中、权发遣盐铁副使沈起直舍人院。"《长编》卷二一三记熙宁三年七月己亥事曰："工部郎中、直舍人院盐铁副使沈起为集贤殿修撰、权陕西都转运使。"这就是说，熙宁初沈起所任职务是权发遣盐铁副使。在这段时间，沈起的任职已与监察御史毫无关系。这些事实可以充分说明：王安石此诗根本不可能作于熙宁初。

再考沈起仕履可知，其任监察御史里行系在嘉祐三、四年间。《长编》卷一八九嘉祐四年四月辛卯记事曰："……从监察御史里行沈起所言也。"《长编》卷一九一嘉祐五年四月甲申记事曰："太常博士、监察御史里行沈起落里行，通判越州。"可见，嘉祐三年底四年初，沈起正在监察御史任上。而嘉祐三年年底，王安石恰从提点江南东路刑狱任上赶赴汴京，就任三司度支判官。由此我们乃知：沈起此番出使湖南应在嘉祐四年，因王安石已在京师，可以作诗面送。

有论者以为，此诗或与沈起出任湖南转运使有关，此当不实。《宋史·沈起传》记其仕履有曰："以论兴国铁官事不合，出通判越州，改知蕲、楚二州。京东岁饥盗起，除提点刑狱。……改开封府判官，为湖南转运使。"我们从中可以看到，沈起于嘉祐五年出京通判越州，转辗多地为官，多年之后才担任湖南转运使。此足可证明：沈起此番出使湖南，和他多年后就任湖南转运使一事毫无关系。

第二节 部分散文编年考述（三十五则）

对王安石散文进行全面系统编年的著作比较少见，除了顾谱和蔡谱之外，当代影响较大的有李德身的《王安石诗文系年》（以下简称《李系》），还有李之亮的《王荆公文集笺注》（以下简称《李笺》）。以上著作都对王安石的散文进行了编年，但其中有一些编年不尽符合史实，应该加以纠正和补充。

本节即依据《长编》和有关史料，集中对相关散文的编年进行核查考究。

下面把这些散文分为四个类别列出，以各自形成一个观察体系。

一、书信

1.《与郭祥正太博书三》（卷七四）

《李系》无编年，《李笺》编为"熙宁末年退居金陵时作"。《李笺》误，当为元丰四年作。

王安石于熙宁十年六月为集禧观使，退居金陵。而据《宋史》本传，其时郭祥正正以"殿中丞致仕"不久，并未复出，不可能有太常博士之称。故此书不当作于熙宁末年。

考《长编》卷三四四元丰七年三月壬子记事曰："前汀州通判奉议郎郭祥正勒停（坐权漳州违法云云）。"按元丰五年五月行新官制，奉议郎当由太常博士转来。三年任期之中，七年时郭祥正已行二年奉议郎，此信称"太博"，往前推算，则四年时郭氏当以太常博士复出通判汀州。这一推算应该没有疑问。否则，王安石不会称其为"太博"，而要称其为"奉议郎"矣。

同理，书一、书二也均当作于元丰四年。

2.《与王逢原书一》（卷七五）

《李系》无编年，《李笺》编为"嘉祐四年初提点江东刑狱时作"，并引顾谱卷上所言为据。《李笺》误，当为至和元年七月作。

王安石提点江东刑狱，据《长编》，其时应在嘉祐三年春二月丙辰。同年冬十月甲子，又奉命入京为度支判官。所以绝无嘉祐四年初提点江东刑狱之理。

据《王令集》所载王令门人刘发所著《广陵先生传》曰："是时丞相荆国公赴召，道由淮南，先生赋《南山之田》诗往见之。公得先生大喜，期其材可与共功业于天下，因妻以其夫人之女弟焉。"[①]此言王安石通判舒州任满，于至和元年七月东下长江，取道运河北上汴京，途径扬州时，初识王令。其时王令有《上王介甫书》，自荐于王安石，且献诗《南山之田》一首。又据《长编》卷一七七，王安石于至和元年九月辛酉得群牧判官。是则王安石与王令相识当在七月间。

---

① 《王令集》，第385页。

观王氏书中所述，正与此时的情况相合。其理由有二。

第一，书云："比得足下于客食中，窘窘（《王令集》附录作"匆匆"）相造谢，不能取一日之闲，以与足下极所欲语者，而舟即东矣。"这里所写，明显是初识王令的语气，王安石因急于入京而无暇约见王令畅谈。

第二，书云："足下诗有'叹苍生垂泪'之说。"然后全书就此展开纵横议论。考"叹苍生垂泪"句原出王令《赠王平甫》诗："大夫出处诚何较？去痛苍生为泪垂！"诗赠王安石其弟王安国平甫，而王安石可以"间阅"，说明此时王氏兄弟俱在扬州，同在一处。王令当时既与王安国相见，又拜见了王安石。

考王安石同年七月所作《游褒禅山记》中载有同游者四人，其中即有"弟安国平父安上纯父"。褒禅山旧名华山，在长江北岸的和州含山县之北。王安石离开舒州沿江东下时，系顺道访游华山。此亦足可证明，此番进京，安国平甫确与王安石同行。

所以可以肯定，此书必作于至和元年七月。

3.《与沈道原舍人书二》（卷七五）

《李系》无编年，《李笺》编为"元丰初年退居金陵时作"。据《临川先生文集》的王沈交往之诗，此书可定于元丰四年所作。

书云："道原何以淹留如此？若道原有除，吾甥当能一过江相见。"王安石既明说"若道原有除"，则势必此时沈道原已实无官职。

考《长编》卷三〇〇元丰二年十月戊申记事曰："诏太常丞、集贤校理、兼天章阁侍讲、同修起居注、直舍人院、管勾国子监沈季长落职勒停。""季长坐受太学生竹簟、陶器，升补内舍生不公及听请求。""皆因虞蕃上书，御史台鞫得其罪也。"

沈季长落职之后，郁郁南归，返回祖籍真州（按即仪真，或仪征），然而从此也就有了空闲时间游访荆公。《临川先生文集》收有王安石与沈道原共游金陵山水的诗作多首，如《送道原还仪真作诗要之》等。其中《与道原游西庵遂至草堂宝乘寺二首》标明有具体的写作时间："公自注云：元丰四年十月二十四日。"

书中又云："久不作书，然思一相见，极饥渴也。近因歙州叶户曹至此，论及《说文》，因更思索鸟兽草木之名，颇为解释。"从书中可见，一是二人阔别甚久,二是王安石正忙于编纂《字说》。王安石是在元丰五年编就二十四卷本《字说》的,书中所云正可作为此书作于元丰五年之前的佐证。

综上所述,此书必作于元丰四年。

4.《答黎检正书(侁)》(卷七五)

《李系》无编年,《李笺》编为"熙宁中为相时作"。据《长编》,此书可精确为熙宁七年春作。

依《长编》记载,黎侁非为中书省检正官,而乃枢密院检详兵房文字。其在任时间极短,实如昙花一现。

《长编》没有明载黎侁担任枢密院检详兵房文字一职的具体月日。但《长编》卷二五一熙宁七年三月丙午记事曰:"太子中允、崇文院校书黎侁为阁门校勘。"三月壬戌记事曰:"检详枢密院兵房文字秘书丞吕大忠同商量(河东路)地界。"考三月己亥朔,丙午为八日,壬戌为二十四日。

又《长编》卷二五三熙宁七年五月辛酉记事曰:"赐故太子中允、馆阁校勘,检详枢密院兵房文字黎侁家绢百匹。"考五月戊戌朔,辛酉为二十四日。

综上所述可知:熙宁七年三月底,吕大忠因公离职,前往河东路参与商量地界之事,刚被提升为阁门校勘的黎侁,随即便被任命为检详枢密院兵房文字。而五月二十四日,朝廷因其突然逝世而特赐其家绢百匹又可说明,其去世之日当在二十日左右。如此则可断定:荆公此书必作于五月之前。

此书所述内容似在文字方面。书末云:"向寒,自爱!"可见是年当系春寒长久,故此书的写作时间,当以定在春季为宜。

5.《与丁元珍书》(卷七五)

《李系》编为"嘉祐三年",《李笺》编为"嘉祐四年提点江东刑狱时作"。均误,从信中的内容看,以定于皇祐二年秋天所作为妥。

丁宝臣,字元珍,王安石之友。此书非王安石提点江东刑狱时所作,所言之事均与彼时无关。书云:"过广曾欲作书,遣人奉诇动止,以有故亟归。"书又云:"秋冷,自爱重之。望冬间复到广州,冀或一邀从者,为境上之会,不审可求檄来否耳?"据此时间和地点,可探求此书的写作年月。

其一,据书中所言,丁宝臣所在之地,必属广州管辖。据王安石《司封员外郎秘阁校理丁君墓志铭》和欧阳修《集贤校理丁君墓表》,丁宝臣一生之中，惟有知端州之日，才系地处广州近旁。《长编》卷一七二皇祐四年五月癸亥记事曰："侬智高入端州，知州太常博士丁宝臣弃城走。宝臣，晋陵（按常州）人也。"按此记事推算，是则丁宝臣约皇祐二、三年得端州。

其二，王安石在皇祐三年夏由鄞县赴京候官，后六月得舒州通判，此后嘉祐年间已无可能再次南下广州。就算王氏有此可能，丁氏也不可能再得广州附近之州县。只有皇祐二年，王安石从抚州到韶州，为其父办理生前某事（其父王益生前曾知韶州）。按之地图，韶州离端州只有四百里路程，思友心切，王安石因此萌生"欲作书"之念。

自皇祐元年至皇祐三年春，王安石罢县守阙两年有余（见《乞免就试状》）。在此期间，王氏虽仍居住鄞县，但因摆脱了繁杂的公务琐事，反倒有了处理私事的自由。皇祐二年夏秋，他先是重返临川（皇祐二年五月在家乡作有《抚州祥符观三清殿记》），后秋回浙江（李壁曾注其作于家乡的赠诗《书陈祈兄弟屋壁》，注语引王安石另作赠束中的自述曰："发日"为九月十二日），访杭州时又拜谒范仲淹（见《上杭州范资政启》等）。从王安石此番来往的路线看，"过广"是西回抚州时就近的南下之举，"望冬间复到广州"则是当时之设想，后来却无法实现。书中言"秋冷"，则此书当作于九月十二日返浙之前。

其三，书中又有"求郡固且止"云云。王氏久有此念，在任职鄞县以后多有表露，即多次申述家贫口多，常有葬嫁奉养之急，不愿为京师之官，而希望求外郡之职。信中"求郡"的想法与皇祐初年的王安石完全一致。王氏此后终得舒州通判，正乃如愿以偿。此亦可为一佐证。

综上所述，此书的编年应置于皇祐二年秋天。

6.《答姚辟书》（卷七五）

《李系》无编年，《李笺》编为"嘉祐五年在江东提刑任上作"。《李笺》误，当为庆历五年判官淮南时所作。

姚辟，字子张，金坛人，皇祐元年进士及第。此书云："私独喜故旧之不予遗，而朋友之足望也。"可知姚辟亦系王氏多年之知交也。此书的编年应重视书中叙述的两个依据：一是姚氏献文，二是姚氏献文时的方位和路线。

其一，书云："（姚氏）亲屈来门，出所为文书与谒并入，若见贵然者。"

此处所述，明显是一献文求荐的学子形象。"故旧"云云，当言姚辟或是王氏在金陵攻读时的同学，或是王氏在京师应试时的朋友。总之，姚氏此时尚未进士及第。姚辟系皇祐元年进士及第，如此，则此书编年的下限时间当为庆历八年。

其二，书云："别足下三年于兹，一旦犯大寒，绝不测之江……"据文意，双方似当告别居于大江两侧。考荆公与姚氏在庆历八年之前的行踪，只有王安石判官淮南时，双方的居住方位才符合这一条件。按之地图，金坛地处江南，在润州之南、常州之西，与扬州恰恰是一江之隔。故姚氏上门请教的路线正如王氏信中所述。书云"别足下三年于兹"，当指庆历二年王安石判官淮南时，他们一起返回江南时在此分手，或姚氏曾到扬州拜访过他。如此，则此书编年的上限时间当为庆历五年。

又考《长编》可知，仁宗时期在庆历二年举行礼部试以后，继在庆历六年和皇祐元年又各举行过一次。姚辟系皇祐元年进士及第，则其在庆历五年曾备考过一次，似也合乎情理。

据此，可判断王安石此书作于庆历五年。

7.《与孙子高书》（卷七七）

《李系》编为"庆历七年"，《李笺》编为"皇（按或为嘉之误）祐四年赴江东提刑时作"。考二者所言均误，此书当为嘉祐二年五月上旬所写。

书中云："此月奉计牒当渡江南，十一日尽室行。江山清华，有可叹爱，无良朋以共之，亦足怅然。春暄，职外奉亲自寿。"

考王安石一生南来北往，仕途奔走繁忙，然在春暄时节离开汴京，渡江南下赴职，并尽室南行，却只有嘉祐二年从汴京到常州这一次，亦即知常州之行。

嘉祐二年年初，王安石在提点开封府界诸县镇公事任上。因求守江阴军未得，心情不佳。

是年四月，王安石突然得到了知常州的任命。此番具体任命时间，于史籍未见记载。然《长编》卷一八五嘉祐二年四月丁巳记事曰："知常州范师道为广南东路转运使。"《长编》卷一八五嘉祐二年四月甲戌记事曰："太常博士、集贤校理陆诜提举开封府界诸县镇公事。"考四月丙午朔，丁巳为十二日，甲戌为二十九日。据此可知，在陆诜接任王安石提举开封府界诸县镇公事、亦即四月二十九日之前，甚至在十二日左右，王安石就一定得到了知常州的计牒。有半个多月的时间准备搬家赴任，此已足够。所以王安石打算五月十一日尽室而行，显得十分轻松愉悦。

所谓"春暄"当并不尽指春景春物，也应包括春天到来之后，大自然所显现出来的整个蓬勃生机。五月初夏的景物亦当包括在内。据此，我们就会从梅尧臣的回忆中，形象窥见王安石携家南下时的"春暄"景象了："别时春风吹榆荚，及此已变兼葭霜。"①

综上所述，此书定为嘉祐二年五月上旬所写。

（按：此书尚可与《与孙侔书二》《与孙侔书三》对照。）

8.《与孙侔书三》（卷七七）

《李系》编为"至和元年"，《李笺》编为"庆历五、六年间在京师时作"。均误，当是皇祐三年夏作。

考王安石一生仕途行踪，其携家跋涉至京，待命候阙长达数月、甚至一年以上，然后再携家离京外出赴任，总共只有两次。

一是在扬州任淮南判官期满时，于庆历五年秋入京，几乎等待了两年，直到七年秋才赴职鄞县。然书云"某到京师已数月""某自度不能数十日，亦当得一官以出，但不知何处耳"，庆历五年秋入京时的情况，显然与此书所述不合。故此书不当定于庆历五、六年所作。

二是在皇祐元年鄞县任满后，在当地罢县守阙两年，然后于皇祐三年年初入京。待命于京数月之后，得舒州通判，于七月赴职。按书中所述情况来看，此书应是皇祐三年夏季通判舒州之前所作。

9.《答孙元规大资书》（卷七七）

《李系》编为"庆历七年"，《李笺》编为"皇祐元年知鄞县时作"。均误，当是皇祐三年初作。

此书系答孙沔来函之回信。信中有两点内容值得注意，可以以之为据，辨明此信的写成时间。

其一，书中云："比者得邑海上，而闻左右之别业实在敝境……"此可表

---

① 《得王介甫常州书》，《全宋诗》第5册，第3249页。

明，此信作于在鄞县之时。其二，书中云："今兹使来，又拜教之辱，然后知阁下真有意其存之也。"此又表明，来函是孙沔已到明州之后所写。则两点内容在时间和空间上形成一个交叉，成为一个焦点：彼时王安石在鄞县，孙沔同在明州。

认定王安石在鄞县的时间不成问题。王安石庆历七年始知鄞县，皇祐元年知鄞县离任，"罢县守阙"，但并未离开鄞县。王安石是在皇祐三年初，才奉命偕同全家返京候阙的。

而认定孙沔在明州的任职经过则须细加考述。

据王安石《太常少卿分司南京沈公（周）墓志铭》所记，沈周在皇祐二年请得明州，皇祐三年初离开明州，再以分司归第，十一月去世。

《长编》卷一七〇皇祐三年七月己亥记事曰："初，龙图阁直学士、吏部郎中孙沔既除母丧，授陕州都转运使。沔求知明州，许之。于是京东多盗，乃徙沔知徐州。沔明购赏诛罚，盗以故止。"此当为孙沔治徐见效后，朝廷对其任职经历所作之追记。《宝庆志》亦记"孙沔皇祐三年以龙图阁直学士知（明州），寻徙徐州"。

综合以上史料可知，皇祐三年初，孙沔继沈周之后得知明州。然其任职时间极短，仅一两月即调知徐州。而其时王安石"罢县守阙"，尚未离开鄞县。孙沔走后不久，王安石亦返京待职。

由此可以证明，皇祐三年年初，王安石与孙沔正好同在明州。

又王安石还有皇祐三年春天所作《谢孙龙图启》，亦是与孙沔有关之作。启中感谢孙沔对自己的厚爱，在孙沔离开明州赴任徐州之时，专为致谢。此启可以与此书互为参照。

故此书定于皇祐三年年初所作，不会有误。

10.《答孙少述书》（卷七七）

《李系》编为"皇祐二年"，《李笺》编为"庆历末年赴鄞县任时作"，均误，当为至和元年春夏。

书云："此月十二日抵真州，明日当舟行。"按之地图，真州在润州和扬州之西，是长江水道东来西往的必经之路，而并非汴京和明州南北通途的必经之路，所以此行和赴鄞县任无关。

书又云：“六月代去。”代去即代还，将重新任职。既是来往于长江水道，又将在“六月代去”，则此番任职当指通判舒州之时。

考王安石皇祐三年秋得舒州通判，至和元年秋应该任满，“六月代去”自是顺理成章之事。

又王氏《游褒禅山记》自述作于至和元年七月某日。褒禅山地处长江北岸和州的含山县之北，是王安石离开舒州代还时“东去”途中的旅游目标。此“七月”游山正是书中“六月代去”的最好佐证。

故此书必作于至和元年春夏。

11.《与彭器资书》（卷七八）

《李系》编为“治平二年”，《李笺》编为“元丰三年退居金陵时作”，所持依据是“是时彭汝砺自两浙常平北还，赴京西提刑任，过金陵，荆公以书寄之”。均误，据《长编》当为元丰二年夏秋所作。

彭汝砺，字器资，王安石友人。书云：“数得会晤，深以慰释，遽当乖阔，岂胜系恋！”此明言二人近来曾多次会面畅谈，眼下彭氏却要因故离别，王安石深感不胜留恋。

自元丰元年下半年起，王安石已移居钟山。彭氏既然能多次拜见王安石，则其必在金陵，或在金陵附近地区担任公干，且还得是在元丰元年之后。

考《长编》卷二九七元丰二年四月庚戌记事曰：“命江南西路转运判官彭汝砺、提举两浙路常平等范峋，就润州推鞫吕嘉问事。”

又《长编》卷二九八元丰二年五月癸酉记事称：推鞫吕嘉问一事已暂时了结，诏知润州吕嘉问落职冲替，免勒停。

又据《长编》三〇二卷元丰三年正月壬午记事曰：“前勘官太常博士范峋、太常丞彭汝砺坐推鞫不尽，虽会恩，各特夺一官。”

这三条记载显然能够说明，元丰二年夏，彭汝砺在润州推鞫吕嘉问一事。借此方便，他可以多次到金陵拜谒王安石。而元丰二年夏秋彭氏返回江南西路转运判官任上之后，二人就再无此等机会亲切会晤矣。

书曰：“衰疾无缘追路，且为道自爱，谨勒此以代面叙。”此为王氏明言无法相送。是则可以断定，此书作于彭汝砺返回江南西路之时，即元丰二年夏秋。

12.《与李修撰书（复圭）》（卷七八）

《李系》编为"元丰四年"，《李笺》编为"约元丰七年作"，且注李复圭彼时以集贤殿修撰知荆南府。均误，当为元丰三年新春时所作，其时李复圭为集贤殿修撰知沧州。

按《宋史·李复圭传》（卷二九一）有曰："知曹、蔡、沧州，还为盐铁副使，以集贤殿修撰知荆南，卒。"所述有误。

考《长编》卷二九七元丰二年四月丙寅记事曰："盐铁副使、工部郎中李复圭为集贤殿修撰知沧州，候二年，与谏议大夫，寻改知邓州。（注文曰：在六月九日）"如此，则《宋史》本传所记"以集贤殿修撰知荆南，卒"为误。

李复圭元丰二年为集贤殿修撰知沧州，元丰四年为谏议大夫，后又改知邓州。此书仅云"李修撰"而不及谏议大夫，则当作于元丰二年到三年之间。

13.《答熊伯通书一》（卷七八）

《李系》编为"治平三年"，《李笺》编为"庆历二年任淮南节度判官时作"。均误，据《长编》，当为元丰四年冬。

熊伯通，名本，王安石知交。此两书作于同时，当视为同一整体。考王安石大熊本五岁，现王氏在信中敬称对方为"公"，则肯定不会为荆公早年之作。"展墓"也不当为《上徐兵部书》中之"展先人之墓"，而系冬至时王氏将在金陵省视自己的父母之墓，因王氏父母均葬于金陵。据此，则两书当王荆公晚年作于居住金陵之时。

欲判定王安石答熊本两书之系年，当先须厘清熊本此时的主要仕履。书云"幸得会晤"，则可由此作为考述出发点。

熊本率"舟师"取道金陵，可考于史籍。《长编》卷二九八元丰二年五月己卯记事的注文中，有一段关于熊本的仕履记载值得注意，此为《长编》正文所无。注文曰："熊本自元年正月降官分司西京，三年闰九月提举太平宫，四年知滁州，九月二日复集贤殿修撰知广州。此时尚分司西京。"

众所周知，滁州的地理位置正与金陵隔江相望。元丰四年九月，熊本复集贤殿修撰知广州。从滁州至广州，除陆路之外，还有水道可行，可从长江东下，沿海路而直达广州。而熊本所取正是水路，一路舟师，浩荡而行。这就造成了熊、王二人"幸得会晤"的绝佳时机。

此书所云"瞻偈旌旆，重增愧恐"，正是王氏在夸饰熊本所乘官舟的威仪。

书又云"度非久北还"，则是祝愿熊本任满之后，早日北还相聚。此与书二所言"想公非久淹南方，冀复朝夕会晤于此"，均是同一意思。

故此书应定于元丰四年冬日所作。

14.《答熊伯通书二》（卷七八）

《李系》编年为"治平三年"，《李笺》编为"庆历二年任淮南节度判官时作"。均误，据《长编》，当为元丰四年冬。

考王氏书二当作于《答熊伯通书一》之后仅仅数日之间，试解读此书如下。

其一，"今日闻舟师尚次淮滨"。王氏答熊本书一有曰："明日当展亲墓，不获追送。"王安石本以为此番已不及亲送熊本，不料两三日后，熊本所乘官舟仍然未行，尚停留在金陵秦淮河口。按"今日闻舟师尚次淮滨"之"淮滨"不应作淮河之滨解，而当作秦淮河之口解，"淮"字的这一特指用法在王安石后期的诗歌中并不少见，如《壬戌正月晦与仲元自淮上复至齐安》①之"淮上"，《游城东示深之德逢二首》②首句"欲牵淮舸共寻源"之"淮舸"，《望淮口》③之"淮口"，《秦淮泛舟》④之"秦淮"。如此可见，熊本此举当是专候王氏之待，可能熊本一心要想与王安石当面告别。

其二，"犹欲与七弟一往"。七弟谓王安上（纯甫）。王安上本为朝廷官员，似不当与王安石相处一起，然《长编》卷三〇八元丰三年九月丙寅记事曰："诏江南东路转运使、太常少卿孙圭，权发遣提点刑狱、赞善大夫王安上各追两官勒停，安上、圭交讼不实故也。"既然如此，则王安上四年时亦当居住江宁。则王氏"犹欲与七弟一往"，乃顺理成章。

其三，"冬寒，跋涉自爱"。熊本九月获命，启程之际已是冬日。冬寒正指此时。自金陵至广州，自长江取道海路，千里迢迢，实可谓是长途跋涉矣。

其四，"想公非久淹南方，冀复朝夕会晤于此"。此乃重申书一"度非久北还"之意，盼望熊氏早日北还，再聚金陵。

---

① 《王荆文公诗李壁注》卷四三，第1872页。

② 同上，1892页。

③ 《王荆文公诗李壁注》卷四三，1905页。

④ 同上，1908页。

又《王文公文集》中本文在文末加有"某启上知府舍人",按北宋时广州曾为都督府,此更可证明,熊本此行确是赴任广州。而"舍人"云云,则系指熊本曾为制诰。考《长编》卷二七一熙宁八年十二月辛卯记事曰:"刑部员外郎、集贤殿修撰熊本知制诰。"其时便有诗人以"舍人"尊称熊本,如孔平仲即曾有诗曰《送提举太平观熊舍人三首》①。

故此书二与书一一样,当为元丰四年冬送熊本赴任广州而作。

15.《答蒋颖叔书》(卷七八)

《李系》无编年,《李笺》编为"元丰四、五年退居金陵时作"。《李笺》误,当作于元丰六年至元祐元年之间。

王氏此书作于晚年,自当无疑。书云:"阻阔未久,岂胜思渴。承手笔访以所疑,因得闻动止,良以为慰。"观其意,似两人之间颇有来往。则其时必蒋氏因公而居住金陵或金陵周围地区。据此,可于《长编》探求蒋氏元丰年间的仕履行止。

考《长编》卷三一一元丰三年十二月丙戌记宋神宗批语曰:"权发遣秦州蒋之奇轻率恣横",私自捉送秦凤路走马承受公事苏贲下狱,狂悖无礼,"宜速下提点刑狱司取勘"。

《长编》卷三三三元丰六年二月辛亥记事有"发运副使蒋之奇"。

《长编》卷三三六元丰六年闰六月乙未记事曰:"赐江淮等路发运副使蒋之奇紫章服。"

《长编》卷三四八元祐元年八月己丑记事曰:"朝议大夫、直龙图阁、江淮等路发运使蒋之奇为集贤殿修撰知广州。"

由上可知:元丰三年蒋之奇因私捉属官下狱被审,元丰六年调任江淮等路发运副使,直至元祐元年八月再调任广州。则元丰六年至元祐元年,蒋之奇一直在江淮等路发运副使任上。而据《宋史·许元传》(卷二九九)又可知:江淮发运使治所在真州。而真州与金陵隔江相望,既然如此,则蒋之奇在彼时自可随意走访王安石了。

故此书当作于元丰六年至元祐元年之间。

---

① 《全宋诗》第16册,第10867页。

二、书启

1.《贺留守侍中启》（卷七九）

《李系》编为"治平四年"，谓此"留守侍中"是韩琦。《李笺》编为"元丰三年退居金陵时作"，谓此"留守侍中"是文彦博。按：此"留守侍中"确是文彦博，然二者的编年均误，据《长编》当为熙宁九年八月。

此启文中有云"恭惟留守太保侍中"，是则认定此启的写作时间，必须要同时满足"留守""太保""侍中"这三个官职条件。然而实际上，只要同时满足"留守""侍中"这两个官职条件即可，因为文彦博虽然曾经得到过"太保"一职，但他很快又辞去了"太保"一职。

《长编》卷二七七熙宁九年八月戊子记事曰："河东节度使、守司徒兼侍中、判大名府文彦博加太保再任，彦博辞太保，许之。"注文云："文彦博辞太保，乞止受所加封邑再任，从之。（此）乃九月二十二日事，今并书之。"

在《临川先生文集》其他地方，文彦博只有文侍中、文太尉、文太师之称，而从未有过文太保之称。且《长编》所记，又确凿说明文彦博辞去了太保之加。既然如此，那么王安石何以会在此启中称其为"留守太保侍中"，要为其增加一个官职？

其实这并非王安石的疏忽，问题出在宋神宗起初下诏令加其"太保"、事后却又接受文彦博辞去"太保"的时间差上。

诏令初下之日是在八月戊子，注文（按此注当李焘书之）又明确告诉我们，宋神宗听从文彦博辞去"太保"是在九月二十二日。考熙宁九年八月甲申朔，戊子为五日。诏令加"太保"是在五日，则王安石贺启自当作于八月五日稍后。然而王安石贺启已出，文彦博后来却在九月二十二日辞去了"太保"之迁。这才造成了虽有王安石祝贺文彦博迁升"太保"的书启，而实际上文彦博后来又不是"太保"的奇特现象。

同时还应指出，据《长编》卷三〇八元丰三年九月丙戌所记，文彦博在熙宁九年虽然未接受"太保"之加，但他四年之后却直接从司徒超越太保而升迁为太尉。这应该是宋神宗不忘文彦博谦让"太保"的一种关爱。

故王安石此启当作于熙宁九年八月无疑。其时，王安石正第二次为相。

2.《答高丽国王启》（卷七九，《王文公文集》卷二四作《谢高丽国王启》）

《李系》无编年，《李笺》编为"熙宁三年为相时作"。《李笺》编年误，据《长编》，当为熙宁七年二月为相时作。

《答高丽国王启》内容无时间无地点，甚难编年，已有的各种年谱均未及之。唯《王荆公文集笺注》提出是"熙宁三年为相时作"。其依据为引证《宋史·外国传三》所记：熙宁二年，高丽国礼宾省移牒福建转运使罗拯，表示奉旨求好。"（熙宁）三年，罗拯以闻，朝廷议者亦谓可结之以谋契丹。神宗许焉，命拯喻以供拟腆厚之意。徽（按高丽国王王徽）遂遣民官侍郎金悌等百十人来。诏待之如夏国使。"按《笺注》所引固为事实，然其事与此启并无内在联系，不存在非要王安石亲自执笔不可的必然因素。此说或误。

考《续资治通鉴长编》记王安石在相位时，高丽国与神宗朝有过三次礼物往来的重要外事活动。

一、《长编》卷二二三熙宁四年五月丙午记事曰："通州言：高丽使民官侍郎金悌等入贡至海门县。诏集贤校理陆经假知制诰馆伴，左藏库副使张诚一副之。"按此或即《宋史·外国传三》所记之上文之事。

二、《长编》卷二四七熙宁六年十月壬辰记事曰："明州言高丽入贡，上批：'本州遣谙识海道人接引，转运司委官用新式迎劳。'高丽自国初皆由登州来朝，近岁常取道明州，盖远于辽故也。"

三、《长编》卷二五〇熙宁七年二月癸酉记事曰："知高丽国王徽以书及土物送中书、枢密院。诏付市易务斥卖，以市绫、罗、纱等，令二府各以书答之。"

考量以上三段记载，其第三段记事值得我们注意。因启文中有"挚宝在廷、逮以好音"和"有少仪物、具如别笺"数语，正与此段记事相合。使者的礼物送至中书省，神宗又命中书省"以书答之"，则王安石作《答高丽国王启》，显然即在熙宁七年二月。

3.《贺文太师启》（卷八〇）

《李系》无编年，《李笺》编为"元丰六年退居金陵时作"。《李笺》编年误，据《长编》，当为元祐元年春。

《长编》卷三四一元丰六年十一月甲寅记文彦博守太师、开府仪同三司致仕，当时王安石曾作有《贺致政文太师启》："伏以岁旦更始，物得以生，当命相布德之时……"，又"伏惟执政仪同太师……"，又"宜获相于明灵……"文彦博既然已以太师致仕，现王安石却又贺其为相，此必是元祐元年所作矣。

考《长编》卷三七四哲宗元祐元年夏四月己丑记事曰：时宰相韩缜出知颍昌府，哲宗遣中使召文彦博入朝。而自闰二月以来，司马光已多次极力向太皇太后建议，重新起用文彦博为相。及韩缜罢，太皇太后乃用司马光奏云。

据此则可知：

元祐元年春，朝论不满宰相韩缜。自闰二月始，司马光极力建议重命文彦博为相。朝廷有此舆论，其事必盛传四方，王安石亦自当知悉。凭王安石对文氏的了解与对文氏的敬仰之情，肯定会为之感到欣慰，因此专门写信给文氏，提前表示祝贺。文曰"伏以岁旦更始"，文中又采用了"当命相""宜获相"等口气，无不清楚表明，王安石作启即在此时。

至于文彦博正式被特授为太师、平章军国重事（序位在宰臣之上），则已是在五月丁巳朔（见《长编》卷三七七）。其时王安石已经逝世。王安石卒于元祐元年四月癸巳。考是夏四月戊子朔，癸巳为六日。

书中又有"某限以病居在远，庆贺无阶"云云，此语当系王氏临终之前病情转重的慨叹。此信发出一两月后，王安石即病逝于金陵。

故此启定于元祐元年春天所作当无疑义。

同时也可以确定：这是可以考定年月的王安石生前之绝笔。

4.《上田正言启》（卷八〇）

《李系》编为"庆历三年"，《李笺》编为"嘉祐四年知常州时作"。均误，当为嘉祐二年五月作。

此启不当为祝贺田况致仕而作。据《长编》卷一九一，田况致仕是在嘉祐五年二月丁丑，而彼时王安石正为三司度支判官，显然与文中"某早烦教育，晚出荐延，方兹办装，不日临职"不合。"办装""临职"云云，明显指搬家迁官，赴任他往。

实际上，此启当为知常州前告别田况而作，田况其时正为枢密副使，即书中所谓"仰裨大政"。

田况至和元年二月壬戌迁官枢密副使（见《长编》卷一七六）。嘉祐三年，"田况自枢密副使、礼部侍郎、检校太傅除枢密使。"（《宋史·宰辅表二》）在此期间，田况均在京师。

王安石至和元年九月辛酉为群牧判官，嘉祐元年十二月提点开封府界诸县镇公事，也均在京师。然嘉祐二年四月间得知常州，奉命南下。

据此，则"方兹办装，不日临职"，当系与田况告别之语。王安石将有知常州之行，行前作此启与田况告别。

据王安石《上欧阳永叔书三》所述，王安石系五月出京师，七月四日视郡事。而四、五月间之事，恰如文中所云"逮今旋月"。

故此启可定于嘉祐二年五月所作。

5.《谢孙龙图启》（卷八〇）

《李系》无编年，《李笺》编为"庆历初年为淮南节度判官时作"。《李笺》编年误，当作于皇祐三年春。

孙龙图为孙沔，约在皇祐三年初得知明州，然在任时间极短，只有一两月。此文则是王氏在孙沔离开明州前夕，写给他的感谢之信。时间可考，当在皇祐三年春。

其理由有二：

第一，孙沔甫到明州，即特别关照王安石，《答孙元规大资书》对此已有明言。本文则更是谢意溢于言表："过蒙收引，亲赐抚临，因使下材，得闻余教。盖忘千乘以友贱贫之士，先匹夫而轻富贵之身，在故已希，岂今宜有？顾无报称，私用震惊。"正是感于孙沔的厚爱，王安石才在孙沔离任明州之时，专致此启为谢。

第二，文中又曰："比闻治舟，既祖取道。"是则孙沔已备好官船，即将从水路出发。《长编》卷一七〇皇祐三年七月乙亥记事曰："于是京东多盗，乃徙沔知徐州。沔明购赏诛罚，盗以故止。"考七月乙亥当是七月二十七日，孙沔治理徐州理当要花费数月时间，则孙沔治舟取道当在三、四月间。

故王氏此启理应作于皇祐三年春。

6.《谢提刑启》（卷八〇）

此"提刑"为苏舜元（字才翁），诗人苏舜钦（子美）之兄长。详细考证见第二章。

《李系》无编年，《李笺》编为"嘉祐四年知常州离任时作"。《李笺》编年误，当为皇祐元年作。

嘉祐四年时王安石并不在常州任上。《长编》卷一八七嘉祐三年二月丙辰记事曰："知常州王安石提点江南东路刑狱。"《长编》卷一八八嘉祐三年冬十月甲子记事曰："提点江南东路刑狱、祠部员外郎王安石为度支判官。"此明言王安石在嘉祐三年二月已不任常州知州，但不知何故，《李笺》对"甫更三岁"却注曰："荆公自嘉祐二年由群牧判官来知常州，至嘉祐四年，已近三年之任。"实乃一错。

故文中所曰"叨备一官，甫更三岁"，本指自己知鄞县已历经三年而言。文中又曰"遭会使车，按临州部"，系指提点两浙路刑狱苏舜元莅临明州而言。王安石自庆历七年始知鄞县起，经庆历八年，至皇祐元年，恰是"甫更三岁"。皇祐元年，适逢提点两浙路刑狱苏舜元驾临明州督察公务。故此启当是事后王氏写给提刑的感谢信。

因此，本启定作于皇祐元年。

7.《远迎宣徽太尉状》（卷八〇，《王文公文集》卷二三作《远迎宣徽状》）

《李系》无编年。《李笺》编为"治平四年自江宁府赴京师时作"，注此"宣徽"是王拱辰。按宣徽指王拱辰为是，编年误。据《长编》，此状当作于熙宁八年十二月。

此状甚简，然编年考求却颇繁杂。

其一，王拱辰为宣徽北院使一事有过波折。据《长编》卷一八〇至和二年六月己亥记事曰："三司使、尚书左丞王拱辰为宣徽北院使判并州。"然此事七月即废。同卷七月戊辰记事曰："（因御史赵抃反对）宣徽北院使、判并州王拱辰复为尚书左丞、端明殿学士兼翰林侍读学士知永兴军。"又据《宋史》本传记曰："熙宁元年，复以北院使召还。"再据《长编拾补》卷四熙宁二年五月癸未所记，王拱辰又外出判应天府。王拱辰此后直至熙宁八年才重回汴京。

其二，考《长编》卷二七二熙宁九年正月庚午记事曰："宣徽北院使王拱辰上《平蛮杂议》十篇，诏送安南招讨司。"同月辛巳又记事曰："宣徽北院使王拱辰为中太一宫使。"考正月戊午朔，庚午为十三日，辛巳为二十四日。而《宋史》本传记为："熙宁八年入朝，为中太一宫使。"综上所述，王拱辰当在熙宁八年年底抵达京师，九年正月参与朝廷活动。

则当时的具体情况应如本状所述：王拱辰"远驱台旆，甫次国都"，熙宁八年底系从外地返回京师。王安石"阻于官制，莫遂郊迎"，此时系第二次为相，宰相自然不当郊迎。结果就如状中所言：王安石"谨奉状攀迎"。

故此状应定于熙宁八年十二月所作为宜。

8.《贺运使转官启》（卷八一，《王文公文集》卷二二作《贺运使学士转官启》）

《李系》编为"嘉祐二年"，《李笺》编为"庆历七年知鄞县时作"。均误，当为庆历八年春。

文中有曰："迁左兵之名部，实文台之美资。"此正与卒于皇祐二年五月的杜杞的最后阶官"兵部员外郎"契合。

据欧阳修《兵部员外郎、天章阁待制杜公墓志铭》记杜杞行年曰："（庆历）六年，徙为两浙转运使，筑钱塘堤，自官浦至沙陉，以除海患。明年，又徙河北转运使。"《宋史》本传据之所记亦为"明年，徙河北……"然此处的"明年"二字似有误，因为庆历七年的实际情况并非如此。

考《越中金石记》卷二《鉴湖题名》所记可知，庆历七年十月一日，两浙转运使杜杞与越州知州陈亚"同定水则于稽山之下"①。又《长编》卷一六一庆历七年十一月辛未朔记有"河北转运使皇甫泌"。《长编》卷一六二庆历八年闰正月甲戌记事曰："度支副使、工部郎中郑骧权河北转运使。"如此，则杜杞庆历七年实无可能转徙为河北转运使。

又《长编》卷一六四庆历八年四月甲戌记事曰："河北转运使、兵部员外郎、直集贤院杜杞为天章阁待制、环庆（路）都部署、经略安抚使兼知庆州。"是则杜杞刚任河北转运使即又奉命知庆州。对照上文所记郑骧权河北转运使之记载，可以肯定杜杞迁秩兵部员外郎、转徙河北转运使的具体时间，定在庆历八年二、三月间。

故疑欧阳修《杜公墓志铭》之"明年"当为"后年"之误，《宋史》本传亦然。

---

① 李之亮：《宋代路分长官通考》中册，巴蜀书社，2003年6月，第792页。

是则王安石此启应当定于庆历八年春所作为宜。

9.《贺庆州杜待制启》（卷八一）

本启的编年可承上文《贺运使转官启》而来。因为《长编》卷一六四庆历八年四月甲戌记事有曰："河北转运使、兵部员外郎、直集贤院杜杞为天章阁待制、环庆（路）都部署、经略安抚使兼知庆州。"所以王安石作此启恭贺杜杞升任天章阁待制兼知庆州的时间，即可定在庆历八年四月。此当无疑。

10.《上梅户部启》（卷八一）

《李系》无编年。《李笺》编为"庆历七年初知鄞县时作"，误，当为庆历八年早春。

信中有云："朱幡问俗，访山水之昔游。"此当指梅挚新任知州之时。据此，可从两个角度来考察此启的写作时间。一是梅挚此时已为户部长官。二是梅挚此时刚刚新任知州。

一、据《长编》卷一五九庆历六年九月庚寅记事曰："上谓大臣梅挚言事有体，以为户部副使。"是则庆历六年九月是写作此启的上限时间。

二、《宋史·梅挚传》（卷二九八）曰："进士，起家大理评事，知蓝田上元县，徙知昭州，通判苏州。庆历中，擢殿中侍御史……"是则庆历初梅挚曾通判苏州，此暗与信中所云"昔游"相合。

又《长编》卷一六〇庆历七年春正月壬午记事曰："户部副使、户部员外郎梅挚知海州。"《姑苏志》记事曰："梅挚，庆历八年正月丙戌，自知海州徙苏。皇祐元年正月己亥，入为三司度支副使。"是则庆历八年正月是写作此启的下限时间。

综上所述，庆历八年正月，曾任过苏州通判的梅挚新知苏州，恰所谓是"朱幡问俗，访山水之昔游"。

则王安石此启必作于八年早春，且专为祝贺梅挚新得苏州而作。

三、奏疏

1.《谢宣医札子》（卷四三）

《李系》编为"元祐元年"。《李笺》编为"元祐元年闲居金陵时作"，并引《顾谱》卷下为据。二者皆误，此札子宜定于元丰七年六月所写。

王安石晚年虽多病，然真正惊动宋神宗的只有一次，即元丰七年的五月之疾。《长编》元丰七年五月庚申记事曰："诏中书舍人蔡卞给假一月，令往江宁府省视王安石疾病。"蔡卞系王氏之二女婿，宋神宗令其专程赴江宁府探望，可知王氏患病甚凶。

王氏此番背疮发作，毒火攻心。病情传到宫中，宋神宗除了让蔡卞专程省视外，还先后两次派遣国医奔赴江宁，给王氏治病。文中所曰"不图闻彻，特冒慈怜，亟遣内臣，挟医弛降"，即指此而言。经第一位仇姓国医治疗后，王氏尚"风气冒闷，言语謇涩"。待第二位杜姓国医治疗后，王氏才"寻皆痊愈"。本札子便是他在痊愈之后奏谢宋神宗的。

大病之后，王安石深恐在世不长，故六月即有捐屋之举，向宋神宗奏上一篇《乞以所居园屋为僧寺并乞赐额札子》。

2.《求退札子》（卷四四）

《李系》编为"熙宁九年初"，《李笺》编为"熙宁六年或七年为相时作"。二者皆无史实为据，均误。据《长编》，当为熙宁五年六月庚午（二十二日）所作。

王安石《求退札子》不记年月，然从信中"匹夫之志，有不可夺"之言来看，其辞退之意甚为激烈。考《长编》所记王安石求退最为坚决的情况，仅有两次。一是在熙宁三年二月，王安石为力辩青苗法之争，愤然求退。二是在熙宁五年六月，王安石因褒奖王韶憎恶李评之争，再次坚决求退。经两相对照，从具体日期上看，《求退札子》当作于第二次求退之时。

《长编》卷二三四熙宁五年六月己巳记事曰："王安石谒告，上令冯宗道抚问。安石因附表札请解机务。上复令宗道赍手诏封还表札，趣安石入见。"考六月己酉朔，己巳是二十一日。王安石第二天奉到手诏后，便写就《求退札子》，答曰："臣伏奉手诏，令臣二十三日入见。臣明日当入见。"

王安石《求退札子》既称二十三日是"明日"，则写作《求退札子》的确切时间，定在庚午（二十二日）。

《长编》于六月庚午（二十二日）无史事记载。

《长编》于六月辛未（二十三日）记事曰："是日王安石入见。上怪安石求去。安石曰……"

从《长编》以上的记事来看，判定王安石的《求退札子》作于六月庚午

（二十二日），当无疑问。

3.《赐生日礼物谢表（五道）》（卷五九）

《李系》编为"元丰七年"，《李笺》编为"熙宁四年或五年为相时作"。二者皆无史实为据，均误。据《长编》，当作于熙宁四年十一月癸巳（即王安石生日当天），或其后数日。

《长编》卷二二八熙宁四年十一月癸巳记事曰："太子中允、崇政殿说书王雱言：蒙差押赐父安石生辰礼物……"而王安石谢表之四有云："臣某言：伏蒙圣慈特差臣男太子中允雱押臣生日礼物……"两者所言相合，则谢表五通显然当作于此时。

考十一月壬午朔，癸巳为十二日，而十一月十二日当天正是王安石的生日。所以，此谢表五通作于其时当无疑。

附考：《王文公文集》有《谢赐生日礼物表一》，其文云："臣某言：伏蒙圣慈特差臣女婿、前守常州江阴县主簿蔡卞，沿路押赐生日礼物……"按此文为《临川先生文集》所无，恐是王安石在江宁时所作，当与此处的五通谢表无关。

4.《手诏令视事谢表》（卷六〇）

《李系》编为"熙宁六年二月上，盖缘宣德门之事"。《李笺》引《顾谱》卷中所述为据，编为"熙宁三年为相时作"。皆误。据《长编》，此谢表宜定为熙宁二年五月丙戌所作。

熙宁二年二月，王安石参知政事，开始改革，反对势力一时鼓噪而起。其中尤以御史中丞吕诲攻击最烈，其上疏至曰："误天下苍生必是人也。"疏奏而安石怒甚。

考《长编拾补》卷四熙宁二年五月丙戌记事曰："安石乞辞位。上即封还其奏，乃赐安石诏曰：昨已曾面谕朕意，谓悉谅也。今得来奏，甚骇朕怀，今还卿来奏。天下之事，当变更者，非止一二。而事事如此，奚政之为也？卿其反思，职分之当然。无恤非礼之横议，视事宜如故。"

按此处所记之"赐安石诏曰"，当即此谢表所云之"手诏令视事"。宋神宗明确希望王安石"视事宜如故"。

第二日丁亥又记事曰："安石具表谢。上又使中使抚谕，趣入。安石又称疾乞告。上再令中使趣入。"

　　按此处所记之"安石具表谢"，当即王安石丙戌日得神宗手诏后所作之此谢表。王安石谢表中曰："伏奉诏奖励，令视事如故者。"此语与《长编拾补》五月丙戌所记神宗之语"视事宜如故"何其相合！

　　故宜定此谢表作于熙宁二年五月丙戌。

　　5.《代郓州韩资政谢表》（卷六一）

　　《李系》无编年。《李笺》编年为"庆历七年知鄞县时作"，并引《长编》卷一六〇所记为据。然《李笺》又颇为置疑，以为王安石其时远在鄞县任上，又"二人甚不相合"，似不当代写此表。按此表实系安石所为，考作于庆历七年五月在京师之时，其时尚未赴任鄞县。

　　具体理由如下。

　　其一，韩、王关系并非如《李笺》所言，所谓"甚不相合"，特别是早期。若对照《临川先生文集》王氏之亲笔，则一般野史之记概不可信。王安石于先辈韩琦，一贯敬重有余。其任淮南判官期满回京述职时，有《上扬州韩资政启》；韩移知郓州时，有《代郓州韩资政谢表》；韩调判相州时，有《回韩相公启》；自己将入京为翰林学士时，先有《先状上韩太尉（自注魏公）》，后有《贺韩魏公启》；韩琦去世时，又有《韩忠献挽词二首》。故此谢表实系王氏所为，不当有疑。

　　其二，庆历七年这一年，王安石并非全在鄞县任上。考王安石是年行踪，乃上半年尚在京师待命，而秋日则赴鄞县之任（北宋州县官员的赴任时间一般都在秋季）。此有王安石是年秋冬在鄞县所作的书信游记为证，如十月十日所作的《上杜学士言开河书》，十一月所作的《鄞县经游记》。

　　考《长编》卷一六〇庆历七年五月壬午记事曰："知扬州、资政殿学士、给事中韩琦为京西路安抚使、知郓州。"五月乙亥朔，壬午为八日，则韩琦其时自扬州回京述职，领取新命，不会超过五月。而王安石当时正在京师候阙待命，彼时定会去谒见韩琦。二人相见必欢，则王安石为韩琦代作此谢表，当是顺理成章之事。

　　故王安石此谢表代作于庆历七年五月尚未赴任鄞县之时，应无疑问。

四、议序

1.《茶商十二说》（卷七〇）

《李系》及《李笺》均编为"嘉祐四年"作。均误，据《长编》，当作于熙宁四年宰相任上。

此文论述"须仰巨商有十二之损，为害甚广"，最终主张除去巨商。

考《长编》卷二二〇熙宁四年二月戊辰记事曰："是日，上对辅臣言向来茶法之弊。文彦博曰……王安石曰：榷茶所获利无多。吴充曰……王安石曰：茶法本亦不善，须挟见钱、香药等乃能售。盖见钱、香药等已足办边籴，而茶乃更为贾人之累。以此小贾不能入中，惟大贾能之；惟大贾始能，则边籴之权制于大贾。此所以籴价常高而官重费也。"

两相对照，可知本文的基本观点与《长编》熙宁四年二月戊辰所记的王氏观点几乎一致。所以可以判定，本文作于熙宁四年二月前后。

2.《送陈兴之序》（卷八四）

《李笺》编为"庆历三年任淮南节度判官时作"，误。此为庆历六年秋所作。《李系》判庆历六年当是，此再增以史实明之。

欲确认本文的写作年月，须要厘清文中所涉及的三个时间支点。

一、王安石何时出如皋而遇到陈兴之？

文中曰："公之子兴之主泰之如皋簿，某为判官淮南，以事出如皋，遇之，相好也。"考王安石庆历二年进士及第，便判官淮南，理当在庆历五年任满移官。文中曰"其后二年归京师"，即是指庆历五年回京候阙。则其出如皋遇兴之应是庆历三年之事。

二、王安石何时在京师复遇到陈兴之？

文中曰："其后二年归京师，兴之亦以进士得嘉庆院解，复遇之，相好加焉。"宋时地方政府解送合格举子参加次年的朝廷进士考试，一般都是在秋季。是则庆历五年秋冬王安石回到京师候阙时，复遇陈兴之进京赴考。

三、王安石何时作此序赠送给陈兴之？

考《长编》卷一五八庆历六年正月甲午记事曰："命翰林学士孙抃权知贡举。"据此，庆历六年春朝廷有礼部试。序中曰："兴之试礼部有日……逾数月，乃得泉之晋江主簿去。"是则陈兴之进士及第而远官三千里之外，不得慰其亲，王安石乃于秋日独为其悲且作序为赠。

综上所述，此序当作于庆历六年秋无疑。

3.《伴送北朝人使诗序》（卷八四）

《李笺》引《顾谱》卷上所述，编为"皇祐二年在京师时作"，误。皇祐二年时，王安石尚在鄞县候阙，不在京师。或"皇祐"乃为"嘉祐"之误？此序实作于嘉祐五年春，时王安石在京为度支判官。《李系》判嘉祐五年春，此再辨以史实。

王安石有诗曰《道逢文通北使归》，诗中有句曰"笑语春风入贝州"。此诗证明王安石伴送北朝人使时，曾在河北巧逢沈遘，时间是在春季。

沈遘，字文通，为王安石之友。据《长编》卷一九〇嘉祐四年八月乙酉记事曰："太常博士、集贤校理、判理欠凭由司沈遘为契丹正旦使。"按常规，沈遘应于四年冬日出发，而于五年春日返回。既然王安石能于春天在河北途中巧遇沈遘，则说明是年必是嘉祐五年。

而沈遘亦有一诗记下了这次与王安石的不期而遇，其诗题为《过冀州，闻介甫送虏使，当相遇，继得移文，以故事请避诸路，又以诗见寄，次韵和答》①，看来沈遘之诗所述为实，实际上二人并未能见面一叙。

但是，沈遘毕竟是细心之人，他的诗题，可谓是把王安石伴送北朝人使的年份、季节、路线全都表述清楚了。故定此序作于嘉祐五年春，当无疑义。

4.《抚州通判厅见山阁记》（卷八三）

《顾谱》编于庆历四年，《李系》编于庆历五年，皆不妥。《李笺》编为"皇祐二年由京师南下临川时作"，更误。按王安石生平无有"皇祐二年由京师南下临川"之事。皇祐二年其时，王氏正在鄞县"罢县守阙"，但曾回过临川省亲。此"京师"或是"鄞县"之误？

考此文非作于皇祐二年回归临川之时，而当作于庆历六年暂居京师之时。理由如下：

其一，文中自述抚州通判、太常博士施侯是"以书抵予"求作此记的。可如若王氏其人已在临川，则施侯自当面告求文，不可能是作书而请。

---

① 《全宋诗》第11册，第7520页。

　　其二，文中又曰："数辞不得止，则又因吾叔父之命以取焉，遂为之记。"王氏明言，此文实因叔父之命而作。考王安石与其叔父的相处关系，以在京师时最为密切。庆历七年，王安石《次韵十四叔赐诗留别》有云："得侍茫然两见春。"其言庆历六、七年间，王安石自扬州回归京师，候补守阙，有近两年的时间与叔父相守一处。故本文当定于六年所作为宜。

5.《大中祥符观新修九曜阁记》（卷八三）

　　《顾谱》编于庆历四年，《李系》编于庆历五年，皆不妥。《李笺》引《顾谱》卷上所述编为"庆历四年"，亦误。此当作于庆历六年暂居京师之时。

　　祥符观在临川，道士丁用平募民钱新修九曜阁，向王安石叔父求文。其叔父则命王安石作之。

　　考庆历四年时王安石尚在扬州判官任上，不可能身在京师。文曰："某自扬州归，与叔父会京师。"文中又明言其叔父是在京师嘱其为道士丁用平作此记的。故此文应与《抚州通判厅见山阁记》一样，作于庆历六年暂居京师之时。此两记可互为佐证。

第六章　王安石诗歌艺术分类述评

　　王安石现存诗歌有一千六百多首，内容丰富，个性鲜明，对北宋诗坛的发展和诗风的形成，起过极大的推动作用。明代胡应麟曾经这样高度评价过王安石在宋诗发展中的地位："六一虽洗削西昆，然体尚平正，特不甚当行耳。推毂梅尧臣诗，亦自具眼。至介甫创撰新奇，唐人格调始一大变。苏、黄继起，古法荡然。"①

　　当然，王诗在历史上也遭到过不少的诋毁。但面对一些不合情理的指责，也总会有公正的学者出来据理辨析，客观加以评价分析。如当代学者钱锺书的《谈艺录》就曾专论及此，点评《随园诗话》"无忌惮""放词攻伐"荆公诗，同时尖锐指出，袁枚"乃以成见梗胸，不肯读其全集，而妄肆诋諆"。这个批评强调了对王诗全集要通读，而且是要耐心地细读。钱氏本人则对王诗做出了很高的切合实际的综合评价："荆公诗精贴峭悍，所恨古诗劲折之极，微欠浑厚；近体工整之至，颇乏疏宕；其韵太促，其词太密。"②

　　以上胡氏以及钱氏的分析和评价，对我们正确认识王诗的艺术价值、领悟北宋诗歌的风味，无疑大有帮助。但问题是，对数量如此巨大的荆公诗集，我们确实很难做到面面俱到逐一细论。所以，如果不想泛泛而谈的话，还是归类分析为好。因为归类可以比较，分类可以细说。至于分类的标准，不同的梳理思路可以有不同的选择标准：既可以根据诗歌的体裁，分为古诗、律诗、绝句等；也可以根据诗歌的写成年代，分为早年、盛年和晚年等；或者根据诗歌的内容，分为议政、怀古、咏物等。

---

① 　（明）胡应麟：《诗薮》，上海古籍出版社，1979年11月，第211页。
② 　钱锺书：《谈艺录（补订本）》，中华书局，1984年9月，第212、213、245页。

　　按照诗歌的体裁进行分类研究，自然有其长处。因为不同的诗歌形式决定不同的语言技巧，具有各自的表述特点，这就比较容易凸显作品的艺术规律。

　　按照年代将王诗分成发展中的三个时期，也可以清晰展现其作品日趋成熟的自然过程，以及风格的渐变历程。如早年学习杜、韩，步趋欧、梅；盛年镕铸古今，变化创新；晚年追求意趣，抒写性情。

　　但是也可按照诗歌内容，分为若干大类来梳理王诗的艺术特点，这应该也是一条合理的思路。因为在内容相似的同类作品比较中，或许更能深入触摸到王诗的艺术用心。不少著述在论析时都分得十分仔细，比如记事、咏物、怀古、议政、写景、抒情、交友、论禅等，但其实也不必分得过于细微而显得烦琐。笔者主张，可以选择王诗之大端，裁并归纳，分为三大类即可。这三大类即应为王诗的主要构成部分：议政诗，酬唱诗，抒情诗。

第一节　沉重的议政诗

　　本节评论议政诗，论析时以评点解说文本为主。后文评述酬唱诗和抒情诗同样如此。

　　王安石的议政诗，大都作于其前期和中期，且基本采取古体诗的形式。这部分议政诗，数量虽然较少，并不是王氏诗集的主要内容，但它们是王安石诗歌的精华，引人瞩目。这批议政诗在内容上棱角分明，批判的深度超过了同时代的其他作者；在风格上沉郁愤激，明显继承了唐代大诗人杜甫的风骨和胸襟。它们敢于正视社会问题，揭露官民矛盾，同情农夫的穷苦，反省自己的无奈，流露出清醒的为国为民的忧患意识。

　　这些诞生于前期和中期的议政诗，在语言艺术特点上，具有严羽《沧浪诗话》所指出的宋诗的固有特征："以文字为诗，以才学为诗，以议论为诗。"①即它们在语言形式上，甚同欧、梅一派尊韩学韩的诗风，以文为诗的痕迹十分明显。

　　具体而言，即如叶梦得《石林诗话》所言："安石少以意气自许，故诗语

---

① 　（清）何文焕辑：《历代诗话》下，中华书局，1981年4月，第688页。

唯其所向，不复更为涵蓄。如'天下苍生待霖雨，不知龙向此中蟠'，又'浓绿万枝红一点，动人春色不须多'，又'平治险秽非无力，润泽焦枯是有才'之类，皆直道其胸中事。后为群牧判官（按当为度支判官），从宋次道尽假唐人诗集，博观而约取，晚年始尽深婉不迫之趣。乃知文字虽工拙有定限，然必视其幼壮，虽公方其未至亦不能力强而遽至也。"①

故它们与诗律严整、沉着工稳的杜诗相比，似有直露紧迫、言辞纵横之不足。但它们又毕竟有其奋进可贵之处：既要大力推行杜甫的现实批判精神，还要努力传递日益积累的改革意识。所以，王安石的议政诗仍然值得我们珍视。

细而言之，我们可从三个方面来加以详细考察。

一、关注现实，有忧患远见

王安石初入仕途，担任了州县一级的地方官职，直接面对严酷复杂的社会现实，这就使得他的儒学理想与实际感受产生了强烈的意识碰撞。北宋中期，由于田地和财富不断集中于大地主和大官僚手中，社会贫富加剧悬殊。达官贵人和上流社会沉湎于物质享受，底层民众则贫苦穷困，日益陷入水深火热之中。社会的潜在矛盾与巨大冲突正在逐渐酝酿。正是在这样的现实面前，青年王安石在从事政务的同时，开始以诗议政。

在入仕之前，王安石已有名篇鹊起诗坛。如早年之作《叹息行》《开元行》等。著名的《河北民》亦作于其尚未出任地方主官之前。庆历六年秋，王安石奉命东出京师视事，所见千里赤地，流民遍地。出于对千万民众的同情以及对边事的忧虑，他愤激地写下了此诗。有的王诗选本在分析此诗时，往往只讲悲民，而不讲忧国，这是不够全面的。州县相逼催促河役，老小相携求食流离，这只是诗中不满地方当局的一个方面的内容。至于河北民众"生近二边长苦辛"，凶年无食离家乡，其后果必然会影响到边地的稳定和国防的巩固，才更是诗中的担心之所在。由官府不恤灾民而思及边地不稳，由边地不稳再思及契丹西夏随时可能乘隙挑起事端，这才是诗中最终的远虑和高见。诗末卒章明志：怀念历史上的"无兵戎"，乃是直接点明了此诗的主旨。这也是此诗超出

---

① （宋）胡仔纂集，廖德明校点：《苕溪渔隐丛话前集》卷三四，人民文学出版社，1962年6月，第229页。

同期一般悯民之作的根本原因。王安石后来又有《白沟行》一诗云："万里钜穰接塞垣，幽燕桑叶暗川原。棘门灞上徒儿戏，李牧廉颇莫更论。"其意尤在抨击边将疏于防范，不知危机已有隐伏。从根本的旨意上说，其与《河北民》的慨叹是相通的。

庆历七年秋知鄞县之后，王安石开始直接面对国计民生，其所作议政诗开始重在揭示百姓的悲苦，因为这是他以前没有直接体察到的。他作《收盐》，尖锐揭示沿海地区的社会政治问题，提出应当宽待盐民。海岛居民"不煎海水饿死耳"，如果断其生路，则"盗贼往往有"。王安石认为，此事关系到社会的安危，官逼民反则咎在官也，必须警示官府自省。又作《秃山》，以寓言诗的艺术手法，描述岛上群狙只知贪吃而不善生产，借以影射现实社会的享乐群相：只知搜刮掠夺，懵懂挥霍，而最后必将坐吃山空，无可自救。全诗颇有劝喻社会内省的意味：国家积贫加积弱，当早日未雨绸缪也。两诗皆是小小知县王安石胸怀大计、心忧全局的实例。

在王安石担任舒州通判以及入朝为群牧判官期间，仍作有不少此类议政诗。如《兼并》引史证今，满腔愤慨，矛头直指现实社会土地兼并的弊政，抨击了不懂治国的"俗吏"和"俗儒"。此时已有较为丰富治政阅历的王安石，深知土地兼并将会造成难以预料的严重后果。诗中明确传递出他反对土地兼并的政治主张，这正是他后来执政变法的文学先声。这首议政诗在当时产生了极大反响，它电光石火般闪耀在思想领域内，令守旧势力侧目不已。王氏此时又有《感事》，"心哀此黔首""特愁吏之为"，对饥民和官府潜在的尖锐矛盾，表现出极大的关注和担忧。《白日不照物》则记叙"行观蔡河上"，同情役民"力弱"；又为因掘河分流而不幸遭淹没之灾的千家万户黯然悲叹："妇子夜号呼，西南漫为壑。"还有《我欲往沧海》，借主客对话议论如何治理黄河。黄河千载浑，何能澄其源？其实这是在借治理黄河讨论如何治世。诗中提出的是一个重大的实践问题：治河当治"昆仑"，治世当治根本。这是王安石又一次以文学作为先声，递送出他极欲改革现实的为政信息。

当然，王安石在治政实践中也已感悟到社会现实的历史惰性过于滞重，保守势力盘根错节难以摇动，就是要想往前推动一小步，也要花费千钧之力。所以他有《临吴亭》感叹云："补穿葺漏仅区区，志义殊嗟士大夫。欲致太平非一日，谩劳使者报新书。"李壁为之注解曰："诗意似言不能旷然丕变，但补茸支柱而已。皆不满于时之意。"

在王安石执政期间，他与守旧势力的思想冲突更如短兵相接，你来我往，互不相让。其在此间的议政诗则表现为高瞻远瞩，旁征博引，直表心迹，痛快淋漓，充分显示出一位政治改革家应有的凛然正气。如其作《众人》，表示自己将在宋神宗支持下，藐视朝野一切守旧派的反对和围攻，严正申明坚定不移的改革意志："众人纷纷何足竞！是非吾喜非吾病。颂声交作莽岂贤？四国流言且犹圣。"如又作《商鞅》，慷慨陈词，凌厉感奋，以远古改革家自比，向守旧势力严正宣告坚持改革的坚定信心："今人未可非商鞅，商鞅能令政必行！"

二、注重对比，有表现艺术

议政诗表现的是对现实黑暗的愤慨和不满，然后加以谴责，或者描绘理想，表示自己的追求之所在。在这一既定的题材范围里，为了加强谴责的力度，或是为了突出理想的美好，其最有效的表现手法，应当就是对比。议政诗有了鲜明的对比，就可以有效实现作者的创作意图，以取得最大程度的社会效果。此类诗歌中的对比手法主要表现为官民对比和古今对比。

官民对比的表现如下：

封建社会的基本矛盾是统治阶级与农民群众的对立矛盾，北宋时期同样如此。官府年年紧逼征税不已，农民日益贫穷无路可走，这一对立矛盾天天都在增加扩大。在王安石看来，如果对这一对立矛盾不加以调节和缓解的话，势必给朝廷带来威胁。故其《收盐》有曰："州家飞符来比栉"，"穷囚破屋正嗟欷"。又曰："尔来盗贼往往有，劫杀贾客沉其艘。"诗中告诉我们所谓"盗贼"，正来自"穷囚"，而这样的"盗贼"一旦形成气候，朝廷就难以安宁。所以官府不宜硬逼弱民，官逼则民必反。其所作《兼并》有曰："俗吏不知方，掊克乃为材。"又曰："有司与之争，民愈可怜哉！"这里写的也是官府巧取豪夺，弱民束手无奈。王安石又作《感事》，强烈悯农，悲民哀众："丰年不饱食，水旱尚何有？""特愁吏之为，十室灾八九。""州家闭仓瘐，县吏鞭租负。乡邻铢两征，坐逮空南亩。"官府之强横，乡民之无奈，对比极为分明，令人为之凄然。在《和农具诗十五首》里，王安石也述及农民追赶农时的辛劳，以及和官府不讲道理的"夺时"："占星昏晓中，寒暑已不疑。田家更置漏，寸晷亦欲知。汗与水俱滴，身随阴屡移。谁当哀此劳？往往夺其时。"（《田漏》）再如其《郊行》发问道："柔桑采尽绿阴稀，芦箔蚕成密茧肥。聊向村家问风俗，如何勤苦尚凶饥？"民家勤劳春茧肥硕，何以仍然缺衣少食？诗中并未点明其间的原因。但世人已从末句的疑问语气里，领悟到了官府在丰收背后的横征暴敛。"茧肥"而却"凶饥"，对比可谓鲜明矣！

古今对比的表现如下：

所谓古者，乃有近古和远古之说。近古谓盛唐，远古谓先秦。

王氏向往唐代的兴盛，故常以现实与近古比。其《叹息行》有"官驱群囚入市门"，"正（贞）观元元之子孙"，《河北民》有"汝生不及贞观中，斗粟数钱无兵戎"，都是运用颂贞观而非当今的方法批评地方官府，为贫苦农民鸣不平。

王氏又常以现实与先秦比。其《兼并》有曰："三代子百姓，公私无异财。"又曰："法尚有存者，欲言时所咍。"诗中把远古的财产平均主义当作理想社会的生活制度，并以之反衬眼下的土地兼并弊政，表示出对兼并现象的坚决反对。其又有《苦雨》曰："平时沟洫今多废，下户京困久已空。肉食自嗟何所报，古人忧国愿年丰。""肉食"语出《左传·庄公十年》："肉食者谋之。"这里借指在位者、执政者。诗述官府平时不修水利，大雨淹浸农田，导致民众五谷无收，那些在位的官员应羞对古人也！上古的官吏尚要勤劳民事，力争年丰，这与今天"何所报"的"肉食者"形成了多么鲜明的对比！当然，此间的古今对比并无复古之嫌，只不过是向往"无兵戎""无异财"和"愿年丰"而已。

王氏还有一首《思古》诗云："古之士方穷，材行已云贵。大臣公听采，左右不得蔽。"又云："朝游观者羞，暮出逢者避。所以后世愚，人人愿高位。"诗中把上古和当今的官场风气两相对照，褒贬之意不言而喻。

在王安石的五古长诗《酬王詹叔奉使江东访茶法利害见寄》里，更是把古今官道做了全面的对比和评说。其侃侃而论道："余闻古之人，措法贻厥后。命官唯贤材，职事又习狃。"而观照现实："公卿患才难，州县固多苟。诏令虽数下，纷纷谁与守？"官场上积重难返的是："官居甚传舍，位以声势受。

既不责施为，安能辨贤不？"则最后的结果自然是："区区欲救弊，万谤不容口。天下大安危，谁当执其咎？"

三、评价官吏，有反省意识

王安石一心崇尚孔孟的正统儒家思想，就势必会竭力维护儒家的等级制度，即统治集团内部必须讲究君君臣臣，君要像君，臣要像臣。从儒家的仁政观念出发，王安石特别强调，做臣子的必须要以王道治民，要推广仁术，优抚大众，替国君分忧，替朝廷解难。为官者如若信奉霸道，横征暴敛，竭泽而渔，榨逼百姓，就必定会造成民众和官府的对立，造成官逼民反不可收拾的政治局面，从而令皇帝和朝廷坐立不安，这是极不可取的。所以在王安石的议政诗中，常有诗句涉及对官吏们的评价：一方面多有愤慨的斥责，激烈批判那些昏庸凶暴的地方官吏；另一方面又多有诚恳的劝勉，热情提倡理想的为官之道。

在一些议政诗中，王安石对那些作威作福的贪官污吏进行了愤怒地揭露和抨击。如《感事》的后半部分，无情嘲笑那些尽责不力的地方官员："取资官一毫，奸桀已云富。彼昏方怡然，自谓民父母！"又如《舒州七月十七日雨》的焦虑和愤慨："淅沥未生罗豆水，苍茫空失皖公山。火耕又见无遗种，肉食何妨有厚颜！"这里的所谓肉食者，指的就是那些在位的"自谓民父母"的官员也。字里行间，充满了对大旱年头无视民瘼的官吏们的讥嘲和愤怒。

同时，在这些议政诗中，又有不少劝官爱民的坦诚劝勉，希望同道们为民多做实事，多做好事。如《收盐》末尾除对盐民寄予深切的同情之外，更对地方官府提出善意的劝告："一民之生重天下，君子忍与争秋毫！"当然，这样的劝告只能说明王安石初入仕途，尚是书生气十足，根本不理解官场上的习俗与积弊。在强大的旧势力面前，王安石的善心相劝必然是无济于事的，所以他只能依靠提倡正统理念来表达自己的政治希望。所以王安石在《省兵》的末尾提出了理想的为官之道："王功所由起，古有《七月》篇。百官勤俭慈，劳者已息肩。游民慕草野，岁熟不在天。"

此外，王安石在为官之道方面，更是严于自我要求，经常在诗中反省自己：为官治民，一言一行都要对得起朝廷发给的俸禄。如其《强起》有曰："嗟予以窃食，更觉负平生。"《慎县修路者》有曰："十年空志食，因汝起予羞。"《答虞醇翁》有曰："临餐耻苟得，冀以尽心酬。"他还有《感事》

一诗，在后半部更是勇于解剖自己，借以勉励同僚，共同奉君为民："竭来佐荒郡，懔懔常惭疚。昔之心所哀，今也执其咎。乘田圣所勉，况乃余之陋。内讼敢不勤，同忧在僚友。"

诗为明镜，言为心声，就此而言，作为州县一级官员的王安石来说，能够做到这样，已经是非常不错的了！

第二节　灿烂的酬唱诗（上）

——内容上情理交融的三大特色

酬唱诗是中国古代诗人的重头作品，因为作为社会的一员，诗人对具体生活中的各色人等，都必然会有正常的交往应酬。酬唱诗是一位诗人心灵和性情的真率流露，极为可贵。所以从根本上来说，古代大多数酬唱诗应是值得我们珍惜的一份重要文化遗产。其中虽有少数空泛搪塞的客套之作，但那绝不是主流。

然而或许是由于时代负面思想的制约，一些学者在特定时期内，曾对此类应酬诗歌大张攻伐，抨击偏激。巧合的是，他们都在评价王安石时表现了这样的观点：或评酬唱诗为"牵率应酬""以文代情"[①]，或斥酬唱诗为"客套虚文、通篇假话"[②]。这实在不太公平。应酬朋友有何不可？"赠内""悼亡"又有何过错？起码王安石的酬唱诗篇绝非"为文而造情"。如果为人一生，从未有过三朋五友的觥筹交错迎来送往，而只是闭门索居寻章摘句；或者只会赏景独吟天马行空，杜绝交游茕茕孑立，则人生岂不干瘪枯燥索然无味乎？在正常的社会时代里，在正常的生活环境里，人们应当学会欣赏这些内容健康、情感真实的酬唱诗篇。因为这是最好的了解一位诗人精神世界的窗口。

---

① 钱锺书：《宋诗选注》，人民文学出版社，1958年9月，第49页。此书完成于所谓"大跃进"时期。其时意识形态领域左倾思想横行泛滥，正常的社会科学和人文科学的研究均被打断，受到严重的干扰和制约，即使是大学者也不能幸免。在这种特殊的情况下，文化人的精神生活要求，私人之间的生活情趣，理所当然地要遭到蔑视和忽略。这是毫不为奇、可以理解的。

② 张白山：《宋诗散论》，上海古籍出版社，1984年9月，第74页。这一时期尚在"文革"结束以后不久，学术研究领域还存在一些过于偏激的观点，原因同上。此类观点在当时还未能完全摆脱历史上激进意识形态的影响，在今天看来，也是可以理解的。

在这里，笔者不能不提及当年北宋文坛领袖欧阳修对王安石酬唱诗的一个极高评价。庆历三年，欧阳修于酷暑之中批阅了王安石的一些酬唱诗，然后在给沈邈的一封信中赞叹道："介甫诗甚佳，和韵尤精。"（《与沈待制》）欧阳修的赞誉，既表示了对王安石酬唱艺术的钦佩，也透露出北宋文人对私交深情和酬诗互乐的重视，值得我们为之深思。

宋人的生活是美丽的，文士集团也非常之多。只要我们略加注意，就一定会发现，在许多诗人的全部作品中，赠答酬唱的诗篇往往要占到相当大的比例。北宋时期的各个大家均是如此。即以王安石而言，据笔者统计，在他的一千六百多首诗歌里，各式各样的应酬唱和诗篇竟有六百多首，大约要占到全部诗篇的百分之四十！这应该是一个很高很高的比例了。所以把王安石的酬唱诗归结为一个大类来进行分析研究，是十分必要的。

这里还要指出的是，在笔者统计出来的这一比例里，还包括了王氏集句诗里的近三十首酬唱诗。王安石流传有六十多首集句诗，存在于《临川先生文集》卷三六和卷三七的上半部里，也存在于《王文公文集》卷七九和卷八〇里。但是李壁注王诗时却没有收入它们，可能李壁并不认为它们是王安石自己的创作。所以现在的王诗李注本中见不到王安石的集句诗，这也包括2010年最新出版的高克勤点校本《王荆文公诗笺注》在内。这似乎不太完美，也可谓是一个欠缺。实际上王氏的集句诗也应属于一种创作，是一种带有游戏成分的文学创作，其难度并不亚于一般的诗歌创作。所以王氏集句诗里的近三十首酬唱诗，同样值得我们认真看待。

可以说，王安石是北宋中期一位突出的酬唱型诗人。他的酬唱诗在他生命的各个时段都留有踪影，这是由他关心亲朋、广泛交友的积极生活态度所决定的。这些酬唱诗包括友人聚会集体酬唱的分题之作，知交之间吟诗来往的次韵之作，觅到好诗欣赏有得的追和之作，主动作诗示人留念的即兴之作，熟人之间赴官就任的送行之作，还有亲友之间迎来送往的赠答之作等。到晚年时，王安石虽然退出了政界，隐居在钟山，社会活动范围大为减小，逐渐成为以独吟为主的山水田园诗人，日益迷恋于自然景物抒写心声，但他与老友熟僧的酬唱往来仍旧很多，在数量上并不亚于早、中期，所以仍然值得我们关注和重视。

对王安石这六百多首酬唱诗，笔者将择其精华和重要篇章，从内容指向和艺术造诣两大方面来探求它们的一些表现特点。

本节所论，为内容上情理交融的三大特色。

一个作家喜欢酬唱，势必有其重要的思想基础，即他喜欢交友，诚心交友，并能与朋友真心往来，畅怀赠答。所以就酬唱赠答诗歌的一般意义而言，它们最基本的要素就是展示彼此的友情，表达思友的怀念；或是赞扬友人的才情，叙述自己的仰慕；或是对知己宣泄真情，吐露内心的郁闷。这些坦荡的情愫和诚挚的友谊，在王安石的酬唱诗里广泛可见。

所以，对酬唱诗的喜爱，用王安石自己的话来说，那就是"流俗尚疑身察察，交友方笑党频频""邂逅得君还恨晚，能明吾意久无人"（《次韵吴季野再见寄》），以及"素心非不慕前脩，自怪因循欲白头""尚有故人能慰我，诗成珠玉每相投"（《次杨乐道述怀》）。

王安石全集中此类诗篇极多。

早年的如《寄曾子固》："吾少莫与合，爱我君为最。""摇摇西南心，梦想与君会。"《赠曾子固》："曾子文章众无有，水之江汉星之斗。""借令不幸贱且死，后日犹为班与扬。"又《云山诗送正之》："溪穷壤断至者谁？予独与子相谐熙。""子今去此来何时，予有不可谁予规？"《寄孙正之》："肺肝欲绝形骸外，涕洟自落衣巾上。此忧难与世共知，忆子论心更惆怅。"又《寄丁中允》："我于人事疏，而子久已修。""何时有来意？待子南山头。"

中年的如《寄王逢原》："力排异端谁助我，忆见夫子真奇材。""晤言相与入圣处，一取（洗）万古光芒回。"又《别孙莘老》："会合常在夜，青灯照书诗。往往并衾语，至明不言疲。"又《寄吴冲卿》："切磋非无朋，阻阔嗟何速。""清明有冲卿，奥美如晦叔。"又《答扬州刘原甫》："谓我古人风，知君以相优。君实高世才，主恩正绸缪。"又《寄鄂州张使君》："公来建业每自如，亦复不厌武昌居。""投老留连陌上尘，思公一语何由往。"

晚年的如《谢微之见过》："此身已是一枯株，所记交朋八九无。唯有微之来访旧，天寒几夕拥山炉。"又《与耿天骘会话》："邯郸四十余年梦，相对黄粱欲熟时。万事尽如空鸟迹，怪君强记尚能追。"又《送耿天骘至渡口》："雪云江上语依依，不比寻常恨有违。四十余年心莫逆，故人如我与君稀。"又《招杨德逢》："山林投老倦纷纷，独卧看云却忆君。云尚无心能出岫，不应君更懒于云。"又《示俞秀老》："时丰笑语春声早，地僻追寻野兴多。""暮年要与君携手，处处相烦作好歌。"

但是王氏的酬唱诗还有着更重要的内容，即在叙述友情的同时，还多方面抒写了对现实生活的感触，实可谓是细大不捐，情理交融。这里既有对事业志向的畅怀叙述和诚挚交心，也有对自然景物的刻意描摹和热切赞赏，还有对生活情趣的着意提炼和愉悦品味。所以，在与知交挚友畅述情意的基础上，我们对王安石酬唱诗中的三大基本特色应该加以钩沉、彰显和放大。

一、交流心灵，同气相求

梳理王安石的相关酬唱诗篇，我们可以清晰看到他早期的自信和上进，以及从政受挫之后的迷惘和彷徨。而这些极其微妙的情愫，离开他的赠答诗篇，我们无从发现和察觉。言为心声，情从诗出，王安石一生的酬唱史，实际上亦正是他的心灵发展史、心灵变化史。注意钩沉王安石精神世界里这些细微的思想脉搏和心理变化，我们便能够看到一个思想更透明、感情更真实、形象更丰满的王荆公其人。

王安石早年与表兄弟们唱酬，所作《忆昨诗示诸外弟》有曰："端居感慨忽自悟，青天闪烁无停晖。男儿少壮不树立，挟此穷老将安归？"其间又有："吟哦图书谢庆吊，坐室寂寞生伊威。材疏命贱不自揣，欲与稷契遐相希。"诗中以明志苦读的豪言昭示同辈，以此表明他一生的努力方向是要做一个利国利民的政治家。

然而在初知鄞县之后，王安石便体察到了治政的艰难，为官的不易。我们从一些他与朋友酬唱的诗句里可以察觉到，王安石在鄞县执政时似乎遇到过不小的麻烦。对此他多有反思和慨叹，并对官场生活产生了隐隐的动摇，以至在赴任舒州时，还在不断地衡量与斟酌："我初勇一往，役世难安恬。浪荒不走职，民瘼当谁砭？""男儿有所学，进退不在占。功名苟不谐，廊庙等间阎。"（《和平甫舟中望九华山四十韵》之二）又："初来淮北心常折，却望江南眼更穿。此去还知苦相忆，归时快马亦须鞭。"（《送纯甫如江南》）又；"青衫憔悴北归来，发有霜根面有埃。群吠我方憎猘子，一鸣谁更识龙媒？功名落落求难值，日月沄沄去不回。胜事与身何等近，酒尊诗卷数须开。"（《次韵答陈正叔二首》之一）又："此道未行身有待，古人不见首空回。何当水石他年往，更把韦编静处开。"（《次韵答陈正叔二首》之二）

后来的《送张拱微出都》还曾如此自叹曰："一来裹青衫，触事自悔尤。……不足助时治，但为故人羞。"

此外，王安石与朋友酬唱交流时，又常常蕴有"奉职在身，凡事须问自己对得起国家的俸禄否"的自我反省意识。如《酬王伯虎》："予生少而戆，好古乃天禀。念此俗衰坏，何尝敢安枕？有时不能平，悲吒失食饮。唯子同我病，亦或涕沾衽。"又《答虞醇翁》："临餐耻苟得，冀以尽心酬。万事等画墁，虽勤亦何收？"

同时，他也要求朋友关心民生，切实为地方多做好事。双方互动，交流心灵，实所谓同气相求、同声相应也。王安石自己离任之后，仍惦记着昔日治地的百姓，关心他们的疾苦，如《送沈康知常州》有曰："作客兰陵迹已陈，为传谣俗记州民。沟塍半废田畴薄，厨传相仍市井贫。"同样，他在赠答中也会称赞那些治民有方的好友，表彰他们的政绩，如《送张颉仲举知奉新》："故人为邑士多称，徭赋宽赊狱讼平。老吏闭门无重稍，荒山开陇有新粳。"

王安石在酬唱交流时，还念念不忘、殷勤叮咛为官之友要关心民瘼、保民平安。如《送李宣叔倅漳州》："予闻君子居，自可救民瘼。苟能御外物，得地无美恶。"《送裴如晦宰吴江》："到县问疾苦，为予求所经。当知种收地，往往菱蒲青。"《酬王詹叔奉使江东访茶法厉害见寄》："王程虽薄遽，邦法难卤莽。愿君博谘诹，无择壮与耇。"《送宋中道通判洺州》："余尝怜洺民，舃卤半不治。颇觉漳可引，但为谈者嗤。高议不同俗，功成人始思。夫子到官日，勿忘吾此诗。"

又如《次韵和中甫兄春日有感》："淮蝗蔽天农久饿，越卒围城盗少逸。……盲风生物尚有意，壮士忧民岂无术？"《和钱学士喜雪》："谁令天上苍茫合，忽作空中散漫飞。……公今早晚班春去，强劝涝田补岁饥。"

甚至，王安石还会借助赠答交流，热切引导朋友端正忠君为国的态度，坚定用世为民的信念。王安石曾多次与陈正叔唱和，反复劝说他奉君安民以行仁道。如《答陈正叔》："超然子有意，为我歌考槃。予方慕孔氏，委吏久盘桓。"《和平甫寄陈正叔》："强行南仕莫辞勤，闻说田园已旷耘。纵使一区犹有宅，可能三月尚无君？且同元亮倾樽酒，更与灵均续旧文。此道废兴吾命在，世间缄口任云云。"《和正叔怀其兄草堂》："欲抛县印辞黄绶，来伴山冠带白纶。只恐明时收士急，不容家有两闲人。"

而所有这些深刻关注国计民生的极为细腻的思想活动，我们在王安石其他类型的诗歌里，是决然看不到的。阅读评价王诗，如果忽视了这些酬唱诗，显然十分可惜。

二、礼赞天地，神游自然

在王安石的唱和诗中，还有一些佳作善于描绘自然景物，刻画山光水色，在广阔无垠的时空中，以山水风云作兴，引发出虔诚真挚的赠别之情与怀念之情。

此类酬唱诗的意义在于表现出王安石热爱自然、喜欢万物的达观。王氏从小接受南方地域青山绿水的自然熏陶，官场奔波又大抵不离江淮流域，即一直生活在东南地区，因而他对这一地区的自然景物特别赏爱。他十分热衷于在酬唱赠答时，引入山水，笑谈风云。王氏这种礼赞天地、钟情自然的精神特征，与他晚年徜徉钟山的生活态度，明显有着内在的思想联系，在本质上是一脉相承的。

所以，如果我们只知赞赏王氏晚年的绝句，而忽略了他一生酬唱诗中的写景成就，定会留下遗憾。

在王集中，有关这方面内容的酬唱甚多。如果对之加以细分，可有三类。

1. 升腾意境，同抒襟怀。

在这一类酬唱诗中，王安石的审美联想偏重辽阔高远的时空领域。他不但善于在诗中直接描绘奇山异水、颂扬田园风光，还特别喜欢把对亲朋好友的深情厚谊，升华到宇宙风云里去。这样，他的一些酬唱诗就常常会营造出一种罕见的雄浑高古且又清奇飘逸的艺术境界来：诗中之人，在山水之中，诗中之情，在天地之间。而这样一类酬唱的独有韵味，又特别能够激发受阅者的审美豪情和品赏气度，从而让受阅者获得一种强烈的艺术感染。

司空图《诗品》论"雄浑"有云："具备万物，横绝太空。荒荒油云，寥寥长风。"论"高古"又有云："月出东斗，好风相从。太华夜碧，入闻清钟。"

司空图《诗品》论"清奇"有云："娟娟群松，下有漪流。晴雪满汀，隔溪渔舟。"论"飘逸"又有云："落落欲往，矫矫不群。缑山之鹤，华顶之云。"

《诗品》的倡导和描述，正可为据，让我们用来品味王氏酬唱诗篇雄奇风格的这一层面。

如王安石与其大弟王安国两首共颂九华山雄姿的唱和诗，就很值得我们仔细体味。王氏并不是一看到九华山就升腾起强烈的创作欲望，而是在见到平甫的"四十韵"之后，才激起了和唱的愿望，所谓"唱篇每起予，予口安能箝？"（见其二）在这里，酬唱的形式已提前成为该诗创作成功的决定性因素：即没有酬唱的冲动，也就没有了王氏宏伟的九华之颂。

在《和平甫舟中望九华山四十韵二首》之一里，王氏先夸张写其远望九华群山所见："楚越千万山，雄奇此山兼。盘根虽巨壮，其末乃修纤。去县尚百里，侧身勇前瞻。萧条烟岚上，飘渺浮青尖。"继而又描绘其近察山底江面所观："江空万物息，四面波澜恬。峨然九女鬟，争出一镜奁。""陵空翠矗直，照影寒铠铦。冢木立绀发，崖林张紫髯。"

在《和平甫舟中望九华山四十韵二首》之二里，王氏再往前深入一步，大胆升腾他的艺术构思，潇洒发挥他的审美联想："此山广以深，包蓄万物兼。嘘云吐雾雨，生育靡不渐。巍然如九皇，德泽四海沾。""此山相后先，各出群峰尖。毅然如九官，罗立在堂廉。""此山高且寒，五月不觉炎。草树凄已绿，冰霜尚涵淹。颓然如九老，白发连苍髯。""此山当无云，秀色郁以添。姹然如九女，靓饰出重帘。"

王氏在这两首唱和诗中，运用移步绘景法来镂刻九华峻岭的山势和水态，又运用神话传说来想象九华群山的瑰丽和雄伟，可以说都是当时诗坛上描摹山水不可多得的神来之笔。诗中对九华峻岭的远望近察，以及排比渲染、一气呵成的多视角的艺术想象，都显示出王安石描摹山水自然的文学才华，以及翱翔时空领域的审美能力。实际上，这两首唱和诗不只是独具特色的山水颂扬诗。其心细如发的物体刻画，以及引人入胜的景观描绘，应该都属于北宋中期山水诗的上乘之作，且在整个古代山水诗史里也应当占有一席之地。

王安石在与其他弟妹的多篇酬唱中，仍然喜欢发挥这一审美优势。他常常会纵情描述宇宙天地的空旷，万里江山的悠远，然后再联通现实，引入思绪。

他善于以时空的遥远与荒漠，来映衬兄妹分离的惆怅与寂寞。这些美丽的诗作有《示平甫弟》："汴渠西受昆仑水，五月奔湍射蒿矢。高淮夜入忽倒流，碛岸相看欲生觜。"《寄平甫弟衢州道中》："长年无可自娱戏，远游虽好更悲伤。安得冬风一吹汝，手把诗书来我傍。"《寄虔州江阴二妹》："飘若越鸟北，心常在南枝。又如岐首蛇，南北两欲驰。"《游赏心亭寄虔州女弟》："秀丛千山霁，清涵万里秋。沧江天上落，明月镜中流。"

在和兄妹亲友的唱和诗里，王安石的审美情结仍旧喜欢归向那种清奇飘逸的艺术境界。如《次韵舍弟赏心亭即事二首》之一："坐觉尘沙昏远眼，忽看风雨破骄阳。扁舟此日东南兴，欲尽江流万里长。"《次韵舍弟赏心亭即事二首》之二："稍觉野云乘晚霁，却疑山月是朝暾。此时江海无穷兴，醒客忘言醉客喧。"《次韵舍弟常州官舍应客》："此地旧传公子札，吾心真慕伯成高。飘然更有乘桴兴，万里寒江正复艒。"《次韵平甫金山会宿寄亲友》："山月入松金破碎，江风吹水雪崩腾。飘然欲作乘桴计，一到扶桑恨未能。"

而在与知交的酬唱中，那些处处可见的优美诗句，同样也属于此类情况：他对天地时空的向往慨叹，必定会与对方的思念倾慕有机相融。这里移录佳句若干，以供读者管窥蠡测。

如《寄友人》："飘然羁旅尚无涯，一望西南百叹嗟。江拥涕洟流入海，风吹魂梦去还家。"《同陈伯通钱材翁游山二君有诗因依元韵》："秋来闲兴每登临，因叩精蓝望碧岑。""安得湖山归我手，静看云意学无心。"《送何正臣主簿》："何郎冰雪照青春，应敌皆言笔有神。""百年冠盖风云会，万里山川日月新。"《寄友人三首》之三："渺渺水波低赤岸，濛濛云气淡扶桑。登临旧兴无多在，但有浮槎意未忘。"

又如《寄朱昌叔》："西安春风花几树，花边饮酒今何处。一杯塞上看黄云，万里寄声无雁去。"《云山诗送正之》："云山参差碧相围，溪水诘曲带城陴。""山城之西鼓吹悲，水风萧萧不满旗。"《忆蒋山送胜上人》："苍藤翠木江南山，激激流水两山间。山高水深鱼鸟乐，车马迹绝人长闲。"《送谢师宰赴任楚州二首》之二："昆仑一支流向东，七月八月船如风。""神头两岸水无穷，伏槛荷花满眼红。"

当然，在此类酬唱诗中最为出色的，应是王安石酬答瑞新禅师的《答瑞新十远》。此诗把山水人楼融为一体，再加上空间的"八荒"和时间的"千载"，简直就是给我们定格了一个天人合一、时空俱奇的典范：

> 远水悠悠碧，远山天际苍。中有山水人，寄我十远章。我时在高楼，徙倚观八荒。亦复有远意，千载不相忘。

如此精心构思的答友诗，神妙潇洒，深远绵邈，实实在在是一首凸显着清奇高古艺术境界的绝妙之作！

2. 镂刻飞雪，共享神思。

王安石在酬唱诗中又特别酷爱咏雪。这或许是在冰雪王国里，诗人的思绪更容易忘却尘俗，更可以翱翔于心灵的空间；而随着雪花任意的飘飞，又可以纵情寄托特别的审美联想。

相对于前人咏雪，唐代诗人吟诵飞雪时，已能注意到对雪花本身的色彩、质地、扬飞形态以及天地雪景，加以细致地刻画和描绘。如岑参的《白雪歌送武判官归京》，韩愈的《春雪》，白居易的《夜雪》，以及李商隐的《对雪》。北宋中期，一批诗人据此发扬光大，发展以白描手法咏雪写景，蔚然成风，一时为盛。其中，苏轼便是一位大家，试看苏轼著名的《聚星堂雪》的开头几句："窗前暗响鸣枯叶，龙公试手初行雪。映空先集疑有无，作态斜飞正愁绝。"此诗发端写北风暗吹，大雪欲下。先是难察，继见斜飞。其观察与描绘极其精微。故难怪王氏晚年一见到《眉山集》中的咏雪诗，就激情挥笔，连续奋作六首加以唱和。这既是表示由衷的钦佩，也是想展示一下自己对咏雪的念想和爱好（这六首诗题见下文）。

实际上，王安石本人就是一位爱雪、颂雪，且极喜雕镂飞雪和画描雪景的高手。王氏有此特长，当源于他诗学理论中好诗应当"镂刻万物"的文学理念。一般来说，王安石对诗文创作的基本要求是："要之以适用为本，以刻镂绘画为之容而已。"（《上人书》）但他对这个"刻镂绘画"是有着严格要求的，其中一个重要的标准，就是衡量作者能否"雕镂"出鲜明的"千万殊"的艺术形象来（语见《杜甫画像》）。王安石曾在《灵谷诗序》中盛赞其舅的诗歌艺术时说："观其镂刻万物而接之以藻绘，非诗人之巧者亦孰能至于此！"

明乎此要点后，则我们对王安石精细描摹雪花雪景的艺术爱好，包括他对花草树木、山水景物的刻意描摹，就一点也不会感到奇怪了。

下面且移录一些王氏酬唱诗中对雪花、雪景的描述和刻画，以展现其功力的非凡。

《和吴冲卿雪》临摹雪花凌空飘飞，形态曼妙："填空忽汗漫，造物谁怂恿。轻于擘絮纷，细若吹毛氄。……纷华初满眼，消释不旋踵。槁树散飞花，空檐落悬溜。"

《和冲卿雪并示持国》描述积雪起伏厚重，夺人眼球："荒林无空枝，幽瓦有高垅。分才一毛细，聚或千钧重。……争光常娥妒，失色羲和恐。赖逢阳气蒸，转作水波溶。"

《次韵张氏女弟咏雪》有云："那能镇压黄尘起，强欲侵凌白日飞。邑犬横来矜意气，窟蟾偷出助光辉。"这是借用神话传说来渲染飞雪的气势和白洁。

《次韵王胜之咏雪》有云："万户千门车马稀，行人却返鸟休飞。玲珑剪水空中堕，的砾装春树上归。"这是运用想象比喻来描绘落雪的去向和归宿。

《次韵和甫咏雪》形容雪后太空风云变幻，荫翳蔽日，如同排山倒海般压向人间，使人深感压抑窒息："奔走风云四面来，坐看山陇玉崔嵬。……寒乡不念丰年瑞，只忆青天万里开。"

《和钱学士喜雪》调侃雪后寒意充天塞地，鸦犬愁冻，田林添白，整个儿是一片乱景千万："山鸦瑟缩相依立，邑犬跳梁未肯归。点缀丘园荣树木，埋葬沟堑乱封圻。"

至于王安石玩赏苏轼《眉山集》中的咏雪诗，一气连和六首，争艳斗美，更是令我们目不暇接，眼花缭乱。如《读眉山集次韵雪诗五首》其一："若木昏昏未有鸦，冻雷深闭阿香车。抟云忽散簁为屑，剪水如分缀作花。"又如其二："神女青腰宝髻鸦，独藏云气委飞车。夜光往往多联璧，小白纷纷每散花。"再如《读眉山集爱其雪诗能用韵复次韵一首》："水种所传清有骨，天机能织皴非花。婵娟一色明千里，绰约无心熟万家。"

激情乎？才华乎？如此精雕细刻，如此瑰丽华美，白雪世界里竟然能够隐藏着这样浓艳旖旎的奇丽天地，世人难道还可小觑王氏"镵刻万物"的功力吗！

3. 咏花贻情，齐颂蜡梅。

王安石与朋友酬唱，还有一个偏爱，就是时时不忘歌咏四季鲜花，咏花贻情。

迎来初春，他会欣喜提前告诉朋友：山花烂漫岭头开，相思都在春色中。如《送刘和甫奉使江南》："刘郎今日拥旌麾，传到江南喜可知。……亦见岭头花烂熳，更将春色寄相思。"《次御河寄城北会上诸友》："客路花时只搅心，行逢御水半晴阴。背城野色云边尽，隔屋春声树外深。"《次韵平甫村墅春日》："昨日青青尚未齐，忽看春色满高低。陂梅弄影争先舞，叶鸟藏身自在啼。"《移桃花示俞秀老》："舍南舍北皆种桃，东风一吹数尺高。枝柯蔫绵花烂熳，美锦千两敷亭皋。"

到了秋末，他又会与朋友一起，关注那些傲霜的晚菊，寄以满腔的同情与怜悯。如《和晚菊》："不得黄花九日吹，空看野叶翠葳蕤。……委翳似甘终草莽，栽培空欲傍藩篱。"《次韵张子野秋中久雨晚晴》："苦湿欲千里，愿晴非一乡。……菊泣花犹重，粳肥穗稍长。"

严冬降临，王安石更是瞩目蜡梅，多方寻觅，观之咏之。唐宋时期，世人盛赏牡丹和梅花，已成社会风气。特别是在诗人的笔下，如何匠心歌咏牡丹盛赞梅花，已成为作者人品高下志趣雅俗的一种潜在标准。但稍有不同的是，唐人似乎更为偏爱雍容华贵的暮春牡丹，而宋人则更加喜欢歌咏冰清玉洁的冬日蜡梅，一些大家都以精妙出色的颂梅诗句而闻名天下。其根本原因，是它们的象征意义有区别。在世人看来，牡丹重在象征雍容华贵，富态高雅，力压群芳，而梅花重在象征心骨刚劲，傲睨霜雪，遗世独立。所以雪中寒梅更能获得宋代文化环境下士大夫们的青睐和激赏。作为一种人格的象征，梅花已经成为宋人心目中文学审美的精神寄托和理念追求。如苏轼性情豁达开放，他既盛赞牡丹，但也激赏梅花，苏集中颂梅之作多达三十多首。而王安石诗集中不见牡丹之踪影，却有梅花之芳姿。在这些颂梅诗中，王氏同样寄托了自己的审美理想和人格理念，如他曾自吟著名的《梅花》一首："墙角数枝梅，凌寒独自开。遥知不是雪，为有暗香来。"诗中赞赏梅花抗寒的傲骨，芳香的品格，实际上也就是展示自己人格理想的追求。

故王安石与好友们在酬唱诗中反复吟咏蜡梅传达情谊，也即是顺理成章之事。如其《送道原还仪真作诗要之》有曰："岁暮青条已见梅，余花次第想争开。淮南无此山林胜，作意春风更一来。"诗中对梅花抗拒风霜、凌寒开放，报道春讯将至，充满了热情的歌颂和热烈的期待，生意盎然。

王氏与王皙又有四首即席唱和，深沉吟咏雪中蜡梅的芳香和娇姿，切磋诗艺，砥砺明志。

如《次韵微之即席》："风亭对竹酬孤峭，雪径寻梅认暗香。"《与微之同赋梅花得香字三首》其一："风亭把盏酬孤艳，雪径回舆认暗香。"其二："不御铅华知国色，只裁云缕想仙装。"其三："婵娟一种如冰雪，依倚春风笑野棠。"

王氏晚年还与好友徐仲元者唱和，共咏枝头寒梅，颂其芳姿神韵，沉浸于赏梅品梅的逸兴之中，亦是不可多得之笔。如《次韵徐仲元咏梅二首》其一："溪杏山桃欲占新，亭梅放蕊尚娇春。额黄映日明飞燕，肌粉含风冷太真。"又如《次韵徐仲元咏梅二首》其二："旧挽青条冉冉新，花迟亦度柳前春。肌冰绰约如姑射，肤雪参差是太真。"这些诗作的力度和情韵，当皆不亚于与王皙的唱和之作。

三、热爱人生，情趣无限

王安石主张社会改革，一度被朝野反对派大肆诟病。除了他的改革观点、变法措施遭到反复攻讦之外，他的人格形象、生活细节和处世方式，也无不遭到保守势力以及各种野史小说的无端诋毁。

实际上，现实中的王安石热爱生活，为人充满情趣，其人品操守绝对属于一流，各种小说野史的诋毁污蔑都不值一驳。王安石性格率直也强势，这与其他一些文士的善谋多算相比而言，自是各人秉性不同，谈不上高下优劣之分。只是他的处世为人多了一点书生气，行事、言语容易与人滋生抵牾。或者是如他自评的那样"少而戆""人事疏"。生活中的王氏却是胸襟极高，不喜金财，不近女色，以文会友，酬唱往来。

王氏真实的生活态度和生活方式，在他的文章书信里较难见到，但在许多与朋友的酬唱诗里，却可以找到大量自述。所以说，酬唱诗轻松悠闲的固有特点，使得它们真实还原了王氏的生活原貌和日常情趣。此类生活习俗和生活态度，可从四个角度观之。

1. 心怀坦荡，诙谐幽默。

封建社会士大夫酬诗赠答，一般都会冠冕堂皇，作谦谦君子状，以维护自己的士人形象。很少有人会在应酬时描绘自己长相上的缺陷，坦承处世行事的粗疏，甚至披露一己的私欲。但王安石却待友如己，率真直言，毫不掩饰。谓予不信，试观下述。

《酬王伯虎》幽默表白自己好古恋直："予生少而戆，好古乃天禀。念此俗衰坏，何尝敢安枕？"《寄丁中允》坦言自己处世迂阔，谢友指教："我于人事疏，而子久已修。磨砻以成我，德大不可酬。"《和贡父燕集之作》恳切称赞冯京、韩维、刘攽、吴充、沈遘诸位好友长相堂堂："潇洒已见江湖姿。"却诙谐贬斥自己相貌丑陋，居然也能置身其间："唯予貌丑骇公等，自镜亦正如蒙倛。忘形论交喜有得，杯酒邂逅今良时。"《和王乐道烘虱》更是放浪自述秋暑酷热，燃火对炉，张衣烘虱，对客自扪："施施众虱当此时，择肉甘于虎狼饿。咀啮侵肤未云已，爬搔次骨终无那。时时对客辄自扪，十百所除才几个。"在《答扬州刘原甫》的酬诗里，王氏还如实调侃自己为官动机不纯："少食苦不足，一官聊自谋。为生晚更拙，怀禄尚迟留。"

古往今来，世上大概也只有王安石才敢于这样，会在给朋友的赠诗中，直言自己戆直迂阔、丑陋肮脏、留恋官禄。但如若没有坦荡的正直胸怀，没有无畏的精神境界，谁人又敢在酬唱诗里和盘托出这些内容？所以说，这些质朴坦率的酬唱自述，无不充分表现出了王氏的率真坦荡：在他执拗清高的本色性格中，原来还潜藏着诙谐幽默的侧面。

2. 享受生活，潇洒愉悦。

这一类酬唱重在欢言生活的多姿多彩，既描述觥筹交错的畅饮阔谈，也刻画清风明月的幽室密处。作者欣赏的是放松心情，敞开胸怀，升华到人生的高尚境界。酬唱的目的就是与朋友一起，尽情欢快，享受生活。

王氏有《次韵吴季野再见寄》，自述人生最大的快乐即在交友："衣裘南北弊风尘，志格（按嘉靖本作"志趣"）卑污已累亲。流俗尚疑身察察，交游方笑党频频。"此诗的末句真切道出了作者对交友酬唱的无限兴趣。

《别孙莘老》记叙与老友长夜交谈，难舍难分，十分感人："寥寥西城居，邂逅与子期。鸡鸣入省门，朱墨来纷披。含意不自得，强颜聊尔为。会合常在夜，青灯照书诗。往往并衾语，至明不言疲。匆匆舍我去，使我当从谁？"

《和贡父燕集之作》描绘诸友聚饮，得意忘形，不拘小节，高谈阔论："忘形论交喜有得，杯酒邂逅今良时。心亲不复异新旧，便脱巾屦相谐嬉。空堂无尘小雨定，浓绿翳水浮秋曦。高谈四坐扫炎热，木末更送凉风吹。此欢不尽忽分散，明月照屋空参差。"

《晚兴和冲卿学士》展现与知交的饮酒读书之乐："剡剡风生晚，娟娟月上初。白沙眠驽骥，清浪浴鳣鱼。竟欲从君饮，犹便读我书。斜阳不到处，墙角树扶疏。"

《送陈和叔》则回忆与好友在简陋逼仄条件下的欢畅谈心："毁车为屋仅容身，三岁相要薄主人。昼寓墩砖常至夜，冬沿沟汋复寻春。……后会纵多无此乐，山林投老一伤神。"

王氏之忆强调了一个生活的真谛：物质条件无论怎样艰难，也无妨朋友之间的交心之乐①。

3. 记药忆鸟，聚诗为趣。

古人云诗言志也，然而宋人并不满足吟诗寓理，于此之外，他们往往还会去寻找新的作诗情趣。乐趣之一便是标新立异，以文为戏，创作一些稀奇古怪的人名诗、药名诗和鸟名诗。

所谓人名诗，是纯然收集古人的姓名成诗为乐，比如王安石集中的《老景》。李壁从《老景》的八句诗中注出了史上八个名人："景春"系战国时人，"留得"系汉人刘德，"褚先生"系汉武帝时人，"萧何"系汉相，"柳浑"系唐人，"李太白"即李白，"谢安石"即谢安，"榴向"即刘向。

又《苕溪渔隐丛话前集》卷三三引《遁斋闲览》有曰："或传一诗谜云：'佳人佯醉索人扶，露出胸前白雪肤。走入绣帏寻不见，任他风雨满江湖。'乃贾岛、李白、罗隐、潘阆四诗人名也，云是荆公所作。"胡仔本人又于此续加补叙云："世传霞头隐语是半山老人作，云：'生在色界中，不染色界尘。

---

① 公于此诗有自注云：嘉祐末二人同朝为官，陈绎宅皮场街，有小屋，毁辐车为盖。自己"间度汋，饭车盖屋下，随所有无，坐卧砖上，笑语常至夜，如此三岁。"

一朝解缠缚，见性自分明。'"①这些记录都可佐证王安石对猜谜之类的游戏诗歌大有兴趣。

从以文为戏的创作目的出发，由人名诗也可衍生出药名诗、鸟名诗等花样来。或者亦可反过来猜想，是药名诗的盛行引发出了人名诗的开拓。李壁注《老景》引《石林诗话》云：唐代《权德舆集》中曾有诗先为此体，盖以文为戏也。

药名诗在北宋已颇成风气，这是一种诗句中尽可能囊括更多药材之名为旨趣的文字游戏。北宋时多有诗人嗜好此道，其中以陈亚的名气最大。江少虞《宋朝事实类苑》引《倦游录》云：陈亚，字少常，"以滑稽著称"。其又引《湘山野录》云：陈尤工药名诗②。又《宋史·艺文七》载有"陈亚《药名诗》一卷"③。但王安石能巧妙地把药名诗融入应酬诗里来颂扬朋友之间的情谊，这又更加少见，似乎又超过了陈亚。于此我们更可感受到王氏知识层面的广泛以及艺术情趣的细腻。

且看王集酬唱诗中两首著名的药名诗。

其一，是《和微之药名劝酒》。观试题之意，当是好友王暂作了一首药名诗《劝酒》，王安石读后大感技痒，于是发力而和之。李壁在试题下注曰："此凑药名为诗。"其又花费百字小考了历史上药名诗的来龙去脉："世传以为起于陈亚，非也。自梁以来，如简文帝、元帝皆有药名诗。庾肩吾、沈约亦各有一首。至唐张籍为《离合诗》，有云：'江皋岁暮相逢地，黄叶生前半下枝。子夜吟诗问松桂，心中万事喜君知。'以此观之，则药名诗初不始于陈亚矣。"按此诗总共才十五句，李壁竟注出各种药材名称共计有十六种："赤车使者"，"从容"谓肉苁蓉，"珂""紫芝""鸡舌香""陟釐"谓水中苔，"真珠""金罂"谓刺榆子，"琥珀""史君子""独醒"为草名，"酸早"谓酸枣，"没药"谓波斯国所产的一种黑色药物，"管众"谓贯众草，"乌头""白前"为草名。

其二，是《既别羊王二君与同官会饮于城南因成一篇追寄》。李壁注试题

---

① 《苕溪渔隐丛话前集》卷三三，第222页。

② （宋）江少虞：《宋朝事实类苑》卷六七，上海古籍出版社，1981年7月，第892、889页。

③ 《宋史》卷二〇八，第5365页。

曰：“用药名。”全诗十四句，李壁竟注出各种药材名称共计有十九种：“赤车使者”“白头翁”“当归”“天门东”谓天门冬，“山久”疑山韭，“悉悉”谓各种葱名，“泽泻”“半天河”谓天雨水，“王不留行”“肉从容”谓肉苁蓉，“流黄”谓硫黄、黄昏草，“黄金盏”谓忍冬草花，“列当”谓草苁蓉，“预知子”为蔓草名，“空青”为草名，“徐长卿”为禾草名，“子苑”为紫苑草名，“续随子”为花名，“鸡肠”为草名。

至于鸟名诗似乎不多见于诗坛，此当又是药名诗类型的延伸和扩展。但王安石亦有乐趣自创一体。王氏爱鸟，多有关注描写。如其《怀舒州山水呈昌叔》曾记曰：“山下飞鸣黄栗留，溪边饮啄白符鸠。”王氏晚年又有《车载板二首》，专门描写一种人们称之为“不祥鸟”的飞禽，但自述与之相伴，日久生情。

王安石以鸟名酬唱仅见《送李屯田守桂阳二首》之二。李壁专门在题下注曰：“此诗逐句藏鸟名，亦如药名诗。”李壁在十二句诗中注出的各种鸟名共计有十种：“黄离”谓黄栗留，“路思”谓鹭斯（鸶），“归不得”谓思归鸟，“涛何”谓淘河子、鱼鹦子，“交旌”谓鸡鹣，“即令”谓鹖鸰，“山乐官”系鸟名，“提壶”系鸟名，“话眉”谓画眉雀，“百劳”谓伯劳鸟。

作者构思如此，注者解析如此，这样的大诗人和这样的大注家，也只有王安石和李壁才能担当了。

4. 物物可赋，笔端生辉。

王安石曾在《次韵答平甫》中无比响亮地颂歌万物和生命：“高蝉抱壳悲声切，新鸟争巢谇语忙。长树老阴欺夏日，晚花幽艳敌春阳。云归山去当檐静，风过溪来满坐凉。物物此时皆可赋，梅子千里不相将。”撇开此诗兄弟分离的伤感情绪不论，我们从中可以看到诗人对自然万物是何等珍惜与热爱！

“物物此时皆可赋”，事事长吟共抒怀。这就是王安石酬唱诗中对生活充满情趣的形象写照。

王安石热爱禽鸟，情趣广泛，凡他喜欢的禽鸟，常会在酬唱赠答时，专门引来加以描绘。因同情雁奴，悯其冤屈，他专门为诗，与亲友详述雁奴被冤枉的事实经过：“夜或以火取，奴鸣火因匿。频惊莫我捕，顾谓奴不直。”（《同昌叔赋雁奴》）外出巡视途中，与地方县令唱和，他也会爱怜无名水禽："野意肯从贤令至，旧巢犹有主人知。不关饮啄春江暖，自在飞鸣夏日迟。"（《王浮梁太丞之听讼轩有水禽三巢于竹林之上，恬而自得，邑人作诗以美之，因次元韵》）

他又曾在欧阳修家中聚会时作《信都公家白兔》，赞其白兔纯真秀美，喻为月中玉兔："宫中老兔非日浴，天使洁白宜婵娟。扬须弭足桂树间，桂花如霜乱后前。""去年惊堕滁山云，出入墟莽犹无群。奇毛难藏果亦得，千里今以穷归君。"①

此外，王氏又曾作《白鹤吟示觉海元公》，借鹤色以喻善人恶人，以示爱憎："白鹤声可怜，红鹤声可恶。白鹤静无匹，红鹤喧无数。白鹤招不来，红鹤挥不去。长松受秽死，乃以红鹤故。"

《临川先生文集》卷三七还有一气呵成的五首《诉衷情·和俞秀老鹤词》，这是李壁注本所未收的。其词专门描绘众鹤的美妙姿态和高洁品格，格调优雅旖旎。试看其一便可知晓："常时黄色见眉间，松桂我同攀。每言天上辛苦，不肯饵金丹。""怜水静，爱云闲，便忘还。高歌一曲，岩谷逶迤，宛似商山。"

对于花草树木，王氏多有引述。在常见树木中，王氏在酬唱诗中特别喜欢赞颂乔木中的松、枣和槐。因为这些乔木寄寓了他的习俗爱好和情操寄托。

《酬王濬贤良松泉二诗》之一专门颂松，这是看到松树经年常绿不凋，诗人对之敬意满怀："世传寿可三松倒，此语难为常人道。人能百岁自古稀，松得千年未为老。我移两松苦不早，岂望见渠身合抱？但怜众木总漂摇，颜色青青终自保。"

《赋枣（得"烛"字）》颂枣，是由于枣树献了果实还献木材，赤胆忠心为人类，深得王氏之赞叹："种桃昔所传，种枣予所欲。在实为美果，论材又良木。"

《与平甫同赋槐》颂槐，是因为槐树引起了他的思亲之念，所谓叶色青青

---

① 嘉祐初，王安石在京为群牧判官，梅尧臣亦在汴京，补国子监直讲，三五诸友此时常赴欧公家中聚会唱和。因梅氏亦有《永叔白兔》和《重赋白兔》，故王氏此诗必为在座时酬唱之诗也。梅氏《重赋白兔》题下有原注：永叔云："诸君所作皆以常娥、月宫为说，颇愿吾兄以他意别作一篇，庶几高出群类，然非老笔不可。"此更可为有力之佐证也。梅诗见《梅尧臣集编年校注》，第896、900页。

启人思："冰雪泊楚岸，万株同飘零。春风都城居，初见叶青青。岁行如车轮，荫翳忽满庭。秋子今在眼，何时动江舻？"

至于对朋友们美好的日常生活用品，王安石也都抱着真诚欣赏的心情，以惜金爱玉的态度来描绘它们，肯定它们的艺术价值。所谓触处生春，物物可赋也。

如《次韵欧阳永叔端溪石枕蕲竹簟》写石枕竹席："端溪琢枕绿玉色，蕲水织簟黄金纹。翰林所宝此两物，笑视金玉如浮云。"《次韵酬微之赠池纸并诗》写文房用纸："波工龟手咤今样，鱼网肯数荆州池。霜纨夺色价不售，虹玉丧气山无辉。"《元珍以诗送绿石砚所谓玉堂新样者》写珍奇绿砚："玉堂新样世争传，况以蛮溪绿石镌。""久埋瘴雾看犹湿，一取春波洗更鲜。"王氏还由衷赞美崔公度家中的稀有乐器风琴（《和崔公度家风琴八首》）。即使是官府墙上的壁画，也能吸引他低回吟咏："画史虽非顾虎头，还能满壁写沧洲。九衢京洛风沙地，一片江湖草树秋。"（《次韵吴仲庶省中画壁》）或者是僧房里的假山，他也会思及名山而浮想联翩："态足万峰奇，功才一篑微。愚公谁助徙？灵鹫却愁飞。"（《次韵留题僧假山》）

除了文房四宝、琴棋书画，王安石的酬唱诗对古迹遗址也有所涉猎称道。如《次韵唐彦猷华亭十咏》，就涉及以下十处名胜古迹：顾林亭，寒穴，吴王猎场，始皇驰道，柘湖，陆瑁养鱼池，华亭谷，陆机宅，昆山，三女岗。

甚至酬唱题材中最为偏僻少见的农用工具，王安石居然都有精到的歌咏和描绘。君不见，其别出心裁的《和圣俞农具诗十五首》，就是给后人记下的宋代农民种田用的十五种农具吗（含耕牛）？它们是：田庐，飏扇，耧种（据《王文公文集》），樵斧，耒耜，钱镈，耰锄，袯襫，笠笠（据《王文公文集》），耕牛，水车，田漏，耘鼓（据《王文公文集》），牧笛，牛衣[①]。

如此广泛的爱好，如此热忱的吟咏，足以证明王安石本来就是一个热爱天地万物，生活情趣无限的诗人了！

---

① 李壁于此诗有注云："《梅宛陵集》亦有《农具诗十五首》……梅云和孙端叟，意公必同时作。"

第三节　灿烂的酬唱诗（下）
——艺术上丰茂多姿的三大特色

本节所论，为艺术上丰茂多姿的三大特色。

综观王安石的酬唱诗，我们可以看到，这些诗篇在表现手法上很有一些自己的特点。一位作者，要写六百多首同一种类型的赠答诗歌，假如他不去研究体裁的运用和变化，不去考虑特定对象的身份、年龄、关系和个性特点，不去关注每首酬唱设计的应有方式，肯定只能留下一堆客套应付的文字记录。那样就必定反映不出诗人自己的个性，也表现不出怀念朋友的深情厚谊，从而也就失去了酬唱赠答的应有魅力。

然而王安石毕竟是一位诗文大家，在酬唱领域里，如同他晚年潇洒登上绝句艺术的高峰一样，他同样创建了可供后人瞻仰的诗艺成就。这里起码有三个特色分外鲜明。

一、大气磅礴，体裁多变

王安石在这六百多首酬唱诗里，广泛采用多种形式的诗歌体裁。其中有五言古体、七言古体，有五言律诗、七言律诗，有五言绝句、七言绝句，也有集句诗、集句词，还有仿《诗经》的四言诗，仿《楚辞》的骚体诗。总而言之，可以说是真正的琳琅满目，令人惊叹。

1. 五古长诗。

五言古诗本来源于汉魏，到了唐代更是呈现出自己的独特面貌，具有鲜明的时代特色，许多诗人都有佳作。唐初陈子昂、张九龄等力追建安风骨，表现出各自的性格，开启了唐代有个性、有艺术特色的一代诗风。其后李白、杜甫勃兴，或抒发心灵，寄托规讽；或缘事而发，忧国伤时。而王维、孟浩然等又以其清丽婉约的诗作参与其间，以助波澜。中唐时期，更是出现了韩愈、柳宗元等名家，直接影响到北宋欧、梅等人的五古风格。当然，这种诗风同样也影响到王安石的酬唱诗。

王安石的酬唱诗有相当一部分是用古体诗写成的。古体诗不必拘泥于字音平仄和全篇句数的过分限制，在感情充沛奔放时，作者还可以江河直下，尽情吟诵，充分发挥，一气呵成。故一首诗的句数可以长到数十句，甚至上百句，以至于人们诵读起来，只觉潜气相接，连绵不绝，朗朗上口，魅力非凡，所以王氏在酬唱诗中特别喜用五古长篇。

王氏的五古长篇甚多。据笔者统计，其中全诗在40句以下的暂且不论，40句以上的长诗，就有下列十二首：

《寄吴氏女子一首》，40句。

《得子固书因寄》，42句。

《送李宣叔倅漳州》，42句。

《送子思兄参惠州军事》，48句。

《韩持国从富并州辟》，60句。

《招约之职方并示正甫书记》，60句。

《重和（平甫）》，80句。

《和平甫舟中望九华山四十韵》，80句。

《寄曾子固》，100句。

《用前韵戏赠叶致远直讲》，104句。

《再用前韵寄蔡天启》，104句。

《游土山示蔡天启秘校》，104句。

2. 七古长诗。

汉魏八代的古诗，句法以五言为主。到了唐代，七言古诗开始盛行起来。本来五言或七言，各是一种为诗的体裁而已，就看作者构思时自己喜欢采取哪一种罢了。不过相对五言短句的急迫快速而言，七言的节奏要舒缓一些，词句韵味也要更加悠扬一些，故唐代七言古诗在创作实践中迅速流行开来，甚至还进而形成了声势强劲、挥洒自如的七言歌行体。正因为七言句式较五言句式为长，故唐人有一种说法，即把七言句式称为长句，五言句式称为短句。只不过唐人常常只言长句，而很少去说短句。

到了北宋，由于这种诗风影响深广，诗坛各家也就继续秉承这种口味。于是诗坛上在大写五古的同时，同样高调推崇七古，在七古长句上争艳斗丽，比试才华。王氏与同时代诗人一样，十分爱好七言长句的节奏和韵味。

经笔者统计，其七古长句在30句以下的暂不理论，30句以上的长诗，就有下列9首：

《和微之登高斋》，30句。

《和王微之登高斋二首》之一，30句。

《和王胜之雪霁借马入省》，32句。

《和王微之登高斋二首》之二，36句。

《和吴冲卿鸦树石屏》，38句。

《送程公辟之豫章》，43句。（按：七古长篇似无有单句结尾者，疑此诗或有失句。）

《送子思兄参惠州军事》，48句。

《同王浚贤良赋龟得升字》，52句。

《和董伯懿咏裴晋公平淮西将佐题名》，58句。

3. 五、七言排律。

排律是律诗的一种，其因普通律诗的格式加以铺排延长而名之为排律，又称长律。普通律诗只要求四韵八句，但排律可以按己之需加韵加句。

排律和一般律诗一样，要严格遵守平仄、对仗、押韵等规则，但它还必须要超过四韵才算数。一首排律最短的应该有五韵十句，多的可以长达五十韵（100句）、甚至一百韵（200句）以上。对排律还有特殊的要求，即除首尾两联外，中间各联也都必须要用对仗；同时各句之间又都要遵守平仄粘对的格式。正因为限制太严太多，作者的创造力和想象力难以得到充分的发挥，所以排律非常难写，历来少有名篇。至于普通作者，更是很少有人敢于问津。

排律一般又只有五言，很难见到七言。唐代杜甫是五言排律的高手，如他曾作有脍炙人口的《奉送郭中丞兼太仆卿充陇右节度使三十韵》《奉赠韦左丞丈二十二韵》《寄李十二白二十韵》等。据有关研究者统计，在流传于世的一千四百多首杜诗中，其中五言排律就有一百二十七首，几乎占到全部杜诗的十分之一。杜甫的七言排律不多，可见这种诗体的难写程度。

另有韩愈、孟郊等人，则采用互相唱和的联句形式，来合作完成五言排律的长篇，来显示自己的诗才与诗力，如他们的《城南联句》即是一例。

王安石诗学杜、韩，故他在酬唱诗中同样不避险绝，既写了很多比较容易构思的五律和七律，同时也闯进了难写的排律领域。据笔者查阅，王安石的五言排律有七首，七言排律有二首。

五言排律如下：

《次韵留题僧假山》，六韵12句。

《拟和御制赏花钓鱼》，六韵12句。

《和吴冲卿集禧斋祠》，六韵12句。

《送周都官通判湖州》，六韵12句。

《和子瞻同王胜之游蒋山》，十韵20句。

《见远亭上王郎中》，十韵20句。

《送郓州知府宋谏议》，二十韵40句。

七言排律如下：

《和钱学士喜雨》，八韵16句。

《送江宁彭给事赴阙》，三十二韵64句。

4. 集句诗。

李壁注本未收王氏的集句诗，王安石的集句诗全都存在于《临川先生文集》卷三六和卷三七里。对王安石的集句诗，时人已有各种评价。

沈括《梦溪笔谈》卷一四有曰："荆公始为集句诗，多者至百韵，皆集合前人之句，语意对偶，往往亲切过于本诗。后人稍稍有效而为者。"

《苕溪渔隐丛话前集》引《王直方诗话》有曰："荆公始为集句，多者至数十韵，往往对偶亲于本诗，盖以诵古今人诗多，或坐中率然而成，始可以为贵也。其后多有效之者。"按此条恐是王直方移录于《梦溪笔谈》所为①。

又《苕溪渔隐丛话前集》引陈正敏《遁斋闲览》有曰："荆公集句诗，虽累数十韵，皆顷刻而就，词意相属，如出诸己，他人极力效之，终不及也。"渔隐先生胡仔接着对荆公集句诗又作评论道："荆公平生集句诗，未尝改古人字，观者更宜详考。"②

以上这些材料说明，集句诗在北宋中期开始兴盛时，王安石于此有很大的

---

① 《苕溪渔隐丛话前集》卷三五，第239页。

② 同上，第238页。

推动之功。王氏晚年专注于集句诗的创作，更是吸引了许多诗人跟风写作，从而把这一杂体诗推向诗坛前台，确立了集句诗在诗歌发展史上的应有地位。

集句诗看似简单易为，只要搜集到相关的诗句就行。实际上其要求极为严格，以至近于苛刻。大凡缺乏诗学学养、知识面不足，或记忆力不强、思维不敏捷者，均难以为之。集句者要根据诗题的需要，从唐以前数百位诗人的千万首作品里去筛选寻找，搜索出合适而且押韵的诗句来，重新罗织成一首自己需要的赠答诗，还要做到通顺自然、毫无割裂和拼凑的痕迹，真是谈何容易！北宋时有人专集杜甫诗，有人专集李白诗，又有人专集白居易诗，这样的集句方式，由于目标明确单一，平时可以熟读背记，相对而言还比较容易。而像王安石如此这般，上至先秦《诗经》下到晚唐五代，一般的诗句都必须要烂熟于心才能信手拈来。这需要有何等宽泛的知识面和何等强劲的记忆力！

总之，对集句诗诗句本身来说，它是没有创造性的，但重新组合而成的集句诗却是具有创造性的。故作为杂体诗的一员，它应当在北宋诗坛占有一席之地。

查王氏酬唱集句诗中的五言古体有：

《示蔡天启三首》之一，8句。

《示蔡天启三首》之二，12句。

《赠宝觉并序》，16句。

王氏酬唱集句诗中的七言古体有：

《送吴显道五首》之三（按吴名颐，系王妻之兄），8句。

《送刘贡甫谪官衡阳》，14句。

《送吴显道五首》之一，18句。

《送吴显道五首》之二，24句。

《送吴显道南归》，24句。

王氏酬唱集句诗中的七言绝句有：

《送吴显道五首》之四

《送吴显道五首》之五

《示黄吉甫》

《送张明甫》

《赠张轩民赞善》

《戏赠湛源》

《与北山道人》

《示蔡天启三首》之三

王氏酬唱集句诗中的《诗经》式四言句有：

《烝然来思并序》（又名《送程公辟》），18句。

《示道光及安太师》，18句。

《示杨德逢》，22句。

5. **楚辞骚体**。

王安石酬唱诗中只有《寄蔡氏女子二首》采用了楚辞句式。然而在其他类型的若干诗作中，王氏曾多用楚辞骚体的写法，如《幽谷引》《题舒州山谷寺石牛洞泉穴》，又哀辞《李通叔哀辞并序》《泰兴令周孝先哀辞》（仅载于《临川先生文集》卷八六）二首，又《历山赋并序》《思归赋》《释谋赋》（仅载于《临川先生文集》卷三八）赋三篇。这就说明，他对楚辞笔法始终抱有浓厚兴趣。

《苕溪渔隐丛话前集》曾引《西清诗话》云："（荆公）在蒋山时，以近制示东坡。东坡云：'若积李兮缟夜，崇桃兮炫昼（按：此指《寄蔡氏女子二首》之一），自屈、宋没世，旷千余年，无复《离骚》句法，乃今见之。'荆公曰：'非子瞻见谀，自负亦如此，然未尝为俗子道也。'"于此可见王氏楚辞笔法的功力[①]。

二、旁征博引，使典寄意

诗词用典本来只是一种修辞格，但在酬唱诗中，王安石的使典寄意广泛而且深刻，已经达到汪洋恣肆、随心所欲的地步，影响深广，所以可视为一个重要的创作特色。

北宋诗词使典寄意自王安石起，形成了一代风气。其后苏轼的应酬诗篇在这方面更是大出风头。苏轼的应酬诗篇几占其全集的三分之一（王若虚语），使典寄意也不下王氏，甚至苏词和后来的辛词也多有用典的艺术光芒。对如此使典寄意，有人不赞成，嘲之为掉书袋；但也有人客观肯定，为之一辩，以为

是诗中特色，洞开了抒情和议论的新天地。笔者认为后者言之有理。诗歌当然要以形象思维为主，但成熟的使典寄意具有诗歌发展史上的改革意义，扩大了诗歌的艺术功能，开拓了诗歌的表现领域，后人不应率尔轻视之。如清代学者翁方纲《石洲诗话》于此就曾高张宏论，其卷三批评《宋诗钞》有论曰："《宋诗钞》之选，意在别裁众说，独存真际，而实有过于偏枯处，转失古人之真。如论苏诗，以使事富缛为嫌。夫苏诗之妙处，固不在多使事，而使事亦即其妙处，奈何转欲汰之，而必如梅宛陵之枯淡，苏子美之松肤者，乃为真诗乎？"①其卷四批评《宋诗钞》又有论曰："宋人之学，全在研理日精，观书日富，因而论事日密。……吴孟举之《宋诗钞》，舍其知人论世、阐幽表微之处，略不加省，而唯是早起晚坐、风花雪月、怀人对景之作，陈陈相因，如是以为读宋贤之诗，宋贤之精神其有存焉者乎？"②笔者认为，《石洲诗话》的批驳是很有力度的。

总之，读书不应只是资诗，但读书不广博，其为诗必无根基：其力必不大，其势必不盛。

使典（或称用事）有两种，即语典和事典。语典是巧妙运用前人诗文的成辞，不露痕迹地化入自己的诗句。事典是恰当编写前代的历史事实或人物传说，配合默契地融入自己的诗篇，为读者提供了历史意象。二者的目的都是为了给酬唱进行议论或者抒情增强感染力量。

王氏的酬唱恰到好处地引用前人的诗文和史实，拿来据以立言，或者引申发挥，对后人而言，应有一定的启发意义和认识意义。

我们可从以下两个视角来观察一下这样的特点。

1. **引书广博，才气纵横。**

王安石博览群书闻名于世，正史野史且不论，佛学经书也不计，大概当时一切可读之书，他都有所涉猎。王氏在《答曾子固书》里曾如此自信地表述过："某自百家诸子之书，至于《难经》《素问》《本草》、诸小说，无所不读；农夫女工，无所不问。"王氏能具备这样的学养和底气，自然也就做到了

---

① 郭绍虞编：《清诗话续编》，上海古籍出版社，1983年12月，第3册，第1420页。
② 同上，第1429页。

万卷在胸，用典自如。

而且王安石用典还持有自己的创新理念。《苕溪渔隐丛话后集》引《蔡宽夫诗话》有曰："荆公尝云：'诗家病使事太多，盖皆取其与题合者类之，如此乃是编事，虽工何益？若能自出己意，借事以相发明，情态毕出，则用事虽多，亦何所妨。'"①正因为具有如此创新的理念，所以王氏才会在酬唱诗中敢于采典、敢于用典，独辟使典蹊径。

仅从李壁一家为王诗所做的注释中，我们即能惊悉其引征书籍之广博，且不得不叹服其学术渊博、才气纵横。以下试分别各举长、短诗两首，略加统计，以资佐证。

长诗如60句之多的《招约之职方并示正甫书记》。此诗三十韵60句，引征书籍（同篇重复的不计算在内）大致如下：

> 刘禹锡诗，《建康志》，《金陵故事》，江总《寻宅》诗，《庄子·马蹄》，《礼记·檀弓》，《晋书·五行志》，《诗经》，陶渊明诗，《庄子·大宗师》，《诗经·氓》，《左传》，白居易诗，《尚书》，《礼记·玉藻》，司马相如《子虚赋》，《王吉传》，韩愈城南联句诗，杜甫诗赋，《汉书·沟洫志》，《周礼·大司乐》，韩奕诗，《尔雅》，刘言史诗，魏野菊诗，《左传·昭公十二年》，唐薛令之诗，《西京杂记》，《神仙传》，《抱朴子》，《文选》陆机《吊魏武文》，《尚书》序，羊士谔诗，王韶之《神境记》，左思《招隐》诗，《左传·庄公二十二年》，《后汉书·孔融传》，《汉书·公孙弘传》，张茂先答何劭诗，颜延年《陶公诔》，《赵广汉传》。

又如52句的《同王浚贤良赋龟得升字》。此诗二十六韵52句，引征书籍（同篇重复的不计算在内）大致如下：

---

① 《苕溪渔隐丛话后集》卷二五，第179页。

《汉书·霍去病传》，《史记·龟策传》，《洞冥记》，张衡《思玄》赋，韩愈《月蚀》诗，《左传·隐公十一年》，《列子·汤问》，《汉书·食货志》，左思《吴都赋》，《史记·项羽传》，《易经·损卦》，《尚书·大诰》，《史记》太史公语，《易》，《礼记·月令·孟冬》，《尔雅》，《周礼·春官》，《本草纲目》，《续搜神记》，《淮南子·道应训》，《抱朴子》，《诗经·鲁颂》，楚辞，《春秋》，《公羊传》，《左传·昭公二十五年》，《庄子·大宗师》，《庄子·盗跖》，《异苑》，《诗经·东方未明》。

短诗如8句的《次韵曾子翊赴舒州官见贻》。此诗为七律8句，引征书籍（同篇重复的不计算在内）大致如下：

《论语》，《元和郡国志》，韩愈诗，李白诗，《后汉书·范滂传》，《诗经·关雎》。

又如8句的《示德逢》，此诗为七律8句，引征书籍（同篇重复的不计算在内）大致如下：

《孟子》，《诗经·七月》，《汉书·东方朔传》，《仪礼·乡射》，《西域记》，唐人诗，陶渊明诗。

2. 巧用事典，激扬心意。

王安石作诗善于化用前人的语典，这在其诗集中比比皆是，前贤于此所评数不胜数，无须赘言。然而王氏酬唱诗多用事典的特点，论者似乎注意不多。王氏使用事典特色鲜明，大都侧重于数典追祖，抒发感慨。而且多有论史说经、激扬心意的气概与胸襟。为此特挑选三组酬唱，略加分析。

第一组，给蔡天启的赠诗。

王安石诗集中写给蔡天启的赠诗有多篇。其中有《游土山示蔡天启秘校》

《再用前韵寄蔡天启》和集句诗《示蔡天启三首》等。其中引典论人，意气风发，思出多路，各有重点。

现试择104句的五古长篇《游土山示蔡天启秘校》加以详解，余皆略论。

此诗用典的要旨是激励蔡侯建功立业。蔡肇当时虽然只为明州司户参军，但年轻气盛，文武兼备，故王安石甚为青睐，对他寄予厚望。

论蔡氏文采，南宋胡仔曾有记："《东坡集》中有《申王画马图诗》，即天启作。气格有类东坡，世因误收入。其后姑苏居世英家刊《东坡前后集》，遂删去。"胡仔又曾征引《雪浪斋日记》有云："天启诗：'城响涛头入，江昏雨脚斜'；'柳间黄鸟路，波底白鸥天'，皆佳句。《松江诗》最奇，云：'断蓬帆影天平入，夹镜波光水倒流。'"①

论蔡氏武功，王氏集句《示蔡天启三首》之一有曰："蔡子勇成癖，能骑生马驹。……划然变轩昂，慎勿学哥舒。"《示蔡天启三首》之二又曰："蔡子勇成癖，剑可万人敌。……开口取将相，志气方自得。"胡仔又曾引用《石林诗话》详细解之曰："（荆公在钟山，有马甚恶，天启）起捉其鬃，一跃而上，不用衔勒，驰数十里而还。荆公大壮之，即作集句诗赠之：'蔡子勇成癖，能骑生马驹'者。后有'身着青衫骑恶马，日行三百尚嫌迟，心源落落堪为将，却是君王未备知。'（按《示蔡天启三首》之三）士大夫自是盛传荆公以将帅之才许之。"②

所以，王安石在《游土山示蔡天启秘校》里，正是以此为中心大量引史用典。李注曰："土山在上元县南三十里。"又引《丹阳记》云："晋太傅谢安旧隐会稽东山，筑此象之。无岩石，故谓土山。"故王氏睹山思谢，大量化用《晋书·谢安传》的史实作为事典融入诗内，指点蔡子应当慕效谢安。历史上的谢安于国家危难之际，既能巧妙与朝中权贵桓温周旋，稳定政局，又能沉着与前秦强敌苻坚对阵，一战保国。故后世皆盛誉其文武兼备，是治国统军的栋梁之材。诗中前半从"坡陀谢公冢，藏椁久穿劫"开始，直至"清谈眇不嗣，陈迹恍如接"为止，整整铺陈34句来概述谢安的事迹。再加上后半"追怜衰晋

---

① 《苕溪渔隐丛话前集》卷三七，第246、247页。

② 《苕溪渔隐丛话前集》卷三七，第247页。

末""倘与鸡梦协""束火扶路还"等6句，已占超过全诗篇幅的三分之一。

王氏又在诗中后半部歌咏自己的发小、"东阳故侯孙"时，精心采撷了范晔《后汉书·马援传》中的一些史料化作事典，如"仰视飞鸢跕""穷归放款段"等。马援是东汉开国名将，善文章、多智谋、熟兵策、胜对手，南征北战，功勋赫赫。在《马援传》里，"乘下泽（按短毂安稳）车，御款段（按缓行慢步）马"，是其从弟少游追求衣食丰足的生活理想。而"仰视飞鸢跕跕堕水中"，则是马援率军征战交阯时，在"下潦上雾，毒气重蒸"困境中所见到的奇景。这两个典故意境相反，其统一的背景则是马援一生慷慨多志、从军为国。王氏采用此二典，目的正是为了突出马援的人生志向："丈夫为志，穷当益坚，老当益壮……男儿要当死于边野，以马革裹尸还葬。"这里的使典显然意在引导蔡子仿效马援。

此诗诗末则自述安于自养："幸哉同圣时，田里老安帖。"同时对蔡侯的未来寄予了无限的希望："蔡侯雄俊士，心憭形亦谍。异时能飞鞚，快若五陵侠。"诗句渴望后继有人，显然是王氏的真实心意。

当然，王氏对蔡子尚武的未来也有着清晰的警示和告诫："慎勿学哥舒""未见有一获"，语重心长，警钟暗鸣。

在这一组酬唱中，除了以上详析的《游土山》而外，其他104句的五古长诗《再用前韵寄蔡天启》（此诗作于蔡子西去后怀念与之共论《字说》的快乐时光），以及集句诗《示蔡天启三首》，所用的典故大致类此，不再详析。

第二组，与王微之的唱和。

王微之，名哲，是王安石的知交。治平二年十月冬至三年三月春，江东转运使王哲暂时代理江宁知府一职。而王安石在治平年间正居金陵，为丧母守制，故二人得以相游唱和，成诗多首①。

如王氏有30句的《和王微之登高斋二首》之一，铺陈二人登高远眺之感，交流推心置腹之情，其中便引用了事典。高斋在金陵，是城东月台上的一座高屋，为康定年间江宁知府叶清臣所建。在此屋居高临下，望景思古，乃是北宋

---

① 沈钦韩早年所注有误，详见李之亮《王荆公诗注补笺》第167页中《和王微之登高斋二首》注1的考辨。

一代士大夫的雅兴之举，故王氏登高斋即有所思："想携诸彦眺平野，高论历诋秦以来。"

此诗所怀重点有二。一是"念君少壮辍游衍，发挥《春秋》名《玉杯》。"诗引《汉书·董仲舒传》中治经的典故，称赞王哲学问精深。二是"登临兴罢因感触，更欲远引追宗雷。"这是取典《晋书》，追思东晋的东林莲社十八士子，沉吟士人应当坚持有为。这是用以自励的。

又如36句的《和王微之登高斋二首》之二，遥想"干戈六代战血埋"，评说朝代兴废，歌颂本朝功业，其间亦事典不少。

"临春美女闭黄壤，玉枝白蕊繁如堆"四句，引《陈书》后主居临春阁事，述其与妃嫔、"狎客"荒政亡国之可悲。

"咸阳龙移九州坼，遗种变化呼风雷"六句，引《南史》及其他史籍，述唐主李昪治国建事之艰辛。

"建隆天飞跨两海，南发交、广东温、台"八句，则概述本朝终灭南唐之雄捷。

王安石曾有一首集句诗《金陵怀古》，感慨六代金陵政权所以废败的内部缘由，认为值得引以为戒。这首《金陵怀古》颇可作为本诗的形象注释，值得一读："六代豪华空处所，金陵王气漠然收。烟浓草远望不尽，物换星移度几秋。至竟江山谁是主，却因歌舞破除休。我来不见当时事，上尽重城更上楼。"

再如30句的《和微之登高斋》，主旨仍是评说"六朝人物随烟淡，金舆玉几安在哉？"其目的也仍然是以史为鉴，歌颂本朝"山川清明草木静"，平安祥和。

诗中"百年故老有存者，尚忆世宗初伐淮"六句，是引典概括后周世宗柴荣征伐南唐的经过。"龙飞九天跨四海，一水欲阻真堪哈"六句，则是形象歌颂本朝终灭南唐之事。

还有两首七律，也同样使用了类似的典故。

如《次韵登微之高斋有感》，李注援引《建康志》、欧阳修《集古录》和曾巩《南丰集》所记之史实，指出王氏所悲，当为陈后主与爱妃张丽华等投景阳宫井之往事。诗中所发为思古之忧："登高一曲悲亡国，想绕红梁落暗尘。"即慨叹亡国之君之不足道也。

又《和微之重感南唐事》，王氏集中引典《陈书》述后主叔宝，引典《梁书》述武帝衍，感慨陈、梁二君荒唐误国，导致江山易帜，所谓"叔宝倾陈衍弊梁"。又引典《南史》和《建康志》等，指斥后主权臣江总等人妄为"狎客"，导致国君失政失民，所谓"酣咏君臣举国荒"。全诗多处使典，强烈寄寓了臣下应当奉君强国的政治理念。

第三组，送彭思永的赠诗。

彭思永，字季长。王安石以之为好友，曾为他慨作七言排律一首，即64句的长诗《送江宁彭给事赴阙》。

王安石全部酬唱诗中只有两首七言排律：一首是《和钱学士喜雨》，计八韵16句。另一首即是《送江宁彭给事赴阙》，计三十二韵64句。其中《送江宁彭给事赴阙》尤为气势宏伟，情感酣畅淋漓，思绪汹涌澎湃。彭思永皇祐年间曾任侍御史，以敢于直言进谏而闻名朝野，声望甚高，人气甚足。此番又从江宁知府任上被召为御史中丞，舆论纷纷看好，均寄以美好期望。《建康志》记曰："治平二年十月十九日，思永赴阙，为御史中丞。"王安石此时恰在金陵为母守制居丧，正逢其事，于是为之快作七言长诗，热烈欢送。

此诗旁征博引，大量借典说事，从多个角度颂彭、送彭，有别开生面之妙。现略引数句，以证一二。

"桂堂发策收科选，樱苑颁诗预宴酣"，引《晋书·郤诜传》的武帝问语，以及当朝仁宗赐进士的诗句，来称美彭之文学才华。

"太邑援琴聊试可，小州怀绶果才堪"，引《吕氏春秋》宓子贱援琴治单父事，以及《汉书·朱买臣传》怀藏印绶悄入会稽府邸之事，来渲染彭之政事才干。

"龙鳞直为当官触，虎穴宁关射利探"，引《史记·韩非列传》的"人主亦有逆鳞"说，又引《三国志·吴书·吕蒙传》里"不探虎穴，安得虎子"的少年壮语，来歌颂彭为侍御史时的抗言硬骨。

"期信有儿迎郭伋，食贫无地乞羊昙"，引《后汉书·郭伋传》的守信故事，又引《晋书·谢安传》的借墅故事，来称赞彭之信诺和清廉。

"帝命贾琮当冀北，民歌姬奭次周南"，引《后汉书·贾琮传》中严治冀州的故事，又引《诗经·召南》民歌咏誉召公的故事，来表彰彭之治民政绩。

"岂但缙绅称召杜，故多扶杖祝彭聃"，引《后汉书·杜诗传》中"召父杜母"的故事，又引彭祖、老子长寿的故事，来反映民众对彭的爱戴之心。

此七言排律全诗长达64句，所引用的历史典故共有数十条之多，若是称之为掉书袋，也未尝不可。但这一奇险深奥的特殊诗风仅是表象而已，其实质乃是深刻表达王安石对彭思永可贵品格的颂扬和期待，同时也间接体现了王氏对官场平庸风气的不满和贬斥。故此诗引典论史、弘扬正气的精心表述，应是酬唱之类的奇特大手笔，其艺术价值可以忽视乎？

三、殚精竭虑，技巧翻新

王安石对酬唱赠答的谋篇构思和表现手法，从未掉以轻心。在这方面，他对议政诗、酬唱诗、抒情诗，都是一视同仁的。王氏在馈赠亲朋好友的许多诗作中，均是在殚精竭虑捶打成熟之后，才向对方呈上自己最为满意的篇章。故其酬唱的诗艺才华很值得我们细细切磋。

王氏酬唱诗篇的具体技巧表现在三个方面。

1. 从篇章上看，构思讲究异军突起。

这其中有一类是以虚胜实。大凡为诗和作文一样，作者在落笔之前均会有结构上的谋篇考虑。王安石酬唱诗多有独辟蹊径的起唱收结和框架设计。这些诗篇力避平铺直叙，均喜异军突起，在独出机杼的艺术境界里，献上给对方的关心和祝福。

如七古长篇43句的《送程公辟之豫章》，就迥然大异于一般的送行格局。此诗写随行见闻，似若王氏在侧，其实全是虚构。李注云此诗作于嘉祐七年五月，是年王安石身在汴京知制诰，自无可能亲自观望豫章吏民迎接新守的盛况。然而王氏却在诗中对盛况一一叙来，几令读者产生王氏全程陪同程师孟赴任豫章的错觉。又既是送人赴任，理应祝福种种。然诗中不述自己怅然有失，也不祝对方事业有成，却以散文叙事的笔法，娓娓道出无限想象。一想豫章百姓如何携带家乡水产，喧呼集结迎接新到太守。二想豫章小吏如何大献殷勤，向新来太守炫耀本州的形胜和宝藏。第三才回到使君准备起行，以及自己不舍而归的现实欢送场面。然而，被送者的仕履、才能、威望以及事业前程，包括自己的情谊和祝福，全部都在诗中披露无遗矣。此赠诗谋篇之奇特，构思之巧妙，实为罕见，当为王安石送行赠诗之第一。

如五古八句的《与平甫同赋槐》，以槐树为对象，虚写从冬到秋，槐树枝、叶、花、实的四季变化。用槐树已经结实的当下事实，来衬托自己无法与兄弟归聚，其遗憾与懊丧的心情不言而喻，溢于言表。故刘辰翁在诗题下有评语赞道："此诗八句而该四时，全不促迫而优游有余，其妙如此！"八句诗写出四时的有序变幻，足可见王氏间架设计的严细精妙。

又如七古十句的《寄鄂州张使君》，明然标示自己是在遐思翩翩："武昌山川今可想，绿水逶迤烟莽苍。白鸥晴飞随雨桨，岸茅茸茸映鱼网。投老留连陌上尘，思公一语何由往。"这首赠诗在想象的青山绿水的美丽图画中，把对张颙的仕途祝福和自己的诚挚怀念，描绘得淋漓尽致。

又如《寄题郢州白雪楼》，为当时的郢州太守李端愿（字公瑾）新建白雪楼而作。李端愿建造白雪楼，曾邀请京城名流题诗为庆。梅尧臣诗集中有一首《寄题郢州白雪楼》，就是嘉祐元年为此而作的。这里王安石也有一首《寄题郢州白雪楼》，恰可以为证。他们虽都是应邀而作，但妙就妙在梅、王都未曾前往郢州观楼，而仅凭发挥宋玉《对问》中的典故"下里巴人"和"阳春白雪"，就虚拟出楚地男女贺楼的欢庆歌舞："郢人烂漫醉浮云，郢女参差蹑飞鸟。"此均是以虚取胜之妙笔。

又有一种是为对方攀附名人高姓。王安石的酬唱构思还有一种手法，即善以攀附名门望族的巧妙敬称来恭贺朋友，从而让对方笑纳情谊。在朋友圈子里，这种善意并且高雅的赠诗唱酬，应该说是一种特殊的诗艺，不可多得。

如104句的五古《用前韵戏赠叶致远直讲》，戏称叶涛的祖上是战国楚国公侯："叶侯越著姓，胄出实楚叶。缙云虽穷远，冠盖传累叶。"李注云："楚有叶公诸梁，食采于叶，僭称公。"

如《和仲庶出守潭州》，吴中复出守潭州，王氏戏称其是西汉吴公之后，希望他能像西汉的河南太守吴公那样，既能获得地方政绩，又能引来贾谊那样的杰出人才："吴公治河南，名出汉庭右。高才有公孙，相望千载后。……自古楚有材，酃渌多美酒。不知尊前客，更得贾生否？"李注云："《贾生传》：'文帝初立，闻河南守吴公治平为天下第一。'"又云："谊先为河南吴公客，后谪长沙。今公言'尊前客'，又施之吴姓，用事精切如此。"

又《送文学士倅邛州》，王安石送文同通判邛州，尊其为西汉教化巴蜀的名臣文翁的后代，为其扬名云："文翁出治蜀，蜀士始文章。……莘莘汉守孙，千秋起相望。"李注则引范子功所作《（文）与可志铭》提供佐证："其先文翁，庐江人，为蜀守，子孙因家焉。"

又《送程公辟得谢还姑苏》，王安石送程师孟致仕回乡，重返吴郡，顺带在诗中颂扬了另两个好友，实可谓是溢美之词，也正是巧妙地运用了这一手法。诗中有云："唱酬自有微之在，谈笑应容逸少陪。"这里的"微之"表面指元稹（字微之），实喻元绛（字厚之）；"逸少"表面指王羲之（字逸少），实喻王介（字中甫）。李注引旧本王安石自注云："少保元绛，谢事居姑苏。"又："王中甫善歌词，与相唱酬燕集。"李注又云："中甫，王介也。……逸少、微之，皆取古人以比今之同姓者。"其间之妙，妙不可言。

再如《详定幕次呈圣从乐道》等亦是如此。王安石为详定官时，曾与同官杨畋、何郯多番唱和。在这些酬唱诗中，他均多次运用历史名人的姓氏来赞誉对方。此诗明颂西汉的文学家扬雄（字子云）和南朝诗人何逊（字仲言），实誉杨畋和何郯，诗曰："殿阁抡材覆等差，从臣今日擅文华。扬雄识字无人敌，何逊能诗有世家。"李注曰："皆用扬、何二姓事。"

《奉酬圣从待制》有云："复道谏书尝满箧，不唯诗句似阴何。"阴指南朝诗人阴铿（字子坚），何指何逊，显然暗喻何郯。

《次韵乐道送花》有云："沁水名园好物华，露盘分送子云家。"不言而喻，这里的"子云"即是扬雄，当是暗指杨畋。

2.　从修辞上看，想象偏好奇妙飘逸。

王安石诗学杜甫，又学韩愈，这是众所周知的。然而王安石写诗也曾学过李白，对这一点，世人却注意不够。

王安石诗歌的基本风格是"瘦硬雄直""逋（同逋）峭谨严"（梁启超评语），"精贴峭悍""劲折工整"（钱锺书评语），但王诗的艺术想象还具有奇妙飘逸的一面，十分高雅。这与他崇尚楚辞有关，更与他合理肯定李白的诗艺有关。因为在王安石不少酬唱诗里，都潜藏着李白浪漫飘逸诗风的踪迹。一般认为，王氏曾鄙薄过李白，自然也就会鄙薄其诗，其实这个论断是有失偏颇的。我们应该全面、完整、准确地理解王安石对李白的认识和评价。

　　《苕溪渔隐丛话前集》引《钟山语录》有曰："荆公次第四家诗，以李白最下，俗人多疑之。公曰：'白诗近俗，人易悦故也。白识见污下，十首九说妇人与酒，然其才豪俊，亦可取也。'"①按此说为世传王安石贬斥李白分量最重的一段评论，但显然前贬，后又有所褒。

　　同书又引王定国《闻见录》有曰："黄鲁直尝问王荆公：'世谓四选诗，丞相以欧、韩高于李太白邪？'荆公曰：'不然，陈和叔尝问四家之诗，乘间签示和叔。时书史适先持杜诗来，而和叔遂以其所送先后编集，初无高下也。李、杜自昔齐名者也，何可下之？'"②按这段记述已表明了王安石对李白的基本态度。

　　其书又引《遁斋闲览》有曰："或问王荆公云：'编四家诗，以杜甫为第一，李白为第四，岂白之才格词致不逮甫也？'公曰：'白之歌诗，豪放飘逸，人固莫及；然其格止于此而已，不知变也。至于甫，则悲欢穷泰，发敛抑扬，疾徐纵横，无施不可……'"③按此述为王安石评论李杜二人的不同诗艺，当自成一家之言。

　　其书又直接援引荆公本人之语有云："诗人各有所得。'清水出芙蓉，天然去雕饰'，此李白所得也。'或看翡翠兰苕上，未掣鲸鱼碧海中'，此老杜所得也。'横空盘硬语，妥帖力排奡'，此韩愈所得也。"④按王安石如此评说各家自有不同风格，持论平和，自当公允。

　　可见，王安石对李白及其诗艺的评价是全面、完整的，他虽然对李白有所不满，但也更有辩证肯定，应属诗坛上正常的一家之言。故我们不应仅仅持其一端。

　　所以，王氏能在一些酬唱诗中频频借鉴李诗的构思技巧和造语风格，就毫不奇怪了。甚至，王氏还有一些诗篇，还多有暗效李白风格、名句和意境的明显痕迹。

　　如《我所思寄黄吉甫》，这首称颂黄巽的赠诗，怎么看来，都烙有李白

---

① 《苕溪渔隐丛话前集》卷六，第37页。
② 同上。
③ 同上。
④ 《苕溪渔隐丛话前集》卷五，第30页。

《梦游天姥吟留别》意境和格调的印记。王诗中"我所思兮在彭蠡"的低回咏叹，恰如李诗"我欲因之梦吴越"的一往情深。王诗中"一夜寒晶径千里"的月下航舟，极似李诗里"一夜飞度镜湖月"的水色倒影。王诗写登山："萝茑冥冥荫演迤，稍上寻源出奇诡。"李诗写登山："千岩万转路不定，迷花倚石忽已冥。"王氏遐想见到的是佛寺道观："像图释迦祠老子，台殿晻霭相重累。石槽环除逗清泚，松竹靓深无虎虺。"李白梦游看到的是天界神仙："霓为衣兮风为马，云之君兮纷纷而来下。虎鼓瑟兮鸾回车，仙之人兮列如麻。"两诗最终求道崇仙，其倾向和精神追求又是何其相似乃尔！王诗最终高唱理想："寄声五老吾念尔，相见无时老将死。"李诗则长吟决断："别君去兮何时还，且放白鹿青崖间，须行即骑访名山。"

又如《葛蕴作巫山高爱其飘逸因亦作两篇》，诗题直言"爱其飘逸"，而洒脱飘逸正是李白诗歌最主要的风格特征。诗中主旨虽然紧扣的是巫山云雨，但描绘巫山十二峰的意象诗味，显然又与李白的《蜀道难》丝丝相关。王诗称颂巫山："上有往来飘忽之猿猱，下有出没瀺灂之蛟龙。"而李诗歌咏蜀道："上有六龙回日之高标，下有冲波逆折之回川。"王诗形容巫山的山势："其巅冥冥不可见，崖岸斗绝悲猿猱。赤枫青栎生满谷，山鬼白日樵人遭。"而李诗描写蜀道的山势："黄鹤之飞尚不得过，猿猱欲度愁攀援。""但见悲鸟号古木，雄飞雌从绕林间。"故刘辰翁评此诗有曰："怪愈怪，奇愈奇，而正大切实，隐然破千古之惑。其飘然天地间意，陋视能赋。"

此外又有《示俞秀老二首》之一，诗中有云："缲成白雪三千丈，细草孤云一片愁。"夸张虽然奇特，但人们一眼即可认出，这里明显借鉴了李诗的构思："白发三千丈，缘愁似个长。"（《秋浦歌》）

钱锺书《谈艺录》也曾指出过：他如《即事》（按实为《即事六首》之一）："我意不在影，影长随我身。我起影亦起，我留影逡巡。"（按实为"我起影亦起，我留影逡巡。我意不在影，影长随我身。"）则太白《月下独酌》（按应为其一）"月既不解饮，影徒随我身……我歌月徘徊，我舞影零乱"之摹本也①。

----

① 　钱锺书：《谈艺录（补订本）》，第246页。

再如《寄李士宁先生》，系少见的6句七言古诗。诗中想象奇警，以流动的河水来比喻自己，传达思念对方的强烈信息："自嗟不及门前水，流到先生云外家。"这样的想象，实有李白神妙飘逸的诗风色彩，既能形象表达出满腔的深情厚谊，又能巧妙恭维到对方的仙风道骨。赠者受者，皆大欢喜，堪为神妙。

又有《寄沈道原》，想象居山临下，下视云端。作者从高看远，化大为小，用了诗艺上的缩小法，也明显具有李白的艺术风格，属于一种奇诡的想象能力。能把"城郭千家"看成"一弹丸"，能把绵延的隋代故宫视为盘曲的一蛇团，则寄诗和收诗双方的心胸气度便可想而知矣。

3. 从行文上看，句式追求参差峭奇。

王氏的酬唱诗多数音韵铿锵、句式整齐，但有时他又会追求参差奇峭之美，以长短相间的句式，营造错综突兀的局面。这是王安石诗艺观上的审美偏好，其源头乃在于他久习韩文韩诗，深悟韩愈诗文中整齐与错综相杂的奥妙。以下且试看四首古风酬唱的句式变化。

《白鹤吟示觉海元公》，总共只有21句，却彻底以散文笔法述事完篇，句式一直转变不已。先是以五字句垫底，继而作道人自述，以四字句和五字句相互轮动，最后再用七字句和八字句间杂，显示觉海元公的淡定佛心。此诗写出了觉海长老的宽阔心胸及深远佛境，当属于一种诗艺的探奇。

《送程公辟之豫章》，七古长篇，诗句本应成双成对，然而篇中却忽然分别冒出两组三句诗的句群来："沉檀珠犀杂万商，大舟如山起牙樯，输泻交广流荆扬。""平潮湾坞烟渺茫，树石珍怪花草香，幽处往往闻笙簧。"王氏在诗中安排如此怪特的句式，显然是为了在固有的、板滞的数十句长篇中打破一般之节奏，希望能以句式之变幻，创造非常之意境。

《葛蕴作巫山高爱其飘逸因亦作两篇》之一，除了在谋篇布局上有着李白《蜀道难》的踪迹外，在句式仿效上也十分明显。全诗以七字句为本，但以三字句开头，紧接着继之以三句九字句，再在一气流畅的长段七字句后，来一个九字句收结。令人读来语气有高低，节奏有缓急，极有一种飘逸升腾之感，从而深得巫山云雨的神秘缥缈之染。

尤其是38句的七言古诗《和吴冲卿鸦树石屏》（吴充），更加值得重点解剖①。

　　王氏在此七言诗的中段首先生发一个五言、三言和十一言的长短句群："嗟哉浑沌死，乾坤生。造作万物丑妍巨细各有理，问此谁主何其精。"然后就势再崛起一个十三言的极长句："人于其间乃复雕镵刻画出智力。"当诗中语气平缓之后，王氏又再造波澜，再崛起一群错综的句式，或五或七，再或五或十四："所以虢山间，埋没此宝千万岁，不为见者惊。吾又以此知妙伟之作不在百世后，造始乃与元气并。"最后全诗以七言的句式平稳收结。

　　读者吟诵此诗，会倍感情感充沛，奔泻如注，又长短句抒写自如，节奏缓急有致，十分精妙。此当是王氏酬唱诗里最具活力的一首力作。刘辰翁评点之时赞语迭出："三反五折，如出不穷。""看他收。""如此结甚佳，不是鼠尾。"敬佩之情溢于言表。

　　其时与王氏同作同题诗的还有欧阳修和梅尧臣。欧诗有曰："吾嗟人愚不见天地造物之初难，乃云万物生自然。""不然，安得巧工妙手愈精竭思不可到，若无若有飘渺生云烟。"梅之七言有曰："吴夫子，佩银龟。乘天马，索怪奇。忽得虢略一片石，其中白色圆如规。"由此可以想见，王氏以长短句式探求诗艺的错综之美，着意追踪韩诗，把一些酬唱诗歌散文化，恐怕也是当时一代诗人的共同嗜好也。

　　最后再就王安石的集句酬唱诗，来略析一下这种长短句的参差错综之美。

　　之所以许多长短句存在于五言或七言的集句酬唱诗里，其间的原因可能是寻诗摘句时，王氏在主观上采取了更加自由、更加放开的创作态度：不受拘束，任意所为，遥思遐想，长短各宜。下面也试择四首，稍加评点。

　　《送吴显道五首》之一（临川文集卷三六），18句七言古体，以七言开头且结尾。然中间依次变之为五、五句，七、五句，五、七句，五、五句，花样翻新，舒展自如，几乎成为全新的自由体诗歌。

　　《送吴显道南归》（临川文集卷三六），24句七言古体，然以三字句开

---

① 李注云："此诗欧公、苏子美亦同作。"然考诸二人诗集，则欧阳修有《吴学士石屏歌》，而苏舜钦无此和诗。又考梅尧臣诗集有《和吴冲卿学士石屏》一首。（梅自注云：得欧所示诗乃作。又诗中有云："（吴）复遣（欧）赍来使我和。"）李壁此注系误注。

头。双行七言后，又改以双行五言，然后七言长篇一泻到底。全诗在稍加错综之后，再以流水般的整齐美收结，潇洒直畅，极是另外一种品位。

《送刘贡甫谪官衡阳》（临川文集卷三六），14句七言古体，变化多端。前半部分是齐整的七言并行之美，后半部分一易而为五言并行和五、七杂处，结尾处再返回到七言双行。全诗不断易形，标新立异。

《示蔡天启三首》之二（临川文集卷三六），五言古体，然又独辟蹊径。前半部分是浩畅的五言并行之美，一气下注。后半部分忽然转为一对七言双行，音调陡升。最后结束时再来一个极为罕见的六、五句式并行，风格怪异，自为一帜。

第四节　深婉的抒情诗

对王安石抒情诗的分析和研究，学界的眼光一般都聚焦于他晚年的绝句艺术。其实王安石的抒情诗绝非是到了晚年才突然大放光芒的，他的抒情意识一直贯穿于创作始终，在前期或中期，都不乏精致之作。故除了推重王氏晚年的绝句写景诗以外，我们更应放眼王氏的全部抒情创作，在更大的范围里综合考察，以便深入一步把握王氏的文学性情和美学追求。也即是说，我们应从狭义的抒情诗作转入到广义的抒情诗作里来。

王安石有些诗直抒胸臆，有些诗写景抒情，这部分作品乃是传统意义上的抒情诗。但他另外还有不少怀古、咏物、纪事诗，甚至一些与亲朋好友迎来送往的酬唱诗，往往也都是绘景抒情的精妙之作。我们对这些作品的抒情意义及其表现特点不能忽视，应该把它们从一般的纯粹怀古、咏物和纯粹记事、应酬的诗歌里面剥离出来。

联系王安石的具体作品来细加考量，就可以知道，进行这样的精细分类完全是有依据的。

比如王安石的《和农具诗十五首》，虽然俱是咏物之作，但其中的《耰耨》《耕牛》《田漏》和《牧笛》，却并非平板之述，而具有清新的抒情气息，可视为咏物抒情诗。

再比如王安石的《次韵唐彦猷华亭十咏》，虽然俱是咏史之作，但其中的

《始皇驰道》《华亭谷》和《昆山》，也分别寓有浓郁的抒情气氛，可视为怀古抒情诗。

此外还有一些记事诗歌亦是如此，都可以因其情感深沉而视为记事抒情诗。

如此等等，不一而足。这样，我们对王氏抒情诗的分析和研究，就可以形成一个新的角度，开辟出一个新的研究通道。据笔者统计，在王安石全部诗歌中，这样的作品约有六百一十首，占到王集全部诗歌的百分之三十略强。

所以，对王氏这样一个体系庞大的抒情王国，我们不应只局限于传统的写景抒情法，而可新辟蹊径，从更大范围的五个视角来观察王诗的抒情特色。

这五个视角即为：直接抒情，怀古抒情，咏物抒情，记事抒情，写景抒情。

一、直接抒情

直接抒情即直抒胸臆，这种形式比较容易理解。它不需要借助任何委婉的表现手法，乃是情感热烈、直抒己意的一种写法。在古代诗歌发展史上，早期的抒情诗并不完全强调情与景的吻合。作者在感情强烈时，往往不用意象，而纯从情感出发，寄语直呼。如古诗《桓灵时童谣》："举秀才，不知书。举孝廉，父别居。寒素清白浊如泥，高第良将怯如鸡。"《吴孙皓初童谣》："宁饮建业水，不食武昌鱼。宁还建业死，不止武昌居。"又如唐代陈子昂的《登幽州台歌》："前不见古人，后不见来者。念天地之悠悠，独怆然而涕下。"后来明代的诗风也有这一倾向，均非绘景才抒情，而是放言直说，意气书写。

从基本原理上说，诗词创作是应该通过艺术形象来反映作者的审美观点的。但有时作者也会离开具体意象，成功地进行直接抒情、议论抒情，其间的奥秘即是作者携情而议、以情推议。清代沈德潜《说诗晬语》评论这一现象说得极好："人谓诗主性情，不主议论，似也，而亦不尽然。试思《二雅》中何处无议论？杜老古诗中，《奉先》《咏怀》《北征》《八哀》诸作，近体中，《蜀相》《咏怀》《诸葛》诸作，纯乎议论。但议论须带情韵以行，勿近伧父面目耳。"①

---

① 丁福宝编：《清诗话》（下册），《说诗晬语》卷下，第63条，上海古籍出版社，1978年9月，第553页。

　　王氏此类直接抒情诗有不少，值得我们重视。当然，这类抒情方法如果过直过露，不免会导致议论过多入诗，以至于诗风发生偏颇，减弱抒情的意味，这是应当注意指出的。

　　对王氏直抒胸臆的诗作，从内容上细察，可分为三类。

1. 吐露志趣。

　　王安石在上奏朝廷的札子里曾经坦言过：自己是因为族贫口多、难以养家才走上仕途的。这固然是身在仕途的一种谦逊托词，但实际上多少也反映出了他的一些心声。在他一些直抒胸臆展示愁闷的诗作里，此类心思有过多次流露。

　　《答虞醇翁》有云："辍学以从仕，仕非吾本谋。……感子抚我厚，欲言只惭羞。"此诗言出心声：原来其志本在求学。可见治平年间他隐居金陵潜心讲学绝非偶然。入仕为政和治学志趣的砥砺冲突，曾使他多次私下反省这一纠结的选择。所以他虽然三十多年身在仕途，而始终却在暗中神往心中的志趣。如《偶成二首》之一："渐老偏谙世上情，已知吾事独难行。脱身负米将求志，戮力乘田岂为名。"又《默默》："默默长年有所思，世间谈笑漫追随。苍髯欲苗朱颜去，更觉求田问舍迟。"所以他向往秋水岭云、钟山钓舟。如《赠僧》："纷纷扰扰十年间，世事何尝不强颜。亦欲心如秋水静，应须身似岭云闲。"又如《世故》："世故纷纷漫白头，欲寻归路更迟留。钟山北绕无穷水，散发何时一钓舟？"

　　总之，王氏一生长久慨叹身在仕途俗事缠结，未能自在于理想的境界："江上悠悠不见人，十年尘垢梦中身。殷勤未解丁香结，放出枝间自在春。"（《出定力院作》）"中年许国邯郸梦，晚岁从家圹埌游。南望青山知不远，五湖春草入扁舟。"（《中年》）而他心中的理想境界，实质即是与儒家功名相对立的道家任真自得，即放任自然，无拘无束："墨翟真自苦，庄周吾所爱。万物莫足归，此言犹在哉。"（《无营》）

　　可以认为，王安石晚年在钟山最后十年的自在生活，是最终实践了他内心所追求的理想境界的。平生实践儒家仁政，老来却向往道家自得，中国思想史上屡见不鲜的这一既矛盾又相融的奇特现象，再一次在王安石的直接抒情诗里得到了形象的体现。

2. **嗟叹事业。**

王安石仕宦前期，曾经在南北州县当过几任地方职官，由此他初步了解到农民的困苦和社会的不平，也亲身体验到官场的弊端和补世的不易。特别是在他到朝廷执政、推动神宗进行经济改革以后，触犯了保守政治集团和大地主阶层的既有利益，遭到许多明枪暗箭的围攻堵截，更是认识到人情险恶、建业艰辛。故王氏有许多对处世维艰的感慨愁叹，也在直接抒情诗里融入了一些。

于此他有《舒州被召试不赴偶书》一吐胸臆："戴盆难与望天兼，自笑虚名亦自嫌。槁壤太牢俱有味，可能蚯蚓独清廉。"又有《青青西门槐》自表心迹："人情甘阿谀，我独倦请谒。尤于权门疏，万事亦已拙。"王氏在这里抒发了本性刚直的豪情，天赋和秉性决定了他决不肯巴结权豪，曲意逢迎。

对他这些直写胸臆的自我抒情，李壁为之作注时，都曾有过深入的理解和精辟的点评。如《临吴亭》："补穿葺漏仅区区，志义殊嗟士大夫。欲致太平非一日，漫劳使者报新书。"李注云："诗意似言不能旷然丕变，但补其支柱而已。皆不满于时之意。"如《代答》："破车伤马亦天成，所托虽高岂自营。四海不无容足地，行人何事此中行。"李注云："此诗殆亦自况，可见公之自与素高，不恤浮言之意。"如《雨过偶书》："霁分星斗风雷静，凉入轩窗枕簟闲。谁似浮云知进退，才成霖雨便归山。"李注云："亦知进退之意。"如《众人》："众人纷纷何足竞？是非吾喜非吾病。颂声交作（按王）莽岂贤？四国流言旦（按周公）犹圣。"李注云："反复此诗意，必是举朝争新法时所作。"

当然，王安石有时也会如同普通布衣那样，纠结之后，发些牢骚。如《凤凰山二首》之二就曾放出狠话，希望彻底休息，万事不干："愿为五陵轻薄儿"，"天地安危两不知！"按照刘辰翁的评语来说，此诗此言当然已为"怨达"矣。

3. **颂扬神宗。**

王安石深知，自己之所以能够升任执政和宰相，得以施展政治抱负，推行社会改革，完全是因为有了宋神宗的理解和信任。所以他无论在位还是退位，都对神宗抱有深深的知遇之恩。即使是在生命的最后十年里，他虽然已经离开朝廷，身处钟山林下，但仍然诚挚地怀念着年轻的宋神宗。这些珍贵的感情，也都细密地编织在一些直接抒情诗里。

王氏有三首诗，表现了接到神宗任命时的欣喜快捷之情。所谓君臣相遇，一拍即合。如《松间》："偶向松间觅旧题，野人休诵《北山移》。丈夫出处非无意，猿鹤从来自不知。"王氏于此诗有自注曰："被召将行作。"又《怀钟山》云："投老归来供奉班，尘埃无复见钟山。何须更待黄粱熟，始觉人间是梦间。"李注谓："此诗当是再召入为学士时。"又《被召作》云："荣禄嗟何及，明恩愧未酬。欲寻西掖路，更上北山头。"

王氏还有三诗，表现了退处钟山后对神宗的眷顾思念之情。所谓数年君臣磨合，一生没齿难忘。如《北望》："欲望淮南更白头，杖藜萧飒倚沧洲。可怜新月为谁好，无数晚山相对愁。"荆公白头杖藜时已在钟山，如此北望中原，只能理解为牵挂神宗，有些迷茫和怅惘。又《六年》："六年湖海老侵寻，千里归来一寸心。西望国门搔短发，九天宫阙五云深。"李注曰："此见公深追神宗之遇，虽已在田里，不忘朝廷也。"又《北山有怀》："香火因缘寄北山，主恩投老更人间。伤心踯躅冈头路，明月春风自往还。"诗中所发，亦是此情，惆怅而感伤①。

王安石还有一首《登飞来峰》："飞来山上千寻塔，闻说鸡鸣见日升。不畏浮云遮望眼，自缘身在最高层。"此诗引申意义丰富，当是敢作敢为和坚定刚毅性格的自然流露，自信心十足。然李注指出此诗主旨又可另为一说："若以诗谶言，此亦可见公被遇神考始终，人不能间也。"亦可录以备考。

二、怀古抒情

怀古诗本来是一种单独的诗体，它以咏史的形式来抒发自己的政治感慨。王氏有些怀古诗凝重深厚，极具抒情意味，也是一种抒情的表达方式。王安石

---

① 关于《北山有怀》的旨意究竟为何，尚需稍加辩说。李注曰此诗或是"叹独游之落寞"，或是"晚念松楸缺于省扫（按为父母扫墓）"，似皆未切题旨。如若详审诗意，则诗中"香火"应是主旨。"主恩投老"当明指神宗之恩和自己之老。"伤心踯躅"谓自己的痛苦心情。神宗崩于元丰八年三月，于是乃有香火寄北山之事。荆公本人逝于第二年即元祐元年四月。故此诗应是王安石怀念神宗的伤心之作。据此，则此诗应作于元丰八年三月间。而据1970年代新发现的王安石写给四弟王安上的一封家信证明，元丰八年三月神宗去世后，王安石一直无比深沉地怀念着二人致力于变法的艰辛努力。家信写于同年七月，当与此诗有着血脉联系，读者可以参看。此家信刊载于《光明日报》，1976年8月8日。

诗集中像这样的怀古抒情诗还比较多。由于历史活动总是由历史事件和历史人物组成的，故我们可以据此把王氏的相关诗作划分为两种类型来进行考察，即议事抒情和议人抒情。

首先是侧重议事抒情。这一类较多的是以揭露为主，重在抨击历史上某些朝代或治政无道，或荒淫亡国，强烈抒发了悯农之情和仁爱之情。如以下一组揭露史上酷政的诗歌里，有《桃源行》："望夷宫中鹿为马，秦人半死长城下。……重华一去宁复得？天下纷纷经几秦。"诗中尖锐揭露秦政虐民，强烈抒发同情民众的儒家仁政情怀。又《始皇驰道》："想当治道时，劳者尸如丘。"进一步以"驰道"的实例，揭露秦民被逼筑路、大量死于苦役的史实。两诗咏史抒情实为一体，恰如李注所评："甚言秦之无道也。"此外还有抨击刘邦的《读汉功臣表》："汉家分土建忠良……何缘菹醢赐侯王？"全诗指斥汉家君王背信弃义、残杀功臣，强烈抒发了愤慨之情。《开元行》则揭露唐玄宗用人无道，终于招致国难："由来犬羊著冠坐庙堂，安得四鄙无豺狼？"诗中严厉批判唐玄宗滥宠杨氏，乱政害民，最后导致"社稷陵夷"。全诗义正辞严，充满激愤，末句的反问具有很浓的抒情意味。

另一类怀古抒情诗，则是从骄淫亡国的角度来评说历史事件，借以振聋发聩，呼唤激情。王安石在不少怀古诗里，都反复提到了南朝陈后主荒淫亡国的可悲史事。由于北宋中期正处于契丹王国强劲崛起的上升时期，举国上下都为之隐然不安，故而王氏在这些怀古诗里，均深蕴着一股批判昏庸、以史为鉴的焦虑之情。

《杏花》与《辱井》二诗怀古咏物，皆为评述此事而作，从伤哀"景阳妃"和"景阳井"入手，到感慨陈后主亡国点题。尤其是《杏花》之咏，先由水中花影溯及昔日丽人，然后再导出景阳宫中悲惨的一幕，构思甚为高超。

治平二年年底，王氏住在金陵，多次与挚友王皙登高咏史，酬唱往还。一时指点江山，壮怀激烈。如《和王微之登高斋二首》，嘲笑陈后主"君臣如儿戏"，讥刺李后主枉遣辩臣拒降。此外还有《次韵登微之高斋有感》的"登高一曲悲亡国"，《和微之重感南唐事》的"酣咏君臣举国荒"，大率都属此类。王氏更有《金陵怀古四首》，一气呵成，既点明在历史兴亡中，"逸乐安知与祸双"的真理，又畅抒本朝"君王神武""天兵南下"的时代豪情，叹古思今，达到极致。

其次是侧重议人抒情。

王安石还有一些咏史怀古诗，重在评价历史人物。而一首咏怀诗对历史人物进行怎样的臧否褒贬，实质上即是作者本人政见和思想的直接投影。故从王安石这些怀古抒情诗里，我们可以切实感受到他的历史价值观和情感趋向。有些诗怀古抒情，反映出王氏对古代才能之士的深切同情。如《世上》："范蠡五湖收远迹，管宁沧海寄余生。可怜世上风波恶，最有仁贤不敢行。"诗中强烈抒发了仁贤高士不得时人善待的悲愤之情。如《昆山》："悲哉世所珍，一出受欹倾。不如猿与鹤，栖息尚全生。"诗中伤感陆机、陆云兄弟二人命运乖塞。

另一些诗怀古抒情，重在赞扬历史上各类有为人物，表述了思想的共鸣。如《何时难忘酒二首》借助上古名臣皋、夔和商代伊尹、周公旦等，歌颂君臣相会的理想境界，抒写自己的政治情怀。如《孟子》："沉魄浮魂不可招，遗编一读想风标。何妨举世嫌迂阔，故有斯人慰寂寥。"诗中标举孟轲为榜样，毅然抒发自己坚持改革政见的凛然情怀，令人印象极为深刻。再如《贾生》："一时谋议略施行，谁道君王薄贾生？爵位自高言尽废，古来何啻万公卿！"诗中以颂扬贾生为名，强烈抒发了"不拘一格降人才"的改革豪情，更是引人注目。

此外，王安石还借古论今，抨击清谈，强烈抒发务实强国的焦虑之情，也很值得我们注意。如《谢安》讥刺官僚习气："谢公才业自超群，误长清谈助世纷。秦晋区区等亡国，可能王衍胜商君？"又如《读开成事》，揭露晚唐文宗治国无方："奸罔纷纷不为明，有心天下共无成。空令执笔螭头者，日记君臣口舌争。"两诗均寓讽意，当是针对现实的空谈习气而发，愤慨之情，跃然纸上。

三、咏物抒情

咏物诗本来也是一种单独的诗体，它以歌咏具体物事的形式来寄寓自己的特有感慨。但在王安石的不少咏物诗里，在歌咏客观物体某种鲜明的固有特征时，分明还凝聚着想象中的特有情愫，并不只是一般的颂扬几句而已。所以，把这部分咏物诗归入到咏物抒情一类，是有充分依据的。对这一部分咏物诗，我们可多从抒情方面去理解它们，借以踪迹王安石精神层面的理想追求。

此类咏物抒情诗可分为四种情况。

1. 由咏物联想选才.

在一些咏物诗里，王氏常常能从物体特征入手，巧妙联想到社会大事，给读者以人文引导。特别是他的咏松诗，就往往能从松树的品质联想到人才的层次，抒写因朝廷选拔人才而产生的焦虑之情。

如《道旁大松人取为明》："应嗟无地逃斤斧，岂愿争明爝火间。"诗中强调巨松志向远大，即使被伐，也不屑被取作照明。此诗蕴藏着一股不平之情，明显是为杰出人才击节鼓呼。如《古松》："森森直干百余寻，高入青冥不附林。……廊庙乏材应见取，世无良匠勿相侵。"诗中抒发奇才难得、不应浪费的感慨。认为朝廷应当提拔奇才，越级使用。又如《玉晨（观）大桧、（白）鹤庙古松最为佳树》："才大贤于人有用，节高仙与世无情。"诗中也是咏松抒情，呼吁不要遗漏人才。李注曰："比世之贤人，可为廊庙之用。"

2. 由咏物彰显个性.

王氏在另一些咏物诗里，喜欢颂扬竹木的挺拔，时花的高洁，借以张扬一种刚正不屈的人格气概，显示一种处事为人的个性品位，形成一种凛然独特的诗风情调。

如《华藏院此君亭（咏竹）》："人怜直节生来瘦，自许高才老更刚。曾与蒿藜同雨露，终随松柏到冰霜。"诗中遣词造语硬直刚坚，抒写了一派凛然情韵，自有"高山仰止、景行行止"的特殊魅力。如《孤桐》："天质自森森，孤高几百寻。凌霄不屈己，得地本虚心。岁老根弥壮，阳骄叶更阴。明时思解愠，愿斫五弦琴。"此诗明显作于变法时期，所咏之言显示出一种百事交集不惊心、万般非议不改志的坚定风格，强烈抒发了大刀阔斧、坚韧不拔的奋进情怀。

又如《梅花》："墙角数枝梅，凌寒独自开。遥知不是雪，为有暗香来。"此诗多得"句意高绝"之评价。此"高绝"既在于歌颂梅花抗寒的傲骨，又在于歌颂梅花暗香的高洁。诗中的情韵十分明了，实系自状人品入画也。如《北陂杏花》："一陂春水绕花身，身影妖娆各占春。纵被春风吹作雪，绝胜南陌碾成尘。"诗中末句是诗眼，语气坚定，意志刚毅。全诗明显是借歌咏落枝杏花的两种不同遭遇，来显示自己的政治人格和事业理想，情韵沉着且又悲壮。

3. 由咏物忧叹世事。

王氏还有一些咏物诗偏重于联系现实见闻，指向深广，心事浩茫，多怀忧国忧民之思。

如《咏月》："江有蛟龙山虎豹，清光虽在不堪行。"诗中点出清光下面有虎豹潜伏，"不堪行"。实乃抒发愤懑，揭示社会凶险黑暗的一面。如《同昌叔赋雁奴》："偷安与受绐，自古有亡国。君看雁奴篇，祸福甚明白。"此诗蕴意，尽被李注一言道破："此犹忠臣为国家计，绳昏警惰。众既不喜，又共嫉之。"所以诗中所述，实乃心忧国事，情感沉着。

又如《裌袄》："勿妒市门人，绮纨被奴童。当惭边城戍，擐甲徂春冬。"诗意为吟咏裌衣而发，怜悯雨中野农。然后又以进为退，慰藉农夫：比不上豪门奴婢，但胜得过冬穿铁衣的边防士卒。全诗从裌衣发端，沉重抒写了对天下最广大的农民和军卒的同情，构思奇巧。又《田漏》有曰："汗与水俱滴，身随阴屡移。谁当哀此劳？往往夺其时。"诗中吟咏田头简陋的计时器，意在歌颂民众勤劳，争分夺秒。但末句点题，暗指地方官府夺时之弊，抒发了胸中的不平之气。

4. 由咏物褒扬情爱。

王安石还有若干罕见的咏物诗，在歌咏物事时，重在赞美民间爱情传说。一般而言，王诗很少触及现实爱情、婚姻和异性，然而他在咏物诗里却多有表述。显然，这是作者借助咏物抒写自己的性情。

其《望夫石》歌咏民妇云："云鬟烟鬓与谁期，一去天边更不归。还似九疑山上女，千秋长望舜裳衣。"本来颂扬望夫石，颂扬一位普通民女对爱情的忠贞不渝，这已为王诗所仅见。然而作者又更具平等思想，超出君民界限，把民女与神话传说中的湘君二妃相提并论，从而让此诗大放异端思想的光彩。这种超越本阶级意识形态、冒犯儒家经典的审美见识，自然要引起封建士大夫们的侧目。甚至就连他的知音李壁，也不免表示不满："意殊雅正。今公赋《望夫石》诗，而引舜妃，其亦几于亵矣。"

而要追踪《望夫石》的深刻蕴意，我们还可以比较一下王氏的《巫峡》："神女音容讵可求？青山回抱楚宫楼。朝朝暮暮空云雨，不尽襄王万古愁。"

巫山云雨的典故，历来为诗词文赋所津津乐道，以为帝王情事典雅浓艳。但王氏在此诗中却予以否定，嘲笑楚襄王的巫山云雨只是镜中之花。可见，《望夫石》确实显示了王安石平等的爱情观。

王氏又有《蝶》诗，颂扬韩凭妻："翅轻于粉薄于缯，长被花牵不自胜。若信庄周尚非我，岂能投死为韩凭？"此为王诗中又一突出的咏物抒情之作。民间传说韩凭夫妻死后化为鸳鸯，李商隐有绝句《咏青陵台》调侃韩凭："莫许韩凭为蛱蝶，等闲飞上别枝花。"王氏于此则诙谐地为蝴蝶洗刷浮薄之非议，赞扬韩妻亡魂仍对爱情忠贞不渝：希望为蝶，追踪韩凭；化鸟对戏，为蝶齐飞。全诗立意高妙，构思奇巧瑰丽。

四、记事抒情

自古而来，诗可以叙事抒情，这是不成问题的。唐宋时期，于此为多。缪钺《论宋诗》有曰："宜多读宋诗，可以涤肠换骨也。再举宋人古诗为例，黄庭坚《跋子瞻和陶》诗云：'东坡谪岭南，时宰欲杀之。饱吃惠州饭，细和渊明诗。彭泽千载人，东坡百世士。出处虽不同，风味乃相似。'此诗纯以意胜，不写景，不言情，而情即寓于意之中。"[1]实际上，黄诗即以记事抒发了对苏轼的崇尚之情。

纪事诗在王诗中很普遍，因为这是王氏自己的生活纪实。但在有些纪事诗里，往往交织着作者的喜怒哀乐，蕴含有委婉的情致，抒情色彩浓厚。所以可以认为，这样的纪事诗确实具有记事抒情的特色。

下面选择一些具有代表性的纪事诗，来看看王氏记事抒情有哪些特点。

1.　奔波仕途忧患黎民。

王安石进入仕途，奉行的是儒家的仁政理想。在长达三十多年的仕途中，特别是在前期任职州县长官时，他对地方民众的艰辛生活有了切实了解，故在履职治事或奉命巡行时，常会写下一些记录经历和见闻的叙事诗，以融入自己忧国忧民的复杂情感。作为朝廷命官，他尽力施行仁政。而无能为力时，则只能自我反省，叹己"窃食"，流露出无法补世的苦闷。

如《发粟至石陂寺》："蓦水穿山近更赊，三更燃火饭僧家。乘田有秩难

---

① 缪钺：《诗词散论》，上海古籍出版社，1982年11月，第46页。

逃责，从事虽勤敢叹嗟。"李注云："介甫时为鄞县，发粟救民，故借用乘田事。"王安石为一县之长，从早到晚爬山涉水，深更半夜才能在寺庙吃到晚饭。这样的履职态度是一般民众难以想象的。从诗中末句的自勉里，我们确实可以看到王氏履行职守的辛劳，以及努力敬业的心情。

又《强起》记叙出差途中的见闻和感慨："寒堂耿不寐，辘辘闻车声。不知谁家儿，先我霜上行。叹息夜未央，呼灯置前楹。推枕欲强起，问知星正明。昧旦圣所勉，齐诗有《鸡鸣》。嗟予以窃食，更觉负平生。"诗中据实记事，为国事披星戴月；又委婉抒情，引经典自我勉励。诗末强烈抒发了反思"窃食"的自责情感。

2. 缅怀朋友追忆友情。

王安石的叙事诗，有不少是专门记述朋友交往的，特别是他作于晚年的此类诗作，更是充满热烈的友情，苍凉的感慨。因为时光消逝，青春不再，从前那些美好的情谊，就只能留存在老来的回忆里了。这就如他在《客至当饮酒二首》里所描绘的那样，年老居家，读书思友："结屋在墙阴，闭门读诗书。怀我平生友，山水异秦吴。……天提两轮光，环我屋角走。自从红颜时，照我至白首。累累地上土，往往平生友。"刘辰翁评此诗为"豪落感激、参差跌绝"，即谓豪放而又悲壮。

王氏有《谢微之见过》："此身已是一枯株，所记交朋八九无。唯有微之来访旧，天寒几夕拥山炉。"此诗以欣喜的口吻写出对知己王皙的诚挚友情，以及深深的谢意，充满了浓浓的亲情。知交在晚年虔诚上门拜访，是老来寂寞生活中最为鲜艳的光亮之点。即是对今人而言，也有着现实的借鉴意义。

又有《次韵酬龚深甫二首》："恩容衰老护松楸，复得一龚随我游。讲肆剧谈兼祖谢，舞雩高蹈异求由。"（之一）又"握手东岗雪满簪，后期惘怅老吴蚕。芳晨一笑真难值，暮齿相思岂久堪？他日杜诗传渭北，几时周宅对漳南？百年邂逅能多少，且可勤来共草庵。"（之二）二首酬诗，记老友多次来访，和盘托出了作者汹涌的激情。诗中袒露胸襟，一吐心声：与知交神侃古今，乃为人生最大之快事也。此二诗当为王氏记友抒情的典范之作。

更有《谢郏亶秘校见访于钟山之庐》："误有声名只自惭，烦君跋马过茅檐。已知原宪贫非病，更许庄周知养恬。世事何时逢坦荡，人情随分值猜嫌。

谁能胸臆无尘滓，使我相从久未厌。"此诗前半记事，后半抒情，展现出王氏心目中两心晶莹、不沾尘滓的友情观。李注于此明确指出："言俗人多城府，不足近，思得豁达之士与游也。"

3. 咀嚼人生抒写心灵。

王安石也是一个普通人，在生活中也会遇到各种世俗的问题，会烦恼，会高兴，有时也会有牢骚。他在一些叙事诗里记下了这些具体琐事，抒发了不加掩饰的喜怒哀乐之情。

初到京师，生活上举步维艰，他曾写诗：《乙未冬妇子病至春不已》，记叙了家庭的窘况，展示了内心的郁闷："儿呻妇叹冬复春，强欲笑歌难发口。黄卷幽寻非贵嗜，藜床稳卧虽贫有。"王氏当时虽然已为朝廷群牧判官，家况尚且如此，令人感慨。

老了之后，他也有烦恼。大女出嫁，久不归省，其作《寄吴氏女子一首》，叙事抒情："伯姬不见我，乃今始七龄。家书无虚月，岂异常归宁？……既嫁可愿怀，孰如汝所丁？而吾与汝母，汤熨幸小停。……吾庐所封殖，岁久愈华菁。……诸孙肯来游，谁谓川无舲？"这首五古长篇铺陈家事，款款抒发怀念长女的亲情，谆谆告诫家书不抵面语，热切期盼与外孙们团聚。诗中慢慢叙述，细细叮咛，亲情喷涌，极为感人。

有时，奉命公干，离家独行，思亲心切，王氏也有此类佳作。如《宋城道中》作于北使途中，抒写路逢北地寒冷的苦闷："都城花木久知春，北路余寒尚中人。宿草连云青未得，东风无赖只惊尘。"李注云："言塞上寒苦，得春晚也。"

有时，王氏又会展示公余之后的一些快乐小情趣，如写愉悦的《休假大佛寺》，叙事欢畅，抒情温婉："疲惫得休假，衣冠倦趋翔。夹书聊自娱，解带寺东廊。""问谁可与言？携手此徜徉。婉婉吾所爱，新居乃邻墙。"诗中记述公余休假，携友散心，叙述抒情完美融合，是一首轻松舒缓的旅游小唱。更有《饮裴侯家》，记写朋友聚会，酒后出游，恣意放浪："忽见碧树樱桃悬，下马恣食不论钱。赤星磊落入我眼，恐是半醉游青天。……我曹偶脱簿领间，何忍爱惜一日闲。且归拂席饱眠睡，明日更看滁南山。"欣赏此诗，特别提请要注意"我曹偶脱簿领间"这一句，因为其间流露出来的摆脱繁杂公务的轻松与快乐，与《休假大佛寺》实是如出一辙。

　　4. 徜徉山水回归自然。

　　王安石晚年住在半山，写了许多记事的诗歌，以表达自己隐居生活的怡然自乐。我们可从记事、抒情的层面上，来寻找他以山水为乐的感情世界。

　　有《两山间》："自予营北渚，数至两山间。临路爱山好，出山愁路难。山花如水净，山鸟与云闲。我欲抛山去，山仍劝我还。只应身后冢，便是眼中山。且复依山住，归鞍未可攀。"诗中记叙他多番考察、选址筑居的行路感受，欢畅表达了对山间景象的喜爱。南宋辛弃疾曾有名句云："我见青山多妩媚，料青山见我应如是。"（《贺新郎·甚矣吾衰矣》）其句很可能就是受了此诗"我欲抛山去，山仍劝我还"的形象启迪。尤为可贵的是，诗中还亮出了豁达的生死观，坦然视冢为山，连通爱山之乐，毫无悲戚之感。

　　王安石在半山隐居，以鱼虾为友，以花鸟为伴，为此作过许多纪事诗歌。如《自喻》："岸凉竹娟娟，水净菱帖帖。虾摇浮游须，鱼鼓嬉戏鬣。释杖聊一愒，褰裳如可涉。自喻适志欤，翻然梦中蝶。"诗中记叙了赏虾观鱼、戏玩河水的乐趣，强烈抒发了喜爱万物的愉悦情致。王氏并特为点明，这是一种有如庄子梦蝶般的道家之乐。如《放鱼》："捉鱼浅水中，投置最深处。当暑脱煎熬，倏然泳而去。岂无良庖者，可使供匕箸。物我皆畏苦，舍之宁啖茹。"诗中记叙捉鱼、放鱼的经过，夹以哲理评论，抒写悲天悯物的佛家胸怀，颇为有趣。

　　王氏还有一些记事诗，记录老来的日常行踪。如《园蔬》："园蔬小摘嫩还抽，畦稻新春滑欲流。枕簟不移随处有，饱餐甘寝更无求。"如《窥园》："杖策窥园日数巡，攀花弄草兴常新。董生只被公羊惑，肯信捐书一语真？"《台上示吴愿》更是直言自己老态已露："细书妨老读，长簟惬昏眠。取簟且一息，抛书还少年。"这些纪事诗都很诙谐有趣，但又无不表现了他在隐居生活中的快乐与自在。

　　至于在精神层面上仿效东晋的陶渊明，以求得隐居生活的理论支持和价值体现，王氏也写过一些纪事诗，抒发情致。如《移柳》："移柳当门何啻五，穿松作径适成三。临流遇兴还能赋，自比渊明或未惭。"又《五柳》："五柳柴桑宅，三杨白下亭。往来无一事，长得见青青。"诗中所记栽柳培松、观水赋诗等等生活轶事，皆为衬托宅拟陶庐、人比渊明的深切情意，寄寓十分明显。

五、写景抒情

传统的写景抒情方式，是王氏抒情王国的主体部分，在数量上要占到全部抒情诗的大半。探讨这一部分诗篇的表现特色，可从以下四个方面加以观察。

1. 景语蕴情写胸襟。

一般而言，古代诗人吟山诵水、绘花颂月，都是为了抒发彼时彼地的审美激情，即"诗兴"之谓也。而从本质上来说，写景抒情的景语与情语是相通的。

王国维有句名言说得极好："昔人论诗词，有景语情语之别，不知一切景语皆情语也。"①王国维所言虽然不见于现存《人间词话》的定稿本，但确实存在于《人间词话》的删稿本里。最初他曾写过此语，定稿时却删去了。其实这应该是他分析抒情诗中最精辟的剖析。可以说，大凡诗歌的景象里即应有情，物象里也应有情。这是因为所有的诗人在斟酌客观景物、确定诗歌意象时，那些入选的客观景物和具体物象，已经烙上了作者的感情色彩。

朱光潜《诗论》援引克罗齐的《美学》也说："艺术把一种情趣寄托在一个意象里，情趣离意象，或是意象离情趣，都不能独立。……凡是艺术都是抒情的，都是情感的史诗或剧诗。"接着还引用阿米尔的话说："一片自然风景，就是一种心情。"②朱氏引述的这些国外艺术评论家的见解，其实也涉及诗歌艺术里情景必融、情景本一的创作原理。

所以说，一首诗歌，若有景语，又有情语，描述分明，方便理解，自然应为佳作；但如果只有景语而无情语，我们也可钩沉意象所蕴含的主观情感。因此，对王氏以景语抒情写胸襟的表现特点，我们可作进一步的探究。

王氏有些山水抒情诗，喜以景语表述幽静的心境。如《岁晚》："月映林塘澹，天涵笑语凉。俯窥怜绿净，小立伫幽香。"正因为月夜无比寂静，笑语才显得清晰，幽香才显得浓烈。是皆景语，然又皆情语，形象展现出夜游山水的怡然之乐。李注于此诗曾援引《漫叟诗话》评云："荆公定林后诗精深华妙，非少作之比。尝作《岁晚》诗，自以比谢灵运，议者以为然。"如《钟山

---

①　王国维：《人间词话》，人民文学出版社，1960年4月，第225页。

②　朱光潜：《诗论》，生活·读书·新知三联书店，1984年7月，第51页。

即事》："涧水无声绕竹流，竹西花草弄春柔。茅檐相对坐终日，一鸟不鸣山更幽。""涧水无声"已是静矣，"一鸟不鸣"又是静。这双静景语叠加的意境，更加衬托出作者独享空山之幽的情致。

王氏另有一些山水诗，想象并融哲理，注重以景语提升审美的层面。如《江上》："江北秋阴一半开，晚云含雨却低徊。青山缭绕疑无路，忽见千帆隐映来。"全诗绘景，于宁静无声之中，展示千帆竞进。是皆景语为情语也：鼓呼无限生机，声势浩荡，震撼人心。"疑无路"云云，断上启下，构思奇妙，造语显豁，当是开南宋陆游名句"山重水复疑无路，柳暗花明又一村"之先河也。如《题玉光亭》："传闻天玉此埋堙，千古谁分伪与真？每向小庭风月夜，却疑山水有精神。"诗中后半抒情极为典雅。古人一向认为，山蕴玉而木润，水怀珠而川媚。但王安石似乎对此不以为然，而自认为山水本来就富含精神，与"天玉"无关。王氏强调山水刚强柔美，精神万丈，人类对它们应抱敬畏之心。

《晏望驿释舟走信州》，又以景语演绎心志，直接抒发登山越岭、不畏艰险的人生豪情："病起行山山更险，下穷溪谷上通天。乘高欲作东南望，青壁松衫满眼前。"

在《泊姚江》里，王安石热爱山水的情致更是发挥到了极点："山如碧浪翻江去，水似青天照眼明。唤取仙人来此住，莫教辛苦上层城。"李注引《淮南子》云："昆仑山上有'层城'，高万一千里。"所以王诗这里的景语抒写的是大情怀：浙东山水胜仙境，"唤取仙人来此住"。仙界不如人间，壮气豪情如此。

2. 锻造意境多情韵。

王集里还有一些写景诗篇，刻画细腻，描摹昳丽。作者锻造意境，流连其中，兴致无穷。这是王诗里又一道吸引读者的风景线。

通阅王诗全集，可知他最喜荷花。睡莲娴静，意境可爱。像晚春新荷，款款正露尖尖角："芙蕖的历抽新叶，苜蓿阑干放晚花。白下门东春已老，莫嗔杨柳可藏鸦。"（《暮春》）又秋夜月荷："秋水泻明河，迢迢藕花底。爱此露的砾，复怜云绮靡。"（《散发一扁舟》）

王氏又喜桃花的烂漫气势："舍南舍北皆种桃，东风一吹数尺高。枝柯蔫绵花烂漫，美锦千两敷亭皋。"（《移桃花示俞秀老》）海棠的可爱生机："茅檐午影转悠悠，门闭青苔水乱流。百啭黄鹂看不见，海棠无数出墙头。"（《独卧二首》之二）还有杏花的优雅风姿："垂杨一径紫苔封，人语萧萧院落中。独有杏花如唤客，倚墙斜日数枝红。"（《杏花》）以及梅花的傲雪风骨："亭亭背暖临沟处，脉脉含芳映雪时。莫恨夜来无伴侣，月明还见影参差。"（《沟上梅花》）时令不同，意境不同，一年到头，晚年的王氏总是流连其中，兴致无穷。

前人论诗之境界，有道是意象和情趣二者不能缺一。当外在的意象和作者的情趣能够有机契合时，其作品便形成了出色的意境。在读者看来，这也就是令人赏心悦目的一种艺术境界。王氏善于选择意象，而又精于表达情韵，故而他不少赏花诗歌写景抒情，诗化意境，常能达到人物合一的艺术境地。这就如同王国维在《人间词话》里所指出的那样："诗人必有轻视外物之意，故能以奴仆命风月。又必有重视外物之意，故能与花草共忧乐。"①

如《北山》："刳木为舟数丈余，卧看风月映芙蕖。清香一阵浑无暑，时有惊根跃出鱼。"此诗描绘月下行船，于凉风习习之中卧看野荷，不但有花香，而且可听到鱼跃。诗中绘景写情，采用了通感手法，不但有视觉，而且有嗅觉，不但有触觉，而且有听觉，其审美的愉悦感可以说是达到了极点。在这样一种宁静的意境里，诗人的休闲心态得到了最充分的表现。如《夜直》："金炉香尽漏声残，翦翦轻风阵阵寒。春色恼人眠不得，月移花影上栏干。"诗中描写禁中值夜，孤寂难眠，却夸张地把失眠的过错全部推诿给春日夜景。作者埋怨月光花影恼人扰人，其实是在反说新春气息的无比可爱，爱春夸春的真实心情表露无遗。此诗描绘月夜春色迷人，也是采用了通感手法。虽以视觉为主，但同时也不忘嗅觉、听觉、触觉等各个角度。

王氏之所以重视锻造意境，是因为强调意境情韵，可以养心养人，诗化人生，提升精神理念。晚年有旅游小诗《题何氏宅园亭》："荷叶参差卷，榴花次第开。但令心有赏，岁月任渠催。"按"任渠催"者，不服老之谓也。作者以赏花的方式消解衰老之虑，实在是一种独特的养老境界。又《春日即事》有

---

① 《人间词话》，第220页。

云："池北池南春水生，桃花深处好闲行。细思扰扰梦中事，何用悠悠身后名。"融入自然，深入花<u>丛</u>，洗尽尘间烦恼，换得心境愉悦。这正是诗人晚年沉醉于赏花情韵的最终动机。

3. 绘景思情咏人伦。

王安石十分看重亲情，他有不少诗歌写景怀亲，抒写人伦的关爱情愫。王氏曾有《忆江南》云："回首江南春更好，梦为蝴蝶亦还家。"又有《寄友人》云："安得此身如草树，根株相守尽年华。"这些出色的刻骨思亲的沉吟，无不折射出李商隐式的凄美与缠绵。这里收集若干相关诗作，展示如下。

王氏因景咏情，痛念亡父亡母。如《夜闻流水》："千丈崩犇落石碕，秋声散入夜云悲。州桥月下闻流水，不忘钟山独宿时。"诗写秋夜秋声，触动哀思。乃以景语表悲情，深念金陵亡父。如《清明辇下怀金陵》："院落日长人寂寂，池塘风慢鸟翙翙。故园回首三千里，新火伤心六七年。"人在朝中伤心"新火"，此为悼念亡母。景语凝滞，寄情遥远。

王氏又有写景咏情之作，怀念亡妻、亡子和亡女。其有著名的《一日归行》："空房萧瑟施缋帷，青灯半夜哭声稀。音容想象今何处？地下相逢果是非。"空屋之景，加悲哭之情，刘辰翁特为之评曰："此悼亡之作也，古无复悲于此者。"又有《题雾祠堂》："一日凤鸟去，千秋梁木摧。烟留衰草恨，风造暮林哀。"诗中以广袤哀景，表达了无比悲凉的失子之苦。景语情语，融为一体。又有《别鄞女》："行年三十已衰翁，满眼忧伤只自攻。今夜扁舟来诀汝，死生从此各西东。"夜舟上坟，告别葬女。景中蕴情，悲痛无以复加。

王氏一生奔波南北，穿山过水，还有许多借景吟情之作，想念诸兄弟和诸小妹。通阅王集可知，除了未见有王氏给二哥王安道的赠诗（也许是散佚了），于他人皆有。

如思念长兄王安仁的《舟还江南阻风有怀伯兄》："几时重接汝南评，两桨留连不计程。白浪黏天无限断，玄云垂野少晴明。"江浪连天，阴云逼人，风阻船停，思兄情深。

又有给大弟王安国的《寄平甫弟衢州道中》："幽鸟不见但闻语，小梅欲空犹有香。……安得冬风一吹汝，手把诗书来我傍。"旅途景色单调，独处孤寂难忍，使得诗中流露出来的怀念之情，显得格外浓烈。

给二弟王安世的《寄二弟》："萧条冬风高，吹我冠上霜。我行岁已寒，悲汝道路长。……青灯照诗书，仰屋涕数行。不有亲戚思，讵知远游伤？"诗里借寒景叹人生，劝慰二弟勿远游，情景相宜。诗末二句系兄弟真情所在，的确感人。

给三弟王安礼的《送和甫至龙安暮归》："隐隐西南月一钩，春风落日澹如秋。房栊半掩无人语，鼓角声中始欲愁。"诗写送其暮归，深觉室空人愁。黄昏的各种暗淡景象，与人物心绪的紊乱、心理的失衡柔和地融为一体。各种景语均转为了思弟的情语。

还有念四弟王安上的《寄纯甫》："塞上无花草，飘风急我归。梢林听涧落，卷土看云飞。想子当红蕊，思家上翠微。江寒亦未已，好好著春衣。"诗中以北地的严寒景象，反衬南方的"红蕊"和"翠微"，突出了对四弟的关心。此诗景物有对比，情感显细微。

此外，王氏尚多有写景抒情、思念两位妹妹的诗作。如给大妹的《和文淑》："天梯云栈蜀山岑，下视嘉陵水万寻。我得一舟江上去，恐君东望亦伤心。"给二妹的《游赏心亭寄虔州女弟》："秀丛千山霁，清涵万里秋。沧江天山落，明月镜中流。眼与魂俱断，身依影独留。为怜幽兴极，不见尔来游。"均借景思亲，各有特色。

4. 牵挂旱涝忧民情。

王安石又有不少社会生活景象诗，关注旱涝、年成、民众温饱，所示心情忧郁，情感愤懑。这对他的抒情诗创作来说，始终是一个沉重的主题。此类抒情诗别具一格，是王氏抒情的另一亮点，值得一提。

且看王氏为民忧旱。他早年有《还自舅家书所感》："行行过舅居，归路指亲庐。日苦树无赖，天空云自如。黄焦下泽稻，绿碎短樊蔬。沮溺非吾意，悯嗟聊驻车。"诗中写旱景，状农苦，景语有情，情语有志，可见其年少时即有济世为民之大志。晚年有《山田久欲拆》："山田久欲拆，秋至尚求雨。……龙骨已呕哑，田家真作苦。"诗里描写山田缺水盼雨，妇女踏车引水。景中之情，未免沉重。又有《独归》曰："钟山独归雨微冥，稻畦夹冈半黄青。陂（疲）农心知水未足，看云倚木车不停。悲哉作劳亦已久，暮歌如哭难为听。而我官闲幸无事，北窗枕簟风泠泠。"诗中白描车水场景，多生悲情，而有自遣之意。

再看王氏为民愁涝。如《白日不照物》："行观蔡河上，负土知力弱。隋堤散万家，乱若春蚕箔。仍闻决数道，且用宽城郭。妇子夜号呼，西南漫为壑。"诗中刻画洪水围城、长官奉命决堤的景象，哀情皆在景语里。末句想象抒情，无比同情幼弱乡民。如《久雨》："羲和推车出不得，河伯欲取山为宫。城门昼开眠百贾，饥孙得糟夜饷（哺）翁。"诗写暴雨成灾，市民无炊。想象夸张与写景实录交织一体，忧民之情怵然。又如《苦雨》："灵场奔走尚无功，去马来车道不通。风助乱云阴更密，水争高岸气尤雄。平时沟洫今多废，下户京困久已空。肉食自嗟何所报，古人忧国愿年丰。"此诗前半景语，后半情语，全然融为一体。

然王氏毕竟又始终惦念着为民祈福，一旦见民熙熙，便会记实写乐。如《后元丰行》："百钱可得酒斗许，虽非社日长闻鼓。吴儿踏歌女起舞，但道快乐无所苦。老翁垔水西南流，杨柳中间杙小舟。乘兴欹眠过白下，逢人欢笑得无愁。"所写景象欣喜，所示心情愉悦。这是推行新法后，王氏目睹农村丰收、百姓欢乐的实景，故而诗中景语皆是情语。又如《冬至》写市景欢乐："都城开博路，佳节一阳生。喜见儿童色，欢传市井声。幽闲亦聚集，珍丽各携擎。却忆他年事，关商闭不行。"李注曰："博路未详，岂谓博易时节为乐乎？"刘评曰："京俗如此，纵博无禁。"实际上，"开博路"乃是冬至"一阳节"时，官府按例开禁三天，允许社会上自由"扑买"商品，自由垂帘博赌。故民众欢跃，市场喧腾，闹景可观。此诗乃是王氏少有的市景作品，和上文的《后元丰行》一样，喜抒与市民同乐之情也。

第七章　王安石散文艺术成就论析

王安石变法，在政治上反对他的人很多，但他的文章写得极为出色，能够得到支持者和反对者的共同赞誉。这不能不说是得力于他的为文艺术了。

南宋魏了翁说："其锻炼精粹，诚文人之巨擘。以元祐诸贤，虽与公异论者，至其为文，则未尝不推许之。"①就连王安石的政敌司马光也公开承认："介甫文章节义过人处甚多。"②

王氏的议论文自有雄杰刚毅的著文特色，观点尖锐深邃，笔势纵横大气。甚至在其记叙类、碑志类的文章里，我们也能经常看到这种借题发挥、说理达意的高超行文笔法。同时，王氏对各类散文的语言又都有着十分明确的要求，即"词简而精""言约而明"。故王文往往言简意深，一般都只有四五百字，不少杂文甚至只有一百来字。并且，他还十分注意讲究文章的谋篇布局，一贯苦心经营，破俗创新。在以上这些因素的综合作用下，王安石的散文成就自然就被推举到北宋文坛的最高点，列入北宋六大家。至于从散文艺术的学术渊源上来看，王文的语言及其风格特征主要来自唐代的韩愈。在王氏的各类散文里，我们都不难寻觅到韩愈散文的用词特点、造句特点以及构思特点。

第一节　论述辩说的行文特色

由于行文独特和爱好刚毅，王安石的记叙议论在八大家中确是别立一峰、自有亮色。他几乎从来不写抒情一类的婉约小文，其全部的创作才华，都集中

---

① 　《王荆文公诗笺注》，第717页。
② 　（宋）司马光著，李之亮笺注：《司马温公集编年笺注》卷六三，巴蜀书社，2009年2月，第105页。

在发挥评议的特长上。若从文学散文的审美角度全面衡量王安石的创作成就，自然可说其金山缺了一角。但若放大王文好论嗜议的偏好，把它作为古代散文创作的一种美学现象来加以分析、研究，我们就不能不看到王安石的议论艺术总体上确有独到之处，其精彩处无不闪闪有光。总的来说，它表现在以下三个方面。

一、议论着色，炜煌谲诳

王安石论事析理善以议论着色，使文章生辉。其观点又多有发明创新之意，且不受传统和世俗偏见的束缚，精湛、深邃，放射出逼人的光芒。南宋朱熹在与朝臣们讨论王安石起草的《日录》时，曾特别强调过王文的这种风格特征："而其词锋笔势，纵横捭阖，炜煌谲诳，又非安石之口不能言，非安石之手不能书。"①王安石的议论文自有雄杰刚毅的政论家著文的特色，这已不必赘言。这里所强调的，则是王安石的这种善议特点还能自然渗透到游记散文、题名记散文和碑文墓志中去，能把理论见解有机地融入记叙与抒情之中，而并不显露生硬的痕迹。以叙事缨带评议的文章笔法当然非自王安石才开始，但议论精警独创，挥洒自如，议叙自然融合，浑然一体，并且还能形成一种独特的行文风格，就不能不推王安石为最。

在这方面，王安石的《游褒禅山记》可以说是享有最高声誉的一篇代表作。文章以治学立论，精华全凝在游记有得上，寓意极为深远。《游褒禅山记》本身记游十分简洁明快，然作者结合游兴于治学"有叹"，不惜浓墨重泼，篇幅几占全篇之半。文章前部以古碑为证，指出"华山"为"花山"之误，又详记游后洞而不能穷，悔恨莫及。后文就这两点发议：奇伟瑰怪之观常在险远，追求学问不能半途而废；古书不存而后世往往谬传误人，研究遗产应当深思慎取。这样，记游时隐伏议论之根，先设形象之依据。议论时再照应记叙之实，把观感升华到崭新的境界。文章一气贯注，错综交映，熔记叙议论于一炉，在游记散文中辟出了蹊径，别具一格。

王安石其他的题名记散文也都具有类似的特点。如《度支副使厅壁题名记》，只以数十字略述题名之事，而以主要篇幅扣紧题名借题发挥，曲抒政

---

① （宋）朱熹：《朱子文集》卷八《读两陈谏议遗墨》，中华书局，1985年，第480页。

见，强调度支使职务和理财之重要。笔力豪悍，识见高超，迥然不同于一般题名记。文章终以说理而达意，议论笔力堪为卓越。《桂州新城记》亦是此法，被前人赞赏为叙议的佳作。文章发端便议不设城郭在平叛战事中的弊害，揭示新修桂州城的重要意义。接着略述筑城概况后，又作深远之思，援古为证，详论城郭在军事上的重要战略意义，与开端呼应，深化题旨。故实际上该文的特点是以议带记，意在题外，实如唐顺之所评："但为筑城作记，而归之根本上说，此是大议论。"①对王安石叙事而以议论生色的艺术特点，南宋黄震研究较多。黄震在政治观点上对王安石很不以为然，但对王安石的题名记散文却大为敬佩，最早提出了一些宝贵的见解。《黄氏日抄》评《芝阁记》为"诸记中第一"，说是"实贬题而寄兴以及其大者，意味无穷"。评《桂州新城记》为"理正文婉"，评《扬州龙兴讲院记》结句的慨叹为"文法之妙，世所其称道者也"，又评《石门亭记》就记发议的作法是"（记）文之变体"②。黄氏于此的评议有开拓之功。

当然也有人不尽满意王安石的这种议论着色。如包世臣就指摘过："寻常小文，强推大义，二者之弊，王、曾尤多。"③"王、曾"系指王安石和曾巩。但这个观点显然不妥。王安石著文自有他政治家的本色。就记叙文的惯例而言，一般写法均不过是以铺叙为主，倘若作者不以自己的艺术特长对之进行创新的话，那种平铺直叙的文字就非常容易令人生厌，故散文大家对此都有变异之举。还是方苞说得有理："散体文唯记难撰结。论辩书疏有所言之事，志传表状则行谊显然，惟记无质干可立，徒具工筑兴作之程期，殿观楼台之位置，雷同铺序，使览者厌倦，甚无谓也。故昌黎作记，多缘情事为波澜；永叔、介甫则别求义理以寓襟袍；柳子厚惟记山水，刻雕众形，能移人之情。"④认为王安石记叙类散文"别求义理"是以表胸怀，这是看到了问题的实质的。我们应当肯定王安石"以议活叙"的创新精神。

---

①　（宋）王安石著，高克勤选注：《王安石散文精选》，东方出版中心，1998年9月，第18页。

②　以上见《黄氏日抄》卷六四《王荆公文集》，耕余楼本。

③　（清）包世臣：《艺舟双楫·与杨季子论文书》，有正书局民国版，第16页。

④　（清）方苞著，刘季高校点：《方苞集》卷上，上海古籍出版社，1983年5月，第165页。

　　至于王安石的碑状墓铭同样具有这一特色。茅坤曾把王安石的这类文章跟欧阳修作过比较，说欧阳修序事往往多有太史公之逸调，而王安石的特长乃是"往往于序事中，一面点缀着色，隽永叠出，令人览之，如走骏马于千山万壑之中"。并称赞这种"点缀风刺"的能力是"于史汉之外，别为三昧"①。这里所谓的"点缀"云云，即是王安石碑志"自出机轴"的评说议论。如获得明清古文家高度评价的《给事中孔公墓志铭》即是一例。这篇志文序中伏议，风神萧飒，令孔道辅刚正智勇的优秀品德跃然纸上，被茅坤推为"荆公一首志铭"，被方苞誉为北宋志铭"长篇中最著称者"。

二、精洁简古，词完气健

　　北宋末年，李清照在《词论》中曾对王安石的文章发表了自己的看法："介甫文章似西汉。"李清照的感受无疑是正确的。这种"西汉气势"得以形成，一个重要的原因即是由于王文语言廉悍峻洁。吕祖谦《古文关键》在评论唐宋八大家的散文风格时，就曾鲜明指出过王安石文章的这种语言特点："王文纯洁，学王不成，遂无气焰。"所谓"纯洁"，即是指文辞简洁无枝无蔓而言。只有语言精洁简古，气势（即气焰）才可畅通生辉。包世臣也强调了这一点，说王安石文章是"词完气健，饶有远势"②。气健而有远势，这便是真正的西汉气魄。可见古文家都看到了王安石文章中气势和语言的关系，并注意到王安石文章的语言特点。

　　王安石对文章语言有着十分明确的自我要求，即"庄厉谨洁"（《新秦集序》），"词简而精"（《上邵学士书》），"言约而明"（《答韩求仁书》）。综而言之，即是峭洁精悍，洗练明快。并且他的文章也确实做到了这一点，引起后代学者的仰慕。如朱熹曾批评南宋文字云："后人专做文字，亦做得衰，不似古人。前辈云：'言众人之所未尝，任大臣之所不敢。'多少气魄！今成什么文字！"③朱熹所引，源于王安石的《贺韩魏公致仕启》。这两句话原本平平，然而由于王安石精心各省去一动词，却顿时显得精神百倍、妙意超绝。故历来学者对王文的造语特点评价极高，认为是"锻炼精粹""简劲精

①　（明）茅坤编：《唐宋八大家文抄·王文公文抄》引言，安徽聚文堂刻本。
②　《艺舟双楫·再与杨季子书》，第18页。
③　《朱子语类大全》卷一三九，同治应元书院本。

洁""琢句选词，迥不犹人"等。这都是说得很准确的。其中，清人李绂的描绘又最为高妙形象："荆公生平为文，最为简古，其简至于篇无余语，语无余字，往往束千百言十数转于数行中。其古至于不可攀跻踪迹，引而高如缘千仞之崖，俯而深如缒千寻之谿，愈旷而愈奥，如平楚苍然而万象无际。"①

刘熙载还为王文的语言特点创造过一个新名词，叫作"揭过法"。其《艺概》云："半山文善用揭过法，只下一二语，便可扫却他人数大段，是何简贵！"所谓"揭过法"，实际上即是驳论的以少胜多法，以明确的观点和精简的语言来驳倒对方的论点论据。他的《读孟尝君传》《答司马谏议书》都有这种笔法。前者不到百字，然却横扫历来之陈见："嗟呼！孟尝君特鸡鸣狗盗之雄耳，岂足以言得士！"后者在反驳对方时，以"不复一一自辨"六字，扫却司马光三千余字的繁言琐语，然后紧紧抓住侵官、生事、征利、拒谏、怨谤这五个要害论点，一一据理驳斥，真可谓气盛辞足，劲悍廉厉而无以复加。

语言的精洁必然导致篇章的简短，故王安石的文章言简意深，一般都只有四五百字，不少杂文甚至只有一百来字，如《知人》《闵习》《读柳宗元传》《书刺客传后》等，特别是《读孟尝君传》竟然只有九十字，这在古文家中是绝无仅有的。王安石撰写的碑状墓志都是历来古文家们极为推崇的，文贵达意，本不必限于长短，王安石本人就主张"文于辞为达"（《司封员外郎秘阁校理丁君墓志铭》）。但一个作者若能以短少的文字表达出同样的意思甚至更加博大精深的思想内容，且又形成了独特的艺术风格，这就不得不令人惊叹于他的大手笔了。对王安石文章的言简意赅，杨慎曾大为惊叹道："王半山之文愈短愈妙，如《书刺客后传》云云。"又说："味此文，何让《史记》乎？与《读孟尝君传》同关纽矣。"②

王安石散文的语言特色，曾引起清代桐城派的极大注意。桐城派讲究"义法"，重视散文语言的"雅洁"，在写作上大力主张谨严朴质，刊削浮辞。在唐宋八大家中，他们特别重视王安石的语言艺术。王安石曾认为，好文章应该有"法度"（见《上邵学士书》）。所谓"法度"即是规矩，这个观点和桐城

---

① （清）李绂：《穆堂初稿》卷四三《与方灵皋论删荆公〈虔州学记〉书》，乾隆无怒轩刊本，第7页。
② 《王荆公年谱考略》，第365页。

派的"义法"说之间是有着一定的内在联系的。桐城派的宗师方苞曾指出：
"序事之文，义法备于左史。退之变左史之格调，而阴用其义法。""介甫变
退之之壁垒，而阴用其步伐。"①方苞的评价无疑肯定了王安石的"法度"实质
即是"义法"，所以桐城派号召人们注意学习王安石的文章，以取其简峻和精
洁。如吴德旋《古文绪论》指点世人学习八大家时，就特别强调："上等之资
从韩入，中资从柳、王二家入，庶几文品可以峻，文笔可以古。"

　　根据王安石文章的语言特色，近人刘麟生的《中国文学概论》曾提出，散
文史上当有"峭刻派"，主张把王安石的散文和韩非子、柳宗元的散文看成一
派。他认为韩非子文致警峭精深，柳宗元精微隽洁，王安石廉悍峻洁，大致近
似。这倒也不为无见。

　　三、矜意剪裁，变化局势

　　王安石为文强调政治内容，注重实用，反对"刻镂绘画"，堆砌辞藻。对
这一点，人们了解得比较多。但王安石毕竟又是一个诗文大家，深深懂得技巧
对于表现内容的重要作用。故他十分信奉孔子"情欲信，辞欲巧"的文学观，
不但用此"巧"论文，还用此"巧"为文。

　　王安石以"巧"论文，注意到技巧的重要性，这在其诗文中不为少见。如
他评韩愈《平淮西碑》是："笔墨虽巧终类俳。"（《和董伯懿咏裴晋公平淮
西将佐题名》）又评吴蕃诗说："非夫诗人之巧者，亦孰能至于此？"（《灵
谷诗序》）还有赠诗云："学问比来多可喜，文章非特巧争新。"（《夜读试
卷呈君实待制景仁内翰》）

　　王安石自己以"巧"行文，后人也看出来了。曾有弟子请教朱熹，问王荆
公的文章到底如何，朱熹的评价是："他却似南丰文，但比南丰文亦巧。"②

　　王安石行文之巧，主要表现在篇章的结构艺术上。王安石对文章的谋篇布
局一贯苦心经营，破俗创新，这既表现于他的长文，也表现于他短文。

　　长文可以《上仁宗皇帝言事书》为例。历来的古文家都众口一词，激赏这
篇万言书的精心构思。茅坤论之曰："此书几万余言，而其丝牵绳联，如提

---

① 　《方苞集》卷下，第612页。
② 　《朱子语类大全》卷一三九。

百万之兵，而钩考部曲，无一不贯。"①事实上，这一泱泱长篇也的确框架宏大，体现了作者从政十八年后对社会现象的详尽考察与绵密分析。它包含无数见解，无数话头，且论析愈详，文心愈细。全文滔滔万言，脱口而出，从头至尾如一笔书，览者无不膺服。储欣论此文则以"人才不足"四字统之，说是架堂立柱，所谓一线贯千条。又说："黄山谷每劝人读《原道》，譬之作室，厅堂甲第，无不具备。予谓介甫《上仁宗书》，士大夫之厅堂甲第也；韩公《原道》，则帝王之左祖右社，前朝后市也。"②就短文而言，王安石的文章也是曲折多变，极富内蕴之美。如《读孟尝君传》，文不满百字，然其论述语语转，笔笔紧，竟然一气连转四折，实可谓文势峭拔，辞气横劲，为短文之杰作。故李涂《文章精义》要评其为"转折多气长"，楼昉要赞之为"笔力之绝"③。王氏的《答李秀才书》也是一篇曲折有致的妙文。全文不满两百字，先正面称赞李生的文才，接着一转，指出李生想出的文名非古人所欲也。然后再一转，劝李生不要专务言辞汲汲于求名。三转两转，其意翻出。其他如《孔子世家议》《原过》《灵谷诗序》等文，也大都是曲转多变的隽永短文，良多趣味。

至于碑状墓铭，王安石更是北宋大家，敢于继韩愈之后，进一步解放文体，变化体格和局势。清人论及宋贤叙事，曾有人以为王荆公的为文，结构剪裁极为矜意，其碑志乃是别出一调。梁启超《王安石传》更是极为推崇王安石碑志的剪裁之妙，说是"结构无一同者"。由于局格翻新出奇，王安石笔下的碑志墓铭也就由此增添了许多可读性。

以上所述，足可表现出王安石的行文之"巧"和结构艺术之讲究。王氏这种求奇求新的文章观念，在当时文坛上是极富革新色彩的。对我们今天来说，也仍值得加以研究和总结。

第二节　碑文墓志的文学价值

《临川先生文集》中碑文墓志有一百二十八篇，这是一个不小的数目。与

---

① 《唐宋八大家文抄·王文公文抄》卷一。
② （清）储欣：《唐宋八大家类选》卷二，光绪静远堂本。
③ 见姚鼐编《古文辞类纂》，文明书局民国版，1936年。

其他散文家不同，王安石没有写过专门的人物传记，因此，对这一百二十八篇专门写人的碑志，我们不妨视其为一种特殊的缩小的"微型"传记文学，是王安石记叙才华的集中表现。

由于王安石为人刚直孤峭，不媚时俗，从不苟作碑志，故而他的这些"微型"传记文学具有很高的史料价值。如《胡君墓志铭》有云："取吾素知者为之志而铭之。"又如《太常博士郑君墓表》为其外姻朱介之的丈人郑诒而作，因了解不多，王安石为此还专门做了询问调查。这些都是明证。正因为王安石对墓志用力深厚，所以存在于其中的文学价值也才特别值得我们加以注意。

从文学研究的眼光看来，王安石碑志的文学价值主要表现在形象的刻画和结构设计这两个方面。此外，当然也涉及记叙和抒情议论相渗透的技巧问题。如能把这些问题梳理清楚，我们便可全面描述出这位诗文大家的完整的文学风貌。

这里的考察，有以下三个视角。

一、写人注意性格的开掘

从前的古文家从文章的语言功力出发，曾对王安石的记序类散文给以很高的评价，但他们却并不重视王安石记叙文字中的写人艺术。忽视王安石的写人艺术，这是王安石文学研究中的一个显著弱点，也是古文家的弱点。而若要坚持文学研究的特性，我们就应该对这种现象有所颠倒。方苞说三经义序"辞气芳洁，风味邈然"，吴北江说《诗义序》是"渊渊乎金声玉振之文也"[1]，其实这些记序哪里有什么文学之味和文学之声，真正的文学价值，还应当到王安石写人的文字中去寻找。

王安石作碑志是重视写好人物形象的。据南宋周密记载，王安石对韩愈碑志墓铭的写人艺术有过相当的揣摩和研究，对此曾有评论说："退之善为铭，如王适、张彻铭尤奇也。"[2]王适与张彻，皆是韩愈铭文中的头等奇人。王安石在这里所说的"尤奇"，显然是比较之语，意思是奇中出奇。可见他对韩愈的碑志曾经有过仔细的辨析，并充分注意到了人物形象的描绘。同时，这句评论也间接肯定了碑志墓铭所应当具有的文学价值，那就是不能简单追述死者的世

---

① 转引自高步瀛撰注：《唐宋文举要》，上海古籍出版社，1982年3月，第856、858页。

② （宋）周密撰，孔凡礼点校：《浩然斋雅谈》，中华书局，2010年1月，第25页。

系爵里、学行德履，而要着力写人，努力把形象写活。

碑志墓铭有着自己的文体要求，它不可能像传记文学作品那样，可以对人物铺陈描叙，精雕细刻。碑碣表于道，行文刻于石；墓志埋于圹，行文亦刻于石。它们都要求文字谨严，语言精粹。那么，在这一特殊的文体领域里，王安石是怎样施展写人艺术的呢？

王安石善于放眼人物全部的生活经历，匠心选择具有类似性质的多起典型事例，反复渲染、突出所写对象的性格特征。在文笔上则精于概述，略于描叙。如《葛公墓志铭》铺排阵势，连写葛源不怕州将威胁、不怕猾吏诡诈、不怕权贵声势三则事例，以气夺人，形象写出了一个棱角分明的刚正人物。《郭公墓志铭》亦是如此，为了显示郭维的"刚毅能断，当事勇，不自恤"，王安石先写其智破豪猾蓄意构事，继写其勇断权霸退占民田，再写其力扫官场遨嬉习俗，人物形象也颇具特色。有时，王安石还会以极为洗练的文字高度浓缩人物的一生经历，然又不忘其性格的发掘。如《马汉臣墓志》，纯如一篇微型人物传奇，二百多字即勾勒出这个浪子的放荡豪侠和勇于改过的基本特点：

> 为人喜酒色，其相语以亵私侈为主。父母不欲之，又隆爱之，不能逆其意以教也。然汉臣亦输金钱，急人险艰，不自顾计。于众人尤慕近予，予亦识其可教。以礼法开之，果大寤。遂自锉刻，务以入礼法。

由于深受《史记》和韩文传记作品的影响，王安石的碑志也比较重视人物细节的提炼。当然，如若从零星单篇来看，这种描写也许尚显单薄了一点，然而由临川全集整体观之，却也不无特点。开封府常因权豪请托而难以治理，《马君墓志铭》写马遵初知开封时，说客照样盈门。于是，"客至有所请，君辄善遇之，无所拒。客退，视其事，一断以法"。这种不得已的处事方法，既形象反映出了社会上的邪风之盛，同时也有力表现出所写人物练达、沉着与刚毅的丰富性格内容。然而在封建社会里，这样的正直之士，往往是不得善遇的。所以，处穷境而自励不馁，便成为他们这类人物的又一重要性格特征。如沈兼只因与上司争可否，不小屈，即被陷害除名。然"公归怡怡，间为五字诗自戏娱，无躁戚言"（《沈君墓志铭》），其旷达开朗的性格特点便从这里得到了充分的体现。王安石是读书人出身，因而在他笔下，许多皓首穷经者的攻读细节也写得很有味道，像写孙抗少年苦读："升楼诵之而去其阶。"（《孙君墓碑》）写张瑗天性好书："往往日旰灶薪不属，而阖门读书自若。"（《张君墓志铭》）又如写李问临终时："与家人笑语自若，投其书若将寐者，遂卒。"（《李君墓志铭》）这些读书细节的点缀，都显示出了作者敏锐的观察能力和丰富的文学表现能力。王安石的碑志很少涉及军事活动，然偶尔为之，亦可一读，如他写赵师旦以寡敌众："至夜，君顾夫人取州印佩之，使其负子以匿。"又用赵"饱如平时"、呼鼾熟眠的生活细节来反衬惶恐者的厌食难寝（《赵君墓志铭》），具体表现出了所写人物在生死之际的机警与镇定。

王安石的碑志还十分重视提炼人物的个性语言，以披露人物的精神世界。作者写杨忱有卓荦之才，能以文章称天下，然惜乎不通人事，"无所就以穷"。故杨忱愤世嫉俗，逝世时忿忿然曰："焚吾所为书，无留也！"（《杨君墓志铭》）这与一般书生希望传言于世的心态是大相径庭的。数言遗嘱，即鲜明表现了逝者对社会黑暗面的愤慨和无奈。其他如写虞肃慨然拒赂："与其以赂迁，吾宁困以终身也。"（《虞君墓志铭》）写曾致尧一生进谏，阖眼时尚以诤为荣："毋陷于俗，媚夷鬼以污我！"（《曾公墓志铭》）这些形象体现人物性格特点的自白，很能给人留下玩味的余地。至于司封郎中张式得禄置书的奇语更可一读："吾子业此足以自活，不然，虽田宅何足！"（《张君墓志铭》）废治田宅而置书传后，撇去读书求仕这一层意思且不论，就其放眼替子孙长远谋算而言，也深深表现出逝者超于世俗的远见卓识。同时，张式一生"廉静好书、长于政事"的为人特点，也在其间得到了真切的映照。

此外，王安石的虚写手法也值得一提，这种经济笔墨的旁衬法亦颇具文学色彩。其写法的特点是："他山之石，可以攻玉。"即以他人之语，发著者之意。如《郭公墓志铭》记郭维知常州有"惠爱"之特色曰："安石尝羁游过常。里中民有以亵语相骂者，其长者怒曰：'尔欲忘郭屯田邪？'盖公在常以此治其民，时卒已九年矣，犹不忘之。"作者于此不必赘加任何褒扬，郭维的治绩已足以映入读者的眼帘。《李君墓志铭》写李宽严于吏治，名震四方："改江州，州人曰：'是尝莅我矣。'不待至而服（按李曾通判江州）。""换饶州，属县恶吏闻且至，有弃其官而去。"文中此类虚写不过寥寥数笔，但逝者果敢严正的性格特征已跃然纸上。

二、谋篇矜意格局的变幻

继韩愈之后，王安石进一步系统打破碑志的传统写法，解放文体，新辟蹊径。前人于此多有评议，梁启超的《王安石评传》曾有一段著名的论析说："结构（按指王氏碑志）无一同者，或如长江大河，或如层峦叠嶂，或拓芥子为须弥，或笼东海于袖石，无体不备，无美不搜，昌黎而外，一人而已。"①近人刘麟生的《中国文学概论》也盛推王氏碑志："韩昌黎做碑志，纵横变化，无所不至，而铭语苍劲高古，为四言诗放一异彩，所以集碑志的大成。王荆公局格出奇，文笔挺峭，亦能自出一家。"他的《中国文学史》还进一步强调："他（按指王氏）的解放，在变化体格与局势，看他所撰的墓志便可明了。"以上赞语或有过誉之处，但对我们深刻认识王安石碑志的文学价值而言，不无指导作用。

王安石重视碑志墓铭的布局变化，实质上是对记叙散文文学色调的强化。一方面，作者的文学才能在这种创变之中可以获得最大限度的施展；另一方面，古朴典雅的碑志墓铭也由此增添了许多文学的生机，大大增强了可读性。这里试举数例，略加说明。

《给事中孔公墓志铭》历来为古文家所高度赞誉，如茅坤说它是"荆公第一首志铭"，方苞评它是北宋志铭"长篇中最著称者"。不过他们的兴趣所在，只是本文叙议的潇洒结合，而对篇末的结尾艺术，却还未能击节赞赏。按照一般规律，墓志叙述完毕，作者即铭诗了结。但王安石在这篇志文叙事将完时，却别出心裁，异峰突起，推出一段富于传奇色彩的生活轶事：

> 在宁州，道士治真武象。有蛇穿其前，数出，近人。人传以为神。州将欲视验以闻，故率其属往拜之，而蛇果出。公即举笏击蛇，杀之。自州将以下皆大惊，已而又皆大服。公由此始知名。

---

① 梁启超：《王安石评传》，国学整理社，1935年10月，第141页。

只要综观全文，我们便可清楚地看到，这一轶事安排实有逆卷回抱之妙。可以说，孔道辅一生正直不阿、数黜数迁然又未尝自诎的刚毅本色，由此得到了集中的凸现。此等笔法，绝不下韩欧碑志。作者于此在下文中还有一段颇尽心力的交代云："余观公数处朝廷大议，视祸福无所择，其智勇有过人者，胜一蛇之妖，何足道哉？世多以此称公者，故余亦不得而略也。"可见，王安石如此布局的目的，最终乃是为了突出人物的性格特征。这实在是出奇制胜的行文诀窍。

为打破碑志墓铭叙述体例的呆板单调，焕发行文神韵，王安石对尽是作者自己从头至尾顺叙而终的刻板模式也有大胆突破。他不拘一格，以大量生动活泼的布局构思变幻其体。

临川文集中有一篇《沈君墓表》，这篇志文不是以执笔者的身份介绍人物的行事，却出人意料地采用作者与沈子对话的形式，让其子一一道出人物事迹，末了只以"皆如其子之言"一句表态收结，有戛然而止之妙。另一篇《郑君墓表》则全文俱引其子郑湜的请词，然后再序其阀阅世次，完全换了一种表现形式。《杨君墓志铭》采取的也是这种变体写法，全录其子杨辟所撰之行状以代己叙。像上述这些构思剪裁的变化考虑，自然非是贪图省事的庸笔，其意实在变革创新。

有时如若所志对象无事可记，王安石还会别开生面虚成其文。宋人《黄氏日抄》曾多次注意到王安石这种"以虚文发明"的行文特色，如《胡君墓志铭》无甚可述，作者却以详录志文成篇的经由完笔。结果人物的行义虽然无所披露，但一个恭顺执礼、凶服立门的孝子形象却写得栩栩如生。《杨氏墓志铭》更为奇异，全文纯借三代人的评语为人物志传。其文略曰：

> 夫人年十七归孙氏。舅姑曰："吾妇之承我也孝。"夫曰："吾妻之助我也仁。"至生子而成为士，能贤以有名，则又曰："吾母之能诲我也。"自内外族亲以至州里之言，则又皆以其舅姑夫子之言为信。呜呼！可谓贤矣！

作者就凭这种巧妙的艺术构思，取得了以虚致实的表达效果。王安石还有一篇不太为人注意的《处士征君墓表》，那又是一篇借实补虚的代表作。这篇墓表大破历来一人一表的惯例，明写杜、徐轶事，以暗补征君事例之不足。墓表用"欢而莫逆"为线，把三人串为一体，短小隽永，意味深长，极类《史记》式的微型人物合传。实可谓标新立异，独放奇彩。

古文家讲究篇章结构的考虑安排，比较苛求所谓的开阖首尾、经纬错综之法，这是甚有道理的。因为以有限的字数而善于变化局势，就能最大限度地发挥语言的表达作用，取得最理想的艺术效果。前人均论韩愈的碑志墓铭在结构上千变万化，超奇出神，充分展现了文学的性能。如李涂认为："退之诸墓志一人一样。"又说："篇篇不同，盖相题而设也。"①这是很正确的。现在我们考察了王安石在这方面的成就，也应当肯定他的贡献。王氏这种求奇求新的碑志观念，同样能给予我们丰富的文学启示。

三、序事匠心议论的点缀

王安石的散文长于雄辩，善于说理。他的议论概括力极强，逻辑性极严密，又常不受传统和世俗偏见的束缚。这一特点反映到他的碑志里，便自然延伸为热衷于议论的点缀。在王安石的碑志里，无不显示出这种叙议结合的艺术特色。茅坤曾评论王安石的这种序事特点说："其尤长者，往往于序事中一面点缀着色，隽永叠出。"②又说，读王氏墓志铭时，常会有"于史汉外别为三昧"的感觉③。茅坤的感触实际上已经道出了王安石作碑志有"自出机杼"的创新特点。以叙事缨带评议的笔法，当然非自王安石开始，但议论精警惊创，挥笔自如，叙议自然融合，浑然一体，并且还能以一系列的多篇作品形成一种独特的行文风格，这却不能不推王安石为最。

王安石有许多碑文墓志是叙议相结合的，往往在简明精炼的扼要叙述中插以自己的褒扬赞誉。此可以《孔公墓志铭》为杰出代表，读者自可参阅。可同时我们还应该看到，王安石碑志中叙议融合的手法又是丰富多变的。除了《孔公墓志铭》式的叙中生议之外，有的碑志还善于在开端发议，借以造成一种气

---

①　（宋）李涂著，刘明晖校点：《文章精义》，人民文学出版社，1960年4月，第68、71页。

②　见《唐宋八大家文抄》王文碑状类评语。

③　《唐宋八大家文抄·王文公文抄》引语。

势，以引发旨意。如《节度推官陈君墓志铭》，开首即感叹"天人难相得"，以酿造陈君早卒的伤感气氛。然后于收结时再次发议点题："其材与志如此，使天少假以年，则其成就当如何哉！"览者详品其味，自有文回气荡的恻隐之感。有时，王安石又会故意把重要的议论缀于文末，一反常法。这类碑志往往于前半部分缓言慢叙，序事显得深厚凝练，煞尾时才突然横空泼墨，出奇夺人。如众口交誉的《泰州海陵县主簿许君墓志铭》，前文所志纡徐平淡，看似无奇。然结尾时却陡发议论，撑起局势，悯其不遇之穷，发其不悔之缘。行文至此，情感跌宕，嗟叹诚挚，令人恻然。此实系议论为序事添色生辉之功劳也。故明人徐师曾曾有评论曰：墓志铭"为文则有正、变二体，正体唯叙事实，变体则因叙事而加议论焉。"①

碑志本属记叙体性质，但王安石有时还敢纯以议论成篇，写成了议论体，在碑志领域中独开门户，《宝文阁待制常公墓表》即是这种"别调"（茅坤语）之一例。它通篇不作记叙，纯以排偶加以褒誉，然人物之行义出处和历职建树，二百言之中尽叙无漏，所谓虚中伏实也。《王深父墓志铭》亦是如此，全文紧扣深父求道而鲜为人知这一核心内容而纵横议论，慷慨抒愤，文脉婉曲，格调沉郁。览者阅之，虽然不得深父之实事，但对其博学不遇，且无传于后的暗淡一生，终不能不生恻隐之心。当年曾巩阅后，即有评论说："介甫于此独能发明其志，读之满足人心，可谓能言人之所不能言者矣！"②由此可见，这种纯议论式的碑志，居然也会有着出人意料的艺术效果。当然，这也只能偶尔为之，且非王氏之大手笔，常人也难以排议成篇。

故与议论文相对照，王安石碑文墓志的文学价值是丰富而清楚的，值得我们仔细梳理发掘。对王安石这一部分文学遗产，我们应当认真分析，去芜取精。

第三节　文辞风格的学术渊源

王安石著文廉悍劲洁，高峻峭拔，在中国散文史上风格独异。对王文的风

---

① （明）徐师曾：《文体明辨序说》，人民文学出版社，1962年8月，第149页。

② 《元丰类稿》卷一六《与王介甫第三书》，第140页。

格渊源，学界一些论著曾有过不少评论。有说是学荀子的，因为荀况文风犀利
峭刻。有说是学韩非子的，因为韩非文致精深警峭。也有说是学柳宗元的，因
为柳文文辞精微隽洁。笔者认为，这些评论都不够准确，王文的真正宗师对象
乃是韩愈。

　　这种渊源自有王安石师友的评价为证。曾巩《与王介甫第一书》曾转述欧
阳修对青年王安石的批评意见曰："欧公更欲足下少开廓其文，勿用造语及模
拟前人，请相度示及。欧云：孟韩文虽高，不必似之也，取其自然耳。"①曾巩
此书约写于王安石知鄞县时。后嘉祐元年，欧阳修《赠王介甫》又以"吏部文
章二百年"②褒誉王安石，时年王安石三十六岁。可见，对王安石中青年时期文
宗韩愈的情况，欧阳修洞若观火。后来南宋李壁也认为：王安石"于退之之文
步趋俯仰，盖升其堂入其室矣"③。李壁有关升堂入室的评价，更当有其深意。

　　这一点也有清以来学者对王安石和韩文渊源关系的研究为证。如顾栋高认
为："荆公文镵刻，其源盖出昌黎。"④李光地认为："古文，韩公之后，唯介
甫得其法。"⑤刘熙载认为："王介甫文取法孟韩。……介甫之文得于昌黎在陈
言务去。其讥韩有'力去陈言夸末俗'之句，实乃心向往之。"⑥近人陈衍认
为："荆公除万言书外，各杂文皆学韩，且专学其逆折拗劲处。"⑦桐城派后裔
吴闿生对此的描绘则尤为精彩："荆公崛起宋代，力追韩轨，其倔强之气，峭
折之势，朴奥之词，均臻阃奥。独其规模稍狭，故不及韩之纵横排荡，变化喷
薄，不可端倪。然戛戛独造，亦可谓不离其宗者矣。"⑧

　　清代学者研究王文和韩文的渊源关系，还有一点也值得我们注意，即与前

①　《元丰类稿》卷一六，第139页。

②　（宋）欧阳修著，李之亮笺注：《欧阳修集编年笺注》，巴蜀书社，2007年12月，第
　　590页。

③　《王荆文公诗笺注》，第426页。

④　顾栋高：《王荆公年谱》，求恕斋刊本，第14页。

⑤　（清）恽敬：《大云山房文稿》卷三《上曹俪笙侍郎书》，商务印书馆，1931年2月，
　　第58页。

⑥　（清）刘熙载：《艺概》，上海古籍出版社，1978年12月，第32页。

⑦　转引自陈柱：《中国散文史》，商务印书馆，1937年5月，第234页。

⑧　转引自高步瀛撰注：《唐宋文举要》，第853页。

人相比，清代有些学者把王安石散文的历史地位大大抬高了，甚至认为可与韩愈比肩。

如袁枚轻视王安石的诗歌和诗论，讥笑王改诗是"点金成铁"，论诗是"开口便错"，成见可谓深矣。然而袁枚却极为赞扬王安石的散文，称"王荆公作文，落笔便古""琢句选词，迥不犹人"①。袁枚论宋代散文，视王安石为最高峰："荆公古文直逼昌黎，宋人不敢望其肩项"②。他劝人学习唐文曾提出如下主张："自宋之王介甫、元之姚燧始。之二人者，皆闯昌黎之室。"③

又如包世臣在状沈钦韩时，更鲜明提出："韩退之、王介甫两集，于唐、宋各立其极。"④他认为韩、王分别是唐宋散文的杰出代表。这比袁枚说得更加斩钉截铁。

晚清梁启超出于自己的政治要求，对王文亦给予了极高的评价。他不承认传统的韩柳欧苏说，而独论为"韩欧苏王"。他认为："从吾向者所论学人之文与文人之文，则虽谓公文轶过昌黎可也。若徒以文言文，则昌黎固如萧何造未央宫，蔑以复加，公亦其继体之肖子而已。"⑤

这一派学者的观点及其提法似乎还可商榷，但他们强调王安石散文具有独到的艺术成就，无愧为韩文之继，从而透露了王文和韩文之间某些内在的联系，这一点却是无可怀疑的。

不过以上泛述尚不足服众，这里进一步将韩文和王文加以具体的对照比较，也即是运用作品本身无可辩驳的内证因素来充分证明：韩文确实是王文之渊源。

王安石对韩文的学习与借鉴，我们可从三个方面加以考察。

一、谋篇立意的明显模仿

韩愈早年未得位之前，年少意盛，曾愤作《争臣论》，以猛烈抨击谏议大

---

①　（清）袁枚：《随园诗话》卷六，人民文学出版社，1982年9月，第167页。

②　《随园诗话》卷一，第21页。

③　（清）袁枚著，王英志编撰校点：《小仓山房文集》卷三五《与孙俌之秀才书》，《袁枚全集新编》第7册，浙江古籍出版社，2015年10月，第726页。

④　《艺舟双楫·江苏吴县木渎镇沈钦韩年五十七状》，有正书局民国版，第118页。

⑤　梁启超：《王安石评传》，第141页。

夫阳城，指斥他闻得失熟而"未尝一言及于政"。认为圣人贤士应该"闵其时之不平，人之不义，得其道，不敢独善其身，而必以兼济天下也"。从而愤激表示了自己明道卫道的决心："君子居其位，则思死其官。未得位，则思修其辞，以明其道。我将以明道也。"王安石二十二岁考中进士后，为淮南签书判官，也正是初生之犊血气方刚之时，著有《上田正言书》，批评谏臣田况久居其位，而未曾"建一言寤主上也，何向者指斥之切，而今之疏也。岂向之利于言而今之言不利邪？岂不免若今之所谓举方正者，猎取名位而已邪？"王之所言直而不阿，义形于辞。后人皆可看到，这两篇文章的构思立意极为相似。尤其是韩愈的《争臣论》曰："且吾闻之，有官守者，不得其职则去；有言责者，不得其言则去。"王安石的《上田正言书》亦曰："孟子不云乎？有言责者，不得其言则去。"两相比较，明显可以看出王安石谋篇立论的模仿痕迹。

对王安石的名作《读孟尝君传》，南宋谢枋得也曾详细指出过它模仿韩文的蛛丝马迹。这里不妨转录如下："笔力简而健，然一篇得意处，只是擅齐之强，得一士焉，宜可以南面而制秦，尚何取鸡鸣狗盗之力哉。先得此数句作此一篇文字，然亦是祖述前言。韩文公《祭田横墓文》云：'当嬴氏之失鹿，得一士而可王，何五百人之扰扰，不能脱夫子于剑芒？岂所宝之非贤，抑天命之有常？'"①

又如韩愈的《送廖道士序》，要说思想内容空空如也，然文境极具特色：诡变奇绝，明许暗非，正反变幻，妙如游龙。林纾《春觉斋论文·流别论》有评云："一篇毫无意味之文，却说得淋漓尽致，廖师亦欢悦捧诵而去，大类乳媪之哄怀抱小儿。"②由于比较分析的需要，这里且试录《送廖道士序》之后段如下：

> 衡山之神既灵，而郴之为州，又当中州清淑之气，蜿蟺扶舆磅礴而郁积。其水土之所生，神气之所感，白金水银丹石砂英钟乳桔柚之包，竹箭之美，千寻之名材，不能独当也。意必有魁奇忠信材德之民

①　（宋）谢枋得编：《文章轨范》卷五，光绪湖北官书处重刻本，第21页。
②　林纾：《春觉斋论文·流别论》，人民文学出版社，1959年11月，第69页。

生其间，而吾又未见也。其无乃迷惑溺没于老佛之学而不出邪？廖师郴民而学于衡山，气专而容寂，多艺而善游，岂吾所谓魁奇而迷溺者邪？廖师善知人，若不在其身，必在其所与游……

我们再来看看王安石的《灵谷诗序》①。《灵谷诗序》为吴蕃的诗集而作，其前段有云：

吾州之东南有灵谷者，江南之名山也。龙蛇之神，虎豹翚翟之文章，梗柚豫章竹箭之材，皆自山出。而神林鬼冢魑魅之穴，与夫仙人释子恢谲之观，咸附托焉。至其淑灵和清之气，盘礴委积于天地之间，万物之所不能得者，乃属之于人，而处士君实生其址……

两相对照，不仅文境酷肖，而且词句亦颇为相似。显然，《灵谷诗序》是借鉴了《送廖道士序》的意境的。且其曲折顿宕、气象森严处，茅坤誉为"览之如游峭壁邃谷"②，当毫不逊色于韩序。当然《灵谷诗序》又不全像《送廖道士序》那般奇幻迷离，其内容显得沉甸而又实在。

王安石还仿效韩愈作戏文，在寓言杂说中寄蕴慨世之言。

韩愈作有奇文《毛颖传》，采用寓言体寄情讥时，为古文写作的一大创新，然而又不被时人所理解。张籍称之为"戏谑"之言，《旧唐书》论之为"讥戏不近人情"，实际上这些评论都未看到"戏"中之实。唯柳宗元"既罹窜逐，涉履蛮瘴，崎岖堙厄，蕴骚人之郁悼"（《旧唐书·柳宗元传》），因而心有灵犀，独具慧眼，在韩氏这篇变体古文里，识别到作者的"郁积"之牢骚。柳宗元《与杨海之书》曰："仆甚奇其书，恐世人非之，今作数百言，知前圣不必罪俳也。"这"数百言"文字，即是他专门为《毛颖传》所写的《读韩愈所著〈毛颖传〉后题》。《后题》一方面高度赞扬了该文的艺术

---

① 　《灵谷诗集》系王安石为其母亲之表哥吴蕃所作。据王安石《金溪吴君墓志铭》记曰："其葬也，以皇祐六年某月日。"则吴蕃嘱甥作《灵谷诗序》时，其甥王安石约在三十岁左右。

② 　《唐宋八大家文抄·王文公文抄》卷六。

魅力："索而读之，若捕龙蛇，搏虎豹，急与之角而力不敢暇，信韩子之怪于
文也。"另一方面，《后题》又论证了学者于"终日讨说答问"之余，可以有
"息焉游焉之说"。由此出发，柳宗元进一步把《毛颖传》比作司马迁的《滑
稽列传》，"皆取乎有益于世者也"，分析韩愈为毛颖立传是"发其郁积，而
学者得其励，其有益于世欤？"

　　柳宗元的见解无疑是正确的。韩愈写作《毛颖传》，其意在借题发挥，抒
发郁愤。《全唐文纪事》引《避暑录话》曰："退之所致意，亦正在'中书君
老不任事'，'今不中书'等数语，不徒作也。"①实际上说得更确切点，该文
的寓意当在全文的结局上："秦之灭诸侯，颖与有功。赏不酬劳，以老见疏，
秦真少恩哉！"这种寓意正是一种郁积怨恨的政治情绪的发泄，绝非无聊游戏
之作。清代包世臣曾对此调侃曰："彼毛颖何所取耶？无取而以文为嬉笑，是
俳优角觚之末技，岂非介甫所讥'无补费精神'者乎？"②包氏似乎未见大端，
不识毛颖也。

　　其实宋人非常了解韩愈这种以戏出气的委婉手法。宋人王楙就曾指出过：
"异时文嵩作《松滋侯传》，司空图作《容成侯传》，而本朝东坡先生又作
《罗文》等传，其机杼，又自退之始也。"③王安石作《许氏世谱》，亦是一篇
模仿《毛颖传》的独创奇文。王安石把历史上凡是姓许的忠臣义士达者贤人，
通罗为一家。此看上去似游戏之文，实际却蕴含着严肃的思想内容。王安石把
众多许氏后代都归于神农之后"佐尧舜有大功"的伯夷，并在文末特地声明：

　　　临川王某曰：余谱许氏，自据以下，其绪传始显焉。然自许男见
　于周，其后数封，而有纪之子孙多焉。考是论之，夫伯夷之所以佐其君
　治民，余读《书》未尝不喟然叹思之也。《传》曰："盛德者必百世
　祀。"若伯夷者，盖庶几焉。彼其后世忠孝之良，亦使之遭时，沐浴舜
　禹之间以尽其才，而与夫夔皋黑虎之徒俱出而驰焉，其孰能概之邪？

① 　（清）陈鸿墀：《全唐文纪事》卷五四，中华书局，1959年12月，第680页。
② 　《艺舟双楫·书韩文后》上篇，第46页。
③ 　（宋）王楙撰，郑明、王义耀校点：《野客丛书》卷一六，上海古籍出版社，1991年5
　　月，第240页。

　　很显然，王安石是借戏文的形式表达了自己的政治感慨。他认为伯夷、伊尹、柳下惠都是圣人，"使三人者当孔子之时，则皆是以为孔子也"（《三圣人》）。又因为伯夷能够矫正流风末俗之弊，并"制其行于天下曰：治则进，乱则退。非其君不事，非其民不使"（《三圣人》）。所以王安石希望当代官员要向伯夷学习，"贪夫以廉，唯伯夷之行是效"（《贺韩史馆相公启》）。《许氏世谱》正是这样从一个侧面寄寓了他的政治理想。这一文笔无疑是受了《毛颖传》的启发。

　　再就墓志碑文而言，王安石亦颇得力于韩文。由于作者在写作时十分注意文字的技巧，故这类文章在谋篇布局上往往具有很高的造诣。姚鼐《古文辞类纂序目》在论及祭文类时说："楚人之辞至工，后世唯退之、介甫而已。"姚鼐从此类文章的精致一面指出了韩王的相似之处。

　　事实上，王安石本人也确实对韩愈的墓志文给予了极大的注意。他曾指出："退之善为铭，如王适、张彻铭尤奇也。"[1]所谓"尤奇"，显然是做了认真的比较后的结论：他文皆奇，而此两文"尤奇"也。

　　韩愈的墓志善于描写，巧于剪裁，又常常能夹之以精到的议论和真挚的抒情，故文章往往显得神奇多幻，深藏纵横变化。此恰如吴讷所论："古今作者唯昌黎最高，行文叙事，面目首尾，不再蹈袭。"（《文章辨体序说》）亦如李涂所评："退之诸墓志，一人一样，绝妙。""篇篇不同，盖相题而设施也。"（《文章精义》）王安石的墓志碑文以韩为宗，不过是"变退之之壁垒，而阴用其步伐"罢了（方苞《古文约选序例》）。茅坤也反复称其为"奇崛""多奇气"（《王文公文抄引》）。王安石此类墓志文甚多，这里不一一罗列。

二、语言艺术的刻意学步

　　语言畅达简洁，这是韩王二人记、议语言艺术的重要特征之一。

　　因为韩愈尚奇，所以有时喜写雄怪富丽的长篇大作，"雕镂文字"（《荆谭唱和诗序》），以追求文采。有时又喜作"险语""高词"（《醉

---

① （宋）周密撰，孔凡礼点校：《浩然斋雅谈》，中华书局，2010年1月，第25页。

赠张秘书》），故意堆砌僻字怪字，而流于晦涩难懂，此类有《曹成王碑》等。但韩愈议论文语言的基本倾向却是畅达简明的，一般都令人明白易懂，恰如吕祖谦《古文关键》所高度概括的"简古"二字。唯其如此，北宋散文家才会对韩文产生出一致的兴趣，并从"简古"出发，把古文运动的主流风格推广发展到平和流畅的层面上。韩愈主张"文从字顺各识职"（《南阳樊绍述墓志铭》），强调"丰而不余一言，约而不失一辞"（《至邓州寄上襄阳于頔相公书》），这些意见都是他广写经世致用文章时的理论依据。故李翱《与陆傪书》评他"其词与其意适"，皇甫湜《韩文公墓铭》评他"章妥句适"，都不为夸张之言。

韩文峻洁简明的一面是王安石着意仿效的楷模，这从王安石自己对散文语言的要求中可以看得很清楚。王文于此多次明确要求"庄厉谨洁"（《新秦集序》，又名《杨乐道文集序》），"词简而精"（《上邵学士书》），"言约而明"（《答韩求仁书》）。把这些要求的意思综合起来看，他显然主张散文语言要峭洁精悍、洗练明快，特别是他的议论文，更具有这样的典范特色：语言简洁，逻辑严密，概括力极强。南宋魏了翁旧序曾评之为"锻炼精粹"[①]，明王宗沐的《序王安石文集》亦论之为"简劲精洁"[②]，清李绂甚至认为，王安石的议论文言简意赅，已至于"篇无余语、语无余字"的地步，具有"束千百言十数转于数行中"[③]的非凡概括能力。刘熙载的《艺概》还进一步把王安石这种驾驭语言的特殊能力形象化为"长于扫"，说他"善用揭过法，只下一、二语，便可扫却他人数大段，是何简贵"！

韩王二人记、议语言艺术的重要特征之二，是尚好简短精悍，以短章小文来包蕴雄博深湛的思想内容。李涂《文章精义》在列举短文的范例时，就特以韩愈和王安石为代表："文章有短而转折多气长者，韩退之《送董邵南序》、王介甫《读孟尝君传》是也。"李氏所举，确可分别视作他们二人的短文代表作。《送董邵南序》深微屈曲，沉郁往复，全文只有一百五十一字。《读孟尝

---

①　《王荆文公诗笺注》，第717页。

②　《王荆公年谱考略》，第377页。

③　（清）李绂：《穆堂初稿》卷四三《与方灵皋论删荆公〈虔州学记〉书》，乾隆无怒轩刊本，第7页。

君传》词锋激烈，一气贯注，总共只有九十字。然而它们所包蕴的精湛内容，一般人就是用数百字也难以囊括。

韩愈著名的短文甚多，如杂说《伯乐》也只有一百五十一字。《读鹖冠子》《读仪礼》《读墨子》《后汉三贤赞》等，都是其精悍文风的鲜明标志。韩愈的书信赠序也都以短文为多。林纾《春觉斋论文·述旨五》对此曾有专门评价说："篇幅虽短而气势腾跃，万水回环，千峰合抱，读之较读长篇文字为久，即无烦譬冗言耳。"王安石出于政治家文以致用的实践观点，更是全力汲取、发扬了韩愈的这个优点，如其名作《伤仲永》不过二百二十四字，《书刺客传后》只有一百二十二字，《读柳宗元传》只有一百零八字。陈骙《文则》赞同"文贵其简"，当然自有其道理。不过文贵达意，本不必限于长短，王安石本人就主张"文于辞为达"（《司封员外郎秘阁校理丁君墓志铭》）。若有需要时，他落笔长文，也可成皇皇巨著，如《上仁宗皇帝言事书》，即长达万言。但一个作者若能以简短小文表达出长文相同的意思来，甚或是更加博大精深的思想内容，还能形成独特的文章风格，这就不得不令人惊叹于他的大手笔了，故明代杨慎曾为之惊呼曰："王半山之文越短越妙，如《书刺客传后》云云。""味此文，何让《史记》乎？与《读孟尝君传》同关纽矣！"①

韩王二人记、议语言艺术的重要特征之三，是精心讲究文句的形式美。就句式而言，王文也明显烙有韩文的深深印痕。

汉语言古文的文句美，主要表现为整齐美或错综美。

韩文为了讲求整齐美，有时喜欢大量采用汉魏辞赋和齐梁骈文的对偶句式。不少文赋写得富丽严整，具有丰富的表现力与艺术感染力。六朝辞赋和齐梁骈文本身的表现技巧原并不是祸害，问题在于它形成了一套凝固的僵死的程式之后，会严重妨碍表达新鲜活泼的思想内容。所以，对之进行改革，打破旧的桎梏，吸收其句式整齐、音调铿锵、节奏缓急有致的合理因素，使记、议散文的行文力避平板单调，趋向华美和富于变化，乃是韩愈对于一般散文写作进行创新改造的重大贡献。大量的排比和对偶已经成为韩文的一种基本句型，有些文章几乎更是纯用赋体写成，如瑰怪奇丽的《南海神庙碑》

---

① 《王荆公年谱考略》之《杂录》卷二，第365页。

《祭河南张员外文》等。即使是在议论文中，这样的句式也屡见不鲜。在韩愈的《进学解》中，对偶句要占到全文的三分之一以上，成为一种骈散间杂的新式文体。又如《师说》和《原毁》等，亦多用对句强化说理的气势。韩愈还喜用排句和重复某字的句式来强化文章的气势，如《送孟东野序》的"鸣"字，《画记》的"者"字，艺术效果十分引人注目。对这些文句上的精妙构思，我们不能一概讥之为是玩弄文字游戏。陈骙《文则》指出："文有数句用一类字，所以壮文势广文义也，然皆有法。韩退之为古文伯，于此法尤加意焉。"即是指这一点而言。王构《修辞鉴衡》所说的"文有以繁为贵者"，也正是指此而言。

王安石记、议的排偶虽然不及韩文那样繁富瑰丽，丰腴多姿，却也颇为婉约清秀。他虽然很少写文赋，但在议论杂著中，却着意仿效韩愈大量运用对偶排比的用笔。这是王氏散文句式的一个显著特点。王氏这种笔法肯定是受了汉魏辞赋和齐梁四六骈文的深刻影响，同时也绝然脱离不了韩愈文体创新的独特启示。如他的《性情》，全文不过七十九个小句，对偶句却占到一半。《荀卿》一文九十个小句，对偶句也占到一半。《仁智》的对偶更多，全文八十个小句，对偶句竟有四十八个，其比例高达百分之六十！王安石行文还尤其喜欢以对偶句发端，使文章开首就显得气势突兀、腾跃不凡。《勇惠》《老子》《九变而赏罚可言》等文均是如此。特别是《原过》的发端曰："天有过乎？有之，陵历斗蚀是也。地有过乎？有之，崩弛竭塞是也。"然后再由此引起对"人过"的评论，起势超忽奇崛，气魄阔大宏伟，自是非大政治家难以如此言"过"也。《唐宋文举要》曾引证吴汝纶评论王安石《宝文阁待制常公墓表》的赞语云："愈排偶愈古劲，独公文为然。"这是一点也没错的。王安石有些议论文还喜用排比句成篇，如《荀卿》和《对难》等。特别是在他的《三不欺》中，排比句竟然占到总句数的百分之五十六！议论文可以采用这样高比例的排比句来撰写，这充分显示了作者驾驭语言的非凡才能，和在这方面追踪韩文语言艺术的独到努力。

中国古文又讲究文句的错综美，讲究句式的长短变化。作者根据表达的需要，有时可以采取整齐的排偶句式，有时也可以采取错综有变的长短句式。长短句的灵活交互替用，能尽情展示出文句语势的跌宕起伏，以及音韵的错综历落。这也即如李涂所讲究的那样："文字须有数行齐整处，须有数行不齐整处。"（《文章精义》）"齐整"即是指排偶句，"不齐整"即是指长短句。

长短句由来源长，本是我国上古散文的一个独有的特点。陈骙《文则》指出："《春秋》文句，长者逾三十余言，短者止于一言。"作为古文家的韩愈，自然会大力倾慕于此。故韩愈在行文时常常精心采用长短句的对比变化，来显示文章的兀傲峭折之美。所以韩文中常常会在短句之间崛然出现接连二三十字诵来不得停息的一气长句。如其著名的《送高闲上人序》有云："往时张旭善草书，不治他技，喜怒窘穷忧悲愉佚怨恨思慕酣醉无聊不平有动于心，必于草书焉发之。观于物，见山水崖谷鸟兽虫鱼草木之花实，日月列星风雨水火雷霆霹雳歌舞战斗天地事物之变，可喜可愕，一寓于书。"又如他的《毛颖传》："颖为人，强记而便敏，自结绳之代以及秦事无不纂录，阴阳卜筮占相医方族氏山经地志字书图画九流百家天人之书，及至浮图老子外国之说，皆所详悉。"而有时他又故意连用短句，或渲染气氛，如《原道》号召复兴儒道有曰："周道衰，孔子没，火于秦，黄老于汉，佛于晋魏梁隋之间，其言道德仁义者，不入于杨，则入于墨，不入于老，则入于佛。"或又如《张中丞传后叙》刻画场面的悲壮慷慨："及城陷，贼缚巡等数十人，坐，且将戮。巡起旋，其众见巡起，或起或泣。巡曰：'汝勿怖，死，命也！'"

至于王安石遣词造句，一般是以短句单行，但他在长短句的变化方面，也有明显模拟韩文之处。有时故意绵延长句与短句相映成趣，以力避走笔的平冗。如《材论》有云："古之人君知其如此，于是铢量其能而审处之，使大者小者长者短者强者弱者无不适其任者焉。"此处的长句及其"者"字云云，显然受启于韩愈的《画记》。又如《性说》有云："是果性善，而不善者，习也。然则尧之朱、舜之均、瞽瞍之舜、鲧之禹、后稷、越椒、叔鱼之事，后所引者，皆不可信邪？"再如《取材》有云："必欲得人称职，不失士，不谬举，宜如汉左雄所议诸生试家法文吏课笺奏为得矣。"这些都是王氏明显仿效韩文的傲兀长句。王安石还有《荀卿》一文，从一字句到二十七字句，各种长短句式应有尽有，文势突兀峥嵘，格局新颖非凡，读者大可于此领略韩文峭劲雄怪风味之一端。

总的来说，在散文语言艺术方面，王安石颇得韩愈之真谛。前文已言，这一点曾引起清代桐城派的极大重视，以为暗合"义法"。韩愈行文大气畅快，纵横排荡，尽管遣词造句极为严谨，其实并没有什么"义法"的概念。王安石倒有些为文之法的观点，认为好文章应该有"法度"（《上邵学士书》）。所谓"法度"即是规章制度。王安石论散文有"法度"，即是指散文创作应当遵守"词简而精"和"言约而明"的原则。明代茅坤把王安石的"词简""言约"观点及其创作实践概括为"其法度自典则"（《王文公文抄》卷六），是说得很准确的。这也即是《四库全书总目》所谓"百卷之内精华俱在，其波澜法度实足自传不朽"的意思。

在桐城派看来，韩文的造语诀窍和王安石的"法度"观点，完全属于他们"义法"说的祖上渊源。桐城派的宗师方苞认为："序事之文，义法备于左、史。退之变左、史之格调，而阴用其义法。""介甫变退之之壁垒，而阴用其步伐。"①这无疑是在推崇韩、王二人为"义法"说的正宗嫡系了。方苞还认为，欧阳修为文，尚未学得韩愈之真诀，若从"义法"的角度来衡量，"颇有不尽合者。介甫近之矣，而气象则过隘"②。方苞又在评论程若韩撰写碑志"未达于文之义法"时，揭举韩、王二人为标准："若参以退之、介甫法，尚可损三之一。"③这些意见实际上都是从所谓"义法"说的角度肯定了韩、王二人在驾驭语言方面的共同特点，即从一个侧面肯定了王安石文宗韩愈的成功之处。故桐城派号召人们注意对韩、王二人散文的学习。

桐城派的另一大家姚鼐对韩、王二文的语言特点也有同样的评价："大抵简峻之气，昌黎为最，要当于此着力。"又说："必欲简峻，莫若要读荆公所为，则笔间自有裁制矣。"姚鼐认为，王安石的散文已经达到了甚高的文章境界："词雅而气畅，语简而事尽。"④这应该是桐城派"义法"说对王安石散文语言艺术的最高评价了。

三、风格特征的同异观照

韩文的风格特征是雄奇浑厚，这是古今学界的一致公认。韩愈学问渊博，

---

① 《古文约选序例》，《方苞集》卷下，第615页。
② 《书韩退之〈平淮西碑〉后》，《方苞集》卷下，第111页。
③ 《与程若韩书》，《方苞集》卷下，第181页。
④ （清）姚鼐：《惜抱先生尺牍》，安徽大学出版社，2014年3月，第83、99、107页。

为文意境远阔，故其散文雄风四起，极具阳刚之美。他的知交张籍评他是："独得雄直气，发为古文章。"（《祭退之》）他的好友柳宗元论他是："猖狂恣睢，肆意有所作。"（《答韦珩书》）他的学生皇甫湜则形象描绘韩文为："茹古涵今，无有端崖，浑浑灏灏，不可窥校。"（《韩文公墓铭》）这些评论无一不是捕捉到了韩文的基本特征。北宋散文各大家得其力，鼓其气，极力拓展他文从字顺的基本面，把文风推向更加平易自然，流畅明白，应该说是各有成就的。只是其中王安石又有着自己的特色。

　　说王安石其文与韩文有"同"，这是指王文有力道有气派，明显上继韩愈。王安石早年的知交曾巩有如此评价王文的诗句："君才信魁崛，议论恣排阖。如川流浑浑，东海为委积。如跻极高望，万物著春色。寥寥孟韩后，斯文大难得。"①后来女词家李清照竟然也注意到了王文的这一特色，认为王安石"文章似西汉"②。清代包世臣则进一步品王文之味而指出："介甫词完气健，饶有远势。"③而这和他评论韩文"书说健举浑厚"是同样的意思。这一些评说都看到了王、韩为文之"同"。

　　然而王安石之文与韩文又有其"异"，在风格上难以与韩愈全然一致，其间的差异十分清楚。王安石为人刚直倔强，议论严正，学韩又多喜其逆折拗劲，故与韩文的雄浑相比，王文的风格更有着孤拔兀立的一面：特别峭劲峻奇，超轶不群，所谓壁立千仞，无欲则刚也。作为文论家的朱熹，曾经非常深刻地洞察了这一点。故而他评论道："文字到欧曾苏方是畅"，而"荆公文暗"④。朱熹所言"文暗"者，非指王氏文风暗涩，而是喻其劲折孤拔的行文特色，既不同于陈亮《书欧阳文粹后》评欧阳修的"纡余宽平"，也不同于苏轼《答谢民师书》所欣赏的"行云流水"，这是很值得我们注意的。劲折而孤拔，正是王文所得韩文雄直恣睢之一端。

　　正因为王安石为文偏重宗韩的坚劲峭折，故与韩文雄奇浑厚的整体风格相

---

①　《元丰类稿》卷二《寄王介卿》，四部丛刊本。

②　（宋）李清照著，王学初校注：《李清照集校注》，人民文学出版社，1979年10月，第195页。

③　《艺舟双楫·再与杨季子书》，第11页。

④　《朱子语类大全》卷一三九。

比较，王文就不免显得峻奇孤瘦了一点。因此，王世贞《艺苑卮言》论"临川氏法而狭"[①]，刘师培《南北文学不同论》论"介甫之文虽挺拔，然浑厚之气，亦逊昌黎"[②]，这些评价是符合王文实际的，我们也无需回避。

---

① 《历代诗话续编》（中），《艺苑卮言》卷三，第985页。

② 郭绍虞、罗根泽编：《中国近代文论选》（下），人民文学出版社，1959年9月，第576页。

第八章　个案考察：如何深层次理解《韩子》诗

纷纷易尽百年身，举世何人识道真。

力去陈言夸末俗，可怜无补费精神。

王安石的《韩子》诗（李壁注《诗集》卷四八）虽然只有短短四句二十八个字，但它所蕴含的思想内容却复杂深广，容量极大。王安石一生先是学韩，继而疑韩，后来抑韩。其整个评韩态度的徙转变迁，都可以从这首短诗里找到影迹。所以阅读王诗，就必须要深层次理解《韩子》一诗。本书最后专辟这一章，就是为了从深层次上解读《韩子》此诗。

韩愈在北宋名声高扬，是因为古文运动领袖欧阳修深受其影响，尊其为文宗。王安石则身逢其时，积极响应，投身其中。王安石年轻时习诗为文，所师前代大家甚多。不过其中特别醒目的，即是唐代韩愈。崇尚膜拜韩愈其人其文，是北宋文坛的学术潮流。和其他学子一样，青年王安石同样为时代风气所裹挟，鼓噪呐喊，奋勇激进。王氏崇韩的言行均可见之于《临川集》的早期诗文。韩愈的诗文乃是当时引导王氏接触儒道、广开眼界的重要指南。

不过问题在于，一贯坚持自己政治理想的王安石，后来慢慢察觉出韩愈在儒学见解上的不周全，在思想意识上也不够纯正。于是他逐渐由不满发展到在理论上宣告与之分道扬镳。这个形象的理论宣告，就是《韩子》与《奉酬永叔见赠》等诗歌。《奉酬》诗的表述明白清晰，阅者的理解不会产生分歧。而《韩子》诗就不同了。由于后人对《韩子》诗解读各异，对王氏后期抑韩分析各异，时间一长，于是便引出了一段学术公案。由宋至清，直到当代，学者们的研究兴趣长期不减，一直争论不休。所以，辨明《韩子》诗的本意，并把这个公案梳理清楚，应该是很有意思的。

钱锺书的《谈艺录》，或许即是20世纪40年代最早触及这一话题的论著。钱著明确指出：明代之前批评韩愈"要或就学论，或就艺论，或就人品论，未尝概夺而不与也。有之，则自王荆公始矣"[①]。钱氏于此认为：比较全面地纵深评韩，由扬而抑，王安石是第一人。然而遗憾的是，当年钱氏限于体裁和篇幅，《谈艺录》对此只是进行了提纲挈领式的评议，而未能具体拓展，加以详尽剖析。本章乃试作续貂，对此进行专门的考察，并提供一些必要的材料，介绍这一公案的来龙去脉。

第一节　王安石一生对韩愈评价的"Λ"形轨迹

王安石一生评韩有变，早期和后来并非一致。《韩子》诗便是这种悄然变化的主要标志之一。

《临川文集》中有不少诗文涉及韩愈。初看上去，评价有褒有贬，而且纷繁不一，甚至不乏矛盾抵牾之处，理不清头绪。然而只要我们加以有序考辨即可发现：王安石一生对韩愈的评价并不是直线运行、一成不变的。从可以基本考定写作时间的部分诗文来看，其评价非常明显呈现的是一条先上后下的"Λ"形的滑行轨迹。

下面分两点来探讨这一变化。

一、王安石评韩态度的基本概况

在分析《韩子》诗之前，我们首先应当全面了解王安石评韩态度的基本概况。

从早年攻读到晚年致仕，我们可以把王安石不同时期对韩愈的种种评价，清晰地排列出来。下面请看这条轨迹的大致发展过程。

王安石二十二岁考中进士，签书淮南判官，其时作有《上田正言书》。此书纯是模仿韩愈早年《争臣论》之作，其遣词造句语调风格无不相似。王安石后来在《寄（孙）正之》（写作时间不详，可能约在同时）诗中忆及年轻时的学习生活说："少时已感韩子诗：'东西南北俱欲往'。"其句出于韩愈的

---

① 钱锺书：《谈艺录》，开明书店，1948年，第62页。

《感春》诗："东西南北皆欲往，千山隔兮万山阻。"可见少年王安石习诗为文，专以韩愈为楷模。王安石在是年所作《送孙正之序》中，又进一步把韩愈和孟轲相提并论，以所谓"孟韩之心"作为自己和好友的学习榜样："夫越人之望燕，为绝域也。北辕而首之，苟不已，无不至。孟韩之道去吾党，岂若越人之望燕哉？"这就更是有力的证明。

王安石二十七岁作《与祖择之书》，书云："治教政令，圣人之所谓文也。"其稍作于此后的《上人书》又曰："尝谓文者，礼教治政云尔。"又云："自孔子死久，韩子作，望圣人于百千年中，卓然也。"可见尊韩之至。

二十七岁时，王安石始知鄞县，因杜醇不肯入县学执教，他专门撰写了《请杜醇先生入县学书》，以韩愈勇于为师作例，敬劝杜醇适于义而趋于学。

王安石还作有一篇《上邵学士书》。此邵学士指邵必，字仲详，是乐安侯蒋堂的女婿。据《北宋经抚年表》，蒋堂死于至和元年，而此书云"且贺乐安公之得人也"，似作书时蒋堂仍在世。又书云"郡庠拘率"，郡庠应指州学或府学，则此书或是王安石通判舒州时所作，其年龄当在三十一至三十四岁之间。《上邵学士书》颂扬蒋堂"犹唐之昌黎而勋业过之"，认为"韩李蒋邵之名，各齐驱并骤，与此金石之刻不朽矣"。显然，这封信过誉的攀比颇能表明，韩愈诗文是王安石彼时衡量他人文学成就的最高标准。

总之，详察《临川文集》，在嘉祐二年之前，在王安石有关韩愈的全部诗文里，他对韩愈采取的是无保留的颂扬态度。然而此后再提及韩愈时，他的态度却发生了明显的变化：不但语气委婉了，显得谨慎有分寸，而且还间有一些锐利的批评。作为这个转折点的鲜明标志，便是王安石作于嘉祐二年的《奉酬永叔见赠》诗，时年三十七岁。

欧阳修作《赠王介甫》，以"翰林风月三千首，吏部文章二百年"来褒勉王安石。对王安石说来，这本是一种崇高的荣誉，可是王安石却婉言谢辞了。其《奉酬》诗自表心迹曰："欲传道义心虽壮，强学文章力已穷。他日若能窥孟子，终身何敢望韩公？抠衣最出诸生后，倒屣常倾广坐中。只恐虚名因此得，嘉篇为赆岂宜蒙。"酬诗的立意是十分清楚的，"力穷""虚名"云云，说明中年王安石已全然不再"强学文章"，不再追求李诗韩文的自许，他的思想归宿已开始转向专窥孟子而传播道义。

四十四岁时，王安石居丧守制于江宁，其时作有《答韩求仁书》。书云："韩文公知'道有君子有小人，德有凶有吉'，而不知仁义之无以异于道德。此为不知道德也。"这是批评韩愈《原道》的尖锐意见。又《韩昌黎文集校注》的《原道》篇有关注语曾引尹彦明之语曰：王安石曾谓《原道》之"正心诚义，将以有为"一句句意"非是"，所指大约也是这年的事。

约四十五岁时，王安石在江宁作《王深父墓志铭》，指出韩愈对《周易》认识不足。韩愈《与冯宿论文书》曾认为扬雄门人"侯芭颇知之，以为其师之书胜《周易》"，王安石则于此明确表示反对："《易》不可胜也，芭尚不为知雄者。"

约四十六岁时，王安石在江宁又作《和董伯懿咏裴晋公淮西将佐题名》，对韩愈的《平淮西碑》发有微言："退之道此尤隽伟，当镂玉版东燔柴。欲编诗书播后嗣，笔墨虽巧终类俳。"李壁曾评此"类俳之说殆非至公"。董伯懿是王安石居丧守制期间在江宁偶识的朋友，王安石文集中与董伯懿相唱和的几首诗歌均作于此时。他们大约在治平三年冬天分手告别，这有王安石四十六岁所作《送董伯懿归吉州》为证："我来以丧归，君至因谪徙。苍黄忧患中，邂逅遇于此。去年服初除，听赦相助喜。……"

此外，能够说明王安石尊韩态度已经发生变化的诗作，还有他晚年所作的《秋怀》一首。《秋怀》这首诗不太为人注意，但它的旨意全同于嘉祐二年所作的《奉酬永叔见赠》，是王安石后期抑韩的重要思想证据。诗中有曰："城南平野寒多露，窗壁含风秋气度。邻桑摵摵已欲空，悲虫啾啾促机杼。柴关半掩扫鸟迹，独抱残编与神遇。韩公既去岂能追，孟子有来还不拒。"所居在"城南平野"，且又是"柴关半掩"，则此诗应是王安石晚年罢相后居家半山时所作。考王安石《送陈和叔诗》曾自序曰："元丰元年，某食观使禄居钟山南。和叔经略广东，道旧故怅然。"那么，《秋怀》应该是王安石五十八岁之后的作品。其中诗末两句可能便是王安石后期抑韩崇孟思想的终点。

王安石一生评价韩愈的思想轨迹既然如此，那么《韩子》一诗问世的时间到底应该定在何时？

王安石本人虽然没有明确记下《韩子》一诗的写作时间，但我们依据上述轨迹线，还是可以大致认定它的写作年代。从该诗用语的感情色彩来看，它显然不可能为青年王安石所作，因为其中毫无敬仰颂扬的语调。"可怜"云云，自是怜悯叹惜的口气。故《韩子》写作时间的定点应在这条轨迹线的下滑段。它应是王安石三十七岁作出《奉酬永叔见赠》一诗之后的作品。考定了这一时间界限，我们便可以鸟瞰《韩子》在王安石全部评韩诗文中的应有地位，这一点对我们正确诠释诗意是有益处的。

当然，大致认定《韩子》的写作时间，还只是准确辨析诗意的关键之一。关键之二，还是要详细考察上文所述的王安石评韩态度的全部概况，这是更重要的。只有从整体上把握了王安石对韩愈儒学思想的确切评价，我们才能鉴明《韩子》一诗所谓不识道真的本意。而这一点，也正是诠释《韩子》诗的难点和重点。

二、正确诠说《韩子》诗的本意

历来对"举世何人识道真"的理解持有两种对立的意见：一是以南宋李壁的注语为代表："观公此诗，尚谓退之未识道真也。"二是认为李注有"曲解"之嫌，认为王安石于此是慨叹世人不识韩愈的道真。这也即是说，"举世何人"不是针对韩愈的。自南宋黄震以来，一直不乏此论。后者所持论点的根本依据是：北宋学者以推崇韩愈儒学为时代潮流，王安石亦振游其中。王安石曾有不少诗文颂扬韩愈，那他又怎么可能怀疑韩愈不识道真呢？

显然，后一个推理是不妥当的，问题出在大前提"诗文"的不周延。前文已经论证过，王安石只是在三十七岁之前才是无条件地褒誉韩愈的，此后则有所不同。《韩子》诗既然作于三十七岁之后，则何以见得就不可能是意在讥韩不识道真？

此外，王安石在中年以后曾逐渐注意到韩愈儒学大旗上的某些驳杂色彩，并不时以孔丘之论和孟轲、扬雄之说对之加以辩说和纠正。但可惜这些事实不太为人们所重视，以至影响到相关研究的深入。

王安石崇尚孔孟，坚持儒家的思想原则。他阐述儒学思想的有关诗文，有不少地方对一些曲解儒学经典的言论进行了驳议和辩说。他认为："吾所安者，孔子之言。"（《原性》）"不合乎圣人则皆不足以为道。"（《答黎检正书》）"若欲以明道，则离圣人之经皆不足以有明也。"（《答吴孝宗书》）以此为原则，他对待韩愈儒学思想的态度亦是如此，尽管韩愈曾是他在思想文化方面的主要崇拜对象。所以李壁所作"谓退之未识道真"之注语当为正解，后人对此的非议都不能成立。

既然如此，《韩子》的本意也就可以正确加以诠说矣。

"纷纷易尽百年身"：指世事众多而繁杂，人生容易老悲，很快就会度过一生。纷纷，作世事纷扰繁多解，王诗多有此用法。如"俛仰换春冬，纷纷空百忧"（《解使事泊棠阴之一》），"自怜许国终无用，何事纷纷客此事"（《尹村道中》），又如"纷纷扰扰十年间"（《赠僧》），"回首纷纷已五年"（《送周仲章使君》）。

"举世何人识道真"：感叹韩愈未识儒道真谛。嘉靖本此句又作"默默谁令识道真"。"默默"当为无声无息之意，则是句可解作感叹无人愿意默默无闻地去钻研儒道真谛。如此便暗含笑贬韩愈喜求名声之意，然又不会与全诗主旨发生抵触。

"力去陈言夸末俗"：这句不满韩愈向时俗过于炫耀刊除陈言的文学主张。末俗，衰世之俗，此指韩柳古文运动所抨击的浮文时俗。

"可怜无补费精神"：嗟叹韩愈鼓吹务去陈言的文学主张无补世事，徒然枉费精神。

第二节　揭示《韩子》诗抑韩的三个思想背景

王安石为什么要写《韩子》诗？他为什么要舍弃对韩愈诗文的崇高文学评价，而去从儒道上做文章抑低韩愈？由此而言，探讨王安石《韩子》诗的整个思想背景是很重要的。对以下三个思想背景进行纵深追踪，将会有助于我们对《韩子》诗的全面理解。

一、二人治政理念有异

韩愈的儒学认识和治政理念以孟轲的仁义学说为核心内容，有其进步的一面。韩愈的治政措施，也说明了他经世之志的仁义倾向。如他被贬为阳山令时，"有爱在民，民生子多以其姓字之"（《新唐书》本传）。至潮州时，"询吏民疾苦"，后任袁州刺史，又曾"设法赎其所没男女，归其父母"，并废除典当幼童的"俗法"（《旧唐书》本传）。此外，又如他上疏为关中百姓请命，坚决反对藩镇割据，积极参与平叛的军事行动，如此等等，莫不和他《原道》的政治理想和推崇孟轲的仁义学说有关。故朱熹说："韩较有些王道意思。"①朱熹的评价是有依据的。

韩愈崇尚孟轲的仁义思想和仁政理想，曾深深影响到青年王安石，这可见之于王安石早年所写的《送孙正之序》一文。序文把韩愈和孟轲并称："如孟韩者，可谓术素修而志素定也。"王安石担任鄞县县令后，即以极大的政治热情系统实践了"孟韩之道"，他把这称之为"不忍人之政"（《善救方后序》）。王安石在鄞县任上积极办学，培养人才。又有《请杜醇先生入县学书》，颂扬韩愈勇于为师，传授儒道。对王安石在这一时期的地方政绩，宋人邵伯温曾有评论曰："起堤堰，决陂塘，为水陆之利；贷谷于民，立息以偿，俾新陈相易；兴学校，严保伍，邑人便之。故熙宁初为执政所行之法皆本于此。"②可见王安石早期治政的指导思想，确乎不离"孟韩之道"。

不过，王安石毕竟是一位有志于革新变法、推动社会前进的政治家。虽然他和韩愈同样敬仰孟轲，但他对孟轲学说的运用，却基于富民强国的认识论，而不仅仅是"与民作主"，这是和韩愈大不相同的。由于坚持这一理论指导，王安石在治政实际中所取得的成就，便远远超过了韩愈。在宋神宗的支持下，他担任执政之后，全面推行新法，以求达到富民强国的治政目的。这样的变革大事，对仅以仁义理念治理一方的韩愈来说，显然是不可能做到的。

王安石治政具有明确的实践意义和便民富民倾向。上文所引邵伯温评其"熙宁初为执政所行之法皆本于此"，确有见地。王氏就是在治理州县的治政实践和理论思考中，超出一般地方官员。他能从一地之民设想到天下苍生，并汇集自己的实践体会，升华自己的治政理念。嘉祐三年冬，还在仁宗朝时，王安石已就自己的治政实践体会向朝廷上呈了洋洋万言的《言事书》，提出加强治国的方针策略和具体措施。他的认识依据是："身有身之道，故以身观身。家有家之道，故以家观家。以至于乡、国、天下。"③所以他不赞成儒家理论

---

① 《朱子语类大全》卷一三九。

② （宋）邵伯温撰，李剑雄、刘德权点校：《邵氏闻见录》卷一一，中华书局，1983年8月，第118页。

③ （宋）王安石著，容肇祖辑：《王安石老子注辑本》，中华书局，1979年5月，第47页。

治国平天下是出于个人道德修养的说法。前已述及，王安石还曾对韩愈《原道》"正心诚意，将以有为"的观点批过"非是"二字。这个重视实践的观点反映在学孟的问题上，就是王安石更加重视通经明道、全局统筹的研究态度。如其《王逢原墓志铭》有曰："士诚有常心以操圣人之说而力行之，则道虽不明乎天下，必明乎己。"《答姚辟书》又曰："夫圣人之术，修其身，治天下国家，在于安危治乱，不在章句名数焉而已。"王安石治经不重"章句"而重"力行"，重"天下"，重"安危治乱"，这显然要比韩愈儒学道统说的纯理论主张要实际得多，深刻得多。这是他高明于韩愈的地方，也是他源于治政实践的独到体验。

王安石后来在《韩子》诗和酬答欧阳修的赠诗中，婉叹韩愈不识儒道真谛，表示了他在理论上与韩愈儒道观的决裂。其中，治政理念有异，认识论有分歧，恐怕是十分重要的内在原因。

二、二人儒道认识有异

韩愈虽说是个硕儒，但他博览群书，广采诸子，十分重视学习前人各个方面的思想遗产，因而视野很广，思路很宽。韩愈的《师说》可以代表他的这种博采观点，所谓"无贵无贱，无长无少，道之所存，师之所存"是也。所以韩愈对百家之说也采取了这种积极的态度。他曾"穷究于经传史记百家之说"（《上兵部李侍郎书》），"口不绝吟于六艺之文，手不停披于百家之编"（《进学解》），又"自五经之外，百氏之书，未有闻而不求，得而不观者"（《答侯继书》），故李汉誉他"诸史百子皆搜抉无隐"（《昌黎先生集序》），绝非虚言。

韩愈兼采诸子的指导思想是什么？他曾经这样说过："吾常以为孔子之道大而能博。"（《送王秀才序》）韩愈广采百家，主观上是想显示儒家的博大精深和无所不包。这种积极有为的博学思想给了王安石深刻的启示。

这里试以庄子为例，来看看韩愈的博采。秦汉以降，学界均认为，儒家主张"用世"，道家主张"出世"。而韩愈评论庄子，却对这个传统见解表示了质疑。韩愈重视庄子的政治不平感。韩愈认为，这种政治不平感是与儒家兼济天下的思想相通的。其著名的《送孟东野序》响亮提出："大凡物不得其平则鸣。……周之衰，孔子之徒鸣之……其末也，庄周以其荒唐之辞鸣。楚大国也，其亡也以屈原鸣。"韩愈在这里是把庄周作为国家衰败时的思想家来看待，他把庄周与孔丘、屈原置于同列，就进一步证明，韩愈颂扬的庄周之鸣乃是"鸣国家之衰"，而绝非"自鸣其不幸"。在韩愈眼中，庄周和屈原几乎具有同样重要的历史地位。

韩愈《送孟东野序》充分肯定了庄周的政治态度，但可惜的是，韩愈未能再作专文对这一观点展开深入的阐述与发挥。但是王安石赞同这个观点："万物能鸣为不平。"（《和崔公度家风琴之三》）王安石后来亲自撰写了《庄周》上下两篇议论文，专门就如何认识和评价庄子进行了系统论述。

韩、王二人在探讨庄子学术渊源时，都想把庄子纳入儒家。韩愈《送王秀才序》曰："子夏之学，其后有田子方。子方之后，流而为庄周。"据朱熹评价，韩愈这一观点当是中国思想史上第一次对"庄周治学出于老氏"的鲜明否定①。而王安石《答陈枏书》亦表示赞成："韩氏作《读墨》，而又谓子夏之后流而为庄周，则庄、墨皆学圣人而失其源者也。"甚至，王氏还认为庄周就是儒家学派的代表人物。他的《庄周》批评有人"不知求其意（按指庄周）而以异于儒者为贵"，《季子》批评庄周丧妻鼓盆是"吾儒之罪人"，明确认定庄子是儒者。这些见解可谓极为新异，十分独特，自然也值得进一步探讨。

当然，上述这一切又并不意味着韩、王二人兼容庄子的指导思想全然一致，毫无分歧。

其一，上文已经说过，韩愈重视百家，仅是意在证明孔子之道的"大而能博"，而王安石追求的乃是取子佐经。

为了明确这一区别，这里不妨引证一段王安石在《答曾子固书》中说过的一段话："世之不见全经久矣。读经而已，则不足以知经。故某自百家诸子之书，至于《难经》《素问》《本草》诸小说，无所不读，农夫女工，无所不问，然后于经为能知其大体而无疑。盖后世学者与先王之时异矣，不如是不足以尽圣人故也。"

可见，"知经"与"尽圣人"，乃是王安石重视诸子的基本指导思想。他

① 朱熹曰："世谓庄周之学出于老氏，故其书规模本趣大略相似也。至韩子退之始谓子夏之学，其后有田子方，子方之后，流而为庄周。"《朱子大全》卷七四《策问》，四部备要本。

之所以要肯定韩愈对庄周的评价，一是因为庄周的"不平则鸣"和"矫天下之弊"符合儒家治理天下的政治主张，二是因为韩愈坚持博学广采有益。

这里还可引证一个材料，以进一步说明王安石取子佐经确有原则。惠洪《冷斋夜话》曾引王安石语："善学者读其书，唯理之求。有合吾心者，则樵牧之言犹不废；言而无理，周、孔所不敢从。"①拿这段记叙比照上文《答曾子固书》之所录，我们完全可以相信惠洪所录定是事实。

其二，对韩愈一些把孔学扩大无边乃至流于疏失的学术观点，王安石都会坚持儒家的思想原则予以评说纠正。

王安石不能容忍韩愈把儒家思想和其他学派的思想混为一谈，坚定"力排异端"（《寄王逢原》）。如韩愈混淆孔子的仁爱观和墨子的兼爱观，提出"孔子必用墨子，墨子必用孔子，不相用不足为孔墨"（《读墨子》）。王安石就提出了尖锐反驳："兼爱为无父，排斥固其理。孔墨必相用，自古宁有此？"（《读墨》）又如韩愈把对儒家学说持强烈批评态度的荀子宽容为"大醇而小疵"，认为"要其归，与孔子异者鲜矣"（《读荀》），并褒扬"荀卿守正，大论是弘"（《进学解》）。王安石却认为，这是不符合儒家正统观念的，同样断然表示否定的意见。他认为荀子"乱"了孔孟之道，其言论不足以佐经："使孟子出其后，则辞而辟之矣！"（《荀卿论》，见《临川先生文集》补遗部分）他明确表示"后世之士，尊荀卿以为大儒而继孟子者，吾不信矣"（《周公》）。所谓"后世之士"，显然正包括韩愈在内。对荀子的批评，可以再次证明在保持儒家思想原则的纯洁性上，王安石比韩愈有着更加严格的要求。

此外，王安石在儒学理论的其他方面也与韩愈多有不同意见。韩愈《原性》主张："性之品有三，而其所以为性者五（按五常）。"王安石于此却作了反复驳议："韩子之言性也，吾不有取焉。……吾是以与孔子也。"（《性说》）又说："韩子以仁义礼智信五者谓之性……而五常不可以谓之性。此吾所以异于韩子。"（《原性》）前人早已看到了这一点，如黄震就曾明言：

---

① 《冷斋夜话》卷六，《宋元笔记小说大观》，上海古籍出版社，2001年12月，第2197页。

"《原性》《性说》二篇辟韩文公。"①

所以说，韩、王评价诸子有异。在对儒道的认识方面，王安石比韩愈更清醒，更有原则性。他对韩愈博采诸子的疏失，均会针锋相对地给予批驳和纠正。而这一点当然要影响到他对韩愈识道深浅的政治评价。

三、二人诗文"本心"有异

诗文"本心"一说，语出南宋大儒朱熹。何谓"本心"？"本心"即指初心。朱熹在评说韩愈《示儿》诗时，曾慨叹道："《上宰相书》所谓行道忧世者，则已不复言矣。其本心何如哉？"②朱熹以"本心"说批评韩愈，十分彻底有力。儒者吟诗为文，应当坚持"行道忧世"的"本心"，但韩愈后来却把这个重要的思想原则抛弃了。

其表现之一，是韩愈的后期诗文表现出不少政治上的软弱性。

如果说，为了谋求官职取得生活上的稻粱之需，韩愈早年曾向达官贵人哀号呼求、汲汲于身世穷愁，后人还是应该同情、不必多加计较的话，那么对韩愈进入仕途以后再遭到挫折厄运的戚戚怨嗟，后人就有理由认真加以评议了。

韩愈被贬为阳山县县令之后，曾有多诗悔叹自己贸然上疏论天旱人饥。如有诗云："朝为青云士，暮作白首囚。"（《赴江陵途中寄赠三学士》）又有诗曰："庶从今日后，粗识得与丧。"（《岳阳楼别窦司直》）这些情不自禁的悔恨和嗟叹，形象表现出韩愈思想性格上反复计较人生得失的重大缺陷。

又韩愈作《论佛骨表》时，义正辞严慷慨激昂，然而被宪宗流放潮州之后，他却沮丧、颓缩、后悔、懊恼。南下时他沿途希求恕罪："臣愚幸可哀，臣罪庶可释。"幻想恢复官职："何当迎送归，缘路高历历。"（以上均见《路旁堠》）而昼夜思考的最后结论，就是向宪宗悔过，颠倒是非，把自己肯定过的东西再否定："臣以狂妄戆愚，不识礼度，上表陈佛骨事，言涉不敬，正名定罪，万死犹轻。"甚至凄楚哀告："自拘海岛，戚戚嗟嗟，日与死迫……"（以上均见《潮州刺史谢上表》）

韩愈对愤谏佛骨之后的悔退告饶，确实令崇韩者们在思想上无法接受。这

---

① （宋）黄震：《黄氏日抄》卷六四《王荆公文集》，耕余楼刊本，第7页。

② 转引自（唐）韩愈著，钱仲联集释：《韩昌黎诗系年集释》，上海古籍出版社，1984年3月，第956页。

种言行不一的政治软骨病，明显遭到了包括王安石在内的宋代思想家们的集体非议。王安石作《送潮州吕使君》有云："韩君揭阳居，戚嗟与死邻……不必移鳄鱼，诡怪以疑民"，即是指此而言。就连以韩愈继承者自居的欧阳修也在《与尹师鲁第一书》中指名批评他说："每见前世有名人，当论事时，感激不避诛死，真若知义者。及到贬所，则戚戚怨嗟，有不堪之穷愁，形于文字。其心欢戚无异庸人，虽韩文公不免此累。"①朱熹同样忍受不了韩愈的这种反复之变，曾不无诙谐地调侃道："且教他在潮州时好，止住得一年，柳子厚却得永州力也。"②

在《送潮州吕使君》里，王安石还劝吕使君云："有若大颠者，高材能动人。亦勿与为礼，听之汩彝伦。"这实际上也是在指斥韩愈在排佛之后的软化与倒退。韩愈《与孟尚书书》曾自辩曰："潮州时，有一老僧号大颠，颇聪明识道理。……以为难得，因与来往。"韩愈的自我辩解也许可信，但问题并不如此简单。韩愈因《论佛骨表》而被宪宗贬至潮州。他到了潮州急忙上表宪宗，表示反悔，并且又以刺史的身份公开与老僧打得火热。故这一现象不得不使王安石萌生怀疑：这是不是出于某种政治目的而故意做出的一种姿态？或是乞求宪宗饶恕赦免的一种暗示？

其实在中国古代文化史上，官员文人与僧道之徒结交往来本是常事，无论哪个朝代都有，北宋仁宗朝亦是如此，就是王安石本人，晚年交往的僧道之徒也有多人。问题是韩愈在潮州与大颠的故意交往存有机巧之心，把它变成了一种政治筹码，这就烙有异样的色彩了，这一交往多被后人诟病。起码这也如同陈善所抨击的那样："亲见大颠而复作《答孟简书》，似是无特操者。"③

其表现之二，是韩愈的晚年诗文公开宣扬富贵利禄的世俗观念。

韩愈在诗文中坦陈自己汲汲于名利富贵，并依此训示后代，这固然是一种令人佩服的坦荡与真率，但毕竟有失士大夫清白高洁的门面风范，所以遭到了儒学后人的一致批评。因为在封建社会里，士大夫们于此，心中虽然可以有之，但口里决不能言之，笔下也决不能书之。

---

① 《欧阳修集编年笺注》，第281—282页。
② 《朱子语类大全》卷一三九。
③ （宋）陈善：《扪虱新话》卷四，丛书集成本，第45页。

　　韩愈在诗文中直言不讳，说他的刻苦读书全是为了追求来日的富贵生活："此时提携当案前，看书到晓那能眠。一朝富贵还自恣，长檠高张照珠翠。"（《短灯檠歌》）又有《与卫中行书》得意炫耀曰："始相识时，方甚贫，衣食于人。其后相见于汴、徐二州，仆皆为之从事，日月有所入，比之前时，丰约百倍。足下视吾饮食衣服，亦有异乎？"甚至他已位居高官，却仍然津津乐道于此："三黜竟不去，改官九列齐。岂唯一身荣，佩玉冠簪犀。晃荡天门高，著籍朝厥妻。"（《南内朝贺归呈同官》）又如："左右同来人，金紫贵显剧。娇童为我歌，哀响跨筝笛。艳姬踏筵舞，清眸刺剑戟。"（《感春》）这些坦陈，十足流露出韩愈思想深处平庸世俗的一面。

　　而王安石作诗文，一生"本心"不变。世人公认王氏从不计较功名富贵、追求声色犬马。王氏曾在《答钱公辅学士书》里鲜明表示了对迷恋功名者的鄙视："得甲科，为通判，通判之署，有池台竹林之胜，此何足以为太夫人之荣，而必欲书之乎？……一甲科通判，苟粗知为辞赋，虽市井小人，皆可以得之，何足道哉！何足道哉！"王铚《默记》曾记曰："荆公平生未尝略语曾考中状元，其气量高大，视科第为何等事而增重耶？"①黄庭坚《跋王荆公禅简》也赞曰："余尝熟观其风度，真视富贵如浮云，不溺于财利酒色，一世之伟人也。"②所以有些诗话记载王安石批评韩愈后期诗文不宜留给子孙看，应当是可信的。

　　南宋胡仔引蔡絛《西清诗话》曰："荆公云：'李汉岂知韩退之？辑其文，不择美恶，有不可以示子孙者，况垂世乎？'以此语门弟子，意有在焉。"③按所谓"不可以示子孙者"，应当是指韩愈用富贵利禄教育子女的一些诗文。如韩愈《符读书城南》有曰："一为马前卒，鞭背生虫蛆。一为公与相，潭潭府中居。"这种劝学思想当然遭到王安石的鄙弃，王安石选《四家诗》时就把它剔除了。宋王得臣说："王安石集四家诗，不取韩公《符读书城南》，何也？予曰：是诗教子以取富贵，宜荆公之不取也。'有子贤与愚，何

---

①　（宋）王铚：《默记》下卷，中华书局，1981年9月，第39页。
②　（宋）黄庭坚：《豫章黄先生文集》卷三〇，四部丛刊本，第9页。
③　《苕溪渔隐丛话前集》卷三四，第232页。

其挂怀抱。'渊明犹不免子美之讥，况示以取富贵哉！乐道以为然。"①

还有韩愈的《示儿》诗亦属此类："开门问谁来，无非卿大夫。……凡此座中人，十九持钧枢。"后人虽然未见王安石指斥此诗的记载，但王安石晚年从"本心"出发，作有《赠外孙》一诗云："南山新长凤凰雏，眉目分明画不如。年小从他爱梨粟，长成须读五车书。"两相比照，二人气质胸怀各异，实有高下之别。

韩愈还曾作有《感二鸟赋》，在这方面也有所流露。欧阳修阅后甚觉其浅薄，感到尚不及李翱："愈尝有赋矣，不过羡二鸟之光荣，叹一饱之无时尔。此其心，使光荣而饱，则不复云矣。若翱独不然。"②朱熹在评说韩愈《示儿》时，也联想到这篇《感二鸟赋》："此篇所夸，乃《感二鸟》《符读书》之成效极致，而《上宰相书》所谓行道忧世者，则已不复言矣。其本心何如哉？"③朱熹的批评比欧阳修的质疑说得彻底，因为他揭示了韩愈为诗文的"本心"已变。

从《感二鸟》《符读书》到《示儿》，韩愈"行道忧世"的"本心"确实已经变成了"光荣而饱"的自得。而这些诗文也确如王安石所沉重嗟叹的那样：不可以示子孙也！

第三节　对历来有关王安石抑韩争议的粗略考察

对《韩子》一诗的深入探讨，不可避免地要触及王安石抑韩的难题。这既是一个派生出来的问题，也是《韩子》一诗研究的最终归宿。

王安石一生评韩前后有变的史实，从宋至今，在有关研究领域内一直难以得到公正的承认。表面上看，这样似乎维护了王安石的威信，实际上却影响了对王安石思想进行更深入更准确的纵深研究。王安石一生评韩前后有变的历史真相是一回事，至于他的抑韩是否公允、恰当，能否给后人以积极的启示，那又是另一回事。如果不是以历史事实作为研究的基准，恐怕诸家与此有关的分析评论，就都只能是雾里看花、朦胧不清，或者自觉不自觉地去充当一种折中

---

① （宋）王得臣：《麈史》中卷，中华书局，1985年，第34页。
② 《欧阳修集编年笺注》，第390页。
③ 转引自《韩昌黎诗系年集释》，第956页。

调和的解说角色。

　　所以，甚有必要对历来有关王氏抑韩的争议略加考察，以梳理来龙去脉，为今天的读者提供一些参考材料。

　　实际上，早在宋代就已经有人注意到了王氏中年后的评韩有变。如李壁《奉酬永叔见赠》注语曾引王俦之言曰："观介父何敢望韩公之语，是犹不愿为退之，且讥文忠之喜学韩也。"①朱翌说："以余考之，欧公必不以谢比介甫，介甫不应误以谢为韩也。"②叶梦得也认为此诗诗意是王安石"自期以孟子，而处（欧阳）公于韩愈，公亦不以为嫌"③。

　　同样，宋人也不乏怀疑李注的论者。他们否认王安石有过任何抑韩的意思，甚至无视《奉酬永叔见赠》谦辞李诗韩文美名的真意，说王安石没有读懂欧阳修的赠诗。如韩驹（字子苍）解释《赠王介甫》，竟说吏部盖为《南史》谢朓，因为沈约曾评谢曰："二百年来无此诗也。"④王安石是错把吏部当作韩退之了。此后的《漫叟诗话》的作者和胡仔等人也都持此见解⑤。

　　这实在是一种牵强附会的臆说，因为：第一，欧阳修明明是从诗文这两个角度来褒奖王安石的，翰林风月正与吏部文章相对，而这些论者偏要指文为诗，极不符诗意。其二，既是指文，则所谓二百年的出典当见孙樵《与高锡望书》："唐朝以文索士，二百年间，作者数十辈，独高韩吏部。"⑥或是欧阳修本人所言："韩氏之文，没而不见者二百年，而后大施于今。"（《记旧本韩文后》）其三，以吏部专指韩愈是北宋学术界的常语，如王禹偁《答张扶书》曰："吾观吏部之文"，"此盖吏部诲人不倦"。石介《尊韩》曰："吏部为贤人之至"，"吏部之《原道》《原毁》"。欧阳修本人也是直称韩吏部的："……久之始迁吏部。而流俗相传，但知为韩吏部尔。"⑦然尽管如此，或许是

---

① 　《王荆文公诗笺注》，第667页。
② 　《王荆公年谱考略》，第84页。
③ 　同上，第83页。
④ 　《王荆文公诗笺注》，第416页。
⑤ 　《苕溪渔隐丛话前集》卷三〇，第209页。
⑥ 　（唐）孙樵：《孙樵集》卷二，四部丛刊本。
⑦ 　《集古录》卷八跋尾"唐韩文公与颠师书"条，载《欧阳文忠公集》，四部丛刊本。

受时代崇韩风气的影响，或许是不及细检临川全集，或许是出于一种偏爱，否认王安石抑韩的这一派的观点后来竟始终未能绝迹。

清代蔡上翔为了在政治上为王安石洗污明功，其《王荆公年谱考略》旁征博引，做了大量考辨论析的重要工作，这是非常值得称道的。但蔡著亦未能正确指出王氏论韩前后有变的史实，而只是因袭了历史上怀疑派的意见，便断言二人的赠答诗是"交相倾服"，说王之奉酬诗未曾不满"欧公以退之相比"，还断言《韩子》诗未曾"有意于贬韩子"，而只是"大抵贤者论人，有前后相异而不相妨者"①。应当说这些考语都是失实的，因为它明显刻意调和韩、王二人在儒学思想和文学思想方面的基本分歧，未能触及问题的实质。

可能是由于蔡著影响深广，或者是囿于尊王的学术情结，当代一些论者在文学史或报刊论文里评述到王氏抑韩的问题时，似乎越加偏离了王安石本人的原意，这更需要我们认真辨析、反正。

如刘大杰先生认为，《韩子》原意"不是责韩愈不识道，是慨叹世人不识韩愈这种道真"②。吴小如先生认为："王安石何尝轻韩。"③张白山先生认为，王安石"平生一直""以韩愈之心为心"，奉酬诗是"以韩愈自比"，是对韩愈的"仰慕"④。李春芳先生则宣称："李壁之说大谬。"⑤这些观点和千年之前的宋人观点相比，不是有所前进，而是后退甚多矣。

---

①　《王荆公年谱考略》，第84页。

②　刘大杰：《中国文学发展史》第2册，上海人民出版社，1976年8月，第286页。

③　吴小如：《王安石何尝轻韩》，原载《光明日报》1983年3月26日。

④　张白山：《王安石晚期诗歌评价问题》，《中国社会科学》1980年第5期。

⑤　李春芳：《〈韩子〉诗解说的商榷》，载《中国古典文学论丛》第3辑，人民文学出版社，1985年12月，第48页。

第九章　余论——三篇短文

一　王安石诗歌餐饮爱好研究索引

你好：

查了半个多月，终于在昨夜阅完1600多首王诗，并在今日上午仔细核查分类，得出结果。王安石诗里有关餐饮内容的诗篇计有28首，可分为五类。

一、明确吃过，表示喜欢，鱼肉有名：7首。

二、明确吃过，表示喜欢，水果有名：7首。

三、泛泛而言吃过的饭菜：8首。

四、未吃，但赞扬过的鱼菜：5首。

五、突出赞扬常州名酒"郁金香"：1首。

下面依据我所检阅的王诗一书，开列出索引来，供你们进一步查阅和深入研究。

我所查阅的书名是：《王荆文公诗笺注》，高克勤点校，全三册，上海古籍出版社2010年12月出版。你们可去图书馆借阅，或去书店购买。因为只有看了全诗，详细研究注释，才会有深入的理解。

第一类

1.《次韵约之谢惠诗》："闻说芼羹臛，芬香出邻壁。"（116页）

按：芼羹：菜肉羹。臛（huò）：纯肉羹。

2.《北客置酒》："引刀取肉割啖客，银盘臂臑羹与鲜。山蔬野果杂饴蜜，玃脯豕腊加炰煎。"（179页）

按：臂臑（nào）：牛前腿。羹（kǎo）：干肉。鲜：生肉。脯（fǔ）：肉干。腊（xī）：干肉。炰（páo）：烤，烧。

3.《送裴如晦即席分题之三》："还当捕鲈鱼，载酒与我期。"（246页）

4.《韩持国从富并州辟》："淮湖江海上，惯食虾蟹蛤。"（248页）

按：蛤（há）：青蛙类。

5.《车螯二首》之一："予尝怜其肉，柔弱甘咀吞。"（350）

按：车螯，海泥中的蛤蜊类，须去贝壳后食。

6.《题友人郊居水轩》："坐说鱼腴美，功名挽不来。"（571页）

按：注云指鳊鱼。

7.《寄伯兄》："安得先生同一饭，蕨菜香嫩鲼鱼肥。"（1310页）

按：鲼（zhǐ）鱼：鱼名，味美，可作鱼酱。

第二类

1.《弯碕》："永怀少陵诗，菱叶净如拭。谁当共新甘，紫角方可摘。"（37页）

2.《甘棠梨》："爱其凌秋霜，万玉悬磊砢。园夫盛采摘，市贾争包裹。""但使甘有余，何伤小而椭。""柑榌与橙栗，在口亦云可。"（352页）

按：磊砢（lěi luǒ）：众多貌。椑（bēi）：柿子。

3.《赋枣》："种桃昔所传，种枣予所欲。在实为美果，论材又良木。余甘入邻家，尚得馋妇逐。况余秋盘中，快啖取餍足。"（355页）

4.《过食新城藕》："他年过食新城藕，枕藉船中载亲友。"（402页）

5.《饮裴侯家》："忽见碧树樱桃悬，下马恣食不论钱。"（412页）

6.《回桡》："尚忆木瓜园最好，兴残中路且回桡。"（632页）

7.《耿天骘惠梨次韵奉酬三首》之一："故人家果独难忘，秋实初成便得尝。"（1080页）

第三类

1.《招约之职方并示正甫书记》："虽无北海酒，乃有平津肉。"（14页）

按：北海酒指孔融喜饮酒，平津肉谓公孙弘爱吃肉。

2.《寄吴氏女子》："膏粱以晚食，安步而辎软。"（24页）

按：辎软（zī píng）：均指古代有帷盖或帷幕的车子。

3.《邀望之过我庐》："汲我山下泉，煮我园中蔬。知子有仁心，不忍钩

我鱼。"（34页）

4.《过杨德逢庄》："饭新秔有香，煮菜旨且柔。"（105页）

按：秔（jīng）：同粳，一种不粘的稻米。

5.《书任村马铺》："任村炊米朝食鱼，日暮荥阳驿中宿。"（230页）

6.《送董伯懿归吉州》："送迎皆幅巾，设食但陈米。"（398页）

7.《次韵吴彦珍见寄二首》之二："篁竹荒茅五亩余，生涯山蕨与泉鱼。"（976页）

8.《同陈和叔游北山》："邻壁黄粱炊未熟，唤回残梦有鸣驺。"（1190页）

按：黄粱：黍子米，或小米。驺（zōu）：随从骑士。鸣驺，应是喝道之意。

第四类

1.《元丰行示德逢》："豆死更苏肥荚毛。""买酒浇客追前劳。"（2页）

按：酷夏久旱颂雷雨。这里的豆应指毛豆。

2.《后元丰行》："鲥鱼出网蔽洲渚，荻笋肥甘胜牛乳。百钱可得酒斗许，虽非社日长闻鼓。"（3页）

按：春末之时，荻笋或指芦根竹笋之类可食之物。

3.《送程公辟之豫章》："炰鳖脍鱼炊稻粱。""芡头肥大菱腰长。"（204页）

按：脍（kuài）：鱼块。芡头：芡实。

4.《安丰张令修芍陂》："舫鱼鲅鲅归城市，秔稻纷纷载酒魟。"（906页）

按：鲅鲅（bō bō）：鱼跳跃时掉尾声。魟，同船。意谓以稻易酒。

5.《送福建张比部》："长鱼俎上通三印，新茗斋中试一旗。"（935页）

按：通三印：引用俗语指福建莆田最珍贵的子鱼。旗：闽人谓茶芽初出为枪，展开则谓旗，至二旗则老矣。

第五类

1.《答熊本推官金陵寄酒》："郁金香是兰陵酒，枉入诗人赋咏来。"
（985页）

按：李白诗："兰陵美酒郁金香。"

顺祝

秋安

如山　　　　2016年9月9日

（按：此文为2016年9月9日发给大学同学童方云的信稿）

二　《王安石书启系年考补》商榷三则

2016年8月，偶然看到《文献》2015年第一期里鄢嫣的大作《王安石书启系年考补》，觉得六则系年考证的观点颇为新颖，探索也有深度。但反复斟酌之后，还是认为其中的三则立论有误，值得商榷。故拟就此文，进一步加以研讨。所据版本是《临川先生文集》。

又：《答段缝书》编年并不误，只是论证绕了一个大圈子。笔者提供了另外一条思路，介绍了另外一个直接论据。所言作为参考，附在文后。

一、《答曾子固书》（卷七三）

王安石与曾巩的关系，众所周知。年轻时二人志同道合，多有诗文来往。熙宁变法以后，由于政治观点不同，乃渐趋冷落，不见有诗文交流。元丰之后，更是如此。鄢文主张此信作于元丰四年冬天，感觉甚为突兀。

一般认为，给诗文编年，在很难找到外证的情况下，主要还应从内证里寻找。从此信全文来看，双方交流的核心乃是读书与求知，这一点明显带有年轻人的思想特征。

信中盛赞扬雄好学，广读诸子，这是王安石在年轻时期的一贯主张。这和他同时颂扬韩愈包容百家是一样的。因为韩愈也曾"穷究于经传史记百家之说"（《上兵部李侍郎书》）；"口不绝吟于六艺之文，手不停披于百家之编"（《进学解》）；又"自五经之外，百氏之书，未有闻而不求，得而不观者"（《答侯继书》）。王安石年轻时极为崇拜扬子。其《扬子》三首其一曰："儒者陵夷此道穷，千秋止有一扬雄。"又《扬雄》三首其一云："往者或可返，吾将与斯人。"①在这一时期，他还以扬雄的文名激励好友曾巩，如《赠曾子固》就希望他坚定志向不要动摇："吾语群儿勿谤伤，岂有曾子终皇皇？借令不幸贱且死，后日犹为班与扬。"②所以这封信中称赞扬雄广读百家，绝不是偶然的，我们完全可以从中察觉到它们之间的思想联系。

信中强调"明吾道"，这也是王安石在年轻时期所写书信的常用词句。王安石二十二岁时所写的《送孙正之序》一文，就曾经把孟韩的共同志向选择为自己一党的奋斗目标："夫越人之望燕，为绝域也，北辕而首之，苟不已，无不至。韩孟之道去吾党，岂若越人之望燕哉？"所谓"吾党"云云，亦即王、孙、曾等年轻学者结成的朋友圈子。这跟此信中的"吾道"是一个意思。再如王安石作于庆历年间的《答段缝书》亦云："怪某无文字规巩，见谓有党。"其间的"有党"，也是这个意思。

至于信中涉及的学习佛经云云，我们更可征引《冷斋夜话》对他们聚会的一段记载，来观察他们喜欢学习讨论的大致活动时期。惠洪记曰：

> 舒王嗜佛书，曾子固欲讽之，未有以发之也。居一日，会于南昌，少顷，潘延之（按名嗣兴，南昌隐士）亦至。延之谈禅，舒王问其所得，子固熟视之。已而又论人物，曰："某人可秤。"子固曰："介甫老而逃佛，亦可一秤。"舒王曰："子固失言也，善学者读其书，唯理之求。有合吾心者，则樵牧之言犹不废；言而无理，周、孔所不敢从。"子固笑曰："前言第戏之耳。"③

按《冷斋夜话》记述"会于南昌"。从王、曾、潘三人的仕履经历来看，这次聚会似乎只可能发生在庆历年间，或者就是庆历三年王安石从扬州返回临

---

① 　《王荆文公诗笺注》，第294页。嘉靖本《临川先生文集》作题《扬雄二首》，无此第一首。

② 　同上，第475页。

③ 　《冷斋夜话》卷六，《宋元笔记小说大观》，第2197页。

川省亲那一次。

所以，传统观点认为《答曾子固书》作于庆历年间，是合乎情理的，只是无法确定具体年月而已。

总之，时逢鸡年（元丰四年）的六十周岁的王安石，绝对不可能再与老年曾巩有如此内容的书信交流。

二、《与王逢源书之一》（卷七五）

鄢文否认此信作于嘉祐四年，是正确的。但又论证此信作于嘉祐二年五月，却并无确凿的证据。

此信是王安石与王令定交的第一封信。鄢文引征沈文倬《王令年谱》云："（至和元年），王安石被召入京，道出淮南，过高邮，令投书并赠《南山之田》诗，实为定交之始。"①但沈谱所言"定交之始"在高邮，实误，应是扬州。

王安石初见王令是在扬州，这本来是一个十分简单明了的问题，然而不知何故，却往往被论者改挪到高邮。因为确定扬州是否定交之地，乃是对此信能否加以正确编年的关键，所以本文对沈谱所述不得不略作考辨。

沈谱所言"（至和元年），王安石被召入京，道出淮南，过高邮，令投书"云云，是含糊不清、且有误说的。王令投书赠诗绝非在高邮。正确清晰的表述应该是："王安石被召入京，道出淮南，令投书并赠《南山之田》诗，实为定交之始。其后令徙高邮。"

笔者作出如此更正，自有充分的依据。因王令门人刘发所著《广陵先生传》早已如此记述："是时丞相荆国公赴召，道由淮南，先生赋《南山之田》诗往见之。公得先生大喜，期其材可与共功业于天下，因妻以其夫人之女弟焉。既而徙高邮，太守邵公必延请主学。"②刘发的记载是如此清楚明白：先在淮南（扬州）献诗文，"既而徙高邮"。

沈谱在"辨证"的文字部分又引征王安石《与崔伯易书》（卷七四）所述，来作为"高邮说"的依据③。"辨证"部分所引王文很短："然见逢原所学

① 《王令集》，第434页。
② 同上，第385页。
③ 同上，第435页。

所为日进，而比在高邮见之，遂若不可企及。"接着便下结论曰："崔公度，高邮人，伯易其字也。亦安石之旧友。据此可证安石与令初相见实在高邮。"

然而沈谱在这里所引并不符合王安石《与崔伯易书》的原意。此引文并不全面，竟然删去了前文所写的时间背景，割裂了王氏全信完整的本意！因为在沈谱所引《与崔伯易书》上述文字之前，还有这样一段叙述："逢原遽如此，痛念之无穷，特为之作铭，因吴特起去奉呈。此于平生为铭，最为无愧者也。"原来王安石此信作于王令逝世之后！王令在嘉祐四年六月病逝于常州，则王安石《与崔伯易书》自当作于嘉祐四年七、八月。是则王安石叙述的事情应是指在王令逝世之前时，曾与其在高邮见过一面。故此信所云在高邮见面应是指嘉祐四年之事，与至和元年他们的首次相见根本无关。所以，"辨证"文字的解说反而更证明了沈谱的"高邮说"有误。王安石和王令初次相见的地点只能是在扬州。

既然历史事实原来如此，那我们便可以扬州为支点，来探求此信的正确编年时间。

《考补》于此信误读了两点。其一，"客食"之意，并非言"王令客处他乡"，这跟王令在不在润州毫无关系。"客食"是王安石说自己在扬州朋友的请宴上，初次结识了王令。其二，对"舟即东矣"一句，不应理解为王氏从汴京出发，要往东航行，到常州去。其本意是说：至和元年六月，王安石通判舒州任满，需到汴京接受新职。途中他在扬州短留时，急于开船赶往京师，向有司报到。而我们详察扬州的地图即可知晓：王氏的坐船要进入南北大运河北上汴京，首先必须要往东航行数十里水路，然后才能进入运河北上。"舟即东矣"的本意实是指此。所以王安石到了汴京之后，即修此书一封，以续他们扬州会晤的未竟之谈。

故综上所述，《与王逢源书之一》应当作于至和元年七、八月。

三、《与孙子高书》（卷七七）

《考补》否定此信作于李德身《系年》所言之庆历七年，是正确的。但又主张此信作于嘉祐四年，仍误。考此信应作于嘉祐二年春。

孙子高，王安石前期的好友，亦是属于王氏、孙侔、曾巩密友圈子里的人士。王安石在《与孙侔书二》《与孙侔书三》里都曾提到过他，其人似乎是孙氏亲戚,是州县的一位下层官吏。王安石又曾有古诗《送孙子高》云:"荡漾江南客,融怡席上珍。一樽相别酒,千里独归人。客路贫堪病,交情远更亲。自惭儿女意,失泪滴衣巾。"①由此可见,孙子高是江南游子,王氏与他交情不浅。

寻求此信正确编年的关键是如何理解"计牒"二字。李之亮《笺注》注曰:"计牒:主管经济计划的部门所发的文牒。宋代的计省,元丰以前为三司,下有盐铁、度支、户部三案。"②《考补》也据《宋史·职官志·三司使》作出判断说:"'计牒'指计省的文书。既然安石奉计省的文书要度江南,说明此时他正在计省任职。"那么所任何职呢?"三司度支判官"。

然而问题是:"计牒"二字并非定是计省的文书。计字本来多义,在古代,计字还有一层专门考核官吏的意思。此述二例:

一、《周礼·天官·小宰之职》:"以听官府之六计,弊(按裁断之意)群吏之治。"

二、董仲舒《春秋繁露·考功名第二十一》:"天子岁试天下,三试而一考。前后三考而绌(按通黜)陟,命之曰计。"

所以,"计牒"还应该有一个特定的意思,那就是指考核授官的任命通知。通俗而言之,即是吏部颁发的官员调令,其与官员本人是否在计省任职毫无关系。官员只有拿到"计牒",才可走马上任赴新职。

宋代官员上任前后在书启中记叙"计牒"这样的情况,比较少见。王安石的《与孙子高书》是一例,另有南宋汪应辰的《福州到任谢太上表》又是一例。汪氏《福州到任谢太上表》有曰:"伏念臣起自书生,远随计牒,在庭多士,首蒙擢第之荣,去国累年,两被赐环之宠。"③而考汪氏仕履可知,汪应辰在知福州之前的职务跟计省的任职并无关系。《淳熙三山志》于此记曰:"绍兴三十二年(1162)十月,汪应辰以左朝散大夫、集英殿修撰知。"④此例亦可证明"计牒"是官员调令的实质。所以,以"计牒"来推论王安石当时的任职

---

① 《王荆文公诗笺注》,第575页。
② 《王荆公文集笺注》,第1370页。
③ 《文定集》卷六,《四库全书》,第1138册,第639页下。
④ 《淳熙三山志》卷二二,《四库全书》,第484册,第327页上。

是"三司度支判官"，有误。

实际上，王安石当时的官职是群牧判官，隶属于群牧司，一个很不起眼的掌内外厩牧、点印国马的小官署（元丰后并入太仆寺）。王安石至和元年初任群牧判官，至嘉祐二年任满，须调任新职。嘉祐二年春，他求守江阴军未得，结果收到了知常州的调令。常州地处江南经济文化中心，离临川较近；况且还能够带领全家一起离京上任，王安石对此极为欣慰。所以他在出发之前写下的这封信里，不由自主地透露出了一种特别愉悦的欢快心情。

笔者之所以作出如此判断，是因为还可以引来梅尧臣的赠诗作证。

嘉祐二年春天，王安石赴官常州，梅尧臣曾作赠诗一首《送王介甫知毗陵》①，表示关切。秋天，梅尧臣得王安石修书一封，又为此挥毫，写下长诗：《得王介甫常州书》。诗中有一句写到了他在春天送别王氏时所见到的景物："别时春风吹榆荚，及此已变蒹葭霜。"②

而王氏此信中有曰："此月奉计牒当度江南，十一日尽室行。江山清华，有可叹爱，无良朋以共之，亦足怅然。春喧，职外奉亲自寿。"

这段叙述中有二点可以证明：王氏此番正是赴官常州之行。其一，是"度江南"，"尽室行"。考王氏年轻时在汴京朝廷为官，其从汴京"度江南"到地方任职，只有知常州这一次。所谓"尽室行"，更是说明了此番确是去担任地方官职。如果只是一次性的临时奉使，那怎么可能要带着全家一起去？而且还是"奉亲"？其二，是此书的"江山清华"和"春喧"的物候特征，正和梅尧臣《得王介甫常州书》诗中的"别时春风吹榆荚"相为印证。对此似乎也无须再加赘言分析矣。

故判定此书作于嘉祐二年春，应无疑义。

附：《答段缝书》（卷七五）

《考补》疑曾巩《喜似赠黄生序》"五年时，某送别介卿于洪州"一句有误，疑"五年"本为"三年"，从而认为《答段缝书》应作于"庆历三年前后"。此考述与解析有理。

---

① 《梅尧臣集编年校注》卷二七，第946页。

② 同上，第983页。

然而笔者于此可以提供另外一条思路，即可以找到更加直接的证据。

王安石此信中有曰："……此则还江南时尝规之矣。"这里的"江南"应该就是王之家乡临川。考王安石在《汴说》（卷七〇）中曾自述道："久之，补吏淮南，省亲江南。"王安石说自己从扬州判官任上直接省亲江南，则众所周知，此"江南"必然就是指临川。同时亦可辨别出：信中所说的"此则还江南时"云云，其口气自然也就是刚刚返回扬州不久。

因为王安石在庆历三年请假回临川省亲。"五月还家，八月抵官。"（《上田正言书》）。所以可以确定该信作于庆历三年秋冬。

2016年9月24日

三 沈钦韩注王荆公诗文指瑕三则
——略议《王荆公诗文沈氏注》

《王荆公诗文沈氏注》近二百年来惠益学林，是为煌煌巨作。至于其间偶有的疏失之处，后人在研读之余，亦当尽力完善，为再后来之人作出评点补说。《续资治通鉴长编》记载的有关史料，应是评判沈氏评论魏泰《临汉隐居诗话》相关记载正确与否的根本依据，也是对王安石《张氏静居院》和《送沈兴宗察院出（使）湖南》正确编年的可靠依据。而沈注于此略有疏误。

沈钦韩，清代嘉庆时期吴中的杰出学者，学问淹博，以治史著称。他为李壁所注王诗作过勘误补正，又为王文作了注释。中华书局1959年1月出版的《王荆公诗文沈氏注》，收录了沈钦韩在这两方面的著述，甚惠学林。不过智者千虑，间或有失，后人当尽力完善之。

如沈氏解说《和王微之登高斋二首》乃是一例[①]。王微之，名皙。李壁注其当时为江宁太守，然而沈氏以为：《建康志》不载王皙知府事，"皙乃赟之讹也"，"王赟知江宁历二年"。但沈氏此补正实误，因其未明了原知府彭思永

---

① 《王荆公诗文沈氏注》，中华书局，1977年9月。沈氏此注见诗集注卷一，第24页。

赴京之后，新任吕溱未来之前，是王皙以江南东路转运使的身份代理了半年的江宁太守。李壁注语本不误。而对王皙此番代理经过的来龙去脉，李之亮《王荆公诗注补笺》曾作过详尽明确的考辨和论述，甚有启发意义，很值一读①。

笔者近年通览《沈氏注》，陆续发现沈注似乎还有三处疏误。现整理成稿，略作指瑕，以就正于方家。其中，文集注部分有一则，诗集注部分有二则。

1. 《马遵墓志铭》（卷七，第369页）

沈氏注王安石《马遵墓志铭》"至宣州一日"句，在摘引魏泰《临汉隐居诗话》的叙述之后，特加评论曰："按遵到官才一日，吏民何至不忍其去？可见小说之妄。"这个评论又在《王荆公诗文沈氏注》一书的《出版说明》里，被编辑部当作沈氏的发明来突出加以标示：

> 三、证明它书记载的错误。魏泰《临汉隐居诗话》记马遵谪守宣州，及其离去，郡僚军民争欲驻留，至以铁锁绝江云云。文集注卷七据《马遵墓志铭》内"至宣州一日"语，辨明马遵到官才一日，吏民何至有不忍其去之事，认为《临汉诗话》所记为妄。

实际上乃大不然，沈钦韩的评论为误说。他实在是错怪了魏泰，而魏泰所记却全然是事实。至于该书编辑部《出版说明》的推崇之言，于此也只能是将错就错矣。

其理由如下：

首先，沈氏持论的依据是王安石《马遵墓志铭》的"至宣州一日"。然考查《续资治通鉴长编》的记载可知，王安石这个"至宣州一日"的记叙有误，实际上应该是"至宣州一月"。估计这个错误不大会出自于王安石本人，很可能是书吏誊抄时抄错了，或者是手民印错了。至于具体的辨误分析，可参见拙作短文《考马遵至宣州非"一日"乃"一月"》②（已见本书前文）。

其次，魏泰《临汉隐居诗话》记载马遵谪守宣州甚得民心，绝非得之于道

---

① 《王荆公诗注补笺》，第167页，注①。
② 《中国典籍与文化》2016年第4期，第29页。

听途说。只要查看一下魏泰所记此条的原文，便可知晓：铁锁绝江、湿橹不鸣、官妓剥榷、寄马梅氏云云，皆出于他文中同时引征的"圣俞寄遵诗"一诗[①]。而此"圣俞寄遵诗"，即是今日《梅尧臣集编年校注》里的《宣城马御史酒阑一夕而西因以寄之御史尝留老马与予仆》[②]。马遵谪守宣城时，梅尧臣恰因丁母忧而守制于此。彼时二人亲密交往，梅氏为之作诗六首。这六首诗皆可作为马遵谪守宣城月余的凭证。此诗即为其中之一。

兹移录该诗如下："三更醉下陵阳峰，平明溪上去无踪。叉牙铁锁漫横绝，湿橹不惊潭底龙。断肠吴姬指如笋，欲剥玉棐将何从。短翎水鸭飞不远，那经细雨山重重。却顾旧埒老病马，尘沙历尽空龙钟。"

所以换句话说，魏泰所记的来源，皆是梅诗所写的极为可靠的第一手资料。是则《临汉隐居诗话》何来妄说之有？

2.《张氏静居院》（卷二，第41页）

据笔者所考，此诗诗题中的"张氏"应指张师锡。张师锡七十多岁时致仕返洛，甚有名气[③]。诗末有云："褒称有乐石，丞相为之书。而我不自量，闻风亦歌呼。"沈氏引邵伯温《闻见录》所述，注此"丞相"谓"盖指潞公也"[④]。沈氏此注失考，文彦博实与此无关。据史，此"丞相"应是韩琦。李之亮《王荆公诗注补笺》于此虽首有动议[⑤]，但未作任何考述和分析，理应补足。

现存《全宋诗》中，仁宗朝当过宰相者，只有韩琦才为张氏作过一首《寄题西京致政张郎中静居院》。韩琦担任宰相的具体时间可考。《长编》卷一八七嘉祐三年六月丙午记事曰："枢密使、工部尚书韩琦依前官平章事、集贤殿大学士。"此后韩琦久任宰相一职，直至治平四年九月为止。而王安石平日一向敬重韩琦为人之风范和品格，故应是韩琦先作《寄题西京致政张郎中静居院》，王安石阅后大发诗兴，于是才"闻风亦歌呼"，长吟快作。

至于王安石为何会作《张氏静居院》，这还要联系梅诗来作比较，才能表

---

① 《历代诗话（上）》，中华书局，1981年4月，第336页。

② 《梅尧臣集编年校注》，第734页。

③ 《王安石诗题疑难人名解读》，《文献》2008年第1期。

④ 《王荆公诗文沈氏注》诗集注卷二，第41页。

⑤ 《王荆公诗注补笺》，第343页。

述清楚。考梅尧臣于嘉祐三年作有《寄题西洛致仕张比部静居院四堂》一诗①，而于嘉祐五年四月去世，则史实应该是这样的：嘉祐三年夏，韩琦升任宰相，不久作有《寄题西京致政张郎中静居院》的长诗。然后此诗人引人注目，诸诗人纷纷续作，借以表示对韩相的祝贺。这其中就包括了梅尧臣和王安石在内。所以王安石这首《张氏静居院》的编年，理当和梅诗同年，应该在嘉祐三年冬入京为度支判官之时。如果是文丞相的话，就要作他说了。

3.《送沈兴宗察院出（使）湖南》（卷三，第74页。按嘉靖本诗题有"使"字）

沈注于此诗先引《宋史》本传述其仕履，然后定下结论曰："此诗盖在熙宁初，荆公为翰林学士时作。"李德身《系年》据此定为熙宁元年作②。李之亮《王荆公诗注补笺》从沈氏说③。以上诸说皆误。这首送行诗应当作于嘉祐四年。

考究此诗的正确编年时间，关键在于必须重视"察院"二字。察院指监察御史，是宋代官场对监察御史一职的俗称。如皇祐四年马遵为监察御史时，梅尧臣曾有二诗即以"马察院"称之：《正月二十二日江淮发运马察院督河事于国门之外予访之》，《东城送运判马察院》。梅集中还附有一首欧阳修称"马察院"的赠梅之作：《因马察院至云见圣俞于城东辄为长韵一首奉寄》④。

其实，诗中有言"谏书平日皂囊中，朝路争看一马骢"云云，即已点明沈起彼时的职务是监察御史了。这两句诗在人们解读时，往往被疏忽了。王安石作此诗时，沈起正在御史台监察院。

而熙宁初年沈起担任何职呢？《长编》卷二一一记熙宁三年五月丙午事曰："工部郎中、权发遣盐铁副使沈起直舍人院。"《长编》卷二一三记熙宁三年七月己亥事曰："工部郎中、直舍人院盐铁副使沈起为集贤殿修撰、权陕西都转运使。"这就是说，熙宁初沈起所任职务是权发遣盐铁副使。在这段时间，沈起的任职已与监察御史毫无关系。这些事实可以充分说明：王安石此诗

---

①　《梅尧臣集编年校注》卷二八，第1013页。

②　《王安石诗文系年》，第188页。

③　《王荆公诗注补笺》，第537页。

④　《梅尧臣集编年校注》卷二二，分别见第594页、第600页、第598页。

根本不可能作于熙宁初。

再考沈起仕履可知，其任监察御史里行系在嘉祐三、四年间。《长编》卷一八九嘉祐四年四月辛卯记事曰："……从监察御史里行沈起所言也。"《长编》卷一九一嘉祐五年四月甲申记事曰："太常博士、监察御史里行沈起落里行，通判越州。"可见，嘉祐三年底四年初，沈起正在监察御史任上。而嘉祐三年底，王安石恰从提点江南东路刑狱任上赶赴汴京，就任三司度支判官。由此我们乃知：沈起此番出使湖南应在嘉祐四年，因王安石已在京师，可以作诗面送。

有论者以为，此诗或与沈起出任湖南转运使有关，此当不实。《宋史·沈起传》记其仕履有曰："以论兴国铁官事不合，出通判越州，改知蕲、楚二州。京东岁饥盗起，除提点刑狱。……改开封府判官，为湖南转运使。"我们从中可以看到，沈起于嘉祐五年出京通判越州，转辗多地为官，多年之后才担任湖南转运使。此足可证明：沈起此番出使湖南，和他多年后就任湖南转运使一事毫无关系。

2018年11月24日

附录一　北宋林希《野史》辑录

——《续资治通鉴长编》注文摭拾

前　言

　　林希，字子中，生卒年不详，福州人，享年六十七。北宋仁宗嘉祐二年（1057）进士及第，曾任宣州泾县主簿。治平二年（1065）九月初入朝，为昭文馆编校官（据《长编》卷二一一熙宁三年五月戊戌注文），后为馆阁校勘、集贤校理。神宗朝曾同知太常礼院，并编修国史。元祐年间为中书舍人，后为集贤殿修撰知苏州。哲宗、徽宗时期又一直在朝廷，官至同知枢密院。绍圣年间曾参与修撰《神宗实录》兼侍读。

　　林希于治平、熙宁年间一直为朝廷馆阁官员、礼部官员，对朝廷发生的大小事端均有近距离的观察，有些事情甚至本人曾直接亲历过。再加上林希其人好思好记又好写，所以《野史》一书的史料价值颇能引起后人的重视。

　　李焘在《长编》的注文里曾引录了不少《野史》的相关记载，并加以评点。其评语以肯定为多，甚至强调某些记载可以弥补正史记载之不足。但同时他也指出，有的记叙还需要进一步加以考辨，有的叙述则是错的。李焘的评语是客观而正确的。

　　李焘所引，不少又都与王安石的变法措施和人际交往有关。通观这些佚文，我们可以发现，《野史》的基本立场是反对王安石变法的。《野史》侧重于嘲讽讥笑变法派的人士及其作为，渲染夸大变法过程中具体实施的缺陷和不足。然而透过林希的笔录，我们又能从另一角度观察到熙宁时期真实的宫廷生活、官场风气和社会万象。故窃以为，这些佚文甚可作为研究王氏政治措施和诗文背景的重要参考，值得搜集，汇于一处。

在历史上，南宋学者曾对此书的政治倾向有所异议，意谓彼时林希可能是属于附和变法的信徒，《野史》于此有所鼓吹焉。此恐无甚依据。

如，约与李焘同时的王明清评论曰："林子中有《野史》一编，世多传之。其间议论与平日所为极似背驰，殊不可晓。岂非知公论不可掩，欲盖其迹于天下后世耶？"（《挥麈后录余话》卷一）

南宋末年的陈振孙述评"《林氏野史》八卷"亦有云："同知枢密院长乐林希子中撰。希不得于元祐，起从章惇，甘心下迁西掖，草诸贤谪词者也。而此书记熙宁、元丰以来事颇平直，不类其所为。或言此书作于元祐之前，其后时事既变，希亦随之，书藏不毁。久而时事复变，其孙懋于绍兴中始序而行之耳。"（《直斋书录解题》卷五）

显然，《野史》的记载内容是不可能"与时俱进"、增减抹改的。这样的怀疑有悖常理。再说《长编》和《宋史》本传里也均无林希追随变法的言行。所谓"极似背驰"和"不类其所为"云云，反倒正说明了在熙宁时期，林希撰写《野史》具有鲜明的反变法立场，毫无所谓掩迹的企图。

然而可惜的是，经过宋元之际的战火洗劫，《野史》一书竟然销声匿迹，就此不见踪影，明清以来，所载阙如，甚至连《四库全书》也未曾搜集到它，实在令人遗憾。

故笔者有意把所见《长编》注文中的《野史》佚文辑录起来，主观意图有二。其一，把这些佚文收录在一起，可使读者在查阅、研究熙宁历史时，免却翻检搜寻之劳。这些史料毕竟对了解熙宁变法是有具体帮助的。其二，私下还藏有抛砖引玉之念。如若辑录《长编》注文里的《野史》能够激发起学界的兴趣，引来更多的热心人士广泛收罗《野史》的其他佚文，从而部分恢复《野史》的本来面目，那将是宋人林希之大幸，亦是北宋文史研究界之大幸。

又，本文在辑录《长编》注文中的《野史》佚文时，连同列出了当日的《长编》相关记载以及上下文的其他注文和他篇引文。此举之目的，是为了更加突出《野史》佚文的来由和相关的背景材料。

下面按照熙宁、元丰年间的年月顺序，从《长编》的注文里，逐次移录

《野史》的摘录文字，共得40则，实约14700字（不计《长编》原文和其他注文）。

《长编》原文用粗体字。《长编》原文及注文据上海古籍出版社1986年2月影印本。

2015年12月9日夜22时，最终改定。

1. 熙宁三年二月庚申（首现）：

（寿按：经考，此"庚申"实为庚寅之误。唯有此条载于《续资治通鉴长编拾补》卷七，以下各条分别载于《续资治通鉴长编》各卷之中。）

诏收还司马光枢密副使告敕，仍旧职。

林希云："凡除两府，听其让，遂止者，国朝未之有也。"希又云："先是，光每因事请对，或上召，光已立殿下，安石必以条例司先光而进，其所陈皆所以沮难光者。光有所言，上酬答皆安石之言，如对严敌。及罢枢密，入谢，上中夕批付阁门，使光诘旦对。安石本无进呈事，遽取数卷书，率韩绛上殿，又先光而进，惟恐上闻光言而悦也。阁门官吏皆为之窃叹。"

2. 《长编》卷二一一，熙宁三年五月庚戌：皇城使、开州团练使沈惟恭除名，琼州安置；进士孙棐处死。

四月八日吕公著责时，魏泰妄载棐事，已辨之于彼。

考林希《野史》云："初，司马光贻书王安石，阙下争传之。安石患之，凡传其书者，往往阴中以祸。民间又伪为光一书，诋安石尤甚，而其辞鄙俚。上闻之，谓左右曰：'此决非光所为。'安石盛怒曰：'此由光好传私书以买名，故致流俗亦效之，使新法沮格，异论纷然，皆光倡之。'即付狱穷治其所从得者，乃皇城使沈惟恭客孙杞所为。惟恭居常告杞以时事，又语尝涉乘舆，戏令杞为此书，以资笑谑。狱具，法官坐惟恭等指斥乘舆，流海岛，杞弃市，以深禁民间私议己者。其后，探伺者分布都下。"

希所云孙杞，即孙棐也。自此探伺者分布都下，要当表而出之。五年正月丁未，曾孝宽云云。

3. 《长编》卷二一三，熙宁三年七月癸巳：赐大理寺丞王钦臣进士及第、

秘书省正字唐坰出身。钦臣以文彦博奏举，坰上书言事召对，至是并试学士院，而有是命。钦臣，洙子；坰，询子也。

召坰乃五月一日，此据日记。坰宜在馆阁，据五月三日实录。

林希《野史》云："上薄坰为人，但赐出身，除知钱塘。王安石固留之，以为校书修令式，又使邓绾荐为御史。"

坰为御史，在四年八月己巳。

4. 《长编》卷二一三，熙宁三年七月丁酉：侍御史知杂事谢景温言："嘉祐以来，朝廷数下诏书，两制及外任监司而上，各举所知。其间被举者，多非其人。盖自来举官，不报御史台，虽或妄荐，无由审知，弹劾之法亦由此废。欲应受诏特举官者，发奏日具所举官姓名报台。"从之。

林希《野史》云："王安石恨怒苏轼，欲害之，未有以发。会诏近侍举谏官，谢景温建言，凡被举官移台考劾，所举非其人，即坐举者。人固疑其意有所在也。范镇荐轼，景温即劾轼向丁父忧归蜀，往还多乘舟载物货、卖私盐等事。安石大喜，以三年八月五日奏上。六日，事下八路，案问水行及陆行所历州县，令具所差借兵夫及柁工，询问卖盐卒无其实，眉州兵夫乃迎候新守，因送轼至京。既无以坐轼，会轼请外，例当作州，巧抑其资，以为杭倅，卒不能害轼。士论无不薄景温云。"

5. 《长编》卷二一五，熙宁三年九月壬子：诏贤良方正等科太常博士、通判蜀州吕陶升一任，与堂除；太庙斋郎张绘堂除判、司、主簿或尉。前台州司户参军孔文仲，令流内铨告示发赴单州团练推官本任。

林希《野史》："孔文仲对制策，悉及时事，切直无所回避，其语惊人。初考官宋敏求、蒲宗孟署三等上，覆考官王珪、陈睦畏避，止署四等，详定官王存、韩维定从初考。故事推恩当得京官签判，有怒其斥己者，自吕陶等皆推恩，惟文仲特黜，下流内铨遣还本任，中外大惊。既而召其弟武仲为直讲，辞不赴，怒者益甚；召其父延之为开封推官，畏不敢来，乞外郡，得越州。以盐课最亏，卢秉劾延之违背新法，已移宣州，特冲替。"

按：希所云武仲、延之辞召事当考。

6. 《长编》卷二一八，熙宁三年十二月丁卯：右谏议大夫、参知政事王安石为礼部侍郎、平章事、监修国史，翰林学士承旨、端明殿学士、翰林侍读学

士、礼部侍郎王珪守本官，参知政事。

　　林希《野史》云："王珪参知政事，谢景温曰：'珪徒有浮文，执政岂所宜耶！'上曰：'珪久次，姑容之。中书三员，韩绛奉使，遇斋、祠、告，遂无可押班，且当用珪。'薛昌朝曰：'执政系天下轻重，岂但充位押班者。陛下待执政意何薄也！'上曰：'两制中谁可易珪者？'昌朝曰：'臣位贱职卑，岂敢预此。以臣观之，司马光岂不贤于珪？'上曰：'吾非不知光，光待朕薄，岂肯为朕用乎？'昌朝曰：'陛下何以言之？'上曰：'仁宗末年，琦、弼用事，光是时处谏诤、侍从，未尝有所避。朕用为枢副而不肯受，岂非薄我乎？'昌朝曰：'人孰不欲富贵，今希旨为利、徼幸名位者遍天下，光独劝陛下崇义而黜利，非独言之，而又恳辞大用，冀以感悟圣心。孟子与齐王言仁义而不及利，齐人莫如孟子爱王。臣谓群臣爱陛下，未有如光者。'"

　　按：景温、昌朝云云，不知何时，今附注此，须别考详。

　　7. 《长编》卷二二二，熙宁四年四月甲戌：试将作监主簿常秩为右正言、直集贤院、管勾国子监。

　　林希《野史》云："常秩，颍州人。皇祐中，欧阳修为州，刘敞、王回在郡，日与之游。闻常秩居里巷，有节行，闲与之宴集，由此知名。秩不能为文，故罢进士，无他才能。回与规磨之，学问稍进。修崇奖秩太过，力荐于朝。屡召不至，由是天下仰望，以为异人。就除试将作簿。英宗即位，召之，以疾辞。今上即位，公著密荐于上。及除御史中丞，又荐秩自代。庚戌岁，公著黜守颍，修亦赴青州，道过颍。秩时已有仕意，二公与秩谈及时政，皆主以为是，修随折之。安石乃敕本郡以人船送秩赴阙。辛亥五月至京师，馆于太学。召对，上问秩所以久不起之意。秩对：'先帝召臣以官，故臣不敢至。陛下不以官召臣，臣所以起。'上大悦。又问安石、修、公著优劣及时事是非。秩对青苗等事皆合古义，安石知经知道，公著不知经不知道，修于浮文为长耳。明日，除官右正言、直集贤院、判国子监，面赐绯鱼。后除直舍人院、天章侍讲，又除起居注，供谏职。无月不除官，用悦其心。安石方尽逐学官，用亲知传授己学。凡更制学事，李定、张琥一禀于安石，随顺之，秩一无异论。秩素喜三传之学，安石黜《春秋》，不立学官，秩亦无一言。铨事不晓吏文，供谏职默然无一语，中外皆笑之。邓绾除杂端及中丞，皆举秩自代。修自去颍，每为诗思颍，无不及秩，共为几杖之游。公著荐之尤有力。一旦秩为安石所诱，特起仕宦，议论时事附会，二人大失望。公著方黜居颍，修又致仕来归，秩方起，闻其誉安石而短己，遂不复与见。又惠卿、惇、括三人事修甚谨，及修老失势，安石专政，三人者不复顾修。及归颍，又失秩，终身自咎，以为知人之缪。秩之学本出于回，平时修待回不及秩厚，至是回死，修以文祭之曰：'利害不动其心，进退不更其守，处于众而不随，临于得而不苟，惟吾知子于初，人徒信予于后者。'其意在秩也。"

希又云："秩病心，竟自刿死。"

8. 《长编》卷二二三，熙宁四年五月丙午：**太常博士、集贤校理、同知谏院、直舍人院孙洙知海州，从其请也。**

合考林希《野史》载洙所以出事，在六月十三日丙寅录系囚注内。洙旧传云："王安石以论青苗事逐谏官、御史，洙郁郁不能有所言，恳求补外，得知海州。"

9. 《长编》卷二二四，熙宁四年六月丙寅：**录系囚，杂犯死罪以下第降一等，杖以下释之。时雨愆亢故也。**

时雨愆亢，据《御集》。

林希《野史》云："赵子几以司农旨谕诸县升降等第，以就助役。东明民二百诣丞相诉，又诉御史。上闻之惊，安石亦惶恐。上手批付中书：'民之不愿出钱者仍旧供役。'内外欢然，以此解诉者。中丞绘、谏官洙犹以为非便，而助役之议直可罢也。而布、绾言于安石曰：'助役为众所摇，不可成矣。'安石悔，又纳御批而不行，疑东明令贾蕃诱民来诉。蕃已移官，乃遣子几至邑询其升降民户，因捃蕃尝以同天节宴取外界，犹如此者数事。子几奏之，安石大喜，置狱劾之。言者以为诉而发其事非体当然。又蕃已去官，上亦寝，又批付中书：'但案其升降不当，余皆勿问。'中外闻之，庆上之仁圣。安石不悦，又怀于上前纳之。又辛亥六月十三日，上御崇政殿决罪人，曹俏家奴盗金当徒二年半，降从杖。上目冯京曰：'横门决杖二十，已宣阁门使。'安石曰：'不可，但当决十八。'再三言之，上终不能遏。自四年以来，手批多不行矣。"

按：希云安石屡纳御批，今附注此，当考。孙洙自谏院出知海州，在五月二十二日，盖从洙所乞，不闻洙论助役当罢，并合考详。

10. 《长编》卷二二五，熙宁四年七月丙戌：兵部郎中、天章阁待制、知秦州韩缜落职，分司西京。

刘挚言王韶为缜声冤，或删取附此。缜十月甲子判铨，林希云云，今附注此。旧纪书韩缜杖部吏死，落天章阁待制，分司西京。新纪不书。

11. 《长编》卷二二六，熙宁四年八月丁卯：屯田员外郎、知阳武县李琮权利州路转运判官。役法初下，琮处之有理。畿内敷钱独轻，邻县挝登闻鼓，愿视阳武为比，故召对擢用焉。

此据诏旨内所载，琮本传、实录因之。又《御集》一百五十一卷《赐王安石手札》有云："府界乡村税户出役钱至少，又虽本身依旧做役，更给得钱倍于所出之数，在百姓之情，宜各欣愿。今日又闻阳武县村人五百余人诉免，必有因依，未知所谓，卿可具奏。"手札无月日，不知是何时，当考。五月十一日，琮已见。

林希《野史》云："李琮知阳武县，素为王安石所知，人意其首当进用。琮自以为赤心裨赞，尝讽其改作不当。安石大怒，同类尽用而不与语。三年，琮为推行青苗、役法为畿邑之最，始召对，除梓路运判。"

此事当考。

12. 《长编》卷二二六，熙宁四年八月己巳：著作佐郎蔡确、大理评事唐垧，并为太子中允、权监察御史里行。从知杂御史邓绾所举也。

林希云："垧赐出身，知钱塘，安石固留之为校书，修令式。又使绾荐为御史。"

赐出身在三年七月癸巳。除校书在九月庚寅。修令式在十二月庚辰。其自御史改谏官，在五年二月癸丑。

13. 《长编》卷二二六，熙宁四年八月戊寅：司封员外郎晏成裕勒停，经恩未得叙用。成裕，殊子，行检不饬，尝易朝服，纵游里巷，为御史所言，故黜之。

林希《野史》云："晏承（寿按：又为成）裕者，富弼之妻弟也，久流落，失官居京，素无廉隅，尝微服游娼家。会弼方以青苗得罪，邓绾以劾奏承裕游娼家，弼当国时，承裕凭借声势（寿按：当有脱字）事，以悦朝廷。事下府尹绛，即日捕追娟陈氏，收禁搒掠，得三岁前承裕踰违状。坐其初供以姊为母不实，亲杖之于廷。怒伍百不痛（寿按：此句亦疑有脱误），杖释而笞之，备极惨酷，以悦言者。士有避持服，遂不顾其母，且擢在要显。娟以姊为母，于名教何伤，遂当死笞耶？"

14. 《长编》卷二二六，熙宁四年八月己卯：前旌德县尉王雱为太子中允、崇政殿说书。雱，安石子也，为人剽悍，无所顾忌。安石与弟安国白首穷经，夙夜讲诵琢磨，雱从旁剽闻习熟，而下笔贯穿，未冠已著书数十万言。

林希《野史·政府客》篇云："相客日在中朝议事，然犹不日到介门（寿按：安石寓所）。有或密诣，为同舍所知，而有愧色。常有二人同出右掖门，布居城之西南，归必过介门。惠居城北，心欲诣介，相揖分途，而潜由间道以往。无何，至介门，二人乃相遇，大惭，以衣掩面，俯首而过。自后，此辈乃日日诣之，不以为惭。日为不足，又夜宿其家。既欲邀固恩宠，以至数为勤，且以自诧于同列。由是争进者，不以日往为非，而以不得早通为愧。介久欲除定、惇二人直舍人院，上意未允，京亦屡言此二人不可任此职。一日，再拟定名进，必欲除之。上曰：'定终是不协物议。'遍问检正官姓名，时许将新除右正言，上曰：'将状元及第，又已除正言，何不令直院？'介不能拒。又月余，张琥坐论张诜事，夺修注，以常秩代之。秩辞而罢。时定坐诜事，系御史狱，惇日夜觊望弥切。无何，惇亦往证定事，牵连入台，又失所望。朱明之，介之妹婿，妹卒，又娶其侄，以固姻好。知晋州临汾县，例当移州，河东漕举以为勾当官。以移州不行，介即改注诸路勾当官，不碍入远，遂得之。介犹未能快意，欲召用以沮审官。会绛奏黜陕西提刑高赋，安石言：'朱明之尝为臣言，赋为吏严明，未必如绛所奏。'上问：'明之如何人？'安石退曰：'臣妹婿，请问京。'京进曰：'臣在河东日，明之为属县，有学行可取。'上令召对。辛亥二月，与王钦臣同对。明之即除崇文校书，删修编敕。十余日，又除太子中允、集贤校理、崇政殿说书、同管勾国子监。钦臣则遣归本任而已。安石子雱，上即位初，中第，调旌德尉，耻不赴，求侍养。及安石暴进执政，用诸少年，雱欲预选，与父谋：'执政子弟不可预事，惟经筵可处。'安石欲上知而自用，雱乃以所为策及注《道德经》镂板鬻于市，遂得达于上。而绾、琥、布、惇等皆于上前力荐雱道德卓绝，不宜以父嫌不用。臣亦言：'雱病瘵卧家，陛下宜速用之。'上虽有意用雱，而未窹其意在经筵，但以明之其家壻，又传其学，意以明之居是职安石必悦。及命下，雱大不乐。明之殊不悟，乃谋于雱。雱曰：'命必不改，第坚辞可也。'安石又白上：'明之虽好学，未足以当此任。'上曰：'若然，可尽罢也。'明之虽辞新命，然已不赴敕局，居家习进读，且择日拜职矣，忽悉罢之，快怅而已。自庚戌八月，惠卿以忧去，除布。寻听其辞，反先除定。定罢为检正，而说书久不除，人意在雱耳。九月，执政皆习仪于外，上忽使使召雱，对于延和。明日，除太子中允、崇政殿说书。人以安石必辞，乃殊不然，但为雱一状申堂便出受敕，于明堂前放谢。十月赴职，冬至辍讲。其间讲罢旅退上留雱语者凡四五。每独出，径诣中书阁中密语，然后人知：上所议有不欲他执政预闻者，使雱密达于安石也。明之心怨其父子，且欲夸示外人，朝夕出入门下，事之益谨。每就安石阁寝，携枕被徘徊廊庑间。安石引他客密语三四鼓，客去，明之已不得语，指使辈皆笑之。"

明之除校书，在正月辛亥，非二月也；除说书，乃二月丁卯。又雱为说书，在八月之己卯，亦非九月。此月日，希必误，然所载事，或得其实。附注当考。

希又云："苏颂子嘉在太学，颜复尝策问王莽后周改法事，嘉极论为非，在优等。苏液密写以示布曰：'此辈唱和，非毁时政。'布大怒，责琥曰：'君为谏官、判监，岂容学官、生员非毁时政而不弹劾？'遂以示介。介大怒，因更制学校事，尽逐诸学官。以定、秩同判监，令选用学官，非执政喜者不预。陆佃、黎宗孟、叶涛、曾肇、沈季长。长，介妹婿；涛，其侄婿；佃，门人；肇，布弟也。佃等夜在介斋，授口义，旦至学讲之，无一语出己者。其设三舍，皆欲引用其党耳。相客有日在介侧；其次未能日在介侧者，多潜处子舍；又其次尝坐罪累，或踪迹远，辞貌卑恶，未必足以动介而饶财者，皆曰狎安上、安礼。凡典客不与通者，但坚坐其侧，介或过子舍，即因缘得见，或解衣夜谈，二三鼓而罢。施邈造、李德刍、沈辽、苏州、宋彭年、蔡延嗣、天申、胡渊，皆厚设饮食、歌舞以邀礼上辈。或公游娼家；或侵玩其婢妾，佯为不知，冀以结欢；或赌博，佯为不胜，以输金帛、书画、器玩，而饷赂者日至。其亲戚辈，气貌骄满，服玩奢侈，虽贵侯不及。至有老辈年绝相邀，月必三四享之。"

希《野史》所载《政府客》篇具此，其间或有参差不合处，然可见当时情态，姑附注，须考详删修。

《司马光日记》云："前宣州旌德尉王雱上殿，除太子中允、崇政殿说书。雱，介甫之子也，进士及第，好高论。父常与之议大政，时人谓之'小圣人'。"张仲成曰："当世荐雱有经济之方，今抱疾，陛下宜速召对，与论天下事。故有是命。"

15. **《长编》卷二二六，熙宁四年九月丁亥：光禄寺丞崔公度为崇文院校书。公度再除彰德军节度推官，充国子监直讲，辞不赴，作《一法百利论》万余言，论久任众职之事以进。召对，擢光禄寺丞、知阳武县。故事，京官令初谒尹，拜庭下。公度上疏抗议，谓："京官，天子省侍官属，岂宜北面拜伏，如见君之礼？"自是罢。上嘉其节，复召对，命以馆职。**

林希《野史》云："直讲崔公度旧为琦所荐。母服除，安石不喜其来。公度曲致诚意，复召为直讲，乃上《熙宁稽古一法百利论》。安石大喜，引与握手，解衣燕语，即除光禄丞、知阳武县。公度谒尹元绛，绛方与府僚聚议，俟毕，即独引阁中见之。府吏告以故事，见尹当廷参。公度疑绛辱己，托疾上马而去。绛惊使追问，上药以治之。公度径诣安石诉之，安石使张琥留公度居监，又使绾荐为御史，乃召对。上以新擢为邑，必使往。然绛实无意辱之，而畏安石不敢问也。既而又以为崇文校书，编修令式，代唐坰。公度乃倡言京官廷谒尹事非宜。下其事于编敕所，引故事以为宜。于是安石使检正官建议，从公度所请。日夜造安石，或踞厕以对，公度亦不惭。一日，从安石后而执带尾，安石愕然。公度笑曰：'相公带有垢，谨以袍拭去之。'客皆见。"

按：今实录公度传，载公度本末甚美。希云云当考。

16. **《长编》卷二二七，熙宁四年十月甲子：御史蔡确言："韩缜落分司，差权判吏部流内铨。缜性剽戾，所至残酷，乞追改敕命。"不报。寻命缜与同提举诸司库务沈起易任，又令缜兼判流内铨。**

两易在此月戊辰，兼判在己卯，缜七月丙戌分司。

林希《野史》云："缜分司不数月，召判铨，牵复最速。王安石德其助王韶故也。"

刘挚云云，已附注彼。

17. 《长编》卷二二七，熙宁四年十月壬申：前武昌军节度推官王安国为崇文院校书。安国常非其兄安石所为，为西京国子监教授，溺于声色。安石在相位，以书戒之曰："宜放郑声。"安国复书曰："安国亦愿兄远佞人也。"……安国尝力谏安石，以天下汹汹不乐新法，皆归咎于兄，恐为家祸。安石不听，安国哭于影堂，曰："吾家灭门矣！"又尝责曾布以误惑丞相更变法令。布曰："足下，人之子弟，朝廷变法，何预足下事？"安国勃然怒曰："丞相，吾兄也。丞相之父，即吾父也。丞相由汝之故，杀身破家，僇及先人，发掘邱垄，岂得不预我事邪？"

此据安国本传及《司马光纪闻》删修。

林希《野史》云："富弼知河阳，陈襄为属县，弼甚礼之。富自并门入相，襄在京师，迓富于中牟。安石笑曰：'以道事人，乃若是邪？'自是薄之。及安石执政，士夫伺从阁下，谀佞百端。安石喜之为贤，随其佞媚厚薄，量授官职。有日至而夜不出者，有间日而至者，有安石据厕而见之者。平时故人以道义相期者，由是渐疏。小人谗曰：'此乃立异者。'安石果怒，书至不省，来亦不见。其弟安国，学业文章与安石相上下，任气强悍，论事未尝少屈。安礼夸诞浇薄，尤能卑辞以结雾。安石于上前誉礼而毁国。二人召对，国不沾一命，礼即日改命，充校书。章望之、曾巩、孙侔三人者，忘形之交，其诗书相赞美，天下皆传之。安石既相，佞媚者日进，而三人者犹如平时，以语言诋忤之，书至不复视，径抵于地。布见其兄书未发封者，怀之而去。望之将死，为书诮安石，且祈赒其后。安石大笑曰：'群儿妄为尔。'国从旁曰：'望之二字，似其手迹，曷少赒之？'安石不答，左右目其仆使急去。"

案：希所云"国不沾一命，礼即日改命，充校书"，此必误。国除校书，乃四年十月壬申。礼除校书，在五年正月乙酉。当是安国初对，别无恩命，久乃除校书。司马光所云，盖得其实，非礼除校书在国先也，故附注此。曾布匿其兄巩书及陈襄迎见富弼，并当考。讲义曰：安石之学尚不能同其弟，况使天下同己乎？雱以父之道光于仲尼，安石以子之贤为崇政殿说书。子圣其父，父贤其子，而谓他人皆为流俗，宜哉！

18. 《长编》卷二二八，熙宁四年十一月戊申：管勾国子监常秩等言：

"准朝旨，取索直讲前后所出策论义题及所考试卷，看详优劣，申中书。今定焦千之、王汝翼为上等，梁师孟、颜复、卢侗为下等。"诏千之等五人，并罢职，与堂除合入差遣。学生苏嘉因试对策，论时政之失，讲官考为上等，直讲苏液以白执政，皆罢之，而独留液，更用陆佃、龚原等为国子直讲。嘉，颂子；原，遂昌人，与佃皆师事王安石云。

此段更详之。《选举志》云："上以其宿学，不足教导多士，皆罢之。"

林希《野史》云："苏颂子嘉在太学，颜复尝策问王莽、后周改法事，嘉极论为非，在优等。苏液密写以示曾布曰：'此辈唱和，非毁时政。'布大怒，责张琥曰：'君为谏官、判监，岂容学官、生员非毁时政而不弹劾？'遂以示介，介大怒，因更制学校事，尽逐诸学官，以李定、常秩同判监，令选用学官，非执政喜者不预。陆佃、黎宗孟、叶涛、曾肇、沈季长：长，介妹婿；涛，其侄婿；佃，门人；肇，布弟也。佃等夜在介斋，授口义，旦至学讲之，无一语出己者。其设三舍皆欲引用其党耳。"（寿按：此段引录与八月己卯的注文有重复）

19. 《长编》卷二二九，熙宁五年正月辛丑：司天监灵台郎亢瑛言天久阴，星失度，宜罢免王安石，于西北召拜宰相。斥安石姓名，署字，引童谣证安石且为变。仍乞宣问西、南京留台张方平、司马光，并都知、押班、御药看详。所奏及禀太皇太后。上以瑛状付中书，安石遂谒告。冯京等进呈送英州编管，上批令刺配英州牢城。安石翼日乃出。

林希《野史》："亢瑛上书，论五纬失度，建月久阴，政失民心，强臣专国，行有大变。王安石大怒，送英州编管。既行，又追而大黥其面，隶牢城，枷项而遣之。瑛受黥，长呼曰：'瑛为百官所言，冀国家改政事以消变，乃为朝廷忠谋，何罪而黥乎？使瑛言不验，虽腰斩以谢众，亦未晚。'慨然自若。"

20. 《长编》卷二二九，熙宁五年正月丁未：先是曾孝宽为王安石言："有军士深诋朝廷，尤以移并营房为不便，至云今连阴如此，正是造反时，或手持文书，似欲邀车驾陈诉者。"于是安石具以白上。……上欲得诋毁军士主名，枢密院谓责殿前、马、步三帅，安石请委皇城司。上曰："不如付之开封府。"乃令安石召元绛至安石第谕意。

不知究竟如何，当考。

林希《野史》云："初，司马光贻书王安石，阙下争传之。安石患之，凡传其书者，往往阴中以祸。民间又伪为光一书，诋安石尤甚，而其辞鄙俚。上闻之，谓左右曰：'此决非光所为。'安石盛怒曰：'此由光好传私书以买名，故致流俗亦效之，使新法沮格，异论纷然，皆光倡之。'即付狱穷治其所从得者，乃皇城使沈惟恭客孙杞所为。惟恭居常告杞时事，又语常涉乘舆，戏令杞为此书以资笑谑。狱具，法官坐惟恭等指斥乘舆流海岛，杞弃市，以深禁民间私议己者。其后，探伺者分布都下。"（寿按：此段所引与第2则注文重复）

"又明年，曾孝宽以修起居注侍上，因言民间往往有怨语，不可不禁。安石乃使皇城司遣人密伺于道，有语言戏笑及时事者，皆付之狱。上度其本非邪谋，多宽释之。保甲民有为匿名书揭于木杪，言今不聊生，当速求自全之计，期诉于朝。安石大怒，乃出钱五百千，以捕为书者。既而村民有偶语者曰：'农事方兴，而驱我阅武，非斩王相公辈不能休息。'逻者得之付狱，安石以为匿名书者必此人也，使锻炼成狱。民不胜榜掠，而终不服。法官以诟骂大臣，坐徒三年。上笑曰：'村民无知。'止令臀杖十七而已。开封推官叶温叟在府不及一岁，凡治窃议时事及诟骂安石者三十余狱。"

林希所云，须细考之。七月己亥、闰七月癸酉，皆有匿名事，当并考。又四年三月己酉，孝宽乞立赏捕扇惑保甲人，与此相关。

21.《长编》卷二三〇，熙宁五年二月辛亥朔：陕西都转运使、工部郎中、直史馆谢景温知襄州。

林希《野史》云："自吕公著罢，王安石不除中丞，意在谢景温，故先使权理检使事以诱之。及景温劾苏轼，安石大喜。而其兄景初及亲友日夜责其名节不立，不得已稍及时事，以塞外议。及攻王广渊、贾青、薛向等进用，安石渐恶景温。景温亦念安石专沮己，语言日相失，中丞之议由此寝矣。初，苏颂等缴李定除御史辞头，上厌于群言，因问其事，景温乃媚安石，乃言：'臣素知定为善士，其处所生母丧尤为得礼。'已而事下台定夺合与不合追服，御史范育等坚持其事。景温迫于礼，不得已遂议定当追服。安石愈进定职秩，景温、林旦等交数十章诋之。安石虽盛怒，犹以景温旧尝助己，昌朝等皆夺官外贬；景温除侍读，辞不敢受，以直史馆出知邓州，四年正月九日。定等方用事，以景温终始反复，日夜攻其短，及移陕西漕，四年三月二十六日。杨蟠、沈披为提举官，议役钱事，披、蟠轻妄，奏议纷纷，至请唐太宗、肃宗陵皆给为细民田，此类甚多。景温不肯服其议，披、蟠密谮之。曾布以景温不奉司农约束，掎摭其奏议过失。安石遂言于上曰：'景温黩法不职。'罢知襄州，遂与安石为仇矣。"

景温本传极不详，今附注此。

22. 《长编》卷二三〇，熙宁五年二月癸丑：**权监察御史里行、太子中允唐坰同知谏院。上以坰言事不反复，多密裨益，而安石亦谓坰当异论纷纷，坰言皆切中时病故也。**

林希云："安石既令绾荐坰为御史，数月，欲用为谏官，则疑其轻脱，暴得位，将背己，特不除官，但以本官同知谏院，故事未尝有也。坰气锐，果怒安石易己。八月癸卯，遂廷斥之。"

坰为御史，在四年八月己巳。希所云当考。

23. 《长编》卷二三一，熙宁五年三月戊戌：**富弼屡请老，戊戌，复授司空、同平章事、武宁节度使致仕，进封韩国公。**

林希《野史》载弼本末，有与史不同处，今悉附注此，更参考之。

希云："嘉祐八年四月，仁宗崩，英宗即位。六月，富弼免丧，除枢密使、同中书门下平章事。时英宗不豫，慈寿同听政。明年，上疾愈，太后还政，宦官于两宫颇离间，有异言，其事秘，世莫知也。弼屡为上开陈大义，语甚切至，劝上尊事太后，上深感悟。又一日，与同列奏事，语及两宫，指殿下群臣慷慨谓上曰：'千官百辟事陛下者，以陛下上继先帝，谨事太后故也。'上为之变色。任守忠以离间得罪，弼即劝上急诛之以谢太后，废居蕲州。其后两宫复驩，弼之力居多。治平二年八月，出判河阳。四年正月，英宗崩，今上即位。上在藩邸，为慈寿所爱，闻弼裨补两宫事，心甚贤之。王陶、滕甫用事，日劝上罢琦而用弼。上遣人视弼，弼惧复用，乃策杖见使者，言已病废不任朝谒，又累章乞解使相，以仆射仍判河南。是年秋，上召入见。弼闻琦罢政判相州，张方平参政、韩绛副枢，即引舟复还，乞复守河阳。明年二月，召弼，辞以足疾不能朝，上召曰：'渴见仪形，想闻嘉论。'许以肩舁入谒。弼留家于洛，与其子绍隆入朝。上御便殿，命弼以绳床昇至内东门。绍隆掖而入。命毋拜，弼再拜而已。赐坐甚久。上嘉叹，恨见之晚也，面赐绍隆绯鱼。退而求补外，章是日上，以仆射判汝州。既至洛，绍隆死，求假养疾，又求致仕。上遣使慰谕之，乃赴汝。自琦罢，公亮当迁上相，岁余不除，上声言复相琦，琦自雍还邺已逾年，上意在弼。初，蔡州尼于者自以能役使鬼神、知人祸福，衣冠家多纳女为弟子，徒党数百，远近瞻拜，昼夜不绝于道。有司疑其为奸，收治于狱。弼在洛居丧，尝遣人往问于，于言弼前世姓名乃施工高顺，并言弼阴事有验，弼以此神之。及于败，得弼所与于书，自称弟子，称于为我佛菩萨，又言得于药而疾苦已除。弼尝使僧智缘治绍隆疾，许以厚报。无何绍隆死，智缘惭，不告而去，乃于京师扬言绍隆疾亟时，弼急视之，行步如飞，本无疾也。上闻此二事，疑其向诈疾避事耳。遣使挟上医往汝，必以旬日治弼疾平复如初。明年，召为集禧观使。二月，除授司空、侍中、昭文大学士。是月，除王安石参政，弼辞不可胜数，听罢司空、侍中而已。许肩昇至待漏，易马入朝，不押独班。再拜，免舞蹈。弼辞让，至三月末，始入中书。初，上意锐于改作。安石自金陵来，所陈皆中上意，即欲相之。以弼三世旧相，有盛名，藉为表里以取重天下。弼之为相，忠审谨密，事有可否，必同列者皆以为然乃奏之，进用士人审验再三，必合于法，士议所附乃敢行。至是，陈于上者，惟以持重不扰、遵守法度为治。初，上欲相弼，公亮阴使言者间上意。吴充尝曰：'陛下患琦用人立党，故欲用弼，以其无私耶？'上曰：'吾闻弼公直无私，故用之。'充曰：'不然。弼用私又甚于琦。其所厚善者韩维、陈襄，他日必先引此二人，即臣言可验。'上默然。公亮闻之，果急劝弼擢用维、襄。于是充复进曰：'臣向言如何？'上意于是疑弼。每奏事，上多顾安石语，及所禀奏，无不从，每至巳午间犹未罢。弼不任久立，白上退俟于殿庐中。乃决为去计，后多在告。八月，逐刘琦等，弼即乞去位，其请不可胜数。所在不受奏，又自入谒面陈。上使中人押入中书，弼怀中出表付中使，径出。自除相至罢，入中书者，首尾二十七日而已。十二月二日，上语王珪曰：'弼始许相我，无何忽求去。日遣使召之，终不为朕留。此意殊不可晓，朕甚恨之。卿于制词道朕此意也。'是夜，除弼使相、判河南府改亳州，进昭文大学士。明年，青苗之法方行，使者四出，弼尤不乐，亳之诸县由此不敢散钱。管勾官赵济过永城，民遮济请钱。即驰入对，面陈弼废格诏命。上喜，面赐绯鱼，除本路提刑。谏官张琥又疏：'大臣不奉法，罪不可赦，行法宜自大臣始。'朝廷甚以为然，乃诏发运司差官悉勘亳之诸县官吏。狱既兴，弼自劾：'罪皆在臣，必欲威震天下，深罪臣可也。'弼落使相，判汝州，通判等皆冲替。弼将赴汝，奏曰：'年老昏昧，既以不职待罪朝廷，今复使为州，必又废格诏令。凡新法文书，听臣勿复签书，但付通判等行遣。'己巳，朝廷怒，乃申弼前请，复令养疾，于是弹奏者捃摭丑诋所不可闻。上宽仁，终不听也。明年，弼乞致仕。三月，进司空，仍复武宁军节度使、同中书门下平章事致仕，改封韩国公。带使相致仕自弼始，此上恩也。时年六十九。"

希所云吴充间弼事当考。弼二年二月拜相，三月末始入中书，十月罢。维五月以龙直修玉牒，六月判铨，八月内翰，九月开封。襄八月自修注、谏院改知杂，九月判铨，候知制诰有闻，召试，襄固辞。

24. 《长编》卷二三四，熙宁五年六月壬子：河阳三城节度使、守司空、兼侍中曾公亮迁守太傅致仕，特告谢。故事，致仕官不入谢，上以公亮三朝故老，特加礼，仍给见任支赐。

入谢乃十八日诏，今附此。

林希《野史》云："公亮自永兴召归，御史刘孝孙劾奏公亮不职。公亮不得已乞致仕。"

此当考。

25. 《长编》卷二三五，熙宁五年七月戊戌：东上阁门使、枢密都承旨李评知保州，仍领荣州刺史，用罢都承旨恩例也。

林希《野史》云："李评久侍上左右，虽以戚里进，然颇知书，习典故，多智数，鲜有及者。为阁门使，又令枢密都承旨，不用次补直以外官进，自评始。其幸于上，中外无可比者。与同列奏事，必留身。闲虽不奏事，上必独与语逾刻，上色未尝不欢也。评所闻外事，大小悉以闻，然而遭评谗毁者不少矣。阁门、密院吏苦评苛察，虽执政亦不敢少斥其非，往往阴赞其美，结以自固。谏官、御史未尝有一言及评。上朝夕欲除签书枢密院，虽他人莫不度其将然。自府界置保甲，妨扰民情不乐，畿内人得以私习武备，评亦极论其不可。他日，上语安石保甲事，李评甚危言之。安石始怒评敢辄议己，日摭其过，然评之怙宠未易动也。熙宁五年以来，评愈不平安石擅权专国，上不得有所为，屡攻其短。上又时以其语对执政道之，安石益怒。会阁门误排军员等坐位，安石请劾评等。评诉于上，以为：'此小事，非阁门罪，安石欲沮辱臣尔。陛下每有所黜，即安石多方党蔽，黜者反进擢。安石有所怒，陛下虽明知其无过，安石必欲加罪，如臣是也。'上为之动，但命劾阁门胥吏，贷评等不问。安石固请之，于是御史纷然交攻评矣。上犹未听。安石乃不入朝，乞解政事，章凡数上。上遣中人宣押入中书，即时劾评，安石乃留。月余，劾状已上，犹命特放。安石勃然曰：'陛下始许臣以逐评，臣乃留。今放评罪何也？臣愿复去。'上不得已，黜评知保州。评父端愿为评乞在京闲慢差遣，又乞侍养，不许。上亦惜其远去，改知颍州。评既斥，又除曾孝宽为都承旨，不用武臣。自此密院官属亦安石党人矣。呜呼，其虑远哉！"

希所云评误排军员等坐位，必误。事具六月壬辰（寿按：六月无壬辰，应为五月壬辰记事）。

26.　《长编》卷二三七，熙宁五年八月戊戌：赐太学生叶适进士及第，为试校书郎、睦州推官、郓州州学教授。适，处州人。管勾国子监张琥等言适累试优等也。

林希《野史》云："熙宁四年春，更学校贡举之法，设外舍、内舍、上舍生，春秋二试。由外舍选升内舍，由内舍选升上舍。上舍之尤者，直除以官。以锡庆院为太学。旧制，进士之外有明经。明经者，通三经，经各问义十道，而应者皆能充其科，文词有可观者。安石既罢诗、赋，独设一科，谓之明经进士。始议人通二经，后但命通一经而已，意使士人悦而易就，而乐从新科也。五年春，命判监、直讲者，试外舍生。有练亨甫者，久从雾学。安石亦爱之，意谓必在优等。既而榜出，亨甫乃在下列。安石父子大怒，诘责琥、定等。退而检取亨甫卷，对义但及九道。急令考官自首，亨甫更被黜落。安石遂命经义减半，别补外舍生。定希旨，请不弥封。事虽不从，而诸学官公然直取其门下生无复嫌疑。四方寒士，未能习熟新传，而用旧疏义，一切摈黜。自此士人不复安业，日以趋走权门，交结学官为事。叶适者，处之巨豪，前此斥于廷试，素以交结陆佃为之引誉。琥、定遂推第一，欲诱动士心，贪利慕己。于是列奏适之文章、行义卓绝，遂赐进士及第、郓州教授，又留为直讲。而亨甫是秋发解，遂居第一。既限一经，又试义减用五道，以此诱轻薄急进者。遂致百家子史之言，一不经目，更不复阅习，惟以新传模仿、敷衍其语耳。是岁，国子监荐一百五十人，诸家门生占百三十人；开封荐二百六十人，诸家门生占二百余人。诸直讲扬言曰：'自此罢科举，但用太学春秋两试，所占上等如叶适直除以官。'于是士心惶惧，惟恐不得出诸学官之门也。"

按希所云明经讲经数道，指为亨甫事，当考。

27.《长编》卷二三七，熙宁五年八月癸卯：**贬太子中允、同知谏院、权同判吏部流内铨唐坰为潮州别驾。坰初以王安石荐得召见，骤用为谏官，数论事不听，遂因百官起居越班叩陛请对。上谕止之，坰坚请上殿读疏，论王安石用人变法非是。上怒其诡激，故贬。……翊日，执政进呈，安石言坰素狂，不足深责，乃改授大理评事、监广州军资库。**

朱本云："坰数论事非理，不见听。或给以执政怀怒，欲罢其职者。坰素性急，乃越次请对。"朱本盖为王安石讳也。新本削去，今附注此。

又中书《时政记》："八月阁门言，今月二十六日百官起居退，有知谏院、太子中允唐坰越班叩陛，辄有奏陈。窃谓臣子莅职，盖有着位。今唐坰直敢邀君请对，渎乱无仪，传之中外，有亏国体。乞赐圣断，以肃朝风。诏曰：'朕置谏争之臣，以左右交儆，惧明有所未烛，智有所未周，何尝不虚心听受，择是而从？至于献纳之臣，固有清问之燕，况乎咸造勿亵百辟。今坰越次以前，率尔求对，妄肆诬诋，邻于猖狂，殆必设奇诡以沽直，矫经常而骇俗，非所以称朕奖擢责任之意，可责授评事、监广州军资库。其论宰臣王安石疏留中。'《时政记》稍与实录不同，今附注。此月十二日安石云云可考。

林希《野史》云："唐坰少年轻狷无行，以秘书正字监北京仓草场，数上书言事。安石患诸臣不唱和新法，坰请诛敢有异议者。安石喜之，力荐于上，得召对。上薄其为人，但试出身，除知钱塘县。安石固留之，以为校书，修令式，遂使邓绾荐为御史。除太子中允。数月，欲用为谏官，则疑其轻脱，暴得位，将背己立名。时不除职，但以本官同知谏院，故事未尝有也。坰气脱，果怒安石易己。见绾等碌碌如庸奴，心薄之，思自立名字。自壬子三月入院，至秋，凡奏二十余疏，论时事。上已怪之，疏皆留中不出。八月二十六日，垂拱殿起居。百官方退，两府犹侍立未奏事，坰忽扣殿陛请对，事不素请，殿中皆惊。上愕然，遣阁门使谕坰他日请对。坰不肯。又令诣后殿，坰曰：
'臣所言者，请与大臣面辨。'又再三谕旨，坰伏不起。乃召升殿，坰至御座
前，徐徐于袖中出一大轴，将进读。上曰：'疏留此，卿姑退。'坰曰：'臣
所言皆大臣不法，请对陛下一一陈之。'乃擂笏展疏，目安石曰：'王安石
近御座前听札子。'安石初犹迟迟不肯前。坰呵曰：'陛下前犹敢如此倨慢，
在外可知。'安石悚然，为进数步。坰大声宣读，凡六十余条，大略以（寿
按：疑脱字）：'安石专作祸福，布等表里擅权，倾震中外，引用亲党，以及
阿谀无行小人，布在要地，为己耳目。天下但知惮安石威权，不知有陛下。新
法烦苛，刻剥万端，天下困苦，即将危亡。今大臣外则韩琦，内则文彦博、冯
京等，明知如此，惮安石不敢言。陛下深居九重，无由得知。王珪备位政府，
曲事安石，无异厮仆。'且读且目珪，珪惭惧，俯首退缩。'元绛、薛向典领
省府，安石颐指气使，无异家奴。台官张商英等弹奏，未尝言及安石党。此乃
安石鹰犬，非陛下耳目也。'每读一事毕，即指安石曰：'请陛下宣谕安石，
臣所言虚耶，实耶？'上屡止之，坰慷慨自若，略不退慑。侍臣、卫士，相顾
失色。读毕，又指御座曰：'陛下即不听臣言，不得久居此座。'降殿，再拜
而出。至殿庐，揖缙曰：'某蒙公荐引，不敢负德。'乃乘马直出东门永宁院
待罪。上顾左右，问坰何乃敢尔。安石曰：'此小儿风狂，又为小人所使，不
足怪也。'初议贬潮州别驾，韶州安置。明日，以大理评事监广州军资库。上
意虽寤，亦不深怒。安石初用坰时，京以其轻佻无行，不可处弥缝顾纳之任，
屡争之不听。至是贬，京力救之。薛向奏事，上曰：'昨日唐坰所言，卿知之
否？'向曰：'臣不知其详。'上曰：'昨日前殿是何火色！'坰将奏疏时，
意谓诛窜。公亮，坰从母夫也，从之贷钱三百千。公亮鄙吝，以坰在谏省，故
与之。坰晨入朝，留书诀妻子：'且死，即以是为生。'坰既逐，留城外，公
亮大悔，使人督索甚急，尽得而后已，且以自解于安石。绅上书论救坰云：
'臣初但见坰文雅，推荐之。今朝廷将远行窜谪，乃臣荐举之罪，不足深责。
坰清贫累重，乞圣慈宽矜之，置近地，治臣荐举不当之罪，以示中外。'传者
无不笑之。"

　　按希载坰事颇详，国史皆略之，今特附注此。韩驹云：唐坰熙宁初诋时
政，神宗欲黜之。王安石曰："黜谏官非美事，止令还故官。"故事，台谏罪

黜，皆有叙法，若还故官即永不叙。其后，有送吏部之法，始于此。垌初以监仓召，今还为监库，驹云似得之。当更考详，明著其事。

28.　《长编》卷二四〇，熙宁五年十一月癸丑：睦州团练推官、知于潜县郏亶为司农寺丞、两浙路提举兴修水利。

郏亶明年五月二十三日（寿按：见乙丑记事）追官。《日录》载上语云："郏亶且勿移动。"按：亶事讫无成，故安石专以此事为出上意，今不取。

林希《野史》云："癸丑正月一日，中旨：'郏亶修圩未得兴工，官吏所见不同，各具利害闻奏。'乃赴司农禀复。亶奉使浙西六郡三十四县，比户调夫，同日举役，古未尝有。转运、提刑皆受约束，民愁苦无诉，逃移已多，闻此旨如获更生。亶到郡方二日，怙势作威。郡县苦之，惭沮无以自容。十五日，士民二百余人诣亶。方与李瑜同坐，众突入驿庭。亶大骇，识杨季孺及一姓王者，乃以温辞劳之曰：'可上厅说话。'二人云：'以公事来，不敢上厅。'亶再三邀之。二人既登，众从而拥之。众问作圩不便之事，亶方条陈，众随诘之。亶即入幕中取文书展示云：'前所行下条件尚有未尽，今皆改正。'众云：'寺丞本以利便上于朝廷，今何得却云错误？'众大噪，骂曰：'瞎汉诳惑圣聪，欺罔朝廷！'骂声喧然。亶令兵士指约，众益前。亶幞头堕地，一小儿在旁，亦为众人所击。庭下张灯，为众蹂践，宅门亦破。季孺侄同出最后，为兵士所执。众又夺去之。亶遂指季孺姓名，牒州根问。亶曰：'我制使也，此可谓拒捍而无臣之礼者，不得以常法处之。'初，众诣郡投状，严倅令除去骂亶语，遂易状再投于州。又以状诣王漕。状首全矩年七十一，又易状以次为首。郡方穷治，民遂畏缩，而亶便欲兴役，尽遣诸令出郊标迁圩地，官吏愁苦。忽中旨到郡令罢役，亶面如死灰。阖郡传之，诸令鸣铙，而人民皆欢叫如脱重辟。"

按亶责在六年五月二十三日，希云六年正月一日，恐误。

29.　《长编》卷二四〇，熙宁五年十一月庚午：司农寺丞、新提举两浙路兴修水利郏亶言："臣已申司农，乞将向日凡言两浙水利文字付臣看详，或召言者询问。如实利便及其人可任使，乞令分头主管，官员依部役官，举人依曹孝立例请给受。候兴修，随功利大小等第酬奖。"从之。

曹孝立，当考，又见七年十月。

　　林希《野史》云："熙宁间，凡言水利、或理财、或更改利害者，或胥、或商、或农、或隶、或以罪废者，使乘驿赴阙。或召至中书，或赴司农，不验虚实，便令兴役。其糜费官财，兴调民力，不问其数。微有效，则除官，赐金帛；无效者，费调虽多，不问其罪。有司知其妄，不诘难；诘难，即直诉司农。以为嫉功避事，立加按劾。如沈披欲筑江䣕湖为田，徙福建民耕。初信以为然，众谓迂诞骇绝，事未行，披徙陕西。如王廷老、俞希旦、陈睦、卢东、张靓皆新进，以农田水利为职，竟无可成功。张若济知华亭，言知水利，遂别创一司。昆山富人郏亶以苏田尽如江南筑圩岸，召赴司农。及曹孝立者，亦献水利，召赴苏经画，民惧兴大役，皇皇不自安。又司农赐米七百万斛，俾使者兴水利。逾年无可兴者，司农诘责廷老，乃议采石增筑苏湖漕河塘。科赋诸县，募民发掘山陇取石，妨废农事。科赋之家倍出其直，受佣之户多获厚利。此塘之作，于水利实无损益，大抵以费官财、劳民力者称职，上下欺蔽无敢言。"

　　希所云王廷老筑苏湖漕河塘，当考年月。因曹孝立姓名初见，附注此。郏亶事具五年十一月癸丑及六年五月乙丑。

　　30.《长编》卷二四二，熙宁六年二月丁丑：诏开封府判官梁彦明、推官陈忱各罚铜十斤。去月十四日，宣德门亲从官王宣等与宰臣王安石家人从喧竞，指挥使李师锡擅传语开封府官行遣，而彦明、忱不察虚实，亲从官阮睿本不与喧竞，亦决杖。御史蔡确弹奏开封府官吏曲意迎奉大臣之家，望特加重贬，故罚及之。

　　先是，安石从驾观镫，乘马入宣德门，卫士呵止之，挝伤安石马。安石大怒，请送卫士于开封府，又请罢勾当御药院内侍一人，上皆从之。安石犹不平。确奏疏曰："宿卫之士，拱卫人主而已，宰相下马非其处，卫士所应呵也。而开封府观望宰相，反用不应为之法，杖卫士者十人。自是以后，卫士孰敢守其职哉？"上善确言，然宰相乘马入宣德门是非，上卒亦弗究也。

　　安石又云："中书驱使官温齐古见堂吏看棚者云：'守门人自相与言，击宰相马，马惊致伤损，罪岂小？'一员僚曰：'我岂不解此，但上面逼得紧，将奈何！'齐古以白王珪。"然齐古者惮入狱置对，安石问之，乃言不记堂吏姓名。安石亦不复以齐古言告上也。

温齐古事，据《日录》二月十六日所载，今移入此。

王铚《元祐补录·蔡确传》云："王安石方用事，确揣知上有厌安石意，会上元驾出，而宫中约嘉、岐二王内宴，从驾还至禁门。岐王下马搀安石先入，从者伤安石所乘马目。事送开封府，岐王待罪，安石坚乞去。事未判，会确以他事对，上忽问岐王从人击宰臣马为犯分。确岔然对曰：'陛下方惇友悌，以化成天下，置上元禁中曲宴，以慰慈颜。安石大臣，亦宜体陛下孝友之意。若必以从者失误，与亲王较曲直，臣恐陛下大权一去，不可复收还矣。'上瞿然惊曰：'卿乃敢如此言安石耶？'自是有大用确意。"

据安石《日录》并中书、密院两《时政》记载此事颇详，嘉、岐二王从者实未尝居其间，陈瓘论辨亦弗及也，不知王铚何所传闻。疑铚增饰之，附见当考。

陆佃所编安石文字，有三札子，皆论宣德门事，今并附此。

其一曰：臣今月十四日从驾至宣德门，依逐年例，自西偏门入。有守门亲事官闭拒不令臣入，挝击臣从人鞍马。从人告诉，而臣切恐成例有违仪制，所以未敢陈奏。寻取责到行首司王冕等状称，自来从驾观灯，两府臣僚并于宣德门西偏门内下马，却于左升龙门出。兼检到嘉祐八年、熙宁四年本司日记，体例分明。又会问得皇城司吏手状称，宣德门即无两府臣僚上下马条贯。寻又令会问自来体例，却据勾当皇城司状称："取到在内巡检指挥使毕潜等状称，自来每遇上元节，两府臣僚合于宣德门外下马。"切缘臣自备位两府以来，上元节从驾，并于宣德门西偏门内下马，门卫未尝禁止。独本年闭拒不许入，而随以挝击。会问到皇城司，又称："即无条贯，却只取到在内巡检指挥使毕潜等状称，自来合于宣德门外下马。"虽据皇城司取到毕潜等状内所称如此，即与行首司王冕等状内所称自来体例不同。伏乞圣慈以臣所奏，付所司勘会条例施行。所有取责会问到文状，谨具札子缴连进呈，取进止。正月二十四日，臣安石札子。

其二曰：臣近论奏宣德门西偏门事，闻已送开封府勘会。臣止为自来两府臣僚下马有常处，而今来皇城司与中书行首司所称各异，理须根究，乞付所司定夺，使人有所遵守。至于禁门中卫之人，既见元无条贯，遂有止约，亦无深罪，伏乞圣慈详酌，特加矜恕。干冒天威，臣无任惶惧之至。取进止。二月日，臣安石札子。

其三曰：臣检御无素，乃至私人干犯禁卫，惶惧震扰，不知所图。方俟得望清光，冒昧陈叙，伏蒙圣恩曲赐慰谕，臣诚感诚恐，无任激切屏营之至。

林希《野史》云："使相在假，或云惠卿多变其事，不乐如此。或云上幸苑中，因问诸臣阉，阉皆伏地叩头流涕云：'今祖宗之法埽地无遗，安石所行，害民虐物。臣等知言出必取祸，不敢不言。愿陛下出安石，臣等亦乞远流海外，以示非敢害宰相而为身谋。'"又云："安石上元乘马从驾还棘围中，回驾观百戏。相公马至宣德左扉将入，亲事官攒骨朵止之。马势不止，大阉张茂则叱止之，遂目亲事官执其驭者而殴之。曰：'相公马有何不可！'茂则曰：'相公亦人臣，岂可如此，得无为王莽者乎！'安石诉茂则殴伤其驭。上使验问伤状，安石不乐，遂求去。又云：上元，雾于看棚，有指使辈不伏卫士指约，喧闹，遂提卫士送开封府。实时四人各决杖十七。合该降配取旨，上方知，索开封府案阅之，送府令再勘。上使使喻巩彦辅曰：'不可徇宰相意，尽公勘之。'彦辅亦宽其过，指使者罚铜，大程官、书表司各决二十。后遂著令，指定下马处。"

按希所云，比它书尤详。张茂则、巩彦辅等姓名合增入，姑附注此。

31. 《长编》卷二四七，熙宁六年九月丙辰：**赐屯田员外郎侯叔献、太常丞杨汲府界淤田各十顷。叔献等引河水淤田，决清水于畿县、澶州间，坏民田庐冢墓，岁被其患。他州县淤田类如此，而朝廷不知也。**

此墨史所书。朱史签贴云：取问到前史官，并无照据，即无田庐坟冢岁被其患之事，显是前史官诬罔，合行删去，添入王安石《日录》内语。按朱史所删去，新史已复存之。《日录》内语，仍载于四年五月十一日。

林希《野史》云："原武等县民，因淤田浸坏庐舍坟墓，又妨秋种，相率诣阙诉。使者闻之，急责其令追呼。将杖之，民即谬云：'诣阙谢尔。'使者因代为百姓谢淤田表，遣吏诣鼓院投之。状有二百余名，但二吏来投之尔。安石大喜，上亦不知其妄也。"

希不记何年，今附注此，又附七年正月甲子。

32. 《长编》卷二四九，熙宁七年正月甲子：**上言："（程）昉昨修漳河，闻漳河岁岁决；修滹沱河，又却无下尾。"**安石曰："修漳河出却三县民田，百姓群至京师，经待漏院出头，谢朝廷差到程昉开河，除去百姓三二十年灾害。"

林希《野史》云（寿按：所引同31则）。

33.《长编》卷二七三，熙宁九年三月甲戌：御集英殿，赐进士徐铎以下并明经、诸科及第、出身、同出身、同学究出身总五百九十六人。铎，邵武人也。

林希《野史》载放牓事甚备。且云馆职校书皆入殿侍立，此例久废，张刍请之。当考。（寿按：《野史》所载此事，详见第35则，熙宁十年二月己酉注文所记文字）

34.《长编》卷二七五，熙宁九年五月戊午：勾当皇城司、内侍押班王中正罚铜三十斤。坐狂人孙真衣纸衣夜越皇城，登文德殿屋，诵佛经，为妖言故也。真，宿州民，以心疾，特杖脊配沙门岛。守卫兵级人轻重决杖，经历官吏兵级并令开封府劾罪。

御史蔡承禧言："臣伏闻宿州百姓孙真夜逾宫墙，至登文德殿屋，是夕由内而外，巡徼察视，寂无所闻。日上几午，乃闻诵经之声，卫士仅始登捕。文德外朝，秘夜（寿按：原文如此）甚迩，而守卫纵弛，何以防闲？事下府狱久矣，未传刑典。外议或云皇城禁卫皆在谴累，欲缓月日，以冀疏决释放。臣伏乞催促，早令结绝。其一行干系人，并皇城主管、经由出入去处职掌守卫有官者，先止朝谒，悉属以法，不用疏决之原，以严外防，用肃宫省。今若圣慈宽纵，则宸居之严，周庐之谨，由此浸慢。汉家莽何之猝，唐氏张韶之警，可以深戒。此宜长虑而又不以事微散法者也。"承禧章附此，要考孙真事。

八年正月郑侠书云云，或即孙真事，更详之。

据林希《野史》载孙真事甚备，乃九年四月丙戌朔，与郑侠所言绝不相关。《野史》"真"作"珍"，今附注此。

林希《野史》云：丙辰四月丙戌朔，闻喜宴就坐。酒方行一，忽宣陈绎云："早有人坐于文德殿脊，又绕檐行。诵经声闻，卫士始觉捕取之。身衣破，以纸补缀。问其所来，云：'宿州虹县孙珍，佛遣二青衣送我来。'卫士急以猪血灌之，送于开封。"呼陈绎治之。又云："太后于内东门送长王上檐子，遥见之。乃自修城处入城，从左藏库厕屋而下，以一瓦加厕墙。"验之果然。由左升龙门沿屋至文德。云："修城人不见我，我亦自由心王使我来。"经由地分亲事官，凡追二百人入府。

35. 《长编》卷二八〇，熙宁十年二月己酉：右正言、宝文阁待制、权判西京留司御史台常秩卒。诏："秩久以懿行，见称乡里。朝廷特起，置之侍从，而恬静自居，不替素守。宜优赗赠，以励廉隅。赠右谏议大夫，赙绢三百匹。"秩起处士，在朝廷碌碌无所发明，闻望日损，为时讥笑。

张师正《倦游录》载秩事颇多，且云秩雉经而死。王得臣《麈史》尝辨其不然，今不取。

魏泰《东轩录》云："常秩以处士起为右正言，直集贤院，判国子监。不逾年待制宝文阁，兼判太常寺。中间谒告归汝阴，上特降诏召之。两制降诏，自秩始也。会放进士徐铎榜，秩密以太学生之薄于行者，藉名于册，贮怀袖间。每唱名，有之，则揭册指名进呈，乞赐黜落，如是者三四。上方披阅试卷，或与执政语，往往不省秩言，秩大以为沮，遂谒告不朝。一日，翰林学士杨绘方坐禁中，俄有报太常寺吏人到院者。绘昔常判寺，立命至前，乃故吏也。询其来之故，即云常待制以谒告月余，未有诏起，令探刺消息。杨曰：'此是禁中，汝得妄入乎？我若致汝于吏，则连及待制。汝速出无取祸。'先是，秩未谒告时，敕差谋向经葬事。至是，经葬百日，上亲奠祭。护葬官例合迎驾。秩不俟朝参，而出迎驾于经门。上祭奠毕，登辇而去，亦不顾秩。秩愈不得意。或告以不朝参而出就职。又尝私觇禁中，台官欲有言者。秩大恐，遂以病还汝阴。既而卒。或云方卒时，狂乱若心疾将自杀者，然未得其详。"

泰所称狂乱将自杀，盖与张师正所载略同，欲（寿按：疑为故）追记。秩纳无行士人姓名，当考。

林希《野史》载秩本末甚详，已附注四年四月甲戌。

希又云："秩心疾月余，屡索刀刃，家人防守之，竟自刭死。"与张师正所记略同，须更详考。无行士人，盖曹将美也。希所载，今附此。

希云："九年三月，上御集英放进士、诸科，馆职、校书皆入殿侍立。此例久废，张刍请之。上亲阅试卷，久之。拆卷放徐铎、王任，至第三钱遹，先赐第五人及第，虚第三第四，升陈师锡、张镒以充之。李格非自第四甲升第一甲末，邓绾二子洵武升第二甲，洵仁升第四甲。曹将美者，尝斥出学，既唱名，常秩出白其事，降本甲末。放进士、诸科、特奏名，考同五经、三礼、学究、监簿、文学、长史六等。濮州张杰者，年九十三，扶杖而来。上特赐绢五十匹。武举人一与殿直，次与奉职，仍减年。其下者与差使，并赐紫袍、牙笏、银带，乃新例也。"

36. 《长编》卷二八三，熙宁十年六月壬午：注輦国贡方物，其使以金莲花盛真珠、龙脑登陛，跪望御座而散之，谓之"撒殿"。上遣内侍劳问之。

林希《野史》云："他国进奉未有升殿者。"附注当考。

37. 《长编》卷三〇九，元丰三年闰九月乙卯：河东节度使、守太尉、开府仪同三司、判河南府、潞国公文彦博为河东、永兴军节度使，加食邑五百户，食实封二百户。彦博固辞两镇，乃止加食邑千户，食实封四百户。武宁军节度使、守司空、开府仪同三司致仕韩国公富弼为守司徒，赠太师。中书令兼尚书令刘沆追封充国公，赠太尉，谥文安。王尧臣赠太师、中书令，改赠谥文忠。彦博子宗道授承事郎，弼子内殿承制绍京为阁门祗候，沆子祠部员外郎瑾复天章阁待制，尧臣子水部员外郎同老为秘阁校理、通直郎，朋老升一任。

……

或谓富弼曰："公治平初，进户部尚书，固辞之。今进司徒，一辞而拜，何也？"弼曰："治平初，乃弼自辞官。今潞公以下皆迁，岂敢坚辞，以妨他人也？"

此据邵伯温《闻见录》，当考。

林希《野史》云："潞公加两镇，富公加司徒。潞公子及甫阁校（寿按：文及甫为秘阁校理）。刘瑾复天章，沆子也。王同老加阁校，尧臣子也。四人者至和执政。仁宗初服药，执政夜宿中书，常议援立英庙，共作奏，而尧臣书之，其家有稿。事亦上闻，留中不行。其后嘉祐末，立储之议始定，功归韩、曾。文、富既不言，瑾、同老辈欲言而不敢。今忽有此命。前此孙洙柔卒（寿按：原文如此），为同老进其父奏稿《潞公大享陪祀》，询及之。上降诏嘉奖，因各有命。"

按希所云孙洙为进奏稿，他书并无。附注，当考。

38. 《长编》卷三三二，元丰六年春正月丁丑朔：御大庆殿受朝。先是，上以朝会仪物敝，当改为。诏阁门、御史台详定朝会仪，更造仗卫、舆辂、冠服。至是，始陈于殿。既而仪鸾司夜半彻覆辂幕屋，屋坏，毁新玉辂，上不怪久之。乃诏仪鸾司监官冲替，案大理寺问罪，并案太仆寺殿宿官以闻。后寺丞安宗奭、王得君各罚铜三十斤，冲替；入内西头供奉官王达、殿头李永吉各追一官，罚铜三十斤，勒停；高品陈惟和追两官，勒停。

注文：庞元英《文昌杂录》云："除夜三更，大风北来，拔幕屋，坏新玉辂，入地数尺，玉饰皆碎，观者骇愕。"与实录略不同。旧纪书："御大庆殿受朝，始用新乐。覆辂屋坏，毁玉辂。"新纪但改"覆辂屋"作"幕屋"。

林希《野史》云：元丰六年癸亥正月丁丑，上御大庆殿受朝。前此，有诏重详定元会仪，比旧多所更易。群臣冠服佩绶，廷中仗卫一新，值慈圣上仙，今始行之。门下侍郎奏祥瑞，旧无表辞，中书省申明画旨，令礼部撰表，余首为之。给事中陆佃押案至东阶下，侍郎章惇受以升，诣御座前擂笏跪读。上寿时，百官未及班，传旨屡促。班始半，上已升座。三省官奔走而赴，退易常服，至内东门拜表。余人省首拜此表。旧五辂设于殿门外，今设于廷中，有司预设幕屋于廷东以藏辂。命以是日四鼓出辂而除幕屋，自三馆便门辇屋木权置馆中。余质明先至廷中，闻庑间有人呻吟甚苦，疑而不敢问也。见廷中但设四辂，而旧辂处已无屋。见一物倾仆于地，品目甚多，尚昏黑莫能辨。问守卫者何物，云："玉辂也。中夜为屋倒所坏。"及朝会毕，入馆中，正字邓谨思、馆吏王元云："昨夕宿直，亲开馆门，内其辇木。至中夕，有三中贵视拆屋。方出四辂，遽遣百余人登屋而拆之。昏暗中又去其旁支之柱，以故屋摧而玉辂坏。百余人皆陨地，折手足，坏头面，号哭之声喧然。扶舆而出，死者四人，余皆困重将死。"余出左扉，尸横屋道左，以俟检验，妻子守之而哭。蒙紫袖衫，即仪鸾司也。本司官三人：王达、李永吉、陈惟和。惟和最横，是夜，以杖驱逼人登屋。玉辂非太仆所藏，上命宋用臣、刘援于后苑新创者，但用太仆驾士耳。二丞王得君、安宗奭自请入守宿，中夜，惟和逼之披辂，二人不从。惟和遂彻屋，急引四辂，而屋陨矣。上批付大理寺勘听时断。御药窦仕宣法服而侍立。上受贺毕，起入阁，仕宣忽自御座踣于地，跌其足，冠佩狼藉，扶归不能起。一事可怪。

按：希所载甚详，国史太简，因附注此。

39.《长编》卷三四五，元丰七年四月丁丑：赐饶州童子朱天锡五经出身。天锡年九岁，礼部试诵七经皆通。上召入禁中，取诸经试之，随问即诵。叹曰："此童诵书不遗一字，又无所畏惧，乃天禀也！"延安郡王时在旁，上

指天锡而抚王曰："汝能如彼诵书乎？"面赐钱五万，使买书以归，戒以后无废学。

天锡后无闻，或当削去，并十月庚辰其弟天申。上指天锡云云，据林希《野史》增入。希时任礼部郎中，实主试事。

元丰七年甲子四月，番阳人朱拟携其子天锡年十有一，能诵五经、语、孟几百卷，诣登闻自陈。有旨送礼部试验。即召天锡诣部，试以五经各五篇，语、孟各三篇，应声如流。又使秉笔自书其乡里、姓名。部为保明作奏。神宗召赴睿思殿，亲试《易·乾卦》《礼·乐记》《周礼·考工记》，皆全篇百余通。宫人环视，天锡殊不慑。哲宗时九岁，为延安郡王，侍膝下。神宗指天锡而抚之曰：'汝能如彼诵书乎？'面赐天锡五经出身，仍赐钱五十千，使买书以归，再三戒以不要废学。

40.　**《长编》卷三五四，元丰八年四月癸未：东染院使王殊为皇城使、成州团练使，六宅副使王殖为六宅使、利州团练使。殊、殖以故燕国大长公主子也。**

殊、殖已见。

林希《野史》云："元丰七年元日，王师约之长子庄宅使殖十五岁裹头入禁中见。自真宗时李端懿兄弟以长公主子入见。仁宗、英宗两朝无帝甥。英宗三主下降，师约子首得进见，戚里皆荣之。师约次子，又许尚淑寿公主，朱妃出也。"

按七年春不见王殖入见事。八年夏，殖尚为六宅副使，则希所称庄宅使必误也。附注当考。

附录二　作者自填人生小词三十首

前　言

　　据魏泰《东轩笔录》卷五记载，王安石对流行词作甚为轻视："王荆公初为参政，闲日阅读晏元献公小词而笑曰：'为宰相而作小词，可乎？'"言外之意，庙堂之士不应作此类小词。里巷俗曲，只可柳永之流为之也。这一观点当然偏颇。由于受到这种偏狭文艺观的严重制约，王安石本人在"小词"的创作上，就未能获得更大的艺术成就，尽管他也有少数诸如《桂枝香·金陵怀古》那样的杰出之作。王词的重大缺陷，即在于漠视生活入词，而嗜好理念（佛经之类）入词。词无生活内容，则何以动人？

　　词作为一种文学体裁，其功能当无所不能。可以抒情，可以记事，可以写景，可以写人，也可以咏物，更可以议论。所以，小词可以多写，而且还可以大写而特写。特别是苏轼和辛弃疾对正统词作观念进行补充和改进以后，从唐末五代直到清末近代，在无数杰出的灿烂词章里，我们都能够发现这样一条规律：小词完全可以广泛触及社会生活的方方面面，记录人生，抒写心灵。那种认为小词只能吟诵烟暮杨柳和花前月下的观点，无疑是片面的，不足取。

　　人生，是自己的；心灵，是自己的。每个人的生命经历，都是独特的，都是世界上的"这一个"。用词来记录自己的人生踪迹，展现自己的喜怒哀乐，也应该都是世界上的"这一个"。所以，凡有能力者，试用填词的方法来形象描述自己的"这一个"，以折射出时代变迁、社会变化的七彩光芒，自是极有意义的一件事情。

　　本人在大学就读期间即甚爱小词。半个世纪以来，也曾陆续填过不少小词。但敝帚自珍，从不示人。近因研读宋词有感，故借《王安石诗文研究》出版之机，拾掇人生小词旧作，挑选修饰三十首，用作附录，以作爱词之证。

　　今人填词，往往会遇到古今字韵平仄不同和韵脚韵部不同的疑惑。笔者以为，读词与作词不一样，读古词有时要遵循古音，作今词则不必泥于古音。古今语音有发展变化，韵部归纳亦有发展变化（如《平水韵》《词林正韵》和《中华通韵》以及当代普通话的《诗韵新编》之类，其要求便各有不同），我们于此不能泥古不化。如果一切皆要从古，那就无法下笔了。作者根据词中的内容需要和实际情况，以《词林正韵》为准（百度网上有"词格校验"），适当古今兼顾，适当变通创新，应该是可以的。

　　笔者所选词作既多，为方便读者浏览计，乃按内容大致分为三篇供阅：金堂篇，研究篇，祖孙篇。是以为记。

2018年12月12日，夜21时10分，72周岁时初稿

2019年7月14日，73周岁生日，定稿于远航书屋

金堂篇

1.　《虞美人·大学毕业答友》

　　作于1970年7月，上海华东师范大学中文系毕业前夕。24岁。2019年2月19日再改。

　　此为人生第一词，理当留作纪念。正当大学毕业前夕，豪迈迎接全国统一分配。

青梅竹马曾年少，更论高格调①。春山明月共秋波，意气诗文也唱、《大风

---

① 20世纪60年代的大学生，谈学习，谈读书，谈理想，从来不谈吃与穿。

歌》①。　　陶然嫣笑深情注，何虑前程路？笑别"一舍"有东风，②万里江山处处、可登峰！

2. 《诉衷情·寸心寒》

作于1970年秋，四川省金堂县白果公社中学。24岁。2020年5月29日再改。

平生有志破③书山，十载④战欢喧。千言万语多味⑤，众友共登攀。　　谁竟料，落荒滩，⑥寸心寒。粉笔⑦嫌脆，思在文坛，却老童间。

3. 《破阵子·七一年春节怀念诸位学友》

作于1971年1月27日，年初一，白果公社中学。25岁。2020年5月29日再改。

常记海关留影，匆匆分手登程。青鸟殷勤多不断⑧，字里行间似有声，天涯灯下听。　　心有灵犀一点，风云关注群英⑨。何日欢歌齐痛饮，海阔天高再论争。一堂聚友朋？

4. 《太常引·20世纪70年代白果风光追忆》

作于2012年1月10日，夜23时。66岁。2020年6月4日再改。

一江劈就两边红，⑩西岭⑪望葱茏。游子怅河东。有相伴、黄桷巨

---

① 汉高祖刘邦《大风歌》有云："安得猛士兮守四方。"自不敢言"守四方"，而仅取赴四方之意。
② 一舍：第一学生宿舍大楼，位于上海中山北路学校大门右侧，进入21世纪后已被拆除，腾出土地另建大楼。东风：比喻毕业分配的消息。
③ 破：批判，创新。破旧立新之意。
④ 十载：指中学大学读书的时间。
⑤ 指作文论道。
⑥ 白果公社中学位于白果乡镇上。小镇面临沱江，不到百户人家。
⑦ "笔"字未拘平声。
⑧ 青鸟：喻书信。唐李商隐诗云："青鸟殷勤如探看。"众学友散处四川、贵州、山东、江西各地。
⑨ 群英：走马灯般的各种政治人物。关心国家命运，忧虑"文革"走向。
⑩ 沱江两岸皆为酸性红黄土壤，此与江南黑土大异，起初在视觉上甚不习惯。
⑪ 西岭：指沱江西侧的云顶山，高耸近千米。此山为龙泉山脉中段的主峰。常见其山顶云雾缭绕，心向往之，但未曾攀登过。直至2017年11月17日再返金堂，才由当年的学生钟国金和萧烈等人热情操办，邀请乘车上山，得以鸟瞰沱江两岸风光，遂了此愿！

榕。^①　　豆苗^②春盛，蔗林秋密，红薯广柑^③冬。莴笋下江^④同。青菜觅、全无影踪。^⑤

5.《南乡子·夜忆当年育儿乐》

作于2018年12月23日，夜22时。72岁。此词效辛弃疾。2020年6月4日再改。

秋水绕山幽，天外飞来闪闪眸。身落荒滩枯井^⑥喻，多忧。就此精神^⑦日夜谋。　　啼笑和啁啾，^⑧草色青青树下游。^⑨绞洗井旁颜自若，^⑩独悠。小镇男人第一流。

6.《浪淘沙·20世纪70年代淮口生活追忆》

作于2013年1月15日，夜24时。67岁。2020年6月4日再改。

白塔聚飞鸦，山寺鸣蛙^⑪。斜坡石板瓦房加^⑫。川语浓浓忙赶场，背篼争

---

① 公路旁边西侧临江而立的这棵大黄桷树，长在向江水突出的巨石的草坡上。它高达数丈，冠盖宽阔，是白果场的主要标志。黄桷树即大榕树，一说即佛经中的菩提树。我喜爱它，也许它也护佑我。吾一家三口曾以它为背景，拍下幸福之照。可惜在21世纪的拆迁改建中，它却被无知者砍掉了！

② 豆苗：豌豆尖，阳春三月，漫山遍野皆是。

③ 亲见学校附近的光辉大队江边田地多处种有紫皮甘蔗。丘陵地带的生产队则产有橘子柑子脐橙等，来此地乃初识何谓脐橙。

④ 下江：本地人以在长江上游而自豪，而称长江下游的江浙人为下江人。

⑤ 本地不产上海和江南人喜欢吃的青菜，非常奇怪。遍搜不得，很不习惯。曾想亲自从上海带种子来，自种自吃。

⑥ 枯井：当年在另一首词中有"枯井死波"自喻之句。

⑦ 精神：用作动词，精神起来，精神焕发。

⑧ 和：读"贺"音，指声音相和。

⑨ 阳春三、四月，吾儿萌思十个月大，抱至江边大黄桷树下，让其在草坡上学习爬行。阳光和煦，衣裤染绿，逗笑多乐，历历在目。

⑩ 平时在学校井边上为小儿洗尿布，与众男女教师谈笑自若。男性在公开场合洗尿布，这在本地男教师中是破天荒的，更不用说小街居民。此事令本地男士大开眼界，颇有移风易俗之效。

⑪ 镇南小山顶上立有一座白塔，传说是魏晋时期所建。塔下有一寺庙，俗谓白塔寺。

⑫ 加：拥挤叠加。

夸①。　　　校内竞登爬，阶窄嫌遐②。禹王宫殿隐吾家③。苍古黄桷荫满院，寸土植花④。

7. 《鹧鸪天·20世纪70年代淮口沱江印象》

作于2013年1月13日，夜22时30分。67岁。2018年12月14日重写。2020年6月4日再改。

高耸龙泉云顶佳，三峡小小现奇葩⑤。喘息缓淌银弯拐，万顷秋波映早霞⑥。　　　人乐水，浪轻爬。约妻携子踏石沙。无边湿气森森沁⑦，机动航船声自哗。

8. 《浪淘沙·遥忆大学五年折翅》

作于2019年2月6日，年初二，夜22时30分。73岁。2020年6月5日再改。

书架媲江潮，"夥颐"妖娆⑧。五年课表望登高⑨。学子业师身影密，细语闲聊。　　　北大卷狂涛，六月山摇。龙飞凤舞报栏骄。习课一年悲潦草，四载轻抛⑩。

---

① 赶场：本地乡镇举行集市贸易的日子俗称赶场，有三日一小场，五日一大场之说。淮口是区级大镇，每逢赶场，都会人头攒动，有成千上万农民上街。背篼：名词，篼字不拘仄声。背：读去声。丘陵、山区农民常用的一种背筐，可以装物坐童走远路。
② 全镇无大块平地，淮口中学的主教室和大操场都修建在小山坡顶上。学生和教师进教室，都要登石阶爬山坡，上下侧让。
③ 禹王宫旧为庙宇，临街而建。1949年以后被人民政府征用，大小阁楼分为教师宿舍。70年代仍是如此。笔者先后换过三个房间。
④ 居有所定，美化环境。曾在门前辟出一平方的泥地，种上美人蕉。又一丛细竹乃学生傅贤才从五凤公社给我带来也。
⑤ 沱江从赵镇东下，冲刷龙泉山脉的大小谷底，形成十多公里长的奇异山水风光，俗称金堂小三峡。
⑥ 沱江流至淮口镇西侧时，有个缓冲大拐弯。这里的江面平静似湖，碧水万顷。
⑦ 森森：江面水气密集潮湿，迫近便有感觉。沁：渗入，浸润。
⑧ 初入大学，踏进学校图书馆大楼，所见书刊连绵万千，书架排列气势雄伟，顿时想起望不尽头的大江浪潮。于是情不自禁暗自喝道："夥颐！"以为天下尽美当在此矣。"夥颐"典出《史记·陈涉世家》。夥颐：惊叹的声音，相当于"啊哟"。夥：读如"火"音，多。颐：未拘仄声、轻声，语气助词。
⑨ 当年本校中文系本科学制为五年，理应要学完五年中全部课表上所规定的各种基础课、专业基础课和专业课才能毕业。
⑩ 四载轻抛：荒废四年光阴。学制名曰五年，实际只学了一年基础课。

9. 《忆秦娥·金堂十年》

作于2012年12月10日，夜24时。66岁。2020年6月5日再改。

沱江注，淮中白果①八年住。八年住，丘陵风光，缓坡为路②。　　两年赵镇迁移赴，平原校舍城中处③。城中处，三河汇聚，恨思东付④。

10. 《江城子·喜获研究生录取通知》

作于1981年7月10日，35岁。2018年12月9日再改。

补记：1980年8月12日上午，喜获母校中文系研究生考试录取通知。回忆当时颇有唐代杜甫"漫卷诗书喜欲狂"之心态，乃戏仿苏轼《密州出猎》一词，长吟为快。

十年伏枥一朝狂⑤，望明窗，立书房。举子三旋⑥，惊喜出金堂。万里他乡重遂志，妻取笑，哂黄粱⑦。　　川流日进汇长江，昼匆忙，夜苍茫。冷眼观洋，热血鼓帆航。离弃书山非夙愿，心总向，论文章。

11. 《江城子·六十八岁回访金堂》

作于2014年11月1日，夜23时40分。68岁。2020年6月5日再改。

晚年有闻金堂县白果丘陵小镇沿江建造飞机场之说，甚奇之。又难以想象。2014年10月3日—23日，萌思儿开车，全家三代六人坐自驾车前往成都金堂一游。重访白果、淮口、赵镇，观赏机场工地，会见历届学生。

晚年心绪绕金堂：有风光，念沱江。十月回川，自驾六人忙。峰退水回连隧道，桥转路，似飞翔。　　黄桷茂密守一方：树冠张，本刚强⑧。机场新新，

---

① 白果与淮口，两镇相距15里。

② 两镇皆为丘陵地区，凡路皆为缓坡，甚不便骑自行车。

③ 指调进县中赵镇中学，即后来的金堂县中学。

④ 赵镇有北河、中河、毗河汇成沱江东下，江水直达长江。而长江的尽头，就是家乡上海。恨：古意，遗憾。恨思：乡愁与乡思。

⑤ 十年：自谓人生历史竟有如此巧合之事：1970年8月12日到金堂县教育局报到参加工作，1980年8月12日收到母校中文系研究生录取通知。

⑥ 上举小儿，原地旋转三圈，父子同乐。

⑦ 哂：读音"审"，微笑。取笑黄粱美梦居然得以实现。

⑧ 黄桷树生命力顽强。此番在白果、淮口重新见之，仍是40年前的模样。只是白果江边的那株大树竟在拆迁工作中被砍伐，极为可惜！冠：读音"官"。本：树根。

破土正开张①。昔日学生皆半百，七日宴，述衷肠②。

12.《诉衷情·出金堂再购房于赵镇"恒大"小区已隔三十七年》

作于2018年2月21日，16时30分。72岁。2020年6月5日再改。

昔年水镇更葱茏，多友化沙虫③。莘莘学子皆老，桃李竞花红④。　　白果念，忆淮童，觅金中⑤。快哉"东进"⑥，四望雄宫⑦，铁轨声隆⑧。

研究篇

1.《鹧鸪天·月夜漫步师大校园》

作于1981年7月10日，35岁。2020年6月5日再改。

公元1980年9月1日重进师大，开始为时三年的研究生学习生活。

此录教室夜自习之感。

又见梧桐绿色浓，银灯排座似昔同。鲋鱼得水⑨求学乐，漫步河边望夜空⑩。　　星可射，尚颜红。厚积发力挽强弓。十年减去⑪当加勉，文史

---

① 见沱江西侧有推土机推平了沿江的田地和小丘，建设通用航空公司的机场和跑道。后来2017年11月3日再去，有白果镇上干部、当年的学生傅利兴陪同我们实地参观机场跑道和所在地史家坝。

② 30多年之后，当年的师生首次见面，大家感慨万千。各校各届学生连续七日宴请我们。师生联欢，盛况空前。

③ 听闻当年诸多年轻同事和朋友竟然已经陆续溘然去世，十分震惊。

④ 红：这里是成才受到重视的意思，如俗称有红人，以及红得发紫云云。

⑤ 白果：指白果中学。淮童：指淮口中学。金中：指县中金堂中学，当年称赵镇中学。均系笔者先后任教之校。

⑥ "东进"：特指成都市2017年春制定的"东进"发展战略规划。金堂县将发展为东北部主城区。

⑦ 雄宫：处处可见高楼大厦，不亚于上海近郊。

⑧ 县城旁侧有成达铁路线，上海、成都一线通。

⑨ 鲋鱼得水：典出《庄子·外物》。鲋鱼即鲫鱼，自言为东海之波臣也，得斗升之水即可活矣。其要求可谓不高也。借以自喻。

⑩ 师大校内有条南北走向的大河叫丽娃河，把校园分为河东河西两个区域。中文系、历史系和教育系在河东。

⑪ 十年减去：时年34岁，扣去被"文革"耽误的十年，权当大学刚毕业的24岁。自以为尚存几分意气，些许风华。或许人皆如此，抢时夺宝。

楼^①中人影匆。

2.《鹊桥仙·感念福州路》

作于2019年1月8日，夜20时45分。73岁。2020年6月6日再改。

又来旧地，海关钟响，针短针长争度^②。依风江畔望航船^③，一时蹩、彷徨无数。　商铺无视，酒楼遥避，书肆书摊信步。常观文海赏书山，乐无尽、熏陶日富^④。

3.《如梦令·记落齿第十》

作于2012年12月4日，15时。66岁。2020年6月6日再改。

2012年11月17日，掉落第10颗牙齿，无奈而戏作。

昔有三十二齿，今剩二十二已^⑤。夺予本苍天^⑥，六六镜中观已。奇矣！奇矣！下五上六相比^⑦。

4.《忆王孙·五十五自画像》

作于2012年12月24日，夜。66岁。2020年6月6日再改。

此据2000年4月1日晨所写之七言古绝改作。当时忽然有感于大学本科毕业已经三十年矣（1970—2000）！自惊正在老去！

人生老去度年华，常览窗前书百家。偶采文思可育芽。笔加茶。纸面催发朵朵花。

5.《点绛唇·晚年闲逛文庙旧书市场》

作于2019年2月2日，11时。73岁。2020年6月7日再改。

---

① 文史楼：历史上称"群贤堂"，华东师大河东区域一幢灰白色的廊柱式三层楼建筑物，文科教学大楼。五年本科学习于此，今研究生三年又将学习于此。

② 1970年7月与诸位学友在此合影，分手天涯。1995年7月，我有幸重新返沪，来到汉口路一学院，继续担任教学工作。

③ 航船：以航向暗喻研究方向。时光流逝，忧虑计划难成。

④ 上下班经过的福州路是沪上著名的文化街，书店林立，古籍丰富。所见新旧书刊对自己治学帮助极大，乃以之为独特的"马路图书馆"，并以所能购得的书籍和资料来决定今后的治学方向。

⑤ 50岁以后，牙齿开始松动。55岁以后，开始掉落牙齿。

⑥ 夺：抢走，落齿。予：给予，长齿。

⑦ 下面左右尚各有五颗，上面左右则各有六颗，两侧竟然一模一样！"六"字未拘平声。

攘攘熙熙，悠悠缓缓巡文庙。百千耆老①。周日淘书闹②。　　　三、五元书，满院书摊找。寻奇妙。蓦然得钓③。躲到一边笑。

6.《渔家傲·〈王安石诗文研究〉书稿杀青》

作于2015年9月30日，夜21时15分。69岁。2020年6月7日再改。

2015年9月3日，学术专著《王安石诗文研究》书稿杀青，欣慰追记。此词句句押韵，风格雄劲欢畅，完美抒发了我之快意。

一册论文如飞箭④，出弦探向征途漫。赢得卅年缠绵战。除枝蔓，今朝俏笑三十万⑤。　　　黄卷明灯常夜伴，积沙成塔曾期盼。集腋为裘多扼腕。⑥星光灿，杀青白发丝丝绽。

7.《满江红·七十虚岁自赋》

作于2015年10月10日，夜。69岁。2020年6月7日再改。

转眼七十，堪回首、点滴如梦。思昔日、年华消逝，如川奔涌。学业从文滋味有，寻师觅友乏灵动⑦。笑此生、年少敢扬帆，初心颂⑧。　　　衰老病，坚推送⑨；年少气，沉潜用。恃一腔志趣、可论余勇。还我十年光阴债，念他一代开封宋⑩。望九十、再掷笔从容，诗章诵。

8.《临江仙·七十周岁再自咏》

作于2016年7月14日，11时。70岁。2020年6月8日再改。

月落月升难尽数⑪，花开花谢天涯。稀疏颠顶发如纱。笑今可小憩，《长

---

① 耆老：六十岁以上的老者。吾欣然在内，时常前去。

② 上海文庙的旧书市场每周日举办一次。届时人头攒动，场面十分壮观。

③ 有如钓鱼到手的快乐。笔者常常会以二三元的价格淘到20世纪80年代、甚至50年代的优秀文史书籍。

④ 立意由1983年的硕士学位论文引起。

⑤ 书稿将近30万字。

⑥ 成稿过程艰难，多有反复思忖。

⑦ 当年读研时导师因故病退，我未能灵活改变研究方向。后于此事稍有悔意。

⑧ 洋泾中学高二时，曾在班上主动发起成立《远航》文学小组，三朋五友切磋兴趣爱好。

⑨ 坚推送：年已七十，体质尚可。常见的衰老病，一样也没有。

⑩ 此句谓长期定格研究北宋王安石的诗和文。

⑪ 仔细数一数，七十年大约有二万五千多天。

恨》续《琵琶》。　　　字少字多积卅万，文深文浅独家。杀青削简盼奇葩①。穷经加皓首，夸我有孙娃②。

9.《诉衷情·内蒙古高山上自庆第六个本命年》

作于2018年11月18日，11时。72岁。2020年6月8日再改。

2018年7月14日下午，16时30分，全家三代六人（老两口、儿子儿媳、两孙儿）驱车到达内蒙古卓资县黄花沟高山之巅，以西瓜冷饮各色点心共庆吾之72周岁生日。此为本人第六个本命年生日，甚值追记。当时山高天远，心旌摇荡，自我仰问茫茫宇宙：此生已老，上天还能赐予我几个本命年？一个应该没问题，两个似乎可争取，三个可能是奢望。一笑，是以为记。

驱车暑日意翩翩。一览众山巅③。白云绿草明目，宇宙望天边。　　　神有定，气足闲，步行坚。有儿孙贺，"第六"声声，庆本命④年。

10.《桃源忆故人·七十二周岁养生小结》

作于2019年1月24日，22时50分。73岁。2020年6月8日再改。

本人已过第六个本命年，但与世间十种常见的老年疾病均无关系，这不能不说是与重视自我保健有关。今戏以小词作一养生小结自娱。

也经沧海无为潦⑤，高视阔胸明了。节奏分明长保，动静张弛好⑥。　　　粗

---

① 盼奇葩：盼出版。

② 同年6月全家驱车游玩湖州。16日下午在太湖别墅房间里休息，6岁忞真看电视科普节目，对奶奶发出惊我之语："不要学科学家，要学爷爷的研究！"

③ 黄花沟诸山在内蒙古卓资县境内，海拔2100米。离我们当时的住处巴音锡勒镇37公里，7人座轿车可沿公路直达坡顶。

④ "命"字未拘平声。

⑤ 潦（lǎo）：指路边的积水。此句化用唐元稹《离思》的"曾经沧海难为水"。潦水比喻生活琐屑小事，不要多去计较。

⑥ 动静守时，不尚闲散。坚持午睡，适当走步。终生伏案，坐也有术：一个小时必起，做做家务，活动颈腰，改变坐姿。

茶淡饭书斋宝，"六味"、黄芪、红枣①。酒烈蒜多相搅②，日饮防衰早。

祖孙篇

1.《南乡子·忆长孙忞真出生于仁济东院》

作于2012年11月3日，17时。66岁。2020年6月8日再改。

此词格式多变，自取其一，仿辛弃疾词体。

葬母久无神，血脉传承长辈恩。古往今来皆若是：人人。掌上新婴嫩软身。　为子侍双亲，为父东西③率子奔。为祖带孙担重任④：忞真。星亮吾思以字闻⑤。

2.《诉衷情·忆幼孙忞纯出生于同济医院》

作于2012年11月4日，17时。66岁。2018年12月12日再改。

金秋九月桂花香，十二更芬芳⑥。身逢今日国策⑦，龙弟虎哥双。　兄有惑，手曾抢⑧，又扶将⑨。笑从今后，星亮星明，胜似同窗。

3.《采桑子·带二岁忞真游泾南公园纪实》

作于2012年11月27日，夜21时，记昨日之事。66岁。2020年6月8日再改。

---

① 三荤七素，适当滋补。进入老年，非此不可。"六味"：指地黄丸，日服补肾。后二者炖汤，日服益气。
② 72周岁时，我从微信中见到台湾106岁王忠泉老将军介绍自制自饮的健康长生酒：高粱烧酒泡大蒜瓣。吾认为确有科学道理，此酒可以清洗血管。乃仿制，每日酌饮5钱一小杯蒜酒，并吃蒜瓣数片。
③ 东西：大学毕业后，先后奔波于上海与成都、上海与南昌之间，长达25年。
④ 长孙出生后，儿子有工作项目在新疆莎车县。
⑤ 吾为长孙取字星亮。寿姓而配星亮，此当为夺人眼球之美称也。甚望将来长孙能以字行世。"星"字不拘仄韵。
⑥ 幼孙出生于2012年10月26日，夜21时25分。时农历九月十二日。吾为之取字星明。
⑦ 近年有新政策：父母均为独生子女者，可生育二胎。
⑧ "抢"字读枪音，意为撞、触。弟弟出生时，2岁的哥哥见弟弟吃母奶，顿时哭喊起来，举手怒击。
⑨ "将"字读江音，意为扶、带。哥哥在医院的婴儿小床前细观弟弟呼呼大睡，伸手为出生才两天的弟弟拉拉被子。

径幽树密凉亭妙，聚者^①扬歌。聚者扬歌，银杏金黄枫绕坡。　　秋深冬浅爷孙笑，星亮车过^②。星亮车过，晃板滑梯上下波。

4.《诉衷情·送长孙忞真入幼儿园》

作于2014年9月5日，10时30分。68岁。2018年12月29日再改。

2014年9月1日开学，全家送忞真到住家楼后的"恬园"幼儿园入小班第3班。弟弟也乐颠颠地跟着走去看热闹。

背包小小挂双肩。摆手走一边。前行侧跨交替，蹦跳乐翩翩。　　识座位，认房间，众心宽。叹人生路，就此登车，霹雳弓弦^③。

5.《采桑子·携二孙回访军营》

作于2014年11月2日，夜22时30分。68岁。2020年6月9日再改。

本人曾在南昌陆军学院任教12年，于1995年转业回沪。2014年10月22日，全家坐自驾车从成都返回上海的途中，重返南昌陆军学院回访，当年的学员已是院长、部长。承蒙部长和原教研室卫主任安排接待。参观一天，二孙欣喜不已，专为记此。21日夜到，23日晨离。此为《采桑子》又一体。

驱车万里军营驻，故地重游。依旧丛楼，依旧男儿口号熟^④。　　战车坦克观群炮，满眼吴钩^⑤。惊喜双眸，惊喜二^⑥孙操场兜。

6.《诉衷情·送幼孙忞纯入幼儿园》

作于2016年10月2日，夜21时35分。70岁。2018年12月28日再改。

2016年9月1日开学，全家送忞纯进恬园入小班第2班。

秋声秋色又飞迎。柳树多蝉鸣。忞纯一变学子^⑦，喜色蕴豪情。　　从此始，向光明，有佳评。踪哥哥影，兄弟颉颃，比翼追行。

---

① 聚者：爱好唱歌、自由组合的游客。

② 星亮：忞真之字。车过：孙儿喜欢推着自己坐的四轮小车走来走去。

③ 此两句比喻小小忞真将就此开始一生的学习与竞争。

④ 口号：军校学员列队行进，有时要齐呼口号一二三四，以整齐步伐。熟：韵本属屋部，但可作尤部平声使用。

⑤ 吴钩：借喻各类枪支火炮。

⑥ "二"字未拘平声。

⑦ 弟弟继哥哥又进恬园，入小班第2班。

7.《南乡子·长生不老药》

作于2017年9月1日，18时。71岁。2020年6月9日再改。

2017年8月17日，二孙住家中。晚餐时，真真问我有没有"长生不老药"，他想用此药来保护全家八个人（爷爷奶奶、外公外婆、爸爸妈妈、他和弟弟）永远不死。其言可嘉，其心大善。于是勉励其长大了学医，专门研究生命科学。今天是9月1日，是真真始读小学一年级的第一天，除早晨送其入校之外，白天乃专心填写此词，以志感奋之情也。

千古论仙神，香火仙丹并世尘。莫笑帝王思万寿，人人。七岁真真又面询。　今入小学门，生命金针①可近身。医界"哈佛"求不老②，新闻。来日吾孙可问津？

8.《少年游·喜见忞真一年级第一篇百字日记》

作于2018年2月24日，11时。72岁。2018年12月2日再改。

2018年1月20日，我和夫人正在赵镇恒大小区度假，忽然从微信中见到忞真一年级上学期寒假作业的第一篇百字日记，喜不自禁！想到带孙儿三年多来，引导其背诗、认字、学拼音、写文图混合日记，甜意多多。今亲睹其百字日记，且俨然已成篇章，欣悦之情，直上眉梢，乃涂词一记为快。

嘻嘻学步爱文奇，抓笔把玩疑。翻戳日记，斜窥奶奶，划线乱涂辞。　注音画字添图示，学写有多时③。忽入学堂，有篇章现，抛字字珠玑！

2019年5月20日，夜22时45分选定

2019年7月14日，晨8时15分改定

2020年6月9日下午17时，重新改定

———————

① 金针：比喻做好一件事情的秘诀。这里指探索生命科学的高科技手段。

② 2010年12月6日《光明日报》曾有报道云：美国哈佛医学院的科学家研究老鼠器官，有逆转衰老过程之成果，很是令人振奋。

③ 从幼儿园开始，便培养其写日记的兴趣。在方块字中间，杂以注音和画画，表明想写的意思。